LA PORTE DU DIABLE

Paru dans Le Livre de Poche :

MEURTRES DANS LA BASILIQUE

SHARAN NEWMAN

La Porte du diable

TRADUIT DE L'ANGLAIS (ÉTATS-UNIS) PAR JEAN-BERNARD PIAT

LE LIVRE DE POCHE

Titre original :

THE DEVIL'S DOOR

A ma mère, le Dr Betty Donoghue,
avec tout mon amour.
Qu'une chose soit bien claire :
si je peux décrire des mères aussi épouvantables,
c'est parce qu'elle a toujours été
une mère merveilleuse.

Merci, Maman !

REMERCIEMENTS

Je voudrais remercier tous les spécialistes qui m'ont aidée de leur savoir, tout particulièrement le Dr Mary M. McLaughlin, qui a pris le temps de m'envoyer plusieurs chapitres manuscrits de son ouvrage *Héloïse au Paraclet : Ductrix et Magistra* (à présent disponible chez Peregrina Press, Toronto), ainsi que les réponses à un certain nombre de questions ; Fr. Chrysogonus Waddell qui m'a communiqué des informations sur le Paraclet et la vie monastique, et qui a également lu le manuscrit initial en me proposant d'excellentes suggestions pour l'améliorer. Je leur dois plus que je ne peux espérer leur donner en retour.

Je suis reconnaissante de même envers le Dr John Riddle, de l'Etat de Caroline du Nord, qui m'a remis plusieurs exemplaires de son œuvre sur l'efficacité des plantes médicinales au Moyen Age ; le Dr Barbara Newman, de la Northwestern University, qui m'a fait partager ses connaissances sur Héloïse ; le Dr Brian McGuire, pour son aide sur saint Bernard ; le rabbin Gelman de Santa Barbara pour ses conseils sur les Juifs au XIIe siècle ; le Dr Richard Hecht, à la fois pour m'avoir fourni la traduction de l'hébreu et pour son cours brillant sur les Juifs au Moyen Age ; le Pr. Michel Bur de Nancy pour ses renseignements sur la Champagne ; le Dr Bert Hall de Toronto et Gavin

Faulkner (ainsi qu'un étudiant de troisième cycle resté dans l'ombre) pour m'avoir trouvé des informations sur les pratiques minières au Moyen Age ; le Dr Harold A. Drake pour Catulle, entre autres choses ; le Dr Georgia Wright qui a répondu à mes questions sur l'architecture et fait preuve d'indulgence pour les fautes de mon précédent ouvrage[1] ; Jennifer Russell pour avoir lu le manuscrit en me signalant ce qu'elle appréciait tout en relevant les erreurs ; et, bien entendu, le Dr Jeffrey Russell pour lequel aucune question n'était trop obscure. Tous ont fait leur possible pour m'aider à travailler honnêtement. Toute erreur n'est due qu'à ma perversité.

J'aimerais aussi remercier Fran Halpern, Louise Ramsey et Brenda Loree, de leur affectueux soutien et pour m'avoir empêchée de me prendre trop au sérieux. (Mais aussi parce que, si je ne les remerciais pas — m'ont-ils dit —, ils ne m'inviteraient plus à déjeuner.)

---

1. Voir *Meurtres dans la basilique*, Le Livre de Poche n° 35005.

La France au XIIe siècle

1

Couvent du Paraclet, fête de saint Benoît,
jeudi 21 mars 1140

Haec quippe prima sapientiae clavis definitur, assidua scilicet seu frequens interrogatio... Dubitando enim ad inquisitionem venimus ; inquirendo veritatem percipimus...

« Les interrogations fréquentes et persistantes sont, de fait, la clef de la sagesse... Car c'est en doutant que nous en venons à chercher ; et c'est en cherchant que nous percevons la vérité » (Pierre Abélard, Introduction à Sic *et* Non*).*

Sœur Bertrande ronflait comme une possédée. Les grognements, trilles, halètements et brusques silences, suivis chaque fois d'un cri perçant, témoignaient d'une lutte horrible contre les forces du mal. Catherine, bien éveillée dans le lit voisin, avait l'impression que le mal l'emportait. Elle tenta de se boucher les oreilles avec son oreiller, mais il n'était pas assez épais. Comment les autres occupantes du dortoir pouvaient-elles supporter ce raffut ? Catherine scruta la rangée de couches étroites. Aucune d'elles ne semblait éveillée.

Elle entendit tout près une petite explosion qui lui évoqua du vin fermentant depuis trop longtemps dans le tonneau et s'échappant soudain par la bonde. Sœur Bertrande pouvait s'estimer heureuse que les oreillers fussent si fins, car Catherine en eût volontiers pris un pour l'étouffer.

A l'extérieur, la pluie dégouttait doucement du toit. On était au plus profond de la nuit. Les complies[1] étaient passées depuis belle lurette, et la vigile[2] était encore loin. Toutes les femmes dormaient. Catherine se demanda pourquoi elle avait quitté Paris pour revenir au couvent.

Au début, elle n'avait pas voulu s'aventurer hors du cloître, mais était partie à la demande de l'abbesse, Héloïse. Toutefois, en obéissant à cette requête, Catherine s'était rendu compte qu'il lui était impossible de fuir le monde, même s'il était inexplicable ou effrayant à bien des égards. Et elle avait été servie ! Au cours de ses trois mois d'absence, son univers s'était retrouvé sens dessus dessous. Les membres de sa famille, qu'elle croyait connaître comme elle-même, s'étaient révélés des étrangers. Des gens qu'elle aimait, en qui elle avait confiance, étaient détenteurs de sombres secrets troublants. Même, non, *surtout* ses propres parents.

Ma mère a perdu l'esprit. Elle me croit montée au Ciel et digne de ses prières. Quant à mon père, c'est un apostat. Elle s'efforça d'y réfléchir calmement, mais elle en était encore incapable. Qui l'aurait pu ?

1. Office célébré en début de nuit, à l'heure du coucher.

2. Office célébré la veille d'une fête liturgique importante, de matines jusqu'à none en milieu d'après-midi.

C'était même d'une telle absurdité qu'elle ne pouvait l'exprimer à haute voix. Oh, pourquoi donc avait-elle quitté le cloître ? Hors l'enceinte du Paraclet, la vie n'était que complications innombrables.

L'une d'elles, certes, était Edgar. Et celle-là, elle ne souhaitait pas l'éluder.

Elle sourit dans l'obscurité, se rappelant la réaction du couvent lorsqu'elle avait annoncé son intention d'épouser Edgar. Si Mère Héloïse, prévenue par une lettre de maître Abélard, était dubitative, mais bien disposée, d'autres, en revanche, ne manifestaient pas semblable indulgence.

« Te voilà fiancée, la belle affaire ! lui avait dit sœur Bertrande le jour de son retour. Et tu t'imagines que je vais renoncer à tenter de sauver ton âme ? Tu te fourres encore le doigt dans l'œil, Catherine. Tant que tu ne seras pas étroitement bordée dans le lit de noces, je ne baisserai pas les bras. »

Sœur Bertrande avait tenu parole, soumettant Catherine à une surveillance incessante, à l'affût de la moindre incartade, réelle ou imaginaire. Ainsi, elle la réprimandait si elle ne joignait pas les mains correctement à la prière, ou si elle se présentait à none[1] avec une robe déchirée. Pour lui rappeler qu'une discussion sur sainte Véronique excluait tout propos frivole, elle l'avait forcée à passer une journée loin de ses livres et à broder des croix blanches sur les voiles des vierges consacrées.

« Tu vois ce que tu vas perdre par ce coup de tête ? lui avait lancé la maîtresse des novices en brandissant le voile que Catherine venait de terminer. Marie-toi

1. Prières récitées en milieu d'après-midi.

donc, et même si tu nous reviens en rampant — ce qui se produira, j'en suis convaincue —, tu ne pourras plus consacrer ta virginité à Dieu. Tu seras toujours imparfaite à Ses yeux. »

Catherine s'était gardée de lui rappeler qu'Héloïse, leur propre abbesse, avait été mariée et avait donné le jour à un fils avant de devenir religieuse. Dieu l'en aimait-il moins ?

Peut-être, avait chuchoté une voix en elle. *Comment sais-tu qui Dieu aime ?*

Catherine s'était avoué qu'elle ignorait à qui le Tout-Puissant dispensait son amour et avait tenu sa langue.

Tous les matins elle avait eu droit à une nouvelle diatribe, tous les soirs à un concert cacophonique. Sœur Bertrande lui donnait un avant-goût des tourments du purgatoire. Et pourtant, Catherine était heureuse d'être revenue au Paraclet avant son mariage. Elle avait besoin de la sagesse de mère Héloïse et de ses sœurs en Jésus-Christ pour pouvoir être en mesure d'accepter tout ce qu'elle avait appris. Les révélations sur l'ascendance de son père, la pitoyable folie de sa mère, quelles en seraient les répercussions sur sa propre vie ? Et Roger, cet oncle qu'elle avait chéri et qui avait succombé à une démence plus terrible encore que celle de sa mère, lui aurait-il transmis sa folie ? Si tel était le cas, Edgar serait-il toujours disposé à l'épouser ?

Aucun homme raisonnable n'y serait disposé, murmurèrent ses voix. *A sa façon, lui aussi doit donc être fou. Lui as-tu déjà expliqué que ton esprit disputait avec toi ?*

Catherine tenta désespérément de refouler si perfides

pensées. Elle désirait plus que tout triompher des doutes qui la tourmentaient aussi cruellement que les ronflements de sœur Bertrande.

Les bruits en provenance de la couche voisine prirent peu à peu l'ampleur d'une tempête déchaînée, de celles qui font danser un navire tel un jouet sur les vagues. En cet instant même, peut-être Edgar se trouvait-il quelque part sur les flots ténébreux, en route vers Catherine après avoir quitté sa famille en Ecosse, ballotté au gré des éléments.

Catherine s'assit dans son lit. Trop, c'était trop ! Une heure de plus entre sœur Bertrande et ses propres pensées indociles la ferait à coup sûr sombrer dans cette démence qu'elle redoutait. Mieux valait bouger. Elle risqua hors de la couverture un orteil protégé d'un simple bas. Le froid la saisit ; elle rentra son pied avant de chercher ses pantoufles à tâtons. Elle les chaussa sans bruit et quitta le lit, enveloppée dans la couverture, ses jupes sans ceinture traînant sur le plancher.

L'obscurité était presque totale, mais Catherine connaissait le chemin. A l'extrémité du dortoir il y avait un escalier étroit qui menait au cloître, à deux pas de l'oratoire où les sœurs priaient et récitaient l'office.

Elle allait descendre. Dans les ténèbres silencieuses, elle prierait afin de trouver la sérénité et la patience qui lui faisaient tant défaut. Si elle était encore là quand la cloche sonnerait pour la vigile, peut-être ses dévotions nocturnes impressionneraient-elles favorablement sœur Bertrande.

Aucune chance, lui rappelèrent ses voix. *Elle sera encore plus encline à dire qu'il te faut prier davantage que les autres et elle t'y forcera chaque nuit.*

Catherine soupira comme elle parvenait à l'escalier. Ses pensées, habituées à questionner, passaient leur temps à réfuter les idées propres à lui apporter la paix de l'esprit. Quelle iniquité... Pis encore, elles avaient souvent raison !

Elle atteignit le pied de l'escalier et se figea sur place quand une lumière zébra son champ de vision. Une silhouette traversait le cloître en toute hâte, et la lanterne qu'elle brandissait oscillait dangereusement.

Sachant qu'errer seule la nuit n'était pas permis, Catherine se cacha dans l'ombre. Sœur Thècle passa en trombe devant elle, se précipitant vers la cellule de l'abbesse Héloïse. Au mépris des règles, Catherine, folle de curiosité, suivit la sœur tourière sous la pluie. Elle prit seulement le temps de glisser les pieds dans une paire de sabots, rangés parmi d'autres près de la porte. Il lui fallait découvrir ce qui se passait. Quel visiteur arriverait ainsi en pleine nuit ? Il ne pouvait s'agir que d'une nouvelle grave, quelque missive urgente. Faisant fi de tout bon sens, Catherine pensa à Edgar. Son bateau avait fait naufrage... des brigands lui avaient tranché la gorge... Il occupait tant ses pensées qu'elle ne réfléchit pas : elle n'était pas un personnage assez important pour qu'on vînt lui apporter ventre à terre un tel message au beau milieu de la nuit.

L'abbesse apparut peu après que sœur Thècle fut entrée. S'enveloppant la tête dans son châle, elle traversa le cloître sur les pas de la sœur tourière. Puis elles sortirent dans la cour et se dirigèrent vers la loge, près du portail.

Catherine savait à quels ennuis elle s'exposait si elle était découverte. Malgré tout, elle les suivit. Elle dissimula sa tête sous la couverture, puis se glissa derrière elles, telle une ombre, s'efforçant d'éviter les flaques de boue.

Les deux femmes entrèrent dans la loge. Catherine s'approcha subrepticement de la porte et tendit l'oreille.

— Il faut quelqu'un en permanence à ses côtés, ordonna une voix d'homme. Que le prêtre soit prêt à lui administrer les derniers sacrements. Comment a-t-elle pu survivre après ce que lui ont fait subir ces brutes ?

— On ne la laissera pas seule un instant, monsieur le comte, assura doucement Héloïse. Nous veillerons à ce que l'on prenne grand soin d'elle.

— Parfait, répondit la voix, comme pour congédier l'abbesse. Et moi, je vais m'occuper de Gauthier de Grancy.

— Etait-ce bien Gauthier ? En êtes-vous certain ?

— On l'a vu prendre la fuite. Nous l'avons découverte peu après, dans les bois juste à la sortie du château. Mais, ajouta-t-il, cela ne vous regarde pas.

Catherine en eut le souffle coupé. Comment cet homme osait-il s'adresser aussi grossièrement à l'abbesse ! Il lui sembla reconnaître sa voix. Elle s'attendit presque à voir le toit se fendre en deux et Raynald de Tonnerre tomber foudroyé par une malédiction divine.

Elle était si indignée qu'elle n'entendit pas les propos suivants et fut prise de court quand la porte s'ouvrit brusquement. Catherine se trouva nez à nez avec l'homme qui venait de parler. Saisie, elle tenta de reculer, mais l'un de ses sabots se coinça et elle bascula à la renverse dans la boue.

Raynald, comte de Tonnerre, l'enjamba avec la plus

complète indifférence. Il enfila ses gants, attacha sa cape et descendit le chemin en direction des écuries près de l'hostellerie.

Alors que Catherine essayait de se relever, une autre silhouette apparut dans l'embrasure de la porte. La lampe illumina le visage de mère Héloïse. En général, celui-ci arborait une expression de douceur mêlée d'une légère tristesse. Mais un seul coup d'œil suffit à Catherine pour comprendre jusqu'au tréfonds de son âme ce qu'il devait en coûter d'affronter la colère de Dieu.

L'abbesse la dominait de toute sa taille. Non sans difficulté, Catherine parvint à se relever. Dans un même élan, elle voulut remettre le pied dans le sabot toujours coincé et s'envelopper la tête dans la couverture. Elle s'empêtra davantage. Elle ouvrit la bouche pour expliquer. Héloïse l'interrompit d'un geste.

— Inutile de me faire perdre mon temps ! Rien ne saurait justifier votre présence ici, à cette heure et dans cet état.

— Oui, ma Mère. Non, ma Mère. Je suis désolée, ma Mère, balbutia Catherine.

Héloïse réprima un sourire. Catherine poussa un soupir de soulagement. Elle ne connaissait pas pire punition que la colère de mère Héloïse.

— Je sais pertinemment que vous regrettez seulement d'avoir été découverte dans cet état, et non pas la curiosité qui vous a poussée, poursuivit Héloïse. Nous parlerons demain de votre châtiment.

« Pour le moment, ajouta-t-elle comme Catherine s'apprêtait à regagner le dortoir, autant mettre votre insomnie à profit. Allez vous débarbouiller et vous changer. Venez à l'infirmerie dès que votre allure ne sera plus une offense pour un œil de chrétien.

— Oui, ma Mère, fit Catherine d'une voix étranglée.

L'eau serait aussi froide que le cœur de Lucifer. Toutefois, ce serait un moindre prix à payer pour apprendre de quoi il retournait. Ses soupçons s'étaient vérifiés : l'homme qu'elle avait entr'aperçu était bien Raynald. Elle était également certaine d'avoir entrevu sous sa cape l'éclat d'une cotte de mailles. Mais qui donc avait-il confié aux bons soins des religieuses et pourquoi à une heure pareille ?

Après avoir procédé à une glaciale toilette de chat, elle se présenta, grelottante, mal séchée, mais propre, à la porte de l'infirmerie.

Sœur Thècle la fit entrer, puis sortit reprendre son poste. Catherine s'avança dans la pièce, s'arrêta, stupéfaite.

L'abbesse était assise au chevet d'une femme étendue sur un lit. Celle-ci avait la tête enveloppée de bandages, le visage tuméfié et couvert de bleus. Le bras posé sur la courtepointe était lui aussi bandé ; les doigts étaient blancs et inertes. Les deux sœurs converses qui avaient transporté la blessée à l'infirmerie ressortirent avec la civière.

— Asseyez-vous ici, dit Héloïse à Catherine. Sœur Mélisande est en train de préparer les remèdes dont elle aura besoin. Tant que vous résisterez au sommeil, Catherine, je veux que vous restiez pour donner un coup de main le cas échéant. Je vais dépêcher aussi une sœur converse. Pourrez-vous rester éveillée jusqu'aux matines ?

— Oui, ma Mère.

Catherine eut soudain envie de bâiller. Elle se retint tout en approchant son tabouret du lit. Elle tendit une main hésitante vers celle de la femme inconsciente.

— C'est la comtesse Alys, n'est-ce pas ?

Héloïse hocha la tête.

— Elle a été sauvagement agressée, comme vous pouvez le constater, voilà quelques jours alors qu'elle revenait d'une visite chez sa mère à Quincy. Le comte pense qu'elle sera mieux soignée ici. Il a ce droit. Lorsqu'elle nous a donné des terres il y a cinq ans, la comtesse a expressément sollicité l'autorisation de se retirer un jour dans notre couvent ou, du moins, d'être enterrée chez nous.

— Vous la jugez perdue ?

— Hélas, oui. Elle n'a pas repris connaissance depuis qu'on l'a trouvée. Elle a le bras cassé, les os ont été réduits à l'état d'esquilles. Voyez son visage... Et le reste de son corps est, semble-t-il, tout aussi contusionné.

L'abbesse se pencha pour rajuster la courtepointe. A la lumière de la lampe, Catherine vit briller ses larmes.

— Préparez de la charpie pour remplacer les bandages, reprit Héloïse d'une voix ferme. Vous en aurez peut-être besoin avant que quelqu'un ne vienne. La comtesse a fait également une fausse couche à la suite de cette agression. Les femmes au château n'ont pas réussi à enrayer l'hémorragie. Appelez sœur Mélisande si vous ne vous sentez pas à la hauteur de la tâche.

— Je sais comment faire, l'assura Catherine.

Après le départ d'Héloïse, Catherine garda les yeux fixés sur la femme sans connaissance. La petite lampe à huile projetait des ombres en travers du lit, conférant un aspect grotesque aux bandages. Le souffle rauque de la comtesse Alys était le seul signe de vie qui émanait d'elle. Catherine prit un linge et le trempa dans une coupe emplie d'eau vinaigrée. Elle en humecta les lèvres sèches de la femme et en tamponna la partie visible de son visage. Que pouvait-elle faire de plus ?

« *Sanctissime confessor Domini,* demanda-t-elle à saint Benoît. *Monachorum pater et dux, Benedicte, intercede pro sua salute.* »

Elle voulut caresser la main qui n'était pas blessée, mais dès que Catherine la toucha, Alys la retira vivement en poussant un cri.

— *Allder !* râla-t-elle d'une voix rauque quoique faible. (Une suite de syllabes inintelligibles, puis :) *Harou !* Non, Seigneur, Seigneur ! Non !

Nerveusement, Catherine tenta de la calmer. Alys ne ferait que se blesser davantage si elle ne cessait de s'agiter. Catherine souleva la courtepointe pour la remettre bien à plat. Une tache, telle une rose rouge, maculait le drap. Catherine déglutit. La vue du sang ne la troublait guère, mais elle craignait de brutaliser la comtesse en la nettoyant, ce qui risquait d'aggraver son état.

Les yeux rivés au drap, elle réfléchissait. Devait-elle demander son aide à sœur Mélisande ? Soudain, quelqu'un lui tapa sur l'épaule.

— Ahh !

Elle ravala son cri, se retourna.

La femme debout derrière elle lui adressa un signe en guise d'excuse, mais était manifestement amusée de la réaction de Catherine.

— Paciane ! chuchota Catherine. Je ne vous ai pas

entendue entrer. Je suis contente de vous voir. J'ai besoin d'aide pour changer les draps.

La sœur converse observa la femme étendue derrière Catherine et son sourire s'effaça. Elle ferma les yeux un instant, se signa, puis retroussa ses manches avant de se mettre au travail.

Ses gestes produisirent un effet beaucoup plus apaisant que ceux de Catherine. La comtesse Alys resta inerte tandis qu'elles la déplaçaient aussi délicatement que possible et retiraient la charpie ensanglantée. Paciane, d'un signe, indiquait à Catherine quand elle requérait son concours. Celle-ci, pour une fois, gardait le silence elle aussi, bien que, bavarde impénitente, elle enfreignît souvent la règle. Paciane souleva Alys pour que Catherine pût la laver et lui mettre des bandages propres. Pas étonnant que l'infortunée eût fait une fausse couche ; son ventre était plus contusionné encore que son visage. Il y avait aussi des entailles, qui devaient être nettoyées.

— C'est curieux, dit Catherine, oubliant de nouveau la règle. Regardez ceci, Paciane. Vous voyez ?

La sœur converse se pencha. Ses traits se contractèrent brièvement sous l'effet de la colère, puis elle respira à fond et recouvra son calme habituel. De fines cicatrices blanches striaient le corps de la comtesse. A certains endroits, les chairs, à vif, étaient tuméfiées.

— Ces blessures n'ont pas été faites au même moment, poursuivit Catherine. Certaines ont presque cicatrisé ; quant à ces meurtrissures sur les jambes et sur les fesses, elles doivent dater de longtemps. Apparemment, elle a été fouettée, à maintes et maintes reprises. Vous voyez comme les marques se chevauchent ?

Catherine sentit monter un flot de colère. Mais, contrairement à Paciane, elle ne chercha pas à l'endiguer. Elle se hâta de finir le travail, les dents serrées : qui avait pu maltraiter ainsi la malheureuse ? Elle se tourna vers la sœur converse.

— Avez-vous déjà rencontré le comte de Tonnerre ?

Paciane secoua la tête.

De l'autre côté du cloître, la cloche sonnait les matines. Catherine se lava les mains.

— Allez-vous rester auprès d'elle ?

Paciane hocha la tête, puis ses doigts formèrent le chiffre sept, et encore sept. Catherine soupira.

— Je sais que l'on doit pardonner soixante-dix-sept fois, mais seulement à ceux qui ont péché contre nous. Et le pécheur doit d'abord se repentir, me semble-t-il. Ma colère est juste, Paciane. C'est le désir de voir mordre la poussière à ce hautain comte Raynald.

Catherine suivit le son des cloches jusqu'à la chapelle, mais elle se trompa plus d'une fois en récitant l'office. Elle ne désirait prier que pour le prompt châtiment du comte de Tonnerre. Quelle sorte d'homme était-ce pour battre sa femme, puis en accuser un autre ? Alys avait été retrouvée à l'extérieur du château ! Tu parles ! Pourquoi aurait-elle voyagé seule ? Où étaient ses gardes ? Raynald croyait-il les religieuses incapables de remarquer la différence entre les cicatrices ? Eh bien, il n'était pas question de le laisser poursuivre ses odieux desseins. Mère Héloïse serait mise au courant.

L'office des matines fut suivi des laudes[1] ; puis jus-

1. Prière liturgique à l'aurore.

qu'à l'office de prime[1], à l'aube, les sœurs cousirent ou lurent en silence à la lueur des chandelles. Catherine consacrait d'ordinaire ces heures-là à la lecture ; c'étaient celles qu'elle préférait. Mais ce matin-là, elle se dirigea vers la chaise de l'abbesse. Elle s'agenouilla et lui chuchota qu'elle devait lui parler au sujet de la comtesse. Héloïse fronça d'abord les sourcils.

— Venez dans ma cellule après prime, chuchota-t-elle enfin. Nous pourrons en discuter à loisir.

Une fois qu'elles eurent fini de chanter l'office, Catherine suivit Héloïse dans sa cellule. L'abbesse s'assit à une table couverte de papiers, qu'elle regarda avec lassitude. Sans avoir à les examiner, Catherine devina qu'il ne s'agissait pas de lectures pieuses. Seuls les comptes du couvent donnaient un tel air las à l'abbesse. Héloïse prit une feuille et commença à la parcourir.

— Catherine, dit-elle sans lever les yeux, nous avons le droit de cueillir les baies et les pommes dans la forêt sise entre le couvent et le monastère de Vauluisant, ainsi que de ramasser le bois mort pour le chauffage ; en revanche, nous n'avons pas celui d'abattre des arbres. D'autre part, nous devons entretenir la route et laisser tous les glands pour les porcs appartenant à ces moines. S'agit-il pour nous d'actif ou de passif ?

Elle tendit le papier à Catherine.

Catherine l'étudia un moment.

— Les renseignements sont incomplets, finit-elle par déclarer. Comment devons-nous nourrir les hommes qui dégagent la route ? Quelle est la récolte

1. Partie de l'office divin qui se récitait à 6 heures du matin.

de fruits et qui la garde ? Et quelle est l'étendue des dégâts causés par les porcs ?

Elle rendit le document.

— Les porcs ! s'exclama Héloïse. J'oubliais quelque chose, je le savais. Ils peuvent transformer une route en marécage en un rien de temps. Nous serions responsables si une charrette perdait une roue ou si un cheval se cassait une jambe en marchant dans une ornière. Et nous ne touchons même pas le droit de péage de cette route ! La prieure Astane pressentait quelque duperie. Attendez un peu que nous revoyions le prieur de Vauluisant !

Elle s'interrompit.

— Mais là n'est pas l'objet de votre visite. Qu'est-ce qui vous préoccupe à ce point, pour que vous ayez éprouvé le besoin de m'adresser la parole durant le Grand Silence ?

— Ma Mère, j'ai découvert quelque chose d'épouvantable.

Catherine lui fit un récit détaillé.

Héloïse l'écouta, la mine grave.

— Vous portez là une accusation très grave, Catherine. Quelle preuve avez-vous que les blessures infligées à cette malheureuse soient le fait du comte ?

— Qui d'autre était à même de la maltraiter si cruellement pendant aussi longtemps ? Nombre de ces cicatrices sont fort vieilles.

Héloïse se mit à rassembler les documents comptables.

— Pas mal de monde, à ma connaissance. Ses parents ou ses tuteurs... Je ne me souviens pas bien de son passé. Elle a une mère et un beau-père, me semble-t-il. Elle a peut-être été une enfant rebelle.

— Ma Mère ! Aucun enfant n'est méchant au point de mériter pareil traitement !

Catherine songea à ses parents et à son tempérament entêté. Elle avait eu son lot de châtiments, mais n'avait jamais souffert ainsi.

Héloïse opina.

— Je vous l'accorde. Je veux seulement dire que les cicatrices peuvent avoir une autre origine. La comtesse a pu s'infliger elle-même ces blessures, dans un esprit de mortification. Je n'approuve pas non plus cette pratique. (Elle prévint l'objection de Catherine.) Je ne fais qu'avancer une autre hypothèse.

Catherine, à bout d'arguments, mais sceptique, secoua la tête.

— Je comprends où vous voulez en venir, ma Mère. J'ai tiré une conclusion sans examiner toutes les hypothèses rationnelles. Toutefois, j'ai le sentiment d'avoir raison.

Héloïse sourit.

— Ah, ma chère Catherine ! C'est le pire défaut des philosophes. Quand la logique échoue, nous faisons appel à nos sentiments. Ou bien nous tordons la logique pour qu'elle se conforme à nos émotions.

— Je devrais donc faire litière de mes sentiments ?

— Pas du tout, rétorqua Héloïse en retournant à ses papiers. Souvent nos sentiments sont de bon conseil. Mais il faut les passer au crible de l'analyse pour leur trouver un fondement rationnel. S'ils n'en ont pas, il faut alors apprendre à les oublier. La dialectique que je vous ai enseignée ne doit pas rester théorique. Ce n'est pas parce que vous éprouvez de l'antipathie pour le comte Raynald que cela fait de lui un monstre avéré. Vous pouvez vous retirer.

— Oui, ma Mère. (Catherine ne bougea pas.) Souhaitez-vous que je revienne avant complies afin de vous aider dans les comptes ?

— Non, cela peut attendre.

Héloïse mit les papiers en piles avec tiédeur. Tout en dessous, Catherine aperçut les feuillets d'une lettre. Elle n'entrevit que les salutations. *Heloisae et ancillarum dei, ductrici ac magistrae... frater Petrus humilis Cluniacensium abbas, salutem a deo...* Pierre, l'abbé de Cluny ! Pourquoi écrivait-il à Héloïse ?

Tu estimes sans doute devoir être informée de toutes les affaires entre l'abbaye de Cluny et le Paraclet ? dirent les voix de Catherine avec mépris.

Se sentant à juste titre réprimandée, Catherine tourna, les talons, profondément contrariée.

— Catherine.

Elle s'immobilisa.

— Oui, ma Mère ?

— Quoi qu'il ait pu arriver à la comtesse Alys, vous avez ma parole : tant qu'elle sera sous ma garde, je veillerai à ce que personne ne lui fasse plus de mal.

Catherine ferma les yeux, avala sa salive à grand-peine.

— Merci, ma Mère.

Mais, le cœur meurtri, elle se jura que le coupable ne serait pas livré au seul châtiment de Dieu.

2

La côte de France, fête de l'Annonciation
à la Vierge Marie, lundi 25 mars 1140

Forthon nu min hyge hweorfeth ofer hretherlocan
min modsefa mid mereflod
ofer hwæles ethel hweorfeth wide,
eorthan sceatas, cymeth eft to me
gifre ond grædig gielleth anfloga
hweteth on hwæweg hrether unwearnum
ofer holma gelagu.

*« Et mes pensées vagabondent toujours en moi, mon esprit avec la marée traverse la route des baleines, vagabonde loin sur la surface de la terre et me revient, ardent et avide, l'oiseau solitaire appelle, incitant le cœur téméraire à suivre la route des baleines et à traverser la vaste mer » (*Le Marin *11, 58-64).*

Lorsque le bateau heurta le sable, les passagers s'égaillèrent et gagnèrent le rivage en pataugeant. Certains tombèrent à genoux dès qu'ils franchirent la laisse, d'autres se jetèrent à plat ventre, baisant la terre salée. Un grand chevalier efflanqué chancela jusqu'aux rochers et s'effondra après un dernier haut-le-cœur. Seul un homme aida les rameurs à tirer le bateau et sa cargaison au sec. Il s'empara de sa précieuse sacoche en toile cirée contenant ses livres, donna à chaque matelot un farthing[1], et s'éloigna d'un pas ferme.

Le marin mordit la pièce, la glissa dans sa bourse et adressa un large sourire à son compagnon.

— Ce gars-là a beau être clerc, ses ancêtres connaissaient la route des baleines, j'en jurerais !

— Plus un Scandinave qu'un Normand, malgré toutes ses belles paroles en latin et en français, acquiesça l'autre. Même si je ne m'en étais pas douté à la teinte de ses cheveux, je l'aurais deviné en le voyant descendre cervoise et hareng fumé à fond de cale en pleine tempête !

Ils se mirent à rire et à roter à l'évocation de ce souvenir, puis lancèrent sur la plage les affaires des autres passagers. Cela fait, grelottant de froid, ils poussèrent l'embarcation au-delà des brisants, sautèrent à bord et firent force de rames vers le navire qui appareillerait pour Boulogne au changement de marée.

Sans un regard en arrière, Edgar se dirigea vers le village à grandes enjambées. Il ne prêta pas non plus attention à ses compagnons de traversée. Ceux-ci avaient passé le plus clair de leur temps à gémir et à prier. Son excellente santé et son goût manifeste pour le roulis du bateau ne l'avaient pas rapproché d'eux. Il fit passer les livres sur l'autre épaule et tâta de nouveau le rouleau d'étoffe qu'il portait attaché autour de la taille. Cousus à l'intérieur, trente besants d'or pur.

1. Ancienne monnaie anglaise valant un quart de penny.

En dehors des livres, c'était là toute sa fortune. Il se demanda comment Egbert se les était procurés. Comme bien des choses concernant les activités de son frère, mieux valait ne pas savoir. Ils lui appartenaient à présent, honnêtement acquis, et il les offrirait à son futur beau-père. Ce dernier, cependant, s'attachait davantage aux talents personnels et aux biens meubles qu'aux possessions transmises par héritage, d'autant que celles-ci consistaient en des terres situées dans le lointain septentrion et en des prétentions à un titre usurpé par les envahisseurs normands trois générations plus tôt.

Les pensées d'Edgar se tournèrent vers les Flandres, la Picardie, les confins de la Champagne, jusqu'au Paraclet, où, espérait-il, Catherine l'attendait toujours. Il s'était absenté quatre mois à peine : il avait fait l'aller et retour entre Paris et l'Ecosse, souffrant de tous les moments perdus à attendre les marées ou le moyen de poursuivre son chemin malgré la guerre qui sévissait en Angleterre. Le temps avait manqué pour donner ou recevoir des nouvelles, mais il refusait même d'envisager un éventuel revirement de la part de Catherine. Il pressa le pas. Son père s'était emporté en apprenant ses projets et sa marâtre l'avait mis en garde : c'était avec Dieu qu'il rivalisait pour obtenir le cœur d'une femme... Malgré tout, il avait foi en Catherine, en la promesse qu'elle lui avait faite et, oui, il était convaincu qu'elle aussi brûlait de le revoir.

Evoquer la pensée de Catherine le fit flageoler sur ses jambes, bien davantage qu'un bateau, et il eut envie d'une longue goulée de bière, voire de ce cidre de poire acide qu'on faisait fermenter en Picardie. Edgar fut content d'apercevoir les toits de la ville de

Saint-Valéry et de se rappeler que tout près de l'église se trouvait une auberge, réputée pour étancher la soif des étudiants errants et des pèlerins.

C'était une très vieille auberge. Le sol de terre battue descendait bien en dessous du niveau de la rue. Edgar imagina des soldats romains assis à ces mêmes tables de bois, en train de spéculer sur les chances d'envahir la Grande-Bretagne. Il savait que des soldats de Guillaume le Conquérant avaient bu là soixante-quinze ans auparavant, attendant eux aussi l'ordre d'envahir l'Angleterre. Mais la soupe était chaude, le cidre bon marché et aucun aubergiste des mille dernières années n'avait permis à la politique d'entraver les affaires.

Edgar traversa la salle sans fenêtres et gagna l'âtre en se laissant guider par son nez. Il tendit son argent, remplit son écuelle et sa chopine, puis espéra que ses tibias trouveraient un tabouret libre, pour pouvoir s'asseoir jusqu'à ce que ses yeux s'habituent à l'obscurité.

— Hé, l'ami, tu peux t'asseoir à côté de moi. (Une main le guida jusqu'à un siège.) Tu viens d'arriver par le bateau en provenance d'Angleterre ?

Edgar éclusa le cidre.

— C'est la première chope que je bois depuis deux jours qui ne sente ni le goudron ni l'eau de cale !

Il sortit sa cuillère et attaqua la soupe. Son compagnon se remit à manger. Edgar se détendit. Seuls les voleurs et les trigoleres devisaient à bâtons rompus avec les inconnus.

— *Salve, amice !* Vous allez à Paris avec ces livres ? le fit sursauter une autre voix.

Edgar compléta sa réflexion : les voleurs, les dégénérés et les étudiants errants. Il se tourna vers le groupe au bout de la table.

— Je *retourne* à Paris, précisa-t-il pour couper court aux histoires à dormir debout auxquelles avaient droit les nouveaux étudiants crédules.

— Vous avez de bons livres dans votre sac ? s'enquit le garçon le plus près de lui.

Il ne devait guère avoir plus de seize ans. Edgar, avec ses vingt-cinq ans, avait l'impression d'être son père.

— Pas vraiment. Les *Lettres* d'Hildebert, un Macrobius, les *Naturales Quaestiones* de Sénèque, et une *Vie* de saint Cuthbert.

— Tout à fait le genre de somnifère que me donne à étudier mon maître, gémit le garçon. J'aurais jeté tout ça au fond de la mer !

Edgar se mit à rire, puis se leva pour aller se resservir de cidre. Quand il revint à la table, les deux jeunes étudiants étaient sortis se soulager, avant d'essayer de suivre les indications de l'aubergiste pour se rendre au bordel le plus proche. Il restait un homme. Il leva les yeux un court instant quand Edgar s'assit. A la lueur de la lampe vacillante, ce dernier crut déceler dans ses traits quelque chose de familier.

— Ne vous connaîtrais-je point ? demanda Edgar. Nous sommes-nous rencontrés à Paris ?

L'homme leva de nouveau les yeux, surpris.

— C'est aux garçons que vous auriez dû tenir ce langage ! rétorqua-t-il.

Edgar eut un mouvement de recul. Tous les pères de la chrétienté mettaient leurs fils en garde contre les prostituées et leurs souteneurs qui prétendaient être originaires de leur ville natale, puis détroussaient les pauvres étudiants souffrant du mal du pays de tout ce qu'ils possédaient.

— Désolé, marmotta-t-il. L'espace d'un instant je vous ai pris pour quelqu'un d'autre. Je ne voulais pas vous offenser.

— Il n'y a pas de mal, assura l'homme. Quelles nouvelles d'Angleterre ?

— La trêve avec le roi David tient toujours, répondit Edgar. Sinon j'aurais été dans l'incapacité de traverser le pays depuis le nord. Mais le roi Stephen a l'art de se faire des ennemis. Il a institué Philippe d'Harcourt évêque de Salisbury pendant environ une semaine. L'évêque Henry de Winchester y a mis le holà et nommé son propre protégé. Je ne vois pas comment le roi espère maintenir son autorité. Après tout, si Henry, le propre frère de Stephen, est contre lui, qui le sera ensuite ? Je ne sais plus qui est archevêque maintenant. Peu m'importe, de toute façon. Personne n'a proposé de renommer un Saxon à l'évéché. C'est encore un de ces maudits Normands !

— Ne me regardez pas d'un air aussi courroucé, dit l'homme en riant. Je suis breton. C'est votre peuple qui a chassé le mien de Grande-Bretagne il y a cinq cents ans. Personne ne nous a rien proposé non plus en échange.

Edgar le considéra plus attentivement.

— J'ai eu autrefois un ami breton, dit-il. Un tailleur de pierre du nom de Garnulf. Il venait du Pallet.

— Vous connaissiez Garnulf ? (L'homme le dévisagea, dubitatif.) Comment vous appelez-vous ?

— Edgar, de Wedderlie, en Ecosse. Et vous ?

L'homme hésita avant de répondre :

— Je suis également du Pallet. Garnulf a sculpté

l'autel pour mon oncle Dagobert, quand celui-ci a fait reconstruire la chapelle voilà dix ans. A ma connaissance, il a par la suite travaillé à l'église de l'abbé Suger, et il est mort en tombant d'une des tours.

Edgar hocha la tête.

— J'y étais.

L'homme l'examina avec attention, puis, au grand soulagement d'Edgar, changea de sujet.

— Je me rends à Paris avec ces deux jouvenceaux, dit-il. Vous pouvez vous joindre à nous si vous le désirez. J'ai une mule qui saura supporter le poids de quelques livres supplémentaires.

— J'avais compté voyager avec une escorte mieux armée..., commença Edgar.

— C'est bientôt la semaine sainte. Les routes grouilleront de pèlerins et de marchands se rendant aux sanctuaires ou aux foires. Je dois me joindre à un groupe de drapiers flamands.

Edgar sentit le poids de l'or contre sa peau. Les coupe-jarrets ! pensa-t-il. Puis il songea à Catherine. Peut-être pourrait-il faire monter une pièce en boucles d'oreilles en forme de cloches ? Comme elles brilleraient sur ses cheveux bruns !

Il se sentit soudain plus brûlant que saint Laurent sur le gril.

— Si vous partez sur-le-champ, déclara-t-il, je viens avec vous. Je dois être à Paris au plus tôt.

— Aucun de mes protégés n'est assez fortuné pour s'offrir plus qu'un avant-goût des plaisirs de la chair. Ils devraient être bientôt de retour. Si nous partons avant midi, nous devrions pouvoir demander l'hospitalité aux moines de Saint-Riquier ce soir. Avec de la chance et un temps favorable, nous pourrons célébrer le dimanche des Rameaux à Saint-Germain-des-Prés.

Edgar acquiesça. L'homme revint à son dîner et Edgar termina sa soupe. Diable ! Il détestait se ridiculiser, mais l'homme lui avait bel et bien paru familier. Même sa façon de parler ainsi que son ton impassible et dédaigneux lui avaient rappelé quelqu'un. Pas Garnulf, toutefois. Le pauvre vieux tailleur de pierre avait été la gentillesse même, et sa voix avait possédé les inflexions rocailleuses des Bretons.

Il fut interrompu dans ses pensées par le retour des deux étudiants. Ils firent irruption dans l'auberge comme de jeunes chiots, se cognant contre les tables et les bancs.

— On n'a pas voulu de notre argent, geignit l'un d'eux. On nous a dit que les jaels[1] étaient toutes occupées avec les chevaliers arrivés par le bateau. Nous devons attendre qu'elles aient fini !

— En ce cas, vous devrez attendre quelques jours de plus, leur dit leur gardien. Nous partons immédiatement pour Saint-Riquier. Assurément les moines vous proposeront des distractions plus édifiantes.

— Mais, As-tro-labe !

La voix du garçon dérapa dans les aigus.

Astrolabe jeta un coup d'œil à Edgar et, comprenant qu'il l'avait reconnu, soupira.

— Rassemblez vos affaires et retrouvez-moi aux écuries, ordonna-t-il. Venez-vous avec nous ? demanda-t-il à Edgar.

Edgar hocha la tête, les traits impassibles. Mais il souriait à part lui. Il savait à présent où il avait vu ce

1. Catins, prostituées.

visage. Durant les années écoulées, il avait assisté aux leçons publiques de maître Abélard. Il aurait dû voir la ressemblance tout de suite. Le visage d'Astrolabe était une version plus jeune, que n'avaient pas marquée l'adversité, le chagrin et la maladie. Mais il avait les mêmes pommettes hautes, le même nez long, le même air assuré. Pas étonnant qu'il ne voulût point dire son nom. Seul un couple en France avait été aussi dédaigneux des convenances pour donner à leur fils le nom d'un instrument de navigation : Héloïse et Abélard. Edgar se posa la question : et si son père l'avait appelé Rapporteur ou Enclume ?

Il se leva, nettoya son écuelle et sa cuillère, puis les remit dans son sac. Il remplit de nouveau sa chope, pour boire le coup de l'étrier. Il avait beau éprouver une intense curiosité à l'égard de son nouveau compagnon de voyage, il se promit d'attendre que l'homme parle de lui. Astrolabe avait dû passer sa vie à répondre aux questions que s'était posées Edgar en une fraction de seconde. Etait-ce difficile d'assumer le fait que son père eût séduit sa mère, puis eût été émasculé par la belle-famille furieuse, et que tout le monde le sût ? Comme Abélard et Héloïse s'étaient mariés après sa naissance, Edgar supposa que cela faisait aussi d'Astrolabe un bâtard. Ma foi, il en avait connu des dizaines comme lui, dont beaucoup avaient des ascendances plus longues que son bras.

Peut-être était-ce seulement la ressemblance frappante avec son père qui le lui rendit sympathique, mais il eut le sentiment que le temps passé à mieux connaître Astrolabe ne serait pas perdu. Ce voyage s'annonçait bien.

Chemin faisant, la conversation tourna autour de

sujets généraux : l'agitation en Angleterre, à Toulouse, en Terre sainte ; les éventuelles répercussions de la bataille pour le trône anglais sur les affaires en France. Rien de tel que les querelles et les guerres mineures pour alimenter les discussions entre inconnus. Les garçons, ruminant toujours l'occasion manquée de faire ribote, voulurent avoir un débat philosophique dans les règles. Astrolabe leur soumit la vieille question rhétorique : « Un cochon mené au marché est-il tenu par son maître ou par la corde ? » Ils s'en emparèrent comme si la solution eût été d'une importance vitale. Astrolabe se laissa dépasser pour deviser avec Edgar.

— Je ne devrais pas rire, admit Edgar. Il y a dix ans j'étais aussi naïf, aussi bricon[1] qu'eux.

— Et maintenant que vous êtes vieux et savant, vous savez que le cochon se fiche éperdument de savoir ce qui le tient, commenta Astrolabe. De toute façon, la fin du voyage sera toujours le couteau du boucher. (Il soupira.) Vous ne seriez pas l'un de ces parasites qui bourdonnent autour de mon père comme des mouches, n'est-ce pas ?

— Je l'ai été, reconnut Edgar. Comment va-t-il ? Il y a eu des récriminations contre sa *Theologia christiana* l'automne dernier, mais je n'en ai plus entendu parler. S'est-il passé quelque chose depuis mon départ en janvier ?

— Rien que les critiques habituelles concernant ses écrits : l'application de la logique à l'étude des dogmes serait injustifiée, voire hérétique. Il s'est fait beaucoup d'ennemis. Les chanoines de Saint-Victor ne l'apprécient guère, comme vous le savez sans doute, pas plus

1. Fripon, escroc.

que les moines de Saint-Denis. Et certains cisterciens estiment que ses théories sont quasiment blasphématoires. Toutefois, sa santé m'inquiète davantage. Ainsi que son acharnement à vouloir trouver un lieu où débattre avec Bernard de Clairvaux de ces récentes accusations.

— Le maître vaincrait sans peine l'abbé Bernard. Vous n'avez pas lieu de vous inquiéter. Il l'a emporté sur tous les maîtres de Paris.

— Vos paroles sont plus assurées que votre ton. (Astrolabe jeta un coup d'œil aux garçons, qui se querellaient toujours à propos du cochon.) Vous savez ce que je crains, n'est-ce pas ?

Edgar évita le monticule que la mule venait de laisser sur la route.

— Maître Abélard et l'abbé Bernard sont comme des constellations du printemps et de l'automne, reconnut-il. Ils n'appartiennent pas au même ciel.

— Oui, mon père argumente brillamment, faisant appel à tous les outils de la rhétorique, mais seuls les plus intelligents de ses auditeurs sont à même de le comprendre, renchérit Astrolabe. Bernard parle avec la bouche d'un poète et le cœur d'un saint. Il serait capable de faire pleurer le diable en personne. Lorsqu'il s'est rendu au Paraclet, même ma mère a dit qu'il prêchait comme un ange. Comment répliquer à la passion avec les armes de la logique ? Ce sont des entités antinomiques.

Edgar ne répondit pas tout de suite. Si la passion et la logique pouvaient éventuellement se rencontrer, c'était bien en la personne de Pierre Abélard. Mais ce n'était pas à lui de discuter de la question avec le fils d'Abélard.

— Vous allez donc à Paris pour le convaincre de renoncer à ce défi ? s'enquit-il.

Astrolabe grogna.

— Pas vraiment. Il n'y a qu'une personne au monde qui pourrait y parvenir. Non, je vais lui demander de m'accompagner pour aller voir Mère. Je lui ai écrit à ce sujet et elle est d'accord. Il serait bon pour une fois, selon elle, que nous soyons tous les trois réunis pour la célébration de la Résurrection.

— Curieusement, j'avais moi aussi l'intention d'être au Paraclet pour Pâques.

Astrolabe ne trahit aucune surprise.

— Nombre de gens viendraient de plus loin que l'Ecosse pour entendre mon père prêcher à Pâques. Et nombre d'autres, ajouta-t-il, de beaucoup plus loin encore pour le faire taire. Je suis heureux de vous compter parmi nous.

Edgar resserra sa cape contre lui. Jusqu'à ce jour, toutes ses pensées avaient été pour Catherine. Il n'avait songé qu'à gagner le droit de l'épouser au plus vite. Il se demanda soudain si elle était aussi résolue que lui. La nouvelle avait dû parvenir au Paraclet depuis longtemps et, tout comme lui, elle était disciple de Pierre Abélard. Oublierait-elle son attachement envers celui-ci et, plus encore, envers Héloïse, simplement parce que lui, Edgar, était venu la chercher ?

La route pour Paris n'en finissait pas.

Catherine s'était proposée pour veiller la comtesse Alys durant le Grand Silence — de complies, au coucher du soleil, jusqu'à prime. Elle sentait que, d'une certaine façon, le temps de la tranquillité et de l'obscurité était plus dangereux que l'agitation de la journée. Peut-être était-ce la raison pour laquelle saint Benoît avait fait de l'office nocturne le plus long de tous. Le monde endormi avait besoin de plus de protection contre les serviteurs du Mal, contre l'Ange de la Mort.

Malgré tous leurs efforts, le bras cassé et tuméfié commençait à exhaler une odeur douceâtre écœurante. L'os avait crevé la peau. On ne pouvait plus désormais enrayer l'infection. Catherine savait qu'Alys perdrait le membre, sinon la vie. Toutefois, son agresseur n'avait rien d'un esprit se faufilant dans la nuit. C'était un démon humain qui marchait fièrement en plein soleil.

La colère enflait en elle. De l'autre côté du lit, Paciane l'observait. Catherine perçut son regard et la considéra en rougissant. La sœur converse porta le pouce à ses lèvres, remua légèrement les doigts, puis forma un trois et un six.

— Oh, Paciane, fit Catherine avant de chercher des yeux sœur Bertrande, l'air coupable.

Elle sourit, baisa le bout de ses doigts, puis souffla sur sa paume ouverte pour remercier la sœur converse.

Le Psaume 36 : « Ne t'irrite pas contre les méchants... *spera in Domino et fac bonum.* » « Compte sur Dieu et agis bien »... C'était facile pour Paciane, qui avait une foi solide et ne faisait que le bien. Ce l'était moins pour une âme au tempérament rebelle. Cependant, Catherine chuchota les mots, s'efforçant de réprimer sa colère.

Le comte Raynal n'était pas revenu depuis qu'il avait laissé sa femme six jours plus tôt, ni n'avait envoyé prendre de ses nouvelles. La mère d'Alys ne s'était pas déplacée non plus. Quincy n'était pourtant guère éloigné du Paraclet. La comtesse agonisait parmi des inconnus.

Que t'importe ? lui demandèrent ses voix. *La pitié chrétienne, c'est bien beau, mais vouloir à tout prix défendre Alys et la pleurer, c'est de l'arrogance.*

Catherine secoua la tête. Pourquoi le sort de la malheureuse l'affectait-il tant ? Peut-être était-ce à cause de ses propres doutes. Elle abandonnait ce havre d'ordre et de paix pour le mariage, pour le monde. Quand Edgar était à ses côtés, le choix lui avait semblé tout naturel, mais à présent... Elle essaya de communiquer par signes ses pensées à Paciane, mais l'entreprise était si longue et elle si maladroite qu'elle finit par y renoncer.

— C'est parce qu'elle est si seule, murmura-t-elle, sans famille ni amis...

Paciane secoua la tête. Son bras décrivit un cercle, comme pour embrasser tout ce qui les entourait.

— Oui, bien sûr, nous l'aimons tous puisqu'elle est notre sœur en Jésus-Christ, mais il n'empêche...

Paciane soupira et esquissa un autre geste, à contrecœur.

« Moi... sœur... de sang... dans le siècle », interpréta Catherine.

— Vous êtes sa vraie sœur ?

Elle avait haussé le ton. Paciane se pencha au-dessus du lit et appliqua fermement les doigts sur les lèvres de Catherine. Sévère, elle semblait l'ire personnifiée.

De ses mains tremblantes, Catherine dit par signes : « Dans ce cas, comment pouvez-vous pardonner ce qu'on lui a fait ? »

La sœur converse sourit tristement et se pencha pour baiser le front de la comtesse.

« Dieu pardonne, fit-elle par signes. J'accepte. Ne dites rien. »

« A votre gré », répondit Catherine, hochant la tête de mauvaise grâce.

Mais pourquoi pas ? Héloïse et la prieure Astane devaient déjà être au courant. Impossible que Paciane fût entrée au couvent sans l'assentiment de sa famille. Catherine connaissait le passé de chacune des autres sœurs. Beaucoup venaient de familles du cru ; certaines appartenaient au groupe d'origine qui avait été chassé d'Argenteuil avec Héloïse. Les propres nièces d'Abélard, Agathe et Agnès, étaient également là. Seules quelques-unes avaient été, comme elle, attirées de plus loin par la réputation du Paraclet pour l'étude. Paciane avait toujours semblé faire partie du couvent au point que Catherine ne l'avait jamais imaginée autre part. A présent, elle se posait des questions. Elle avait supposé que Paciane n'était pas noble. Cependant, si elle était la sœur d'Alys, elle devait l'être, sauf en cas de naissance illégitime, et même cela ne l'aurait pas empêchée d'être accueillie au couvent à la place qui lui revenait. Or, si Paciane était bien née, pourquoi n'était-elle pas devenue sœur de chœur, chargée de copier les livres et de chanter l'office ? Les sœurs converses étaient les bonnes à tout faire du couvent. Elles faisaient la lessive, portaient les seaux d'eau.

Catherine ne trouva qu'une explication : on avait imposé à Paciane une longue et pénible pénitence.

Mais de quoi pouvait-elle être coupable ? Et pourquoi était-elle à l'évidence si terrifiée à l'idée qu'on découvrît son lien de parenté avec la comtesse Alys ?

3

Le Paraclet, vendredi 29 mars 1140

Iusto enim vita ista carcer est : mors huius carceris solutio. Nemo enim his adeo iustus est : ut perfectam possit hic consequi iusticiam.

« Pour le juste, la vie même est une prison ; la mort en est l'issue. Assurément, personne n'est assez juste pour pouvoir atteindre la justice parfaite » (Serlo de Savigny, Sermons*).*

La semaine sainte approchait à grands pas. Le temps des ténèbres et du jeûne allait bientôt prendre fin. Même le ciel s'éclaircissait. La bruine perpétuelle céda la place à des averses ensoleillées, agrémentées d'arcs-en-ciel éblouissants, ou à de brèves chutes de neige, avec d'énormes flocons paresseux et brillants qui tombaient sur les pousses vertes du potager avant de fondre sur la terre molle.

Catherine n'était guère sensible à l'éveil de la nature autour d'elle. Les jours s'écoulaient, avec leurs points de repère réguliers. Prières et occupations familières apaisaient la jeune fille, mais son esprit était toujours à l'infirmerie. Même ses craintes au sujet d'Edgar étaient occultées par cette inquiétude permanente.

Paciane doit savoir qui a battu Alys, se dit-elle pour la centième fois. *Elle devrait nous le dire. On peut traduire un criminel en justice et lui pardonner. Le confronter à la noirceur de son forfait, alors qu'il peut encore se repentir, ne peut qu'aider au salut de son âme.*

Mais quand Catherine essaya de la questionner plus avant, Paciane refusa de lui répondre. Ses yeux demeuraient fixés sur son ouvrage, ses mains occupées à balayer ou à récurer.

En désespoir de cause, Catherine alla trouver son amie Emilie, dont la famille était apparentée à la plus grande partie de la noblesse de Champagne, de Bourgogne, de Blois et de Lorraine. Si quelqu'un était au courant, ce devait être elle. La seule difficulté, c'était que, pendant l'absence de Catherine à l'automne précédent, Emilie avait prononcé ses vœux. Vu qu'elle n'était même plus novice, mais plutôt une sorte de pensionnaire spéciale, Catherine n'avait pas vraiment de raison de côtoyer les sœurs de chœur. Elle ne les voyait qu'en groupe, au réfectoire ou bien à l'oratoire, et ni dans un cas ni dans l'autre elle n'avait l'occasion de leur parler en particulier.

Sauf le samedi. C'était le jour consacré au lavage des cheveux. Si elle proposait son aide pour verser l'eau chaude et sécher les courtes boucles, elle disposerait peut-être de quelques minutes pour ménager un entretien plus long.

— Laver les cheveux ? s'exclama sœur Bertrande, contrariée. Mais savez-vous seulement vous y prendre ? Vous risqueriez de leur mettre du savon dans les yeux et de leur faire des nœuds impossibles à démêler ! Les plus jeunes détestent ça.

Catherine réprima un soupir. Elle avait oublié les jeunes écolières comme elle et les novices, dont il fallait encore couper les cheveux.

— Je ferai très attention. Je n'ai pas assuré ma part de travail manuel depuis mon retour.

— Comme si vous l'aviez jamais assurée !

Mais sœur Bertrande accorda sa permission avec mauvaise grâce et suspicion.

Catherine, vêtue d'une chemise et d'un tablier, les manches nouées au-dessus des coudes, passa donc le samedi matin à se faire asperger d'eau savonneuse par des jeunes filles hurlantes de quatorze à quinze ans. Malgré son peu d'enthousiasme initial, elle se mit à les éclabousser à son tour en riant. Sa sœur Agnès et elle avaient autrefois joué ainsi, penchées au-dessus de l'évier à la maison à Paris, leurs longs cheveux gouttant sur les joncs. Elles entendaient des jurons dehors, quand l'eau savonneuse dévalait la gouttière et arrosait les bottes d'un passant. Cela semblait si loin.

Les sœurs de chœur arrivèrent en dernier, sans bruit, comme il convenait à leur rang. Laver leurs têtes rasées fut l'affaire de quelques instants. Munie de la serviette, Catherine frotta vigoureusement le duvet blond d'Emilie.

— Il faut que je te parle, chuchota-t-elle.

Emilie avait l'habitude d'aller droit au but.

— Après la none, je... je pilerai des simples à l'infirmerie, répondit-elle d'une voix entrecoupée, à cause de l'énergique friction de Catherine. Je crois que c'est f... fini... maintenant. Merci.

L'apothicairerie, où dormait sœur Mélisande, était juste au-dessus de l'infirmerie. Sur l'un des murs, des rayonnages contenaient des huiles et des poudres en provenance de terres lointaines, que l'on achetait chaque année à la foire de Troyes. Des plantes cultivées et séchées au couvent étaient suspendues au plafond. Sur une longue table au centre de la salle étaient posés des mortiers, des pilons en bois, ainsi que des fioles servant à mesurer. Emilie, penchée, était en train de piler quelque substance qui crissait contre le récipient. Catherine en eut les nerfs à vif quand elle entra.

— Pourrais-tu me relayer un instant ? lui demanda Emilie. Je prépare une poudre de cannelle et de coquilles d'œufs mélangée à du fenouil et à du jus de grenade pour Alys.

— A quoi cela servira-t-il ? s'enquit Catherine, s'emparant du pilon et se mettant au travail.

— Le fenouil a des propriétés fébrifuges et j'espère que le reste empêchera toute reprise de l'hémorragie. Ah, voilà qui est mieux ! J'avais mal au bras.

— Emilie, sais-tu qui a attaqué la comtesse ?

Emilie prit une bouteille portant une étiquette en grec. Catherine la reconnut : c'était l'une des bouteilles apportées par son père. Elle tenta de se rappeler les leçons de mère Héloïse pour déchiffrer le mot. Emilie la déboucha et la renifla avant d'en verser le contenu dans un autre bol.

— Gauthier de Grancy, bien entendu, finit-elle par répondre. Tout le monde le sait. Raynald et lui sont ennemis depuis des années.

— Mais ce n'était pas la première fois, insista Catherine. Elle a déjà été battue.

— Qui ne l'a pas été ? fit observer Emilie sans lever les yeux.

— Pas de cette façon-là, Emilie. (La cannelle se brisa sous les assauts furieux du pilon de Catherine.) Pas à maintes et maintes reprises, au point de laisser sur le corps de la comtesse un lacis de cicatrices. Que sais-tu de sa famille ?

— Son père s'est marié deux fois, répondit Emilie après un temps de réflexion. La première union n'a duré que quelques années. Son épouse est morte brutalement. Ils ont eu une enfant, je crois, qui est également décédée. Alys est née du second mariage. Devenue veuve, sa mère s'est remariée.

Catherine tenta de s'y retrouver. Paciane devait être très jeune quand sa mère était morte. Mais pourquoi Emilie pensait-elle qu'elle était morte, elle aussi ? Elle faillit le lui demander, puis se ravisa, non sans mal, se rappelant la promesse faite à Paciane.

— D'après mère Héloïse, les biens d'Alys proviennent de la branche paternelle, dit Catherine. Qu'est-il advenu de la dot de sa première femme ?

— Je n'en sais rien. (Emilie cessa de tourner sa mixture et ferma les yeux, essayant de démêler les liens familiaux.) Laisse-moi réfléchir. Le père d'Alys était le gouverneur du château du comte Thibault. Il gouvernait plusieurs villes quand il est mort et je suis certaine qu'une grande partie de la terre était transmissible. Je ne sais pas grand-chose de la première femme. Elle est morte avant ma naissance. Elle était apparentée au comte Thibault, me semble-t-il, ce qui explique leur aisance. Ma mère m'avait dit, je m'en souviens, que le comte lui avait donné les dîmes de cinq moulins et d'un vignoble près de Troyes comme cadeau de noces. Le père d'Alys les a peut-être gardées ou bien elles sont revenues à Thibault. Mère Héloïse le sait peut-être, ou sœur Biétriz. C'est la nièce de l'ex-sénéchal de Thibault, André de Baudement.

— Je l'avais oublié. Je le lui demanderai peut-être. Bizarre qu'un comte comme Raynald, compte tenu de ses accointances, ait épousé la fille d'un gouverneur de château.

— Si elle lui a apporté suffisamment de terres ou d'argent, et pour peu que la parenté avec le comte Thibault fût assez étroite, je suppose que Raynald n'y aura pas vu d'objection.

— Non, probablement pas.

Catherine était dubitative. Le comte de Tonnerre lui paraissait un homme fier de sa lignée. Et Tonnerre n'était pas une région pauvre. Toutefois...

— Je me demande ce qu'elle a apporté dans sa corbeille de mariée et à qui cela reviendra si elle meurt sans enfants.

Emilie haussa les épaules.

— Je ne m'intéresse plus à de telles questions.

Catherine, gênée, se pencha au-dessus du mortier.

— Je suis désolée de t'interroger là-dessus. Dans ton nouvel état, tu dois t'abstenir de tout commérage et je ne devrais pas t'induire en tentation.

— Tu te prends pour un instrument de Satan ? s'exclama Emilie en riant. Je m'accuserai de bavardage cette semaine au chapitre et je ferai pénitence. Mais ta question n'était sans doute pas dictée par des raisons futiles. Et je suis ta fidèle amie. Je le serai toujours. Crois-tu que prendre le voile va y changer quelque chose ?

— Je vais bientôt partir. Après tout, nous ne serons

plus sœurs. Je me disais que cela ferait peut-être une différence.

Emilie se pencha et rentra une mèche folle sous le fichu de Catherine.

— Nous serons toujours sœurs, assura-t-elle.

Edgar, Astrolabe et les deux étudiants normands entrèrent dans Paris le matin du dimanche des Rameaux. Les rues pullulaient déjà de fidèles venus participer à la procession. Tous semblaient se diriger vers l'île. Les voyageurs se frayèrent un chemin dans la rue Saint-Martin et traversèrent le Grand-Pont, entraînés par la foule.

— Où est descendu maître Abélard ? s'enquit Edgar.

— Chez les moines de Sainte-Geneviève, lui répondit Astrolabe. Vous ne venez pas avec nous ?

— Je dois d'abord voir quelqu'un. Quand pensez-vous partir pour le Paraclet ?

— Demain, mardi au plus tard. Cela dépendra du temps et de la santé de mon père.

— Je vous retrouverai ce soir, promit Edgar.

— Parfait. Venez, les enfants, dit Astrolabe à l'adresse de ses protégés. Je vais vous remettre entre les mains de votre nouveau gardien.

Il donnait l'impression de conduire deux ours apprivoisés. Les garçons, tout droit sortis de la campagne londonienne, avançaient dans la cohue d'un pas mal assuré, s'ébaubissant des pèlerins, acrobates et colporteurs de colifichets, sans regarder où ils allaient. Astrolabe les traînait derrière lui. L'instant d'après, ils se perdirent dans la foule.

La procession traversa l'île, tourna à gauche vers

les églises de Saint-Christophe, puis de Saint-Etienne, pour se terminer devant Sainte-Marie-Notre-Dame. Avant que la foule ne tourne, Edgar s'éloigna et s'enfonça dans la Juiverie. Contrairement aux autres rues, le quartier de la synagogue était calme. Quelques hommes, chargés de ballots, marchaient d'un pas décidé, lorgnant autour d'eux à chaque pas. Quand ils apercevaient Edgar, ils hésitaient une seconde, le jaugeant et tâchant de deviner s'il risquait de sortir un couteau dissimulé. Une fois assurés qu'il était inoffensif, ils poursuivaient leur chemin.

Il fallut un certain temps à Edgar pour trouver la bonne porte. Il s'avisa avec un léger embarras qu'il n'était jamais entré par la porte de façade, du moins pas à l'état de veille. Pourvu qu'ils acceptent de le recevoir ! Pourvu qu'ils soient là ! Toute la rue avait l'air d'être bouclée pour l'hiver, ou d'attendre le passage d'un ouragan.

Au début, il n'obtint pas de réponse après avoir frappé. Puis il entendit un frôlement de jupes sur les joncs, et un étroit judas s'ouvrit. Un œil marron se fixa sur lui, puis regarda derrière lui, pour vérifier s'il était seul.

— Que voulez-vous ?

C'était la voix d'une femme, jeune mais essayant de paraître brusque et âgée.

— Je m'appelle Edgar, répondit-il doucement. Je suis un ami de Solomon, qui habite cette maison, et d'Hubert Le Vendeur. Je suis de retour à Paris et souhaite avoir de leurs nouvelles.

Il avait l'estomac noué. Il se moquait éperdument de Solomon et d'Hubert. Catherine ! Il avait envie de crier son nom. « Dites-moi si Catherine est à l'abri.

Dites-moi que tout est comme avant, que nous sommes toujours fiancés, et je vous laisserai en paix ! »

Mais il se contenta de rester en silence devant la porte, tandis que l'œil l'examinait à nouveau. Le judas se referma.

Il lui sembla demeurer là des siècles, pendant que d'autres yeux l'observaient derrière des judas d'une extrémité à l'autre de la venelle. La porte finit par s'entrouvrir et une main l'attira vers l'intérieur.

Il fut soudain serré contre une poitrine douce et maternelle, puis repoussé à bout de bras : Johannah, la tante de Catherine, venait de l'accueillir à sa façon.

— Vous me paraissez en moins piteux état que lors de votre dernier passage, s'exclama-t-elle en riant. Comment va votre bras ?

— Bien, souffla-t-il.

Il n'avait pas escompté si cordial accueil. Il se redressa et s'inclina dans les règles.

— Que le Seigneur bénisse tous ceux qui vivent sous ce toit, déclara-t-il, se souvenant *in extremis* de ne pas mentionner la Vierge et les saints.

— Ainsi que vous, ajouta Johannah en souriant. Entrez, venez vous laver les mains et le visage de la poussière du voyage. Dulce va vous apporter du vin et du fromage. Eliazar est sorti, mais je l'attends d'un instant à l'autre.

Edgar eut du mal à supporter les civilités d'usage, alors qu'il était en proie aux affres de la passion, mais il tint le coup vaille que vaille jusqu'au retour d'Eliazar, l'oncle de Catherine.

— Oui, lui répondit Edgar. Il m'est agréable de vous revoir aussi. Je suis parfaitement rétabli, grâce à vos soins attentionnés. Ma famille va bien. Mon voyage s'est déroulé sans encombre... J'ai pu vendre ma terre pour apporter un cadeau de mariage. Mais dites-moi, je vous en prie, ai-je toujours une fiancée ?

Eliazar se renversa dans son fauteuil et se mit à rire, un rire qui lui fit tressauter la panse. Il se passa la main dans la barbe et arbora une expression pleine de compréhension.

— Pour autant que je le sache, déclara-t-il, mon frère consent toujours à vous accorder la main de sa fille. Evidemment, ces nonnes, qui tiennent à sauver son âme, vont peut-être vous donner du fil à retordre. Mais pourquoi n'allez-vous pas tout simplement demander à Hubert ? Pourquoi venir ici et précisément en ce moment entre tous ?

Edgar comprit alors pourquoi les maisons étaient closes et barricadées. Il était tellement préoccupé par ses affaires personnelles qu'il n'avait pas vu ce qui crevait les yeux. C'était la semaine sainte. Chaque jour, et ce, jusqu'à Pâques, sermons, mystères[1], processions rappelaient aux bons chrétiens la Passion et la mort du Sauveur. Plus qu'à toute autre période de l'année, on pointait du doigt l'antique culpabilité et l'intransigeance renouvelée des Juifs parmi eux.

— Je suis désolé, dit-il. Je n'y ai pas songé...

Eliazar haussa les épaules.

— Pourquoi l'auriez-vous fait ? Ce n'est pas à vous qu'on jette des pierres et des têtes de poissons. Toutefois, vous auriez pu aller chez mon frère. Il s'est acquis une réputation de bon chrétien. Personne à Paris ne sait qu'il est né juif.

---

1. Au Moyen Age, drame religieux qui mettait en scène des épisodes de la vie des saints ou la Passion du Christ.

Edgar baissa la tête. Il se sentait comme un écolier que l'on vient de corriger. Dans son pays, les Juifs étaient des êtres mythiques, hantant seulement l'Ancien Testament ou les sermons du temps de Pâques. Il avait toujours du mal à les assimiler à ceux qui habitaient Paris, semblables à tout le monde et se comportant à l'avenant. Il avait oublié la honte de la parentèle d'Hubert Le Vendeur et se rappelait seulement la gentillesse qu'elle lui avait témoignée quand sa vie était en danger.

Pourquoi s'était-il rendu d'abord chez Eliazar ? Les raisons qui lui vinrent à l'esprit n'étaient pas avouables. « Parce que j'estimais avoir plus de chances d'être reçu ici. Parce que je voulais que quelqu'un prît mon parti quand j'affronterais la famille de Catherine. Parce que votre épouse me rappelle ma marâtre et que cela me réconforte de la voir. » Quel nigaud ! Ses propos ne pourraient que susciter moqueries ou offenses. Il inspira à fond et choisit de dire la vérité.

— Je ne voulais pas paraître à la porte de Catherine comme un mendiant ou un séducteur, expliqua-t-il. D'autre part, j'ignorais comment je serais reçu. Peut-être Hubert a-t-il décidé que Catherine devait rester au couvent, ne serait-ce que pour sa mère. Selon cette dernière, Catherine est montée au Ciel, où elle est à présent une sainte.

Eliazar hocha la tête.

— L'état de sa femme est l'un des plus grands chagrins d'Hubert. Oui, il serait délicat que vous vous présentiez au dîner de famille. Madeleine n'approuverait point vos intentions.

— Tout juste, renchérit Edgar. En l'absence d'Hubert, comment m'expliquer, et à qui ? Mais vous me connaissez.

Eliazar sourit.

— Si fait. Notre rencontre a été brève, mais enrichissante. Vous avez été presque tout le temps inconscient, si je me rappelle bien.

Edgar grimaça.

— C'est exact. Je suis sans doute venu ici parce que je vous connais. Vous avez été bon pour moi. J'aurais pu aller directement au Paraclet pour y retrouver Catherine, éludant ainsi la difficulté, mais je ne veux pas être accusé d'enlèvement.

— C'est fort louable, l'assura Eliazar, souriant toujours. D'autant qu'on ne vous aurait pas laissé approcher de ma nièce sans la permission de son père. Ma foi, pour autant que je le sache, mon frère est à Paris. Madeleine est à Vielleteneuse avec le frère de Catherine et la famille de celui-ci. Elle ne risque donc pas de vous mettre des bâtons dans les roues. Si vous voulez des nouvelles de Catherine ou un contrat dressé en bonne et due forme, je vous conseille d'aller voir Hubert. Je lui enverrais bien un messager, mais je ne veux pas courir de risque cette semaine.

— Je comprends. (Edgar se leva.) Merci.

Johannah entra à l'instant où il prenait congé.

— Vous partez le ventre vide ? Nous acceptons les chrétiens à notre table.

— Vous m'avez offert infiniment plus que le vivre, repartit Edgar. Je ne veux point vous importuner davantage.

Après son départ, Johannah se tourna vers son mari.

— Ce garçon est toujours amoureux de Catherine.

— Et alors ?

— L'amour devrait venir après le mariage, pas avant, répondit-elle fermement. C'est quelque chose qui naît même si l'on connaît les habitudes les plus détestables de l'autre. Commencer par l'amour ne peut être que source de tracas.

— Si c'est là ton sentiment, je suis heureux que tu ne m'aies pas aimé quand nous nous sommes mariés.

Johannah tapota la bedaine d'Eliazar.

— Comme tu es niais ! Je t'aime depuis l'âge de six ans.

Eliazar secoua la tête.

— J'espère alors que tu me pardonneras. C'est quand tu as atteint tes dix ans que j'ai commencé à m'éprendre de toi.

Johannah soupira.

— Ces pauvres enfants, qui viennent chacun de contrées aux antipodes. C'est déjà un miracle qu'ils se soient rencontrés. Pourvu qu'aucun obstacle ne vienne contrecarrer leur bonheur !

— Ma chérie, c'est la vie, fit observer Eliazar avec tristesse. Plaise au ciel qu'ils trouvent seulement un peu de joie avant que les choses ne se gâtent !

En dépit des conseils d'Eliazar, Edgar prit la direction opposée à celle du domicile d'Hubert Le Vendeur, place de Grève, sur la rive droite. Il traversa le Petit-Pont, vers Sainte-Geneviève. Sur l'autre rive de la Seine, la foule était plus turbulente, plus jeune, beaucoup plus ivre. Il rabattit son capuchon sur le visage et joua des coudes pour se frayer un chemin. Il sentait des mains le tâter, en quête d'une bourse, espérat-il. Il n'en avait pas. Il avait confié les livres et son sac à Astrolabe. Il reçut soudain un choc dans le flanc, comme si on lui eût jeté une pierre. Impossible, au milieu de cette cohue. Une voix marmonna : *« Aversier ou serjens ? Par le cors Saint Omer ! Fils a batart avoutre ! »*

Edgar baissa les yeux, juste à temps pour voir un couteau s'écarter de lui dans un éclair, pointe baissée. Il se frotta les côtes. Il avisa une estafilade le long de sa chainse[1], qui avait fendu le tissu en dessous. Il sentit l'or lisse sous ses doigts. Il le couvrit de sa paume et resserra sa cape autour de lui. Avec une énergie accrue, il s'éloigna vivement de son agresseur et pressa le pas, marmonnant inlassablement : *« Deo gratias, Mariae gratias ! »*

« Et merci à toi aussi, Egbert, ajouta-t-il, de m'avoir payé en bons gros besants d'or. »

Lorsqu'il parvint à Sainte-Geneviève, il souffrait le martyre. Il aurait un beau bleu, mais il trembla rétrospectivement à l'idée qu'il avait failli être étripé. Il avait traversé deux fois l'Angleterre en pleine guerre civile sans frôler la mort de si près.

Tout en gravissant les marches de l'abbaye, il se mit à réfléchir. L'homme n'avait pas tenté de lui couper sa bourse. Il avait porté un coup du côté gauche, sous la cage thoracique. Il avait voulu l'assassiner avant de se fondre dans la foule. Pourquoi ? Edgar sentit une main glacée sur sa nuque et se retourna, frissonnant. Personne.

C'était insensé ! Pour quelle raison aurait-on cherché à le tuer ? Il n'était pas un personnage d'importance. Ses querelles de famille étaient circonscrites à

---

1. Long vêtement de dessous, de lin ou de chanvre, qui faisait office de chemise.

la région comprise entre la Northumbrie et Edimbourg. Il n'y avait aucune chance qu'on le suivît ici pour assouvir une vengeance. Hormis un désaccord avec Roger, l'oncle de Catherine, qui, par chance, était mort à l'heure actuelle, il ne se connaissait aucun ennemi. Son agresseur était très probablement un fou, qui tenait rancune à tous les clercs. Peut-être un étudiant avait-il séduit sa femme ou l'avait-il grugé aux dés. L'incident était certes troublant et douloureux, mais ne justifiait pas qu'il ressassât des idées noires. Les villes engendrent la folie, c'était bien connu.

Astrolabe était assis près du feu dans l'hostellerie du monastère. La sacoche de livres et un sac plus petit contenant des vêtements et un nécessaire d'écriture se trouvaient à côté de lui. Edgar se secoua, s'affermit sur ses jambes. Il était inutile de raconter sa mésaventure. En tout cas pas ici, où l'on risquait d'entendre qu'il devait la vie à sa ceinture de pièces d'or...

— Quelles sont vos intentions ? Partons-nous bientôt ? demanda-t-il à Astrolabe, tout en fouillant dans son sac pour sortir son gobelet. Y a-t-il de la bière ?

— La barrique est dans le coin. Gardée par un moine. Mon père veut partir demain au point du jour.

Edgar suspendit son geste. Astrolabe semblait aussi perturbé que lui.

— Cela vous inquiète ?

Astrolabe se frotta le front.

— Son état a empiré. Il est efflanqué comme s'il jeûnait perpétuellement. Sa peau est par endroits rouge, et aussi pâle en d'autres que la vôtre. Il tient à peine debout.

— Pourra-t-il monter sur la mule ?

Astrolabe fronça les sourcils.

— Je n'en ai pas la moindre idée. Assurément, c'est la monture idéale d'un abbé et mon père tient aux à-côtés de sa fonction. Il n'a pas grand-chose d'autre. (Il se prit le visage entre les mains.) Je ne sais même pas s'il pourrait supporter tous ces cahots. Dois-je laisser mon père user ses forces pour rejoindre ma mère, ou dois-je risquer de le voir mourir loin d'elle ? J'ignore ce qui la mettrait le plus en colère...

— Je ne connais pas votre mère, mais je connais bien maître Abélard. C'est lui seul qui prendra sa décision.

— Parfaitement.

Une main s'abattit sur l'épaule d'Edgar. Au début il crut à une claque réprobatrice, puis comprit que, s'il bougeait, Abélard s'effondrerait. Edgar se retourna lentement. Il écarquilla les yeux, saisi.

Au cours de ses quatre mois d'absence, Abélard semblait avoir vieilli de dix ans. Il avait les cheveux presque blancs et la peau tendue sur les os du visage comme le cuir d'un tambour neuf. Cependant, il serrait l'épaule d'Edgar d'une poigne de fer.

— Je passerai Pâques au Paraclet, annonça-t-il. Il est de mon devoir de veiller sur mes filles en Jésus-Christ. Ensuite, je dois voir l'archevêque de Sens.

— Père... ! commença Astrolabe. (Mais il s'interrompit et secoua la tête, résigné.) En ce cas, je vais tenter de vous trouver un cheval. La mule a un pas trop inégal. Et ne protestez pas ! ajouta-t-il en se levant et en mettant sa cape. Je n'ai peut-être pas votre don pour l'argumentation, mais je suis aussi têtu que vous et Mère réunis.

Abélard s'assit doucement sur le tabouret qu'Astrolabe avait libéré. Il lui sourit avec tendresse.

— Je crois qu'un cheval serait une excellente idée, concéda-t-il. Merci, mon fils.

Son assentiment parut inquiéter Astrolabe encore plus. Marmonnant que le jour du Jugement dernier devait être proche, il sortit.

Edgar alla finalement remplir son gobelet et un autre pour maître Abélard. Lorsqu'il revint, il trouva le maître les yeux fixés sur le feu. Il se secoua pour prendre le gobelet offert.

— Vous arrive-t-il de voir des images dans les flammes ? demanda-t-il à Edgar.

Surpris, Edgar répondit :

— Non, jamais.

Abélard soupira.

— Moi non plus. Dieu ne m'accorde pas semblables visions. Je vois seulement ce que la logique et le bon sens me disent. Mieux vaudrait que je voie dragons ou âmes damnées. Mais je vois uniquement quelque chose qui brûle et crée de la chaleur. On s'attendrait qu'un hérétique ait une prémonition en contemplant le feu.

Edgar regarda les charbons incandescents, s'efforçant de déterminer s'il était censé voir quelque chose ou pas. Au bout de quelques minutes, Abélard reprit la parole, sur un ton différent.

— Ainsi, vous êtes toujours décidé à enlever l'une des protégées d'Héloïse pour lui faire subir les épreuves de la vie conjugale ?

Edgar sourit.

— Oui, Maître, si elle veut toujours de moi.

— Je vous épargnerai le laïus sur le sujet à l'avenir. Bien que toute possibilité d'union charnelle m'ait été retirée, je m'en souviens suffisamment et sais quel empire les liens de la chair exercent sur nous.

— Aucun de nous deux n'a pris d'autres engagements, lui rappela Edgar. Ce n'est pas le plus court chemin pour obtenir le salut, j'en conviens, mais...

— Vous avez l'intention d'épouser cette femme, n'est-ce pas ? lui demanda Abélard avec vivacité. Vous avez l'intention de vivre avec elle, de l'honorer et d'engendrer avec elle des enfants qui seront élevés dans la foi. Est-ce bien exact ?

— Oui, assurément.

Mais, à vrai dire, Edgar n'avait pas encore vraiment pensé à autre chose qu'à la consommation initiale.

— En ce cas, je ne vois aucune raison pour que vous changiez vos intentions. L'apôtre n'aurait point dit aux couples de se payer mutuellement la dette conjugale si c'eût été un péché. Je crois que le plaisir naturel qui accompagne la reproduction de l'espèce humaine ne saurait être considéré comme un péché. Et il ne s'agit pas non plus de faute si nous prenons plaisir à l'acte du mariage alors que ce plaisir est inévitable.

— Je me rappelle votre leçon sur la question, Maître. Vous estimez donc que je ne dois pas tenir pour péché le fait de préférer le mariage aux feux de l'enfer.

— Précisément. (Abélard reposa son gobelet, de nouveau sérieux.) Je me demande si cela fait partie de la liste des hérésies que l'ancien abbé de Saint-Thierry est en train d'établir à partir de mes écrits.

— Je ne comprends pas cette nouvelle controverse, fit Edgar avec emportement. Ne vous ont-ils pas assez persécuté ? Après Soissons, ne se sont-ils pas avisés du ridicule de ces accusations d'hérésie ?

— Cela remonte à bien longtemps. Depuis lors, mes études théologiques m'ont acquis encore plus de respect et de renom. Les petits esprits me craignent. L'influence que je pourrais avoir les terrorise. Mes livres sont lus jusqu'à Rome. Guillaume de Saint-Thierry était autrefois mon ami. Il doit savoir que ma foi est aussi forte et orthodoxe que la sienne. Mais j'ai l'intention de régler cette question une fois pour toutes.

— Comment ? questionna Edgar, ne sachant trop s'il tenait à entendre la réponse.

— Henri Sanglier, l'archevêque de Sens, doit exposer des reliques à l'octave de la Pentecôte. Il a invité le roi, le comte de Champagne, un certain nombre d'évêques et de nobles. Le lendemain, je me propose d'affronter en joute oratoire le champion de Guillaume, l'abbé de Clairvaux, sur ces questions qu'il dit contraires au dogme. Je prouverai à tous que j'ai raison.

Abélard s'affaissa sur le tabouret, épuisé. Edgar ne souffla mot. Il était absolument persuadé que son professeur n'était pas hérétique, que c'était le savant le plus brillant de France et d'ailleurs. Cependant il ne pensait pas qu'Abélard, compte tenu de son état de santé, eût la force de disputer avec quiconque, *a fortiori* avec un homme aussi convaincu et passionné que Bernard de Clairvaux. Mais, comme l'avait dit Astrolabe, une seule personne pouvait l'emporter sur Pierre Abélard dans une discussion.

— Vous dites que nous partirons pour le Paraclet au point du jour ? s'enquit Edgar. Je dois à présent aller prendre des dispositions avec le père de Catherine. Où vous retrouverai-je ?

— Au Pet du Diable. Soyez-y avant que le soleil ne touche la flèche de Saint-Jean, sinon nous partirons sans vous.

4

Paris, dans une maison sur la rive droite, place de Grève, dimanche des Rameaux, 31 mars 1140

« Brutescent homines si concessi dote priventur eloquii, ipsaeque urbes videbuntur potius pecorum quasi saepta quam coetus hominum nexu quodam societatis foederatus, ut participatione officiorum et amica invicem vicissitudine eodem iure vivat. »

« Privés du don de la parole, les hommes retomberaient à l'état d'animaux sauvages. Et les cités ressembleraient à des enclos pour le bétail : ce ne seraient plus des communautés composées d'êtres humains, unis par un lien commun en vue de vivre en société, de s'aider mutuellement et de coopérer en amis » (Jean de Salisbury, Metalogicus*).*

La place de Grève était encore encombrée d'éventaires et de célébrants quand Edgar y arriva ce soir-là. Il se fraya un chemin entre les branches cassées d'arbustes, portées en guise de rameaux par la plupart des participants à la procession. Le parfum des pins se mêlait aux relents de bière éventée et aux odeurs d'encens, ainsi qu'à l'âcre puanteur des peaux fraîchement tannées. Edgar respira à fond, et ce mélange lui rappela le pays natal. Il hésita : devait-il s'offrir une autre chope de bière pour affronter l'entrevue avec le père de Catherine ?

Une femme était nonchalamment adossée au tonneau.

— C'est combien pour remplir un gobelet de cette taille ? s'enquit-il en le tendant.

La femme se redressa, sourire aux lèvres.

— Cela dépend de quoi je le remplis, répondit-elle en lui passant un bras autour de la taille.

Edgar remarqua alors la ceinture jaune vif que portait la femme. Lorsqu'elle le frôla, il se rendit aussi compte que sa chainse était lacée si lâchement que l'on voyait entre les rubans la peau nue, de l'aisselle à la cuisse. Elle devait avoir froid sans chemise. Mais Edgar n'avait ni le temps, ni l'argent, ni le goût de la réchauffer.

— Désolé, lui dit-il, en s'écartant vivement pour qu'elle ne sente pas l'or contre ses côtes.

— Tu peux l'être ! Une nuit avec moi vaut bien un jour de pénitence, clerc.

Edgar en doutait. La peau qu'il avait touchée était grasse et les cheveux de la fille étaient imprégnés de la puanteur de cent hommes non lavés.

Les cheveux de Catherine sentaient la pluie d'été.

Il poursuivit son chemin parmi les détritus, parvint à la porte de la maison d'Hubert Le Vendeur, marchand.

Le père de Catherine terminait tout juste le repas du soir et songeait sérieusement à prendre une coupe de vin chaud avant d'aller se coucher quand Edgar fut annoncé.

— Par les cuves de saint Vincent ! s'exclama-t-il. Vous êtes revenu !

— Oui, monsieur, dit Edgar, se demandant si cet accueil était une formule de bienvenue ou une malédiction.

La pièce était nue, à l'exception d'une petite table à tréteaux près du feu, devant lequel Hubert était assis. Il y avait une lampe à huile, suspendue au plafond, pour seul éclairage.

— Où se trouve votre maisonnée ? s'enquit Edgar.

Hubert haussa les épaules.

— J'ai envoyé mes gardes passer la semaine sainte avec leurs familles. Le reste de la maisonnée est chez mon fils à Vielleteneuse. J'ai des affaires qui me retiennent ici. Et vous ?

Il ne pria point Edgar de s'asseoir, ne lui offrit pas de vin. Ce n'eût été là que simple politesse. La nervosité d'Edgar vira soudain à la colère. Qui était donc cet homme pour le regarder sans aménité et le traiter comme un serf ? Edgar releva le menton, lui lançant un regard noir.

— J'ai des affaires ici, moi aussi, répondit-il. Voilà quatre mois, vous avez accepté mes fiançailles avec votre fille Catherine. La *desponsatio*[1] ayant été approuvée à la fois par vous et la demoiselle en question, je suis retourné chez mon père pour lui demander son consentement et obtenir une dot. Comme vous ne vouliez pas voir votre fille dotée de terres en pays étranger, c'est de l'or que j'ai rapporté.

1. Les fiançailles.

Il passa la main sous sa tunique et détacha la ceinture qu'il portait depuis son si long voyage. Il la posa sur la table devant Hubert.

Le père de Catherine n'y jeta pas même un coup d'œil. Il se versa une autre coupe de vin.

— Et qu'a dit votre père quand vous lui avez fait part de votre intention de retourner en France pour épouser une femme promise à Notre Seigneur ?

Jusqu'à cet instant, Edgar n'avait pas soupçonné, au fond de son être, l'arrogance que lui avaient transmise à son insu des générations d'aristocrates.

— La chose n'a nullement préoccupé mon père, répliqua-t-il. Il a été en revanche effaré à l'idée que je puisse renoncer à mon droit de devenir abbé du monastère familial, puis archevêque d'Edimbourg. C'est à cette seule fin qu'on m'a envoyé étudier à Paris.

Hubert hocha lentement la tête et vida sa coupe. Il regarda de nouveau Edgar, cette fois avec une profonde tristesse.

— Il n'est pas trop tard pour combler les vœux de votre père.

Edgar tressaillit. Son estomac se noua. Hubert n'avait pas touché l'or.

— Qu'essayez-vous de me dire ? bredouilla-t-il. Que s'est-il passé pendant mon absence ? Est-ce que Catherine...

— Non, fit Hubert, qui se leva enfin. Venez ici, mon fils. Asseyez-vous. Buvez. Catherine va bien. Ses lettres ne parlent que de ses inquiétudes à votre égard. J'ai passé plus d'une nuit blanche à repenser à ma décision de vous accorder sa main. Je m'attendais vraiment que votre père vous interdisît de revenir. Ma foi, me suis-je dit, elle sera malheureuse un temps, puis se rendra compte que le Paraclet est l'endroit qu'il lui faut.

La main d'Edgar, qui se tendait vers la cruche, s'immobilisa.

— Et maintenant ? questionna-t-il.

Hubert leur versa du vin à tous deux. Il désigna d'un geste le pain et la viande entamés, puis scruta les ombres tapies au-delà du petit cercle de lumière.

— J'ai quitté Rouen pour Paris voilà trente-cinq ans. Le marchand chrétien qui m'a élevé m'avait chargé d'approvisionner les seigneurs normands de la région en vin originaire de Francie et de Bourgogne. Dans cette fonction, je me suis enrichi et fait des relations. C'est ainsi que j'ai connu un chevalier de Blois, Raoul de Boisvert. La famille, peu fortunée, avait cependant une lointaine parenté avec les comtes de Blois, et sa lignée remontait à Richard le Justicier. Raoul avait une fille. Il se laissa fléchir ; elle était consentante : je l'ai épousée.

Edgar se remémora la seule fois où il avait vu Madeleine, fille de Raoul. Catherine avait été si malade, elle était tombée de cheval devant le donjon du château. Il s'était précipité pour la rattraper, mais Madeleine l'avait repoussé et s'était mise à divaguer, affirmant que la maladie était un châtiment ou une pénitence. Catherine lui avait déjà expliqué que sa mère passait le plus clair de ses journées à prier et à visiter les sanctuaires locaux.

Hubert soupira.

— Ecoutez-moi, mon garçon, reprit-il. Je vous raconte cette histoire à dessein. Vous saurez ainsi à quoi vous attendre de ma part. J'ai acheté Madeleine à son père. J'avais de l'affection pour elle, mais je m'intéressais surtout à sa famille. Ses liens avec la noblesse devaient rehausser ma position sociale et accroître ma richesse. C'était un mariage arrangé parfaitement normal.

« Puis il y eut les enfants mort-nés, ceux qui furent emportés par la fièvre dès leur premier hiver, notre deuxième fils écrasé par une charrette. Madeleine commença à soupçonner l'authenticité de ma conversion au christianisme et à croire que j'avais gardé la foi de mes ancêtres. Elle me délaissa et me remplaça par les saints. Pour finir, seuls les saints comptèrent, encore plus que les enfants qui nous restaient. Mais rien de ce qu'elle fait pour eux ne lui apporte la paix. Voyez un peu où l'ont menée ces craintes. Quant à ce que j'ai fait... Je ne cesse de me répéter que, si je l'avais aimée, j'aurais remarqué plus tôt cette piété excessive. J'aurais pu la rassurer quant à ma foi. Cela aurait peut-être changé les choses.

D'après ce qu'Edgar savait de la famille de Madeleine, il douta que sa démence eût pu être prévenue. Son frère Roger avait certainement perdu la raison. Hubert lui conseillait-il de ne pas entrer dans une famille de fous ? Mais cela pouvait s'appliquer aux deux familles. Edgar espérait qu'ils ne recevraient jamais la visite de son oncle Ethelræd.

Hubert se resservit.

— J'ai presque terminé, promit-il. On dit que la concupiscence est la pire raison pour se marier. Or je constate, comme tout le monde soit dit en passant, la violence de vos désirs mutuels. J'espère seulement que votre amour est également un amour du cœur et de l'esprit, qui tiendra jusqu'à la fin de vos vies. Si ce n'est pas le cas, si un jour vous regrettez de ne pas avoir embrassé la carrière ecclésiastique, rendez alors la liberté à Catherine, laissez-la retourner chez les sœurs et y trouver le bonheur. Ne la forcez pas à rester à vos côtés pour des motifs de fierté ou d'honneur.

« C'est Catherine que j'aime le plus de tous mes enfants, ajouta-t-il. Je préférerais la voir heureuse plutôt que comtesse de Champagne. C'est tout.

Edgar prit l'or et le déposa sur les genoux d'Hubert.

— Je n'ai pas l'intention d'acheter votre fille, déclara-t-il. Ceci est ma promesse qu'elle sera bien traitée, avec ou sans moi. Catherine est une partie de moi-même, plus que ne l'a été n'importe lequel des êtres que j'ai aimés. Et, à mon avis, je ne ferais pas un abbé bien pieux.

Hubert défit le tissu et compta les besants. Il en leva un à la lumière.

— Je vais demander à Ullo de vous dresser une couche quand il aura fini de desservir. Vous pourrez dormir ici près du feu. Plus tard, quand vous serez mariés pour de bon, je vous donnerai à tous deux la chambre au-dessus du bureau des comptes. Catherine tiendra à être près des livres.

Là-dessus, il demanda un autre pichet de vin.

Edgar attendait près du Pet du Diable le lendemain matin, au point du jour. Adossé contre l'antique mégalithe, il se frottait le dos contre les griffures de la pierre. Nul ne savait qui l'avait érigé ni pourquoi il portait ce nom. C'était, à l'évidence, l'œuvre de païens, et sa présence datait de bien longtemps avant les Romains, avant le Christ. Mais le peuple de Paris semblait assez heureux de le voir là, depuis que son influence funeste avait été contrebalancée par l'église de Saint-Jean, construite à côté. Imposant et facile à repérer, c'était un endroit de rendez-vous commode. De nombreux pèlerins avaient laissé leur marque sur le vieux Pet avant de partir pour Jérusalem ou Compostelle.

Le soleil toucha la flèche de Saint-Jean et les cloches de la ville se mirent à sonner prime. Edgar tâta sa chainse raccommodée et fut rassuré par le craquement du vélin. Ce papier avait pour lui la même valeur que l'or qu'il avait serré contre lui jusque-là. Hubert Le Vendeur avait écrit une lettre de sa main, autorisant l'abbesse du Paraclet à laisser partir sa fille Catherine, si celle-ci y consentait, avec Edgar de Wedderlie, qui se proposait de l'épouser en tout bien tout honneur. Hubert avait également précisé qu'elle serait confiée aux bons soins de l'abbé Pierre Abélard avant de revenir à Paris pour la noce. Ils ne pouvaient souhaiter contrat plus clair. La permission avait été accordée, le cadeau de mariage, remis. Il ne restait plus qu'à aller quérir la fiancée.

Le soleil grimpait dans le ciel. C'étaient maintenant les cloches de la rue qu'Edgar entendait. Les marchands ambulants, les lépreux et les porcs, tous faisaient du bruit pour mettre en garde ou attirer les passants. La route menant à la porte Baudoyer était noire de monde ces temps-ci. Depuis que les artisans et les marchands avaient commencé d'affluer en provenance de l'île vers Monceau-Saint-Gervais, sur la rive droite, afin d'éviter les tarifs élevés et les logements coûteux, les rues autour du Pet ressemblaient aux foires de

Troyes et de Lendit. Edgar s'énervait, ballotté par la foule qui l'empêchait de bien observer la route.

Il finit par les apercevoir. Astrolabe menait son père, qui chevauchait avec aisance un palefrenier blanc. Edgar sourit. Malgré tous ses déboires, Abélard n'oubliait jamais tout à fait qu'il était fils de chevalier. Pas question qu'il montât à cheval comme un vulgaire lettré.

John, l'ami anglais d'Edgar, qui était allé étudier à Chartres cet hiver-là, les accompagnait, ainsi qu'un clerc qu'Edgar crut reconnaître.

— Excusez-moi, dit Astrolabe dès qu'il fut à portée de voix. Nous sommes partis de bonne heure, mais apparemment la moitié de Paris avait « juste un mot à dire » à mon père. A croire que sa bourse était bourrée de bénéfices, étant donné la façon dont les clercs se pendaient à ses basques.

— C'est à moi que vous faites allusion, j'imagine, jeune Astrolabe ?

L'homme qui venait de parler avait les cheveux gris, la soixantaine bien sonnée, d'après Edgar, mais était toujours vigoureux. Il n'était pas tonsuré et portait soutane ; il avait cependant un air d'autorité et une expression facétieuse peu répandus parmi le clergé de paroisse.

Astrolabe piqua un fard.

— Bien sûr que non, mon père, l'assura-t-il. Pas du tout ! Edgar, peut-être connaissez-vous déjà maître Gilbert[1], ex-chancelier de Chartres ?

— Seulement de réputation. (Edgar comprit alors

---

1. Gilbert de la Porrée, philosophe français (1076-1154), élève d'Abélard, évêque de Poitiers (1142).

pourquoi Astrolabe était si gêné.) Je n'ai pas eu la chance d'assister à vos leçons, mais j'espère en avoir l'occasion maintenant que je suis de retour à Paris.

Maître Gilbert se mit à rire.

— Vous connaissez ma réputation et vous souhaitez quand même m'entendre parler ? Quel homme courageux ! Ces temps-ci, autant de corbeaux tournent autour de moi qu'autour de maître Abélard.

Edgar jeta un coup d'œil à ce dernier, qui s'entretenait avec John et un autre étudiant. Il baissa la voix.

— Y en a-t-il toujours autant prêts à le dépecer ?

Maître Gilbert devint sérieux.

— Trop. Ils ne peuvent pas lui pardonner de vouloir appliquer la logique à la théologie.

Ils furent bousculés et injuriés par un marchand de lait qui allait installer son éventaire à la Pierre-au-Lait. Le chanoine entraîna Edgar à l'écart.

— Ce qui m'inquiète le plus, poursuivit-il, c'est ce projet insensé de débat entre Abélard et l'abbé Bernard.

— Vous pensez qu'il perdrait ? lui demanda Edgar. Personne ne peut avoir le dessus dans une discussion avec maître Abélard.

— Votre loyauté vous aveugle ! repartit Gilbert. Astrolabe m'a dit que vous en aviez déjà discuté. Cette joute ne servirait à rien et pourrait lui causer beaucoup de tort. Quand ils ont condamné l'œuvre d'Abélard à Soissons, voilà dix-neuf ans, il a failli mourir d'avoir à jeter ses livres aux flammes. Vous imaginez quel effet cela produirait sur lui aujourd'hui, dans son état de santé !

— Mais il a nombre d'amis puissants.

— Dont la plupart doivent des services à l'abbé de

Clairvaux. Je ne compterais guère sur eux pour défendre Abélard contre lui. Je vous en prie, demandez à Héloïse de lui faire entendre raison.

Edgar soupira.

— Je le lui demanderai, maître Gilbert. Mais, d'après ce que je sais d'elle, elle n'agira qu'à sa guise et personne ne la fera changer d'avis.

L'animation régnait au Paraclet en ces derniers jours avant Pâques. Il y avait recrudescence de prières, de jeûnes, d'aumônes. Catherine avait toujours trouvé la période pleine de joie, mais cette année elle ne faisait plus partie du couvent. Son esprit n'était pas occupé par le Ciel, mais par des pensées terrestres, des désirs charnels. Son désir pour Edgar, elle l'admettait. Mais elle était aussi la proie de passions plus viles : la colère, la vanité, la peur. Si elle vivait dans le monde, il lui faudrait également les affronter. Etait-elle assez forte ? Lorsqu'elle veillait au chevet du corps brisé à l'infirmerie, Catherine se mettait à en douter. Malgré l'infection qui gagnait rapidement, la comtesse Alys vivait toujours. Elle donnait l'impression qu'elle luttait pour accomplir une dernière chose avant de lâcher prise. Nommer son agresseur ? Catherine l'espérait. Mais combien de temps pourrait-elle survivre encore ?

C'était le jeudi saint, après none. Héloïse était agenouillée avec les autres sœurs dans l'aile du cloître. Elles lavaient les pieds de douze pauvresses. Après ce rituel symbolique, on donnerait des chaussures et des manteaux neufs à ces femmes, ainsi qu'un repas chaud.

— Attention à mes cors, madame l'abbesse ! gémit une vieille femme. Si vous les frottez encore, ils vont saigner. Comment ferai-je alors ?

Héloïse sourit.

— Comme à l'accoutumée, Hrotruda. Vos pieds vous mèneront de la porte de votre fils jusqu'à la nôtre, et nous veillerons tous deux à ce que l'on prenne soin de vous.

Hrotruda se pencha en avant de sorte que son visage se retrouva à la hauteur de celui d'Héloïse.

— Croyez-vous que Notre-Seigneur se moquait des pauvres qui venaient Le trouver pour être réconfortés ?

Le sourire d'Héloïse s'estompa. Elle regarda la vieille femme bien en face et reprit, sans aucune trace de moquerie :

— Imaginez-vous un seul instant, honorable invitée, que je m'estime en quelque façon l'égale de Notre-Seigneur ?

Soudain on entendit du tapage. Les deux femmes regardèrent dans la direction d'où venait le bruit. Sœur Ermeline parcourait l'aile orientale du cloître, tapant sur une planche en bois à l'aide d'un maillet. C'était le signal de rassemblement des sœurs au chevet des mourants.

— Mère Héloïse ! Venez vite ! Dépêchez-vous, toutes !

Héloïse se redressa, avec un hoquet de surprise. Elle chancela et Hrotruda tendit le bras pour la retenir.

— Attention, madame l'abbesse, dit-elle. Je compte bien que vous serez là l'année prochaine pour faire mieux.

— Merci, dit Héloïse, retrouvant l'équilibre. Agathe, veux-tu expliquer aux femmes ce qui se passe et veiller à ce qu'elles soient servies avant que tu ne nous rejoignes ? C'est un cas de force majeure. Emilie, demande à une sœur converse de courir chercher le père Guiberc. Dis-lui que la comtesse est mourante. Nous devons nous préparer à l'extrême-onction.

Les religieuses se rassemblèrent rapidement dans l'oratoire. Le père Guiberc, portant l'hostie dans un calice, et le sacristain chargé des saintes huiles attendaient, prêts à se rendre en procession jusqu'à l'infirmerie. Catherine prit place en queue de cortège.

Ils entrèrent à la queue leu leu par la porte ouverte. Dès le seuil, Catherine fut assaillie par une puanteur qui faillit la faire ressortir. Non sans mal, elle réussit à réprimer son haut-le-cœur et à garder sa place.

Sœur Mélisande avait accroché des bouquets de romarin et de valériane aux fenêtres et au-dessus du lit. Elle avait également empli les lampes d'huile parfumée, mais rien ne pouvait masquer l'odeur de putréfaction et de mort imminente. Une sœur converse tendait à chaque femme qui entrait un foulard imbibé de vinaigre de vin. Catherine l'appliqua aussitôt contre le nez et la bouche ; au moins pouvait-elle ainsi respirer sans avoir mal au cœur. Elle tourna le regard vers la comtesse Alys.

Deux yeux bleus terrifiés se fixèrent sur elle.

L'espace d'un instant, Catherine crut la comtesse déjà morte, puis celle-ci cilla. Ses yeux parcoururent la salle jusqu'à ce qu'elle aperçût Paciane, se tenant dans l'ombre. Alys essaya de soulever la tête.

— Belle sœur, douce amie, chuchota-t-elle. 'Ciane !

Trébuchant, Paciane fendit la foule et s'agenouilla à son chevet. Le père Guiberc commença à administrer le sacrement.

— Elle est consciente ! s'exclama-t-il. C'est un miracle !

Sœur Mélisande secoua la tête.

— Pas vraiment, mon Père. Elle ne passera pas la nuit, je le crains, mais elle pourra du moins avoir le réconfort du sacrement.

Tristement, le père Guiberc continua l'extrême-onction. Paciane aida Alys à se soulever pour qu'elle puisse recevoir le viatique. Puis elle retomba sur l'oreiller. Le prêtre s'écarta.

Alys ébaucha un geste vers lui.

— Non ! râla-t-elle. Plus ! Mère ! Vous aviez promis !

Elle se mit à étouffer. Paciane tordit un linge pour faire couler quelques gouttes de vin dans sa bouche. Alys se rallongea, le souffle court.

Le prêtre regarda Héloïse, perdu. Que pouvait-elle demander de plus ?

— La comtesse Alys veut être admise dans notre ordre, expliqua Héloïse. Lorsqu'elle nous a fait don de sa terre, la comtesse a posé comme condition expresse d'avoir le droit de prendre le voile ici avant de mourir.

— Mais c'est impossible ! protesta le père Guiberc. Seul l'évêque peut la consacrer ! Il n'est plus temps de le mander, même si Hatto acceptait.

— Elle ne demande pas à être *sanctimonialis*, Père, repartit Héloïse. La présence de l'évêque n'est obligatoire que pour la consécration des vierges. Vous êtes habilité à être le témoin de son engagement et à lui donner le voile.

— En êtes-vous certaine ? Sous couvert de qui ?

— De l'évêque Ivo de Chartres, répondit Catherine avec humeur.

— Catherine ! lança Héloïse sèchement. Vous

n'avez pas droit à la parole. Pensiez-vous que je l'ignorais ?

— Excusez-moi, ma Mère, fit Catherine, horrifiée contre elle-même. De grâce, pardonnez-moi !

Héloïse hocha la tête.

— Je vous parlerai plus tard. Elle a parfaitement raison, mon Père. Ivo, suivant en ceci les décrets du pape Gélase, permet à un prêtre de donner le voile et la bénédiction à une veuve ou à une épouse. L'évêque Hatto a toujours été présent jusqu'ici pour ce faire, voilà tout.

Les yeux d'Alys s'étaient refermés. Dans la salle pleine de monde, on n'entendait que son souffle rauque.

Le prêtre était encore dubitatif.

— Je vous crois, bien entendu. Mais je ne tiens pas à mettre son âme en péril ni la mienne en commettant une erreur. C'est une femme mariée. Nous devons avoir le consentement de son époux avant que les liens du mariage ne soient rompus.

Cette fois, Catherine se mordit la langue. Ces liens seraient bientôt rompus par la mort, pendant que le vieux prêtre, qu'elle aimait bien jusque-là, tournait en rond pour une question de procédure.

Héloïse réfléchit. Puis elle regarda de nouveau Catherine.

— La charte, déclara-t-elle. Catherine, courez à ma cellule et ouvrez le coffre où nous gardons les archives. Voici la clef. Le consentement du comte Raynald doit se trouver dans la charte.

Alys s'agita de nouveau.

— Mon voile...

Catherine se fraya un chemin pour sortir et courut

comme on le lui avait ordonné, ne trébuchant qu'une fois dans la boue. Elle fouilla dans le coffre. Oui, le document s'y trouvait bien. Elle le parcourut : « ... *sub presentia et cum laude et voluntate conjugis sui Raynaldi comitis de Tornordoro...* » ; « ... en présence et avec l'assentiment de son mari, le comte Raynald de Tonnerre... » Catherine glissa le parchemin dans sa manche et repartit en flèche à l'infirmerie.

— La voici, annonça-t-elle en tendant le papier à Héloïse. Ma Mère, ne devrions-nous pas lui demander le nom de son agresseur ?

Elle avait l'air si angoissée qu'Héloïse n'eut pas le cœur de la réprimander.

— Ma chère Catherine, dit-elle, l'heure n'est pas à la vengeance. La comtesse désire mourir en faisant partie de cette maison. Son souhait seul importe. Pouvons-nous commencer, mon Père ?

— Oui, bien sûr.

Hersende, la sœur responsable de la garde-robe, posa une pièce de tissu noir sur le bras du prêtre. Héloïse soutint Alys et il disposa l'étoffe autour du visage de la comtesse, puisqu'elle était incapable de le faire elle-même comme il était prescrit.

— *Accipe,* ah... *domina, pallium quod perferas sine macula ante tribunal Domini nostri Jesu Christi... Effunde, Domine, caelestem benedictionem super hanc famulam tuam, Aleydem. Amen.*

Sa voix était hésitante, car il n'était pas trop sûr de la marche à suivre dans cette situation. Mais Héloïse parut satisfaite.

Alys parvint tout juste à lever la main pour sentir la rugueuse étoffe de laine contre son visage.

— *Ah, Jesu,* souffla-t-elle.

Ses yeux se révulsèrent et elle exhala un long soupir, qui se transforma en râle au fond de la gorge. Le père Guiberc commença à réciter à la hâte la prière des agonisants. Les sœurs psalmodièrent le répons.

Alys reposait, immobile. Libre.

Catherine était assise à l'extérieur de la cellule d'Héloïse, attendant sa punition. Elle se sentait complètement vidée de tout sentiment. En cet instant même, on procédait à la toilette mortuaire d'Alys, ex-comtesse de Tonnerre, avant de l'envelopper dans son linceul. Catherine avait proposé son aide, mais en avait accueilli avec soulagement le rejet. Elle n'aurait pu supporter la vue et l'odeur de ce pauvre corps couturé de cicatrices. Alys semblait avoir été escamotée. Etant donné qu'on était déjà en fin d'après-midi en ce jeudi saint, il n'y aurait même pas de messe de funérailles. Il faudrait attendre que Pâques soit passé.

Au moins, se dit Catherine, *elle n'est pas morte seule. Mais pourquoi devait-elle donc mourir ? Pourquoi ? Elle aurait dû nous dire qui l'avait tuée.*

Pour satisfaire ta curiosité, Catherine ? demanda sa conscience. *Avais-tu l'intention de réclamer vengeance ? De déclencher une guerre sanguinaire ? N'est-il pas plus important qu'elle soit morte en état de grâce ?*

Catherine se prit le visage entre les mains. Elle avait envie de hurler sa colère et sa frustration, mais elle était trop épuisée. Enterrer simplement Alys et oublier comment elle était morte, c'était trop injuste ! Qu'elle connût à présent un monde meilleur n'était pas une raison pour que l'on tût à jamais les horreurs qu'elle avait endurées ici-bas.

La porte s'ouvrit et Héloïse apparut.

— Entrez, Catherine. Je préfère m'entretenir avec vous ici, plutôt qu'au chapitre. Mais vous devrez y présenter vos excuses la prochaine fois et y recevoir votre réprimande.

— Certainement, ma Mère.

Héloïse l'introduisit dans sa cellule austère. La fenêtre était ouverte et Catherine entendait le bruit du fer sur la terre : les frères convers creusaient la tombe.

Héloïse s'assit, se frotta les yeux.

— Je constate que, pour Dieu sait quelle raison, le sort de la comtesse... de notre sœur Alys vous a fortement affectée. Vous savez que nous avons fait tout ce que nous pouvions pour elle.

Catherine soupira.

— Si fait, ma Mère. Cependant, je regrette que nous n'ayons pu faire davantage, avant qu'elle ne fût attaquée. J'ignore pourquoi, mais il est important et nécessaire, me semble-t-il, de découvrir si elle a vraiment été agressée par Gauthier de Grancy et, surtout, qui l'a battue si souventes fois.

— Catherine, en quoi cela peut-il lui être utile, désormais ?

Héloïse, à l'évidence, était épuisée. Catherine se sentait terriblement coupable d'ajouter à son fardeau. Elle chercha une raison justifiant sa conviction. Elle était trop fatiguée. Elle ne put que braquer un regard suppliant vers cette femme qui était devenue sa mère. Puis, sans crier gare, elle se mit à pleurer. Héloïse la prit dans ses bras et la berça comme un bébé.

— Catherine, Catherine, murmura-t-elle. Vous ne pouvez pas vous affliger ainsi pour une femme que vous ne connaissiez pas. On ne peut pas souffrir aussi facilement quand il y a tant de souffrances dans le monde. Alys a eu une triste vie, semble-t-il. Mais elle ne voudrait pas voir la vôtre attristée par votre pitié pour elle.

Catherine inspira à fond, et sécha ses larmes.

— Je suis désolée, ma Mère. Je me sens idiote et je sais que je ne pleure pas vraiment sur Alys. Elle a trouvé la paix.

Elle s'interrompit.

— Ma Mère..., reprit-elle, cherchant la meilleure façon de formuler la question. Savez-vous pourquoi Paciane est devenue sœur converse ?

— Oui. Elle s'est confessée à moi quand elle est entrée au Paraclet.

— Vous savez donc qui elle est ?

— Oui.

Catherine avait maintenant l'impression de chercher son chemin au sein d'une forêt ténébreuse. Mais elle commençait à comprendre sa réaction violente à la mort de la comtesse.

— Au cas où j'aurais décidé de rester et de prononcer mes vœux, déclara-t-elle avec lenteur, au lieu d'épouser Edgar *(Oh, par pitié, qu'il revienne vite !)*, qu'aurais-je fait dans la même situation ? Comment aurais-je réagi si l'on avait amené ici ma sœur Agnès, battue avec une telle sauvagerie, sans personne pour la protéger ? Pourrais-je pardonner à ses bourreaux ? Pourrais-je me le pardonner ? Sans doute suis-je une mauvaise chrétienne, car j'aurais voulu voir les coupables châtiés. Pourquoi Paciane refuse-t-elle de nous révéler le nom de ce criminel ? Voilà ce qui me tourmente tant.

Héloïse continuait à la bercer, jouant avec une boucle folle échappée du foulard de Catherine.

— Je l'ignore, finit-elle par répondre. Peut-être Paciane est-elle meilleure chrétienne que vous et moi. Vous savez que je ne peux trahir sa confiance. Elle m'a seulement parlé de sa vie, pas de celle de sa sœur. Je pense certaines choses, mais je dois tenir ma parole vis-à-vis d'elle, tout comme vous.

Catherine renifla une dernière fois.

— Oui, mais... Oh, ma Mère, je me sens si perdue...

A sa grande surprise, Héloïse se mit à rire.

— Ma très chère Catherine, ne vous l'ai-je jamais dit ? Tout savant se sent toujours perdu. Le véritable savant a l'esprit naturellement troublé.

Alys fut enterrée aussitôt après vêpres cet après-midi-là. La tristesse traditionnelle du jour fut avivée par cette nouvelle peine, et un cierge supplémentaire fut allumé pour son âme, à côté de l'autel de Notre-Dame.

Ce soir-là, Catherine s'effondra sur son lit, plus lasse qu'elle l'avait jamais été de sa vie.

— Seigneur, implora-t-elle, puissé-je dormir jusqu'à l'arrivée d'Edgar ! Je suis si fatiguée de souffrir seule.

5

Près du Paraclet, vendredi saint, 5 avril 1140

Quid Salomone sapientius ? Attamen infatuatur amoribus feminarum.

« Homme fut-il jamais plus sage que Salomon ? Pourtant l'amour des femmes le rendit sot lui aussi » (saint Jérôme, Lettre à Rusticus*).*

Un brouillard épais envahissait la vallée tandis que les trois voyageurs suivaient la route en provenance de Nogent. Edgar et Astrolabe avaient chaud à force de marcher, mais Abélard frissonna lorsque la brume, se liquéfiant, goutta du capuchon de son manteau et lui coula dans le cou. Astrolabe lui toucha la main. Elle était froide et tremblante.

— Peut-être devrions-nous trouver une maison où nous reposer et nous sécher, suggéra Edgar.

— Père ? fit Astrolabe.

Abélard regardait, à travers le brouillard, quelqu'un d'invisible pour Edgar et Astrolabe.

— On ne peut demander aux gens de comprendre en se fondant sur la seule foi, argumentait-il. On doit les guider doucement vers la croyance par la simple logique. Nous ne sommes pas des saints, après tout. Si tel était le cas, le sacrifice de Notre-Seigneur n'aurait aucun sens. Vous devez voir cela. Pourquoi ne voulez-vous pas l'admettre ?

Astrolabe le toucha de nouveau, essayant de le ramener à la réalité.

— Père ! (Astrolabe se mordit la lèvre.) Vous ne vous sentez pas bien. Peut-être ferions-nous mieux de nous arrêter. Nous pourrions passer la nuit à Saint-Aubin.

— On vous nomme « saint » et même « ange » ! cria son père à tous vents. Il n'en est rien. Vous n'êtes qu'un homme, malgré votre réputation. Comment osez-vous me corriger !

— Il y a une auberge à Saint-Aubin, dit Edgar. Nous devrions tenter au moins de le réchauffer et de le calmer. Ensuite, il n'y a même pas trois kilomètres jusqu'au Paraclet. Les nonnes prendront soin de lui mieux que n'importe qui.

— Vous avez raison, acquiesça Astrolabe. Je ne vaux pas mieux que lui, à me préoccuper davantage de sa dignité que de sa santé. Seulement voilà, les nonnes ont une telle vénération pour lui... Il ne souhaiterait pas être vu d'elles dans cet état, je le crains.

— Je ne pense pas qu'elles auraient moins de respect pour lui si elles le voyaient malade.

Soudain, étouffé par le brouillard, résonna un claquoir en bois, qui appelait, en lieu et place des cloches, les ecclésiastiques à la prière, du Gloria de la messe du jeudi saint au Gloria de la messe de la vigile pascale. Edgar tourna la tête, cherchant d'où venait le son.

— Ecoutez, ce doit être none, dit-il. J'avais perdu tout sens du temps dans cette purée de pois.

En entendant le son, Abélard sursauta d'abord, puis il se calma et courba la tête.

— *Parasceve*, chuchota-t-il. J'avais oublié ! Comment ai-je pu me laisser absorber à ce point par mes pauvres tourments ? (Il commença doucement à psalmodier :) *« Nona, qua vera lux penam finierit, subtractam lucem hanc mundo restituit... »*

— « A la neuvième heure, quand la vraie lumière a mis fin à ses tourments, Il a rendu au monde la lumière perdue », traduisit Edgar. Je ne connais pas ce cantique.

— Il est de Père, expliqua Astrolabe. Il l'a écrit pour le Paraclet, pour Mère. Il en a fait un pour quasiment tous les offices des derniers jours de la semaine sainte.

Ils écoutèrent en silence jusqu'à ce qu'Abélard se tût.

— C'est encore loin ? s'enquit-il.

Edgar leva la tête. Maître Abélard lui sourit. Il avait les yeux rouges et les mains toujours tremblantes, mais il était de nouveau présent parmi eux.

— A quelques kilomètres, lui répondit Astrolabe. Vous sentez-vous assez bien pour continuer ?

— Bien sûr. J'ai honte de moi. J'éprouvais une telle colère que j'en avais oublié quel jour nous étions. Comment puis-je me plaindre de ceux qui me tourmentent si je pense à ce qu'a souffert Notre-Seigneur en cette même heure pour avoir dit Sa vérité ?

Il fit prendre à son cheval une allure plus rapide. Astrolabe et Edgar n'eurent bientôt plus assez de souffle pour soutenir une conversation, mais ni l'un ni l'autre ne suggéra de ralentir. Edgar se félicitait que l'on pût attribuer ses joues cramoisies à l'effort, mais il avait honte, lui aussi. Il n'ignorait pas que c'était le vendredi saint, mais, au lieu de se rappeler la Passion et la mort du Christ, il n'avait pensé qu'à sa propre passion pour Catherine. Encore heureux qu'il eût renoncé à devenir évêque...

Ils entendirent peu à peu un autre bruit, qui s'intensifiait rapidement, celui de sabots martelant la terre battue. Sans prévenir, un groupe de chevaliers émergèrent du brouillard au galop. Edgar et ses compagnons eurent à peine le temps de s'écarter. Edgar réussit à s'accrocher à l'encolure du cheval d'Abélard à l'instant où les cavaliers les dépassaient à la vitesse de l'éclair sans même sembler les voir. Astrolabe, en revanche, fut projeté sur le bas-côté.

Abélard se dressa sur ses éperons.

— Questres ! leur cria-t-il. Fis des lisses ! Si peu vous chaut de vous rompre le cou, pensez à vos chevaux !

Edgar courut vers Astrolabe, qui tentait de se dégager d'un buisson d'épineux.

— Ne vous inquiétez pas, les rassura-t-il. A part quelques égratignures, je n'ai rien. Fieffés bricons ! Quelle folie de chevaucher à bride abattue par un temps pareil !

— Peut-être, commenta Abélard, avaient-ils reçu un appel divin et se dépêchaient-ils de rejoindre les frères de Clairvaux.

Astrolabe regarda son père, puis Edgar. Il se détendit et se mit à rire, plus fort que ne le méritait la plaisanterie.

— Vous vous sentez mieux, Père, dit-il enfin. Je

reconnais mes torts. Est-ce à nous d'empêcher les convertis de courir vers leur vie nouvelle ?

— C'est juste, mon fils. Bien sûr, peut-être pourrions-nous formuler un vœu pieux pour leur voyage : qu'ils découvrent au plus tôt comment les puissants risquent de mordre la poussière.

— Il n'empêche, ajouta Edgar, je me sentirais mieux si je savais où ils vont vraiment. Il n'y a pas grand-chose le long de cette route, en dehors du Paraclet.

Les trois hommes se regardèrent, méditant la remarque. Sans un mot, ils repartirent, pressant davantage l'allure.

Le claquoir se fit entendre aussi au Paraclet. Pieds nus, les religieuses se dirigèrent vers l'oratoire. Mais Catherine n'était pas parmi elles. Elle était agenouillée sur le sol dur de l'infirmerie. Elle avait les mains rêches et le nez qui coulait. Elle plongea de nouveau la brosse dans le seau et éclaboussa le mur d'eau savonneuse. L'odeur de la mort imprégnait toujours l'air malgré le récurage et l'encens.

Elles avaient enlevé toutes les fleurs et herbes séchées, puis les avaient jetées dans un brasero au centre de la salle, où elles se consumaient lentement. La fumée brûlait les poumons et les yeux de Catherine. A genoux à côté d'elle, Paciane frottait le plancher de chêne avec sa brosse, comme si elle avait voulu le transpercer. Elle gardait la tête baissée ; Catherine avait renoncé à tenter de lui parler.

En silence, elles épongèrent l'eau et ouvrirent la porte pour évacuer la fumée.

En silence, elles ôtèrent leur robe mouillée pour en

passer une autre. En silence, elles se rendirent à la salle du chapitre pour écouter la causerie, pratique quotidienne au Paraclet, même en un vendredi saint. Catherine s'assit en silence au fond, à côté de Paciane, en compagnie des sœurs converses. Maintenant qu'elle avait décidé de rentrer dans le monde, sa place n'était plus parmi les autres religieuses. Mais toutes ici pouvaient écouter la causerie, courte allocution spirituelle prononcée par Héloïse ou l'une des autres sœurs.

Héloïse entra ; toutes les femmes se levèrent.

— J'avais prévu aujourd'hui, commença-t-elle, de vous entretenir de l'Evangile de Luc, chapitre vingt-trois, verset quarante-quatre. Toutefois, mon intention initiale s'est trouvée bouleversée. (Elle leur sourit tendrement.) Nous sommes une jeune communauté et avons perdu peu des nôtres depuis notre fondation, rendons-en grâces à Dieu. Hier, une femme est morte parmi nous. Elle n'a fait que brièvement partie de notre communauté. Pourtant elle était notre sœur et notre bienfaitrice, et il est juste que nous la pleurions en ce jour solennel. Réjouissons-nous également qu'elle soit venue à nous à temps pour mourir entourée de notre amour et de nos prières.

Catherine sentit de nouveau le ressentiment bouillonner en elle.

Cesse, Catherine ! résonnèrent les voix dans sa tête. *Charité, pardon ! De toute façon... tu es hypocrite, reconnais-le. Ce n'est pas ce qu'a subi Alys qui te met dans cet état. C'est la peur que cela puisse t'arriver.*

Non ! Jamais Edgar ne me ferait du mal ! se dit Catherine.

Bien sûr que non. Elle savait bien que non. Certes, ils ne s'étaient rencontrés qu'une dizaine de fois, mais les circonstances s'étaient prêtées à merveille à une entente totale. Elle haïssait ces voix, cette partie d'elle-même qui avait été formée à brandir le pour et le contre à propos de n'importe quelle question. Elles s'attaquaient à tout ce qu'elle disait pour se réconforter et illuminaient la moindre parcelle de doute.

— Donc, conclut l'abbesse, en ce jour de chagrin et d'espoir, prions toutes pour que soit accordée à l'âme de notre sœur Alys la paix véritable, qui nous est encore inconnue sur cette terre.

Héloïse remit la liste des tâches quotidiennes à la prieure et sortit. Catherine, gênée, regarda autour d'elle. Elle n'avait pas entendu la moitié de ce qu'avait dit l'abbesse. Elle inspira profondément et, pour la première fois, ne sentit ni fumée ni odeur de décomposition. La paix. Elle perçut encore quelques bruits dans la salle : le craquement des sièges en bois, le froissement des étoffes, le léger cliquetis des chapelets, la voix patiente et âgée de la prieure Astane, qui revoyait quelques détails concernant la liturgie de l'après-midi du vendredi saint. Cette dernière avait grandi dans un couvent et avait quitté Argenteuil avec Héloïse.

Catherine se sentait vraiment bien ici. C'était là son monde, ce qu'elle connaissait. A ses yeux, le paradis était un couvent, mais sans maîtresse des novices et avec profusion de livres.

Et Edgar ?

— Par la vengeance tonitruante de sainte Emérentiane, ça suffit !

— Catherine !

La prieure Astane la fixait d'un regard plein de reproches. Sœur Bertrande s'avança vers elle, brandissant sa badine.

Catherine leva les yeux, horrifiée, s'attendant plus on moins à être foudroyée et l'espérant presque. Ces voix stupides, changeant de parti si brusquement qu'elle s'était mise à parler à haute voix. Elle était trop gênée même pour se justifier. Elle se prit simplement la tête entre les mains, se pencha en avant. Quelqu'un près d'elle partit d'un rire nerveux.

Clac ! Le fou rire fit place à un cri de douleur.

Catherine sentit une bouffée de réconfort. Dieu choisit peut-être l'heure et le lieu de sa vengeance, mais les coups de sœur Bertrande étaient rapides et sûrs.

Lorsqu'elles quittèrent la salle du chapitre, Catherine réussit à passer près d'Emilie et de sœur Biétriz. Emilie secoua la tête en la regardant, s'efforçant de ne pas rire.

— Si tu dois discuter avec les démons, Catherine, la taquina-t-elle, ne pourrais-tu pas au moins parler plus bas ?

Catherine soupira.

— Les démons l'emportaient, cette fois.

Biétriz posa la main sur l'épaule de Catherine. C'était une femme de haute taille, aux gestes plus résolus que gracieux. Son visage contredisait l'idéal de beauté chanté par les jongleurs. Elle avait un grand nez droit, des cheveux aussi bruns que ceux de Catherine, et des sourcils si épais qu'une dame de la Cour les aurait épilés presque en totalité. Elle avait un menton carré et volontaire. Néanmoins, étant la nièce du sénéchal du comte de Champagne, elle aurait pu faire un bon mariage si elle l'avait voulu. Catherine avait pour elle une profonde admiration, mais se sentait toujours un peu intimidée par quelqu'un aussi dépourvu d'imagination.

Biétriz sourit.

— Emilie me dit que la mort de sœur Alys vous tourmente. Non, je me trompe — c'est sa vie qui vous soucie.

— Oui, dit Catherine. Elle a beaucoup souffert.

— Pourquoi certains ont-ils des vies si douloureuses, alors que la souffrance est épargnée à d'autres, qui n'ont pas plus de mérite ? Cela reste un mystère, commenta sœur Biétriz tristement. Le Livre de Job ne m'a jamais paru apporter d'explication satisfaisante à ce paradoxe. Mais je suis sûre qu'il y en a une, si seulement nos esprits étaient capables de comprendre.

— Sans doute, ma sœur, dit Catherine. Mais vous en sauriez davantage, semble-t-il, sur le mystère entourant la famille de la comtesse..., de sœur Alys.

Biétriz hocha la tête.

— Oh, ce n'est pas un mystère. Nous connaissons toutes sa famille. Alys est la fille de la seconde femme de Gérard de Quincy, Constance. Cette dernière est la fille de Norbert, lui-même second fils de Hugo, seigneur de Neuvry. Son frère est Robert, prieur de Vauluisant. Le second mari de Constance est un homme du nom de Rupert, d'origine familiale obscure, à ma connaissance. Je ne comprends pas pourquoi elle l'a choisi.

« Voyons... Laissez-moi réfléchir... (elle énuméra les membres de la famille sur ses doigts)... une sœur de Constance a épousé un membre d'une famille de Flandres mêlée au meurtre de Charles le Bon. Certes, ils ont essayé d'étouffer l'affaire. Puis, par le mariage de sa tante, elle est apparentée à...

— Attendez, l'arrêta Catherine. Je n'arriverai pas à me rappeler tout cela si nous ne l'écrivons pas. Pourriez-vous faire cela pour moi ?

Biétriz parut embarrassée.

— Je ne sais pas. Ce sont là choses terriblement profanes. D'aucuns pourraient n'y voir que commérages futiles. Vous savez que le temporel n'a pas sa place ici.

— Je le sais très bien, et tel est le cas, acquiesça Catherine. Mais c'est fort important hors du couvent.

Cependant Biétriz regrettait déjà sa digression généalogique.

— Alors peut-être, une fois à l'extérieur de cette enceinte, pourrez-vous interroger quelqu'un qui n'aura pas fait le vœu de renoncer au monde. Pour moi, les liens de famille n'existent plus. Nous ne formons tous qu'une seule famille et sommes tous égaux aux yeux de Notre-Seigneur.

Elle traversa le cloître à grandes enjambées, plantant Catherine et Emilie déconfites à la porte de la salle du chapitre.

— Désolée, Catherine, dit Emilie. J'ai essayé. Note bien, elle a raison. Tu poses des questions parce que les souffrances de la comtesse t'ont affectée. Mais elle est morte. Tu ne peux plus l'aider. Laisse à sa famille le soin d'élucider cette affaire. Quant à moi, je crois toujours que Gauthier de Grancy est le coupable.

Catherine hocha la tête. Inutile d'exposer ses théories pour le moment. En un certain sens, maintenant qu'Alys était morte, il semblait encore plus inconvenant d'évoquer les sévices qu'elle avait endurés. Emilie sourit et la serra contre elle.

— Ne te mets plus dans un état pareil, dit-elle à

Catherine. Alys est libre, à présent. Et dimanche, c'est Pâques, ce dont nous pouvons toutes nous réjouir.

— C'est vrai, soupira Catherine. Et ce sera bien agréable d'avoir de nouveau deux repas par jour.

Emilie acquiesça en riant.

— J'ai de la besogne à l'infirmerie cet après-midi. Il ne nous reste plus beaucoup de notre fébrifuge. Et toi, que vas-tu faire ?

— Quoi ?

Catherine eut du mal à s'arracher à ses pensées. Pourquoi Emilie avait-elle dit d'Alys qu'elle était libre ? De la terre ? De la vie ? Des tentations ? Ou bien Emilie en savait-elle plus et refusait-elle d'en parler ?

— Le labeur quotidien ? suggéra Emilie.

— Oui, c'est ça, répondit fermement Catherine. Je dois aller à l'hostellerie aider à la distribution des aumônes.

— Tu as de la chance. J'ai toujours aimé ça, surtout quand il y a des enfants. Voilà encore quelque chose qu'une bonne *sanctimonialis* cloîtrée ne peut plus faire.

Cela réconforta grandement Catherine de participer à la distribution d'aumônes. Elles ne pouvaient d'ordinaire distribuer que du pain et des légumes, attendu que le Paraclet n'était pas un établissement riche, comme Cluny ou Fontevraud. Mais aujourd'hui un paysan du cru leur avait fait don des derniers légumes de l'hiver. Aussi purent-elles donner à chacun quelques navets frais. Les malades furent adressés à sœur Mélisande.

— La toux doit être bien mauvaise en ce printemps,

dit Catherine à sœur Thècle, la sœur tourière, qu'elle aidait pour la distribution. C'est la cinquième personne que j'envoie chez sœur Mélisande.

Sœur Thècle pinça les lèvres.

— Peut-être. L'hiver a été rude. Mais il est étrange que presque personne ne soit venu nous voir pour cette toux avant que Mélisande ne concocte son nouveau remède à base de miel et de vin rouge.

L'idée d'une cuillerée d'un tel remède donna presque envie à Catherine de se mettre à tousser. Cela faisait des mois qu'elle n'avait rien goûté de sucré. Et l'hiver avait bel et bien été rude. Le couvent survivait grâce à des dîmes provenant de moulins, de viviers et du huitième de moissons. Un peu de terre, un bout de forêt, quelques denarii[1] donnés par l'un des gouverneurs de châteaux locaux, c'étaient là des sources bien incertaines pour nourrir trente personnes tout en pratiquant la charité.

— Le brouillard se lève enfin, dit la sœur tourière. Je vois un peu la route à présent, j'arrive même à distinguer quelques formes. Des hommes à cheval, des chevaliers, à mon avis. Pas de charrettes : ils n'escortent point de marchands. Ils filent bon train... et sont bien armés.

Elle posa le panier de pain.

— Catherine, ma chérie, dit-elle lentement, va demander à la prieure si nous pouvons nous passer de quelques navets supplémentaires. Que le frère Baudouin me les apporte ici. Retourne au cloître.

— Mais..., commença Catherine. (Puis elle vit le visage de la sœur tourière.) Oui, ma sœur.

1. Deniers.

Elle trouva frère Baudouin dans le potager, juste à l'extérieur de l'enceinte du couvent.

— Il y a un groupe de chevaliers qui approchent, lui dit-elle. Sœur Thècle m'a envoyée demander à la prieure de vous donner plus de navets pour les pauvres, mais ce n'est sans doute pas la raison pour laquelle elle veut vous voir là-bas.

Le frère convers jeta sa binette sur l'épaule.

— Ne vous tracassez pas. J'y vais. Quant à vous, vous feriez bien d'aller chez la prieure.

Redressant les épaules, il partit vers l'entrée principale à grands pas. Catherine se sentit rassurée. Avant de renoncer au monde, frère Baudouin avait été au service du dernier roi, Louis l'Alerte, et de son père, Philippe le Bigame. Il avait survécu à la Grande Croisade et, à son retour, s'était battu durant les sièges et les disputes interminables de la noblesse. Bien qu'il eût près de soixante-dix ans à présent, il savait toujours manier une binette avec une habileté meurtrière.

— Rompre la paix durant la semaine sainte, marmonna-t-il en s'éloignant. Où va le monde ?

Catherine trouva la prieure Astane en train de vérifier les préparatifs pour les offices du vendredi saint. La prieure serra les dents lorsque Catherine lui parla des chevaliers.

— Ne vous inquiétez pas, je crois savoir de qui il s'agit, dit-elle à Catherine. Mais sœur Thècle a parfaitement raison. Avec ces hommes dans les parages, vous et les autres jeunes filles doivent aller dans un endroit sûr. Dites à sœur Bertrande de rassembler les écolières et les *sanctimoniales*, puis de les conduire à la salle du chapitre. Barricadez la porte si besoin est.

Catherine transmit le message à sœur Bertrande et

l'aida même à conduire les plus jeunes jusqu'à la salle du chapitre. Mais elle n'avait pas l'intention de rester enfermée là-dedans, sans savoir ce qui se passait ni pouvoir agir. Elle aussi avait maintenant son idée sur l'identité des chevaliers. Et elle voulait découvrir pourquoi Raynald de Tonnerre avait besoin d'une escorte armée pour venir pleurer son épouse.

Les cinq hommes qui accompagnaient le comte Raynald étaient toujours en selle quand Catherine retourna au portail. Le comte avait apparemment été admis à la loge, mais soit la binette de frère Baudouin, soit la langue de sœur Thècle, avait empêché les autres de forcer l'entrée. Leurs visages s'éclairèrent lorsqu'ils aperçurent Catherine.

— Eh ! *Bele !* fit l'un en la lorgnant. *Folez o me le vendange ?*

— *Leceres !* (Frère Baudouin brandit sa binette et s'avança devant Catherine.) Que diantre faites-vous ici ? lui lança-t-il, furieux. Tout allait bien jusqu'à votre arrivée.

— Je suis désolée. (Catherine essaya de regarder derrière lui.) Je voulais seulement... Frère Baudouin, il y en a d'autres qui arrivent par la route ! Regardez ! Oh, non, c'est... c'est le Maître !

Tout le monde regarda dans la direction qu'indiquait Catherine. Du brouillard émergea un homme assis droit comme un *i* sur un cheval blanc. De chaque côté marchait un serviteur, mais personne ne prêtait attention à eux.

— Abélard ? demanda l'homme qui avait fait des avances à Catherine.

Un autre homme hocha la tête.

— L'eunuque ? chuchota le même homme.

— Oui.

Ils gardèrent tous le silence, s'agitant nerveusement sur leur selle. La philosophie n'était pas de nature à les intimider, mais la vue d'un homme qui avait payé le prix ultime pour une passion interdite était terrifiante.

Abélard comprit la situation et se pencha pour dire quelque chose à l'un de ses serviteurs. L'homme acquiesça et courut en avant, ce qui fit tomber son capuchon.

— Astrolabe ! s'écria Catherine, ravie, faussant compagnie à frère Baudouin.

Elle tendit les mains à son vieil ami.

— Catherine !

La voix n'était pas celle d'Astrolabe, mais de l'autre serviteur. Catherine chancela, ses mains retombèrent. Une seule personne au monde disait son nom ainsi, prononçant le « th » presque aussi suavement que s'il eût zézayé.

— Catherine ?

Je pleure ! se dit-elle. *C'est complètement idiot !*

Va vers lui, la réprimandèrent les voix. *C'est là ton plus cher désir, tu le sais bien. Et là, tu es à court d'arguments.*

— Je ne peux pas bouger, chuchota-t-elle. J'ai peur.

Astrolabe était parvenu à la hauteur du groupe. Il s'inclina avec respect devant les chevaliers.

— Mon père souhaite savoir pourquoi vous attendez à la porte du Paraclet, déclara-t-il. Vous devez avoir confondu ce portail avec celui de l'église. Vous êtes venus pour les offices du soir, n'est-ce pas ? Vous resterez pour Pâques ? Je suis sûr que son sermon sera édifiant pour vous.

D'une main, il attira Catherine.

— Je vous ai amené quelqu'un, lui dit-il en riant. Je l'ai reconnu tout de suite d'après votre description, mais je ne lui ai pas encore dit que nous sommes amis depuis des années.

Edgar ne continuait d'avancer que parce qu'il tenait son cheval par la bride. Elle n'était pas habillée comme la dernière fois qu'il l'avait vue. Elle avait les cheveux totalement dissimulés à présent ; pas une mèche ne dépassait. Pourquoi Astrolabe devait-il la tirer ? Aurait-elle changé d'avis ? Edgar savait bien qu'il faisait piètre figure à côté du Maître. Il avait espéré qu'elle ne s'en apercevrait pas.

En approchant, il vit que l'ourlet de sa robe était crotté de boue et qu'elle avait un bleu sur le dos de la main gauche. Elle avait l'habitude d'agiter les mains en discutant. Pourquoi, par tous les saints, trouvait-il des détails pareils aussi incroyablement séduisants ? Edgar n'avait pas besoin de voix raisonneuses pour lui répondre. C'était parce que la boue et les bleus faisaient partie de Catherine, et qu'elle était la dame de ses pensées.

Abélard attendit patiemment qu'Astrolabe conduisît Catherine auprès de son promis. Elle ne ressemblait nullement à Héloïse, mais même après vingt-cinq ans et une kyrielle de catastrophes, il se souvenait de ce qu'il avait éprouvé. Pauvre Edgar !

Catherine essaya de faire coïncider l'homme debout devant elle avec l'Edgar de ses souvenirs. Avait-il toujours été si pâle ? Ses cheveux filasse étaient raides et lui tombaient presque aux épaules. Ma foi, du moins n'avait-il pas décidé de se faire tonsurer et ne venait-il pas seulement pour lui dire au revoir.

— *Diex vous saut*, le salua Catherine. Comment s'est déroulé votre voyage ?

— *Diex vous saut*, répondit-il. Je n'ai rencontré aucune difficulté. J'ai vu votre père à Paris. Il vous transmet toute son affection.

— Merci. Etes-vous venu célébrer Pâques avec maître Abélard ?

Ce dernier se mit à rire malgré lui. Ils étaient si jeunes, si ridicules ! Tous trois le regardèrent.

— Excusez-moi, dit-il. Edgar, répondez à la question.

Edgar regarda Catherine et lui adressa un grand sourire.

— Je suis toujours honoré de passer du temps avec maître Abélard, déclara-t-il. Mais non, tu connais très bien la raison. Je suis venu au Paraclet pour toi.

Pour la première fois de sa vie, Catherine demeura interdite. Elle tendit les mains et Edgar les prit.

6

Quelques minutes plus tard, à l'hostellerie

Hic ingenio [...] phylosophus construxit cenobium [...] quod Paraclitum nominavit. Quibus sanctimonialis quandam uxorem suam, religiosam feminam et literis tam Hebraicus quam Latinis adprime eruditam, prefecit abbatissam.

« Ce philosophe [Abélard] eut l'intelligence de construire une cellule, qu'il nomma le Paraclet. Il institua abbesse l'une des religieuses, auparavant son épouse [Héloïse]. C'était une femme pieuse, extrêmement érudite, maîtrisant à la fois l'hébreu et le latin » (Robert d'Auxerre, Chroniques de saint Mariani*).*

La prieure Astane était occupée à plier draps et couvertures.

— Nous mettons le père Abélard dans sa vieille cellule, près de l'oratoire. Il nous faut préparer un nouveau lit pour le père Guiberc. Quant à vous, les garçons, démontez-moi ça et sortez-le du couvent, s'il vous plaît. Les sœurs converses ont toutes trop à faire, entre leurs tâches ordinaires et le nettoyage de l'infirmerie.

Elle leur lança un regard furieux, s'attendant à les voir discuter. Mais Astrolabe se mit aussitôt à démonter le lit.

— Et vous, autant l'aider, poursuivit Astane en fixant Edgar d'un œil désapprobateur. Lâchez la main de cette jeune fille. Peu me chaut que vous soyez fiancés. Je ne tolérerai pas ce genre de chose ici ! Catherine !

— Oui, ma sœur ?

Les voix faisaient un horrible tintamarre dans la tête de Catherine. Ou peut-être était-ce son cœur qui battait la chamade. Elle n'avait pas entendu un traître mot.

— Allez à la loge et dites à l'abbesse que l'abbé Pierre est là. Non, jeune homme, pas question de l'accompagner !

— Oui, ma sœur.

Héloïse avait une envie folle de fermer les yeux et de masser ses tempes douloureuses, mais ce n'était pas le moment de faiblir.

— Ne croyez pas vous en tirer avec pareille feinte, lança le comte Raynald sur un ton glacial. J'ai promis de vous laisser de l'argent afin que l'on prie pour son âme, mais vous n'aviez que l'*usufruit* de ce terrain, pas la nu-propriété.

— Sauf si votre épouse devenait membre de notre communauté avant sa mort, repartit Héloïse doucement. Les termes de la charte sont clairs, monseigneur. Mais il ne convient guère d'en discuter à présent, alors que vous êtes encore accablé par cette perte brutale.

Le comte serra les mâchoires. Seule la colère était

manifeste chez lui, quel que fût son chagrin intime. Avant qu'il ne pût proférer d'autres accusations, Héloïse se leva et se dirigea vers la porte.

— C'est la semaine sainte, nous ne pourrons donc pas célébrer la messe de funérailles de sœur Alys avant la semaine prochaine, reprit-elle. Mais vous vous joindrez certainement à nous pour la vigile pascale, lors de laquelle nous évoquerons sa mémoire.

— Que je sois plutôt damné ! lui cracha Raynald au visage. Vous étiez censée la soigner. Au lieu de quoi, vous lui avez rasé les cheveux, l'avez enveloppée dans l'une de vos robes infectes et l'avez laissée mourir pour mettre la main sur la donation ! Ne croyez pas que vous profiterez du fruit de votre cupidité, madame l'abbesse. Je veillerai à ce qu'il n'en soit pas ainsi !

Il fit demi-tour et sortit de la cellule au pas de charge. Héloïse le regarda partir, éberluée. Cela s'arrangerait, se dit-elle. Il se calmerait et comprendrait qu'elles n'avaient fait que se conformer aux souhaits de la comtesse Alys. Elle se couvrit les yeux de ses mains et pressa les pouces sur ses tempes. Elle ne se rappelait même plus laquelle des donations Raynald était si furieux de perdre. Une terre ? Une dîme provenant d'un pont ? Les deux tiers d'un moulin ? Rien de ce qu'on leur avait offert n'était de nature à susciter la cupidité. Pas chez un homme comme Raynald. En revanche, pour le couvent, chaque vigne, chaque œuf, chaque arpent de terre comptait. Il n'y en avait jamais assez pour entretenir tous ceux qui étaient à leur charge.

— Vous êtes malade, ma Mère ?

Héloïse leva les yeux.

— Ce n'est rien, Catherine. Le comte et ses hommes ne vont pas rester, me semble-t-il. Mais je veux que vous demeuriez à l'intérieur du cloître jusqu'à leur départ. Catherine, me comprenez-vous ?

Qu'avait-elle donc, à présent ? Elle paraissait radieuse, presque bienheureuse.

— Oh, ma Mère, Edgar est revenu pour moi !

Héloïse faillit rire, malgré sa migraine lancinante et son impression de malaise. L'exaltation de la jeune fille était si manifeste. Héloïse n'avait vu qu'une seule fois Catherine dans un tel état de surexcitation : lorsqu'elle avait correctement identifié un ablatif absolu lors de sa première leçon de latin.

— Je me réjouis pour vous, mon enfant, dit-elle. Vous semblez vraiment certaine d'avoir fait le bon choix.

Tout éclat disparut de l'œil de Catherine.

— Non, je n'en suis pas certaine. Mais je sais que c'est le choix de mon cœur et que je dois m'y tenir.

Héloïse ferma les yeux, se replongeant plus de vingt ans en arrière.

— Oui, Catherine, vous le devez. Edgar est-il venu seul, ou votre père a-t-il envoyé un tuteur à la hauteur ?

— Oh, ma Mère ! (Catherine porta la main à la bouche.) Je suis navrée. Oui, en effet. La prieure Astane m'a envoyée vous dire que maître Abélard était arrivé. Il se repose dans son ancienne cellule.

Le visage d'Héloïse ne se mit pas à rayonner, son pouls n'accusa aucune accélération. En vingt ans elle avait appris la leçon de la vie.

— Merci, Catherine, dit-elle. Vous pouvez maintenant retourner à l'oratoire vous préparer pour les vêpres.

Héloïse s'abstint de courir. A une époque, elle l'avait fait, au mépris des usages et des convenances. A une époque, le plus célèbre philosophe de Paris avait écrit pour elle des chansons d'amour et expédié ses leçons dans sa hâte de retrouver sa couche. Cela remontait à longtemps. Mais, tandis qu'elle marchait, il lui sembla voir un homme courir vers elle dans le crépuscule. L'espace d'un instant, replongée dans le passé, elle éprouva une sensation de vertige, puis elle le reconnut. Le même, mais pas le même, et pourtant aimé avec une égale tendresse. Oubliant son âge et sa position, elle courut à lui.

— Astrolabe !

Elle le serra contre elle.

— Bonjour, Mère.

— Mon fils chéri. (Elle l'embrassa.) Je suis si heureuse de te voir ici !

Le visage d'Astrolabe s'éclaira.

— Vraiment ? J'ai souvent pensé qu'avec tant de filles vous ne souffriez pas de mon absence...

Sa voix s'estompa. Il avait toujours cru que tous les chagrins de sa mère étaient imputables à sa naissance illégitime.

Elle le serrait toujours.

— Astrolabe, je te chérirai toujours. Ne l'oublie jamais.

— J'ai amené Père, comme promis. (Astrolabe marqua une pause.) Son état de santé n'est pas brillant, Mère. Une légère fièvre, peut-être rien de plus. Qui semble venir et repartir sans prévenir. Mais ces attaques incessantes contre sa philosophie l'ont affaibli, je le crains.

— Il a survécu à pire. Il a seulement besoin de repos, j'en suis sûre.

Astrolabe ne répondit mot. Elle comprendrait quand elle le verrait.

— Et comment se portent mes cousines ? demanda-t-il comme ils se remettaient à marcher.

— Les sœurs Agathe et Agnès vont bien. Elles seront ravies de te revoir. Je crois savoir que tu es venu avec Edgar, le fiancé de Catherine. Comment le trouves-tu ?

— Il est fait pour elle.

— Oh, mon Dieu !

Héloïse se mit à rire en ouvrant la porte.

Edgar, assis sur un tabouret à côté du lit, veillait sur le sommeil d'Abélard.

La claire lumière du printemps illuminait le dormeur et il avait détourné la tête pour ne pas être incommodé. Mais chaque ride de son visage était profondément marquée. Héloïse se figea sur place. Elle eut l'impression qu'une main gantée de fer venait de lui porter un violent coup au ventre.

— Oh, mon Dieu, chuchota-t-elle. Astrolabe, toi et Edgar devez être fatigués et affamés après votre voyage. Si vous allez à l'hostellerie, sœur Hermeline vous fera servir quelque chose.

Elle s'aperçut à peine de leur départ. Elle s'assit sur le tabouret et toucha avec hésitation la main reposant sur la couverture.

C'était toujours sa main, deux fois plus grande que la sienne, avec de longs doigts souples, assez forts pour inculquer la rhétorique dans la tête la plus obtuse.

Elle avait toujours été émerveillée par la douceur de ses mains. Mais son visage était émacié et ses cheveux avaient presque totalement blanchi ; seules quelques mèches restaient résolument noires. Quand cela s'était-il produit ? Il n'avait jamais changé jusque-là, pas même au cours de ces premières longues années où il avait refusé de la voir. D'une certaine façon, elle avait cru qu'il aurait toujours trente-cinq ans jusqu'à ce qu'elle le rattrapât. Mais elle avait dépassé cet âge-là depuis longtemps et il avait lui-même plus de soixante ans. Il avait survécu aux agressions physiques et à l'assaut des controverses. Il avait été chassé d'un endroit à l'autre. Rien d'étonnant à ce qu'il fût malade et épuisé. Mais...

— Pierre, souffla-t-elle. Vous m'aviez promis d'être immortel. Il faut tenir votre promesse. Il est déjà bien assez dur de vivre chaque jour en sachant que vous êtes ailleurs, que vous ne pourrez jamais rester auprès de moi. Mais si je perds même l'espoir de vous revoir, j'en mourrai.

Ses yeux s'ouvrirent lentement et il lui sourit.

— *Dilectissima*, dit-il, je serai en effet immortel. Croyez-vous qu'un intellect comme le mien puisse être anéanti si facilement ? Deviendriez-vous comme ces vautours gris qui veulent me voir courber l'échine devant leur foi supérieure ? Ridicule ! J'ai l'intention de survivre à tous.

Les yeux d'Héloïse s'embuèrent, mais sa voix demeura ferme.

— Voilà qui est mieux, dit-elle.

— J'ignore ce qui a pu passer par la tête de madame l'abbesse, dit frère Baudouin en servant à

Edgar et Astrolabe une dernière louche de soupe aux navets. Aujourd'hui, c'est vendredi saint, et vous devriez jeûner tous les deux. Non seulement les hommes du comte ont exigé le reliquat du pain de blé mais, par-dessus le marché, ils voulaient du poisson. Comme si nous en avions !

— Il n'y a rien dans le vivarium ?

Astrolabe regarda par la fenêtre. Une partie du fleuve était entourée de filets sur trois côtés afin d'attraper les poissons qui en descendaient le cours.

— Il n'y en a pas encore eu beaucoup ce printemps. Nous avions salé ce que nous avait offert Félix de Bossenay, mais il n'en reste quasiment rien. Ces mesels[1] n'en auraient pas voulu, de toute façon. Ils préfèrent le goût du sang.

— Tant que ce n'est pas le nôtre, dit Edgar en mangeant sa soupe. Au fait, pourquoi sont-ils ici ?

— Ce sont des affaires qui concernent le couvent. Je ne devrais pas en parler à des étrangers. (Baudouin sortit du pain d'orge et se mit à le couper. Ils attendirent.) Evidemment, vous n'êtes pas des étrangers à proprement parler...

Edgar sourit. Astrolabe lui donna un coup de pied sous la table.

— Bien sûr que non, affirma-t-il. Que s'est-il donc passé ? Lorsque j'ai expliqué que Père était souffrant, la prieure Astane m'a dit que l'infirmerie n'était pas encore nettoyée. Que s'est-il passé ?

— Oh, l'odeur était épouvantable ! C'était horrible, il y avait des asticots dans sa chair alors qu'elle était encore vivante ! Je n'ai pas vu pareille infection depuis

1. Misérables.

mon départ de Terre sainte ! A mon avis, sa famille n'a rien fait pour l'aider avant de l'amener ici.

Astrolabe se signa.

— La pauvre femme ! De qui s'agit-il ?

— De l'épouse du comte de Tonnerre. Et maintenant le comte Raynald essaie de faire un esclandre au couvent. Il crie que nous avons forcé sa femme à prendre le voile afin de lui voler sa propriété. Comme si mère Héloïse pouvait recourir à des procédés aussi vils ! Il est comme son père ! Aucun respect pour l'Eglise !

Frère Baudouin se leva, portant des coups de couteau à pain imaginaires contre le comte.

Edgar et Astrolabe se regardèrent sombrement. Edgar secoua la tête.

— Faut-il donc que tout ce qui touche à votre famille soit entaché de scandale ? observa-t-il.

— Il est vrai que mes parents semblent l'attirer, admit Astrolabe. Mais que cette notoriété ne vous trouble pas... Vous n'êtes là que pour récupérer votre future épouse.

Edgar fut heureux de ne pas avoir de couteau à pain à portée de main.

— Pensez-vous que Catherine ou moi pourrions retourner à Paris alors que le Paraclet est menacé, que maître Abélard est malade et entouré d'ennemis ? (Edgar haussa le ton.) Nous avons déjà prouvé notre loyauté. Comment osez-vous en douter !

— Nous ? (Astrolabe haussa les sourcils.) Pas encore mariés et vous parlez déjà en son nom ! Que dirait Catherine ?

— Qu'il a raison, Astrolabe.

Les deux hommes sursautèrent. Astrolabe fut le premier à se reprendre :

— Catherine ? Depuis combien de temps êtes-vous là ?

— Quelques instants seulement. Je devrais être cachée dans la salle du chapitre jusqu'au départ du comte, expliqua-t-elle en venant s'asseoir à côté d'Edgar.

Frère Baudouin la regarda d'un air désapprobateur et se plaça derrière eux à la manière d'un chaperon. Sous la table, Edgar prit la main de Catherine. Elle poussa un soupir de satisfaction. Il avait parlé exactement comme elle l'aurait fait. Ses craintes étaient ridicules. Quelqu'un qui la comprenait si bien ne pourrait jamais lui faire de mal.

Ce sont au contraire ceux-là qui peuvent vous faire le plus de mal, persiflèrent les voix. Serrant les dents, elle refusa de les écouter.

— Nous pouvons certainement agir, déclara-t-elle. A mon sens, le comte Raynald a peur que nous ne découvrions sa part de responsabilité dans la mort de sa femme.

— Est-ce le cas ? s'enquit Astrolabe.

— Forcément. D'une façon ou d'une autre. Il est cruel et fier. Il se moquait de la voir mourir. Il ne cherchait qu'un prétexte pour attaquer Gauthier de Grancy.

— Catherine, dit Edgar en retirant sa main, il me paraît inutile de tuer sa femme à seule fin de provoquer une querelle sanguinaire. Estropier un cheval aurait amplement suffi.

— Il tient sans doute bien trop à son cheval, fit Catherine avec une grimace.

— Et il n'avait pas besoin d'amener Alys au Paraclet, ajouta Astrolabe. Il aurait pu la laisser mourir chez elle.

— Oui, mais il y aurait peut-être eu alors davantage de questions, objecta Catherine. L'amener ici laissait croire à un acte de piété. Comment aurait-il pu savoir qu'elle reprendrait connaissance ? Ce fut une sorte de miracle.

— Oui, c'est plausible, admit Edgar. Mais insuffisant pour porter une accusation. Comment prouver sa culpabilité ?

— Et, dans cette hypothèse, *quid* de la donation de la comtesse ? ajouta Astrolabe.

Catherine fronça les sourcils.

— Il ne pourrait garder la dot de son épouse s'il l'avait assassinée, n'est-ce pas ? Je ne connais pas la loi. La chose serait-elle jugée devant le tribunal du comte Thibault ? Ce dernier ne se prononcerait pas contre mère Héloïse.

— Je ne pense pas, renchérit Edgar. Tonnerre n'est-il pas un fief du roi ?

— Mais Raynald le tenant seulement de son père, Guillaume de Nevers, ce serait donc... Non, le tribunal de son propre père ne pourrait statuer sur l'attribution de propriété, n'est-ce pas ? (Catherine secoua la tête.) Je ne parviens jamais à me rappeler qui tient quoi de qui. Peut-être tout cela devrait-il être décidé par l'archevêque Henri. Je crois qu'il nous faut d'abord découvrir ce qui est vraiment arrivé à Alys et laisser la loi trancher.

— Mais comment ? questionna Astrolabe.

Tous trois, perdus dans leurs pensées, considérèrent les bols de soupe vides. Puis frère Baudouin souligna avec insistance qu'il fallait se préparer pour l'office de l'après-midi, lequel avait lieu déjà plus tard que d'habitude en raison des contretemps. Mais aucun d'eux n'avait élaboré de stratégie satisfaisante. L'air coupable, Catherine se leva brusquement. Elle chancela aussitôt.

— Catherine ? Es-tu malade ?

Edgar fut ravi d'avoir une excuse pour la soutenir. Astrolabe la détacha doucement de lui et lui fit reprendre l'équilibre.

— Quand avez-vous mangé pour la dernière fois ? s'enquit-il.

— Mangé ? Je ne m'en souviens pas. (Elle réfléchit.) Je n'ai pas pu avaler de pain hier soir. Je ne cessais d'imaginer des asticots. J'ai bu mon eau. J'ai dû manger mercredi.

— Catherine ! s'écria Edgar. Et tu me laisses m'empiffrer de soupe aux navets ! Frère Baudouin, Catherine meurt de faim, donnez-lui au moins du pain.

— Non, frère Baudouin, dit fermement Catherine. Je suis toujours membre de cette communauté et souhaite en respecter la règle. Après l'office nous aurons du pain et de l'eau. Je ne vais pas tomber d'inanition d'ici là.

— Tu ne seras pas avec moi dans le transept de l'église ? demanda Edgar. Tu as l'intention de rester avec les sœurs ?

Catherine lui prit les mains.

— J'ai choisi de t'épouser, Edgar, et ne le regrette point. (Elle sourit et baissa les yeux.) En fait, j'aimerais être ton épousée sans plus tarder.

— Eh bien, alors...

Il l'attira vers lui.

— Mais, ajouta-t-elle, je voudrais être une dernière

fois avec mes sœurs pour l'office, si j'en ai la permission. Je te verrai demain et puis, après Pâques, je ne veux plus être séparée de toi à jamais. Comprends-tu ?

— La dernière partie, sans aucun mal !

Il lui passa les bras autour de la taille.

Astrolabe s'absorba dans la contemplation du motif d'une cruche à eau pendant que Catherine était de plus en plus convaincue que renoncer à la vie monastique offrait nombre de bons côtés.

— Vous allez être en retard pour l'office, l'avertit derechef frère Baudouin, constatant que Catherine risquait plus de mourir de suffocation que de faim.

Il posa une lourde main sur l'épaule d'Edgar.

A contrecœur, celui-ci la laissa partir.

Catherine arriva au cloître juste à temps pour se placer derrière les sœurs converses. En silence, elles pénétrèrent toutes à la queue leu leu dans le chœur. Les vierges consacrées entrèrent en premier, suivies des autres moniales, puis des sœurs converses. Héloïse et la prieure Astane étaient debout devant, chacune d'un côté. Hersende, la chantre, leur faisait face. Le jubé, qui traversait la nef, juste derrière le transept, les cachait à la vue des habitants de Saint-Aubin, venus assister à l'office. Ceux-ci se tenaient dans la partie gauche du transept.

D'au-delà du jubé, des chuchotis parvenaient à Catherine. Regrettant de ne pas voir ce qui se passait, elle tenta de comprendre ce que disaient les voix, mais elle était beaucoup trop loin.

De l'autre côté du jubé, Astrolabe et Edgar avaient pris place parmi les villageois. Vêtus de manteaux de laine usés, ils se fondaient dans la masse. L'église du couvent n'était en réalité qu'un oratoire, trop petit pour contenir un grand nombre de fidèles. Edgar pensa à l'église de son village natal, où les enfants, assis par terre aux pieds de leurs parents, suçaient leur pouce, calmés par des menaces ou des promesses. Les gens d'ici n'étaient pas de ces Parisiens grincheux et blasés, exigeant d'être distraits durant leurs dévotions, mais des paysans et des artisans que le rituel simple de la semaine sainte suffisait à réconforter et à revigorer.

Astrolabe lui donna un coup de coude.

— N'est-ce pas le comte Raynald ? lui demanda-t-il en désignant l'homme appuyé contre le mur du transept, l'air ennuyé. Je croyais qu'il devait s'en aller.

— Apparemment pas, répondit Edgar. Je ne l'avais encore jamais vu, mais il correspond à la description de Catherine. Il ne donne pas l'impression d'être prêt à faire la paix avec l'abbesse.

— S'il s'avise de causer des tracas, je...

Astrolabe s'interrompit. La porte de la sacristie s'était ouverte et les officiants entrèrent dans le sanctuaire.

Les fidèles autour d'eux se mirent à chuchoter, en émoi. Ils ignoraient qu'Abélard devait être là.

Le père Guiberc psalmodia la collecte d'ouverture. Puis, donnant le bras à Abélard, il aida le maître à accéder au lutrin. Abélard inclina la tête un instant, avant de commencer : *« Haec dicit Dominus : In tribulatione sua mane consurgent ad me : Venite, et revertamur ad Dominum, quia ipse cepit, et sanabit nos ; percutiet, et curabit nos... »*

Catherine écouta la voix mélodieuse et comprit que

c'était maître Abélard. Comment avait-il pu se rétablir si vite ? Le monde était plein de petits miracles. « Venez, retournons auprès du Seigneur, car c'est lui qui a blessé et qui nous guérira, lui qui nous a frappés et qui nous pansera... » Dieu avait guéri Abélard afin qu'il pût une nouvelle fois officier pour ses filles en Jésus-Christ. Mais, Catherine se le rappela aussitôt, personne n'avait guéri Alys ; elle avait été jetée à terre et personne ne l'avait relevée.

Catherine sentit la colère flamber de nouveau en elle. Les paroles d'Osée résonnèrent dans sa tête, inintelligibles sauf à la fin du passage :

« Quia misericordiam volui, et non sacrificium ; et scientiam Dei plus quam holocausta. » « Car je désire la compassion, et non les sacrifices, et la compréhension de Dieu, plutôt que les holocaustes. »

Catherine se sentit mise en cause, tandis que Hersende se levait pour psalmodier le passage suivant, tiré de Habacuc.

Edgar surveilla de près le comte Raynald durant le long office. Le comte ne participait ni aux prières ni aux répons. Il ne parut pas touché par le sermon d'Abélard sur la Passion ni par la beauté surnaturelle du chant des sœurs. Pourquoi cet individu était-il là ? Que voulait-il ? Une idée folle traversa l'esprit d'Edgar : Raynald assistait à l'office dans l'espoir d'entendre quelque hérésie qui risquât de nuire à Abélard ou au Paraclet avec lui. Mais cela ne tenait pas debout. Le comte devait être incapable, se dit Edgar, de suivre le sermon, et *a fortiori* de consigner par écrit ses observations. Non, il devait concocter quelque vengeance. Quand, à la fin de l'office, Raynald quitta l'église, Edgar résolut de le suivre.

Les religieuses se rendirent au réfectoire pour leur repas unique de la journée. Catherine mangea son pain lentement, craignant que son estomac ne le supporte pas. Elle avait encore dans les narines la puanteur de l'infirmerie. Le cœur au bord des lèvres, elle aperçut Paciane qui quittait la partie de la salle réservée aux sœurs converses. Elle-même fit signe qu'elle voulait aussi sortir, ne se sentant pas bien, et se hâta derrière elle.

Paciane ne regagna point le bâtiment où dormaient les sœurs converses. Elle avait retroussé ses jupes et se dirigeait vers le minuscule cimetière, à l'extérieur du couvent.

Lorsque Catherine vit où elle allait, elle jugea inconvenant de la suivre. Son chagrin était affaire personnelle. La déranger eût été déplacé.

Elle ralentit le pas et se dissimula derrière un arbre. Observer n'était pas aussi répréhensible que déranger..., se dit-elle.

Ses voix étaient trop indignées pour se livrer au moindre commentaire.

Paciane s'agenouilla près de la tombe fraîchement creusée. Les fossoyeurs avaient retourné la terre et laissé un amoncellement de mottes. Paciane se jeta dessus à plat ventre. Son visage maculé de terre était strié de larmes, mais elle n'émettait aucun son. Elle se releva, déchira sa tunique et se laboura la poitrine avec les ongles. De profondes griffures, sanguinolentes, lui zébrèrent les seins.

— Il faut que nous l'arrêtions ! siffla une voix à son oreille.

Catherine faillit hurler. Edgar posa les doigts sur ses lèvres.

— Tu ne devrais pas être ici, siffla-t-elle à son tour.

— Ni l'un ni l'autre ne devrait être ici, répliqua-t-il. Qui est-ce ?

— Elle s'appelle Paciane. Tu as raison. Nous devons l'empêcher de se faire du mal. Mais elle sera furieuse si elle apprend que nous l'avons espionnée. Pourquoi m'as-tu suivie ?

— Ce n'est pas toi que je suivais, mais lui.

Catherine regarda dans la direction qu'il indiquait. En lisière du cimetière, elle avisa le comte Raynald.

— Holà, femme ! cria-t-il. Que diantre faites-vous ici ?

Saisie, Paciane remit de l'ordre dans sa tenue avant de lever les yeux.

Le comte Raynald se rapprocha d'elle dans le crépuscule.

— N'imaginez pas m'abuser en feignant le chagrin, ricana-t-il. La seule chose qui vous intéresse chez Alys, c'est son bien. Votre abbesse n'a nullement le droit...

Il s'interrompit brusquement.

Il avait vu son visage.

— 'Ciane ! souffla-t-il. Oh, Paciane !

Catherine écouta, stupéfaite. Elle n'avait jamais perçu la moindre trace d'émotion dans la voix du comte, et à présent...

Il pleurait presque.

— Mon Dieu, Paciane, on m'avait dit que tu étais morte !

Paciane resta agenouillée sur le sol meuble, serrant d'une main sa tunique déchirée contre la poitrine, les traits impassibles. Elle se leva, s'écarta de Raynald.

Pour la dernière fois de sa vie, Paciane parla.

— Je suis morte.

7

Cimetière du Paraclet, crépuscule du vendredi saint,
5 avril 1140

Habet effrenis elatio hoc amplius superbia ut, cum hec superioritatem, illa nichilominus dedignetur paritem...

« Celui qui est pourvu d'une vanité débridée est pire que celui qui est fier, car ce dernier ne trouve personne supérieur à lui, alors que le premier ne tient personne pour son égal » (abbé Suger, Vita Ludovici, Grossi Regis*).*

Paciane fit demi-tour et repartit à pas lents vers le couvent. Raynald faillit la suivre, puis secoua la tête et s'éloigna d'une démarche chancelante dans la direction opposée, vers la ville. De leur cachette, Catherine et Edgar observaient, médusés.

— Que s'est-il passé, au juste ? questionna Edgar.

— Je ne sais trop, répondit Catherine. Depuis que je suis ici, je n'ai jamais entendu Paciane émettre le moindre son. Elle devait être terriblement bouleversée pour rompre son vœu. J'ai juré de ne rien dire sur son compte, Edgar. A cause de cette promesse, je ne peux t'expliquer pourquoi j'ai cette conviction. Mais elle sait ce qui est arrivé à l'épouse de Raynald, j'en suis persuadée.

— Son chagrin n'était pas celui d'une étrangère.

— Non, elle connaissait la comtesse, admit Catherine. Mais je n'y comprends rien. Qu'est-elle par rapport au comte ? Je croyais qu'elle était déjà au Paraclet bien avant le mariage de celui-ci avec Alys. Oh, Edgar, pourquoi les vies des gens sont-elles si entremêlées ? Tout devrait progresser en ligne droite, bien tranquillement, de la naissance jusqu'au Ciel, sans toute cette souffrance.

Edgar la serra contre lui, et sa joue fut balayée par les boucles qui, une fois encore, tombaient sur le front de Catherine.

— En effet, dit-il. Il devrait en être ainsi des nôtres. Mais je n'ai point le pouvoir de l'obtenir. Je le regrette, *min leoffæst*.

Catherine soupira, puis sourit en sentant la joue mal rasée d'Edgar contre son visage. Elle passa les doigts sur sa barbe de plusieurs jours.

— Heureusement que tu ne l'as pas ! Tu serais insupportable si tu étais omnipotent.

— Catherine.

Il l'embrassa de nouveau, avec assez de fougue pour qu'elle se demandât si le sol était vraiment incommode et si un peu plus de boue sur sa tunique se remarquerait tellement. Elle le repoussa à contrecœur.

— Edgar, c'est la vigile de Pâques, rappela-t-elle à tous deux.

— Oui, oui. (Il inspira à fond pour s'éclaircir les idées.) Tu as raison, et la pluie a repris, me semble-t-il. Nous devrions nous en retourner sur-le-champ.

Ils se hâtèrent de regagner l'hostellerie, mais c'était

trop tard. La prieure Astane se tenait sur le seuil de la porte, bras croisés.

— Catherine, fit-elle, je vous ai vue quitter le cloître. Et maintenant vous revenez seule avec cet homme ! Je ne peux vous laisser enfreindre ainsi les règles de la bienséance. Vous n'avez pas songé à la réputation de votre communauté. J'ai honte de vous.

Edgar s'interposa.

— Elle n'appartient plus à votre communauté, ma sœur. C'est ma fiancée et nous n'avons rien fait de déshonorant.

Astane hocha la tête.

— Je suis heureuse de l'entendre. Néanmoins, Catherine, sœur Bertrande m'a donné la consigne : vous demeurerez à l'infirmerie avec sœur Mélisande jusqu'à votre départ. Depuis le début elle est persuadée que l'on n'aurait pas dû vous autoriser à rester au dortoir avec celles qui ont consacré leur vie et leur chasteté à Notre-Seigneur.

Le cœur de Catherine se serra, mais elle acquiesça. Edgar s'apprêta à protester.

— Non, sœur Bertrande a raison, intervint Catherine. Je n'ai eu le droit de rester avec les autres sœurs que grâce aux bontés de mère Héloïse et parce qu'il n'y avait aucun endroit pour moi. Je ne suis pas expulsée, Edgar. J'ai fait mon choix. Cela m'est égal.

Edgar céda.

— Je vais voir Astrolabe. Et demain, tu pourras te placer à côté de moi dans le transept, sans plus te cacher aux yeux du monde dans le chœur.

Il tourna les talons, mais s'arrêta et détacha un petit sac en cuir de son cou.

— J'ai failli oublier. Je t'ai apporté un cadeau. Ce

n'est pas grand-chose, mais j'ai pensé que cela te plairait puisque le vieux, fabriqué pour toi par Garnulf, a été perdu. Prends-le et qu'il te serve de talisman.

Il lui lança le sac à l'instant où sœur Astane ouvrait le portail et faisait entrer Catherine.

— Nous ne sommes pas vraiment courroucées contre vous, voyez-vous, chuchota-t-elle à Catherine. C'est, semble-t-il, un gentil garçon. Maître Abélard a une haute opinion de lui. Mais vous devez penser à notre réputation.

— Je sais, ma sœur. Je suis désolée.

Sœur Mélisande était à complies quand Catherine entra dans sa petite cellule au-dessus de l'infirmerie. Une paillasse avait été disposée par terre et Catherine en prit possession sans tarder, sachant que l'infirmière insisterait sinon pour céder son propre lit.

Ainsi donc, commencèrent ses voix, *tu as finalement franchi le Rubicon. Il était temps ! N'as-tu pas honte ?*

Nous n'avons encore rien fait ! protesta Catherine.

Uniquement parce que vous n'avez pas pu trouver un endroit sec où vous vautrer ! persiflèrent-elles. *Mais tu avais envie de le faire, Catherine, et c'est l'intention qui compte. Au moins, sois honnête. D'une certaine façon, tu as cru pouvoir faire partie de ce couvent sans obéir à la règle. C'est la pire des hypocrisies. Reconnais que la porte du cloître t'est désormais fermée et entame une vie honorable dans le siècle, si tu en es capable !*

Catherine se boucha les oreilles. C'était vrai. Le péché résidait moins dans le désir charnel que dans sa malhonnêteté : s'imaginer profiter encore de la vie conventuelle sans réprimer ses désirs.

Assez.

Elle tenait toujours à la main le sac que lui avait offert Edgar. Un talisman, et non un gage d'amour. Elle glissa la main à l'intérieur et sentit quelque chose de dur. Pas une bague. Quel soulagement. Elle n'aimait pas les bagues, qui la gênaient quand elle maniait la plume pour écrire. Elle sortit l'objet.

C'était une croix, d'environ cinq centimètres de long, en os ou en ivoire. Elle était décorée d'un délicat motif géométrique, avec des yeux et des mains qui apparaissaient et disparaissaient ici et là. C'était magnifique. Au centre de la croix, il y avait un espace. Elle plissa les yeux et distingua deux lettres enluminées qui s'entrelaçaient, un C et un E. Un trou avait été percé tout en haut et la chaîne d'argent passée à travers.

— Un talisman, en vérité. Oh, Edgar, où donc as-tu trouvé ceci ? chuchota-t-elle.

Elle passa la croix à son cou et la glissa sous sa chainse. Elle s'étendit et, malgré la dureté du lit, s'endormit aussitôt.

Elle fut réveillée par les cloches qui appelaient les sœurs à l'office de nuit. Elle s'était levée et avait déjà franchi la porte quand elle s'avisa qu'il n'y avait plus place pour elle dans le chœur. Lentement, elle retourna se coucher. Elle resta éveillée un long moment, serrant la croix d'ivoire jusqu'à ce que le motif s'imprimât dans sa paume.

Edgar et Astrolabe furent ravis de dormir à l'hostellerie du couvent. Les commodités n'y étaient pas pires que dans toute hostellerie de monastère, mais on y était mieux logé que dans bien des auberges. A l'instar du gîte pour les pèlerins et les nécessiteux, l'établissement était tenu par les frères convers. C'étaient eux qui labouraient les champs, réparaient les bâtiments et effectuaient les autres travaux manuels, trop durs pour les sœurs. Ils venaient de toutes les classes sociales. Tous avaient promis à l'abbesse obéissance jusqu'à la mort.

Frère Baudouin vint voir s'ils avaient tout ce qu'il leur fallait. Le vieil homme fascinait Edgar. Malgré ses mains noueuses et sa mise grossière, il avait toujours l'aura du guerrier qu'il avait été pendant de si nombreuses années.

— Tout va bien, dit-il au frère. Nous avons aperçu le comte Raynald à l'office. Ses hommes et lui-même passent-ils la nuit à l'hostellerie ?

— Pas eux ! Rien de ce que nous pourrions leur offrir ne serait assez bon à leurs yeux. Non, le comte est allé à Quincy, dans la famille de sa pauvre comtesse. Petites natures, tous autant qu'ils sont ! Il leur faut des coussins de plume, sinon ils ne peuvent point dormir. Ils n'auraient pas tenu longtemps au siège d'Antioche.

— Vous étiez donc là-bas, lors de la Grande Croisade ? questionna Edgar, les yeux écarquillés comme un enfant.

Le vieil homme hocha la tête.

— Cela remonte à plus de quarante ans. C'est amusant, les histoires que j'entends sur la croisade parlent toutes de la gloire de Jérusalem, des tours et des Lieux saints. Mais tout ce que je me rappelle à présent, c'est la poussière, le sang, et la soif. Que n'aurais-je donné pour une chope de bière fraîche !

— Vous vous êtes battu par la suite avec le roi Louis, n'est-ce pas ? demanda Astrolabe.

— Et avec son père, le roi Philippe, auparavant. Contre le roi d'Angleterre et le comte de Meulan. J'étais en Auvergne et au siège de Clermont. Nous avons incendié la plus grande partie de la ville à Montferrand lors de cette campagne, je me rappelle. Fumée et cendres de toutes parts. J'avais aussi soif que Shadrach, Meshach et Abednego dans cette fournaise !

— Je ne savais pas que la guerre asséchait la gorge à ce point-là, observa Edgar.

— Ça compte plus que manger, lui confia Baudouin.

Il allait développer le sujet quand Astrolabe l'interrompit :

— Vous rappelez-vous par hasard qui était le seigneur du comte Guillaume de Nevers ?

— Le duc de Bourgogne, répondit Baudouin sans hésitation.

C'est donc lui qui jugerait les crimes de Raynald. Edgar essaya de se remémorer ce qu'il savait du duc Hugues.

— Bien entendu, Nevers se battait parfois pour Louis, ajouta Baudouin. La Bourgogne aide la Couronne si c'est dans son intérêt. Et, bien sûr, Nevers fait partie de l'archidiocèse de Sens, qui comprend Paris. (Il se gratta un pou dans la barbe.) Ça changeait tout le temps, à vrai dire. Prenez le cas du comte Thibault. Un jour, il était contre Louis et allié d'Henry d'Angleterre ; le jour d'après il était avec Louis contre Meulan. Et, naturellement, en ce moment il est furieux de l'accointance entre le mari de sa cousine et la sœur de la reine. Il a refusé d'aider le jeune Louis à mater la commune à Poitiers. M'est avis que la loyauté envers le suzerain ne compte guère pour Thibault. Quant à son père, à présent, et, pis, sa mère... Ah, ma foi, c'est une autre histoire.

Il se leva à contrecœur.

— Avez-vous tout ce qu'il vous faut, les garçons ? J'ai encore du travail pour ce soir. Je reviendrai vous voir avant d'aller me coucher.

Il prit sa lanterne. Edgar se pencha et éteignit sa chandelle.

— Il ne nous a guère été utile, commenta Astrolabe.

— Qu'a-t-il donc à faire, selon vous ?

Les complies étaient passées. Tout le monde devait être couché à présent.

— Vérifier les serrures, peut-être, répondit Astrolabe, que le sujet ne semblait guère passionner. Pourquoi ? Croyez-vous que nous devrions le suivre ? Il est là depuis des années. Mère et la prieure Astane lui font confiance.

— Désolé, je suis devenu soupçonneux depuis peu. Je ne devrais pas me méfier ainsi de tout le monde.

— Si, affirma Astrolabe. Vous vivrez plus longtemps. Mais à mon avis, frère Baudouin a vraiment du travail à faire.

— Très bien. (Edgar resta assis un moment, laissant ses yeux s'habituer lentement à la nuit.) Alors, que faisons-nous ?

— Nous dormons ?

Edgar s'abstint de relever.

— Et maître Abélard ? s'enquit-il. Croyez-vous que votre mère puisse le convaincre de renoncer à son débat avec Bernard de Clairvaux ?

— Elle semble penser que ce serait une erreur d'essayer de l'en dissuader, répliqua Astrolabe d'une voix lasse. Elle ne se rend pas compte de son état de santé, je crois.

— Cette affaire avec le comte de Tonnerre risque-t-elle de l'atteindre ? Si nous essayons de trouver un autre coupable que Gauthier de Grancy dans l'affaire de la comtesse Alys, cela risque-t-il d'irriter quelqu'un qui pourrait alors se venger sur maître Abélard ?

Astrolabe garda le silence un long moment.

— Je ne sais pas, répondit-il enfin. Ce sont des évêques et des abbés qui jugeraient le débat, mais ils ont tous des familles envers lesquelles ils font également preuve de loyauté. Par exemple, si Pierre de Cluny venait, il pourrait voter en faveur de Père, ne serait-ce que parce qu'il trouve trop étroite la conception de l'abbé Bernard quant à l'orthodoxie. Et, si nous prouvons que Raynald de Tonnerre est pour quelque chose dans la mort de son épouse, Pierre pourrait être encore plus enclin à coopérer, parce que son frère, Ponce, est abbé de Vézelay et que le père de Raynald est en bisbille avec les moines de là-bas depuis des années.

— Et Hugues d'Auxerre n'est pas seulement évêque sous l'autorité du frère de Raynald, le comte d'Auxerre, mais il est aussi lointain parent de l'abbé Bernard et ancien moine de Cîteaux. Si nous nous mêlons de discréditer Raynald, cela ne pourrait qu'aggraver la situation à ses yeux.

— Apparemment, nous sommes dans une impasse dans tous les cas de figure, commenta Astrolabe, avec indifférence.

Edgar bâilla.

— Alors autant nous en tenir à ce que nous avons décidé.

Il entendit Astrolabe se gratter.

— Frère Baudouin devrait changer la paille de ce lit, observa celui-ci doucement, maintenant que le Carême est terminé. J'en toucherai un mot à Mère.

— Je me souviens de bains publics à Paris où les estuveresses chantent en vous lavant les cheveux, dit Edgar, à demi endormi. Je vous y emmènerai quand nous reviendrons.

— Croyez-vous que Catherine serait d'accord ? repartit Astrolabe en riant.

Edgar vit en imagination une énorme cuve en bois remplie d'eau fumante et Catherine assise à ses côtés, seulement vêtue de ses boucles sombres en désordre, souriante et pleine de savon.

— Edgar ?

Edgar remercia l'obscurité. Son imagination produisait un puissant effet sur son corps. Il sortit soudain de sa torpeur.

— D'accord ? répéta-t-il. Pourquoi pas ? Elles se contenteraient de nous laver les cheveux. Mais revenons à l'affaire qui nous occupe ici. Nous ne pouvons nous en désintéresser. Pour le coup, Catherine ne nous approuverait point.

— Mais par où commencer ? On ne peut accuser Raynald de meurtre de but en blanc et réclamer un jugement en combat singulier.

Edgar frémit à cette pensée. Il avait vu suffisamment de ces combats dans son pays natal...

— Nous pourrions essayer de prouver l'innocence ou la culpabilité de Gauthier de Grancy, suggéra-t-il. Il a sans doute une ribambelle d'amis et de tenanciers tous prêts à protester de son innocence, mais nous pourrions demander ici et là où il se trouvait quand la comtesse a été attaquée. Les gens sont plus disposés à dire la vérité quand on ne les oblige pas à le faire sous serment et en public.

— Oui, ce serait un bon début. Ramenons d'abord mon père et Catherine à Paris, puis nous partirons en croisade de notre côté. *C'est tes acors ?*

— *C'est mes acors*, acquiesça Edgar.

Comment Catherine prendrait-elle le fait d'être abandonnée à Paris ? Comment, du reste, prendrait-il, lui, le fait de la laisser ? Les deux idées le perturbaient.

— Combien y a-t-il de serrures au Paraclet ? demanda-t-il soudain. Cela fait un bon moment que frère Baudouin est parti.

— Peut-être devrions-nous aller voir s'il a besoin d'aide ?

Tous deux passèrent à l'hostellerie voir si frère Baudouin y était, mais firent chou blanc. Gagné par l'inquiétude, Edgar s'empara d'une solide binette à bout ferré dans la cabane à outils. A tout hasard.

Catherine entendit les chuchotis un certain temps avant de se réveiller, assez pour comprendre de quoi il s'agissait. Des hommes aux voix sifflantes dans le jardin d'herbes aromatiques, sous la fenêtre de l'infirmerie. Oui, des hommes, bien entendu, pas les serpents et les dragons de son rêve ! Sœur Mélisande dormait du sommeil des justes. Elle demeura totalement immobile quand Catherine se glissa vers la fenêtre pour pouvoir distinguer les paroles.

— C'est votre devoir, vieil homme, disait quelqu'un. Il y a une traîtresse parmi elles.

— Qui ont-elles trahi ? fit la voix de frère Baudouin. L'un de vos seigneurs ? Je m'en moque. Je n'ai plus d'allégeance envers le monde à présent. Je ne sers que Dieu et ses filles ici présentes.

— Et si l'une d'elles avait violé les lois de Dieu ? insista l'homme.

— En ce cas, je la livrerais à Sa justice. Maintenant, allez-vous-en. Vous n'avez aucune raison de rôder ici comme les soldats autour du tombeau du Christ. La nuit appartient aux pilleurs de tombes et aux hérétiques.

— Nous l'aurons, dit l'autre homme, dussions-nous mettre le feu au couvent !

— Dieu vous en empêchera, rétorqua Baudouin en élevant la voix. Et moi aussi.

A travers le volet, Catherine entrevit l'éclat métallique d'un poignard brandi contre frère Baudouin. Elle attrapa le premier objet lourd qu'elle trouva. Un pot massif en faïence.

« J'espère qu'il ne contient rien de précieux », pensa-t-elle en poussant le volet et en lâchant le pot sur la tête de l'homme.

Il y eut un bruit sourd, un cri. Le poignard tomba. Baudouin le ramassa avec une rapidité étrangère à son nouvel état.

— Je vous l'avais bien dit ! reprit-il calmement. Dieu a parlé. Si je vous tranchais la gorge sans autre forme de procès, je suis sûr que je ferais Sa volonté. J'en ai tranché bon nombre à Antioche ainsi qu'à Jérusalem, et le pape lui-même m'a donné sa bénédiction. Etes-vous prêts à rencontrer votre Créateur ?

Catherine ne put distinguer les visages dans l'obscurité, mais elle devina qu'il y avait deux hommes en face de Baudouin. L'addition de leurs âges respectifs ne devait atteindre que la moitié du sien, mais le charisme du croisé les impressionnait et ils ne savaient trop quelle suite donner aux événements.

— Frère Baudouin ! cria quelqu'un.

Les hommes se retournèrent. Edgar et Astrolabe avaient franchi la haie du jardin à la suite des intrus et couraient vers eux. Catherine entendit dégainer. Elle savait que ni Edgar ni Astrolabe n'étaient entraînés à se battre et craignit qu'aucun d'eux ne fût armé. Elle tâtonna autour d'elle. Que pouvait-elle jeter d'autre ?

— Montjoie et Saint-Denis !

Frère Baudouin avait poussé le vieux cri de bataille en bondissant sur les hommes qui avançaient maintenant vers Astrolabe et Edgar.

— *Hâlig Cuthbert ond Ædward Cyning !* cria à son tour Edgar en chargeant avec sa binette.

Catherine ajouta à la confusion en lançant autant de petits objets qu'elle en put attraper sur l'étagère à côté de la fenêtre.

Pris entre trois feux, les chevaliers firent soudain demi-tour et filèrent vers leurs chevaux, attachés à un arbre derrière la haie.

Edgar et Astrolabe rejoignirent Baudouin à l'instant où les chevaliers s'éloignaient.

— Vous ont-ils blessé ? lui demanda Edgar.

Baudouin glissa le couteau sous la ceinture.

— Pas véritablement. Je les tenais à ma merci et ne les ai épargnés qu'au nom de Notre-Seigneur, bien sûr. Vous avez fait une belle entrée en scène, jeune homme. Vous autres étudiants, je ne vous aurais pas cru le cran de vous battre.

— Mon père aurait été surpris, lui aussi, admit Edgar.

— Moi, ça ne m'a pas surprise, annonça Catherine.

Tous trois levèrent les yeux.

— C'est vous qui nous avez criblés de pierres ? s'enquit Baudouin. Je n'ai pas été bombardé d'un feu aussi nourri depuis le siège d'Antioche.

— Avons-nous réveillé tout le couvent ? demanda Astrolabe.

— Je ne crois pas, dit Catherine, pensant à baisser la voix de nouveau. Le dortoir est de l'autre côté du cloître. Même sœur Mélisande n'a pas bougé. Que voulaient ces hommes, frère Baudouin ?

— Voler et violer, fort probablement.

— J'ai entendu autre chose, avoua Catherine. Ils cherchaient une femme.

— Catherine, nous ne pouvons en discuter en criant ainsi sur les toits, lui rappela Astrolabe.

— Vous avez raison, je vais descendre. Ce n'est pas haut. Si je me suspends à la fenêtre, l'un d'entre vous peut-il me recevoir ?

— Catherine ! Non, de grâce ! (Edgar était aussi horrifié que l'eût été sœur Bertrande.) Nous sommes au beau milieu de la nuit !

— Je sais, dit-elle en enjambant le rebord de la fenêtre. Et les portes sont verrouillées et barricadées. Mais il faut à tout prix que je sorte. Pas seulement pour vous parler. J'ai un souci, car le premier objet que j'ai envoyé sur ces individus, c'est — je viens de m'en apercevoir... — le pot de chambre de l'infirmerie !

Là-dessus, elle se laissa choir dans les bras tendus d'Edgar.

— Maintenant, reprit Catherine (une fois de retour après avoir expédié l'affaire la plus pressante), le comte a dépêché des sbires, semble-t-il, pour empêcher Paciane de révéler ce qu'elle sait sur la comtesse Alys.

Edgar en convint.

— L'abbesse doit être mise au courant. Et s'ils revenaient avec du renfort ?

Frère Baudouin semblait plus inquiet de l'attroupement autour de lui.

— Les autres frères et moi-même pourrons les repousser, affirma-t-il. Ou bien nous demanderons de l'aide à Anseau de Trainel. Mais, en vérité, nous ne courons aucun danger. Réfléchissez un peu à ce que vous dites, mon fils. Personne ne tenterait d'attaquer un couvent, du moins pas au grand jour. Et surtout pas celui-ci. Toutes les portes de la chrétienté se fermeraient devant celui qui l'oserait.

C'était vrai. Aucun couvent n'avait été détruit par un acte criminel depuis l'époque des envahisseurs païens, des centaines d'années auparavant. Même dans des récits comme *Raoul de Cambrai*, un tel forfait n'était l'œuvre que des pires scélérats et recevait un châtiment horrible de la main de Dieu ou des hommes. Les murs du couvent ne servaient pas à sa défense. Ils étaient le symbole de la séparation entre le monde du sacré et celui du profane. Ainsi que Catherine l'avait prouvé, il n'était pas difficile de partir, et quiconque décidé à en forcer l'entrée y parvenait sans peine.

— Il n'empêche, Mère et Père doivent être avertis, affirma Astrolabe. La protection du Paraclet est leur devoir.

— Bien entendu, renchérit Catherine. Mais je doute que le comte Raynald assiège le Paraclet. Il voulait seulement enlever une femme — et de nuit, discrètement, semble-t-il.

— Alors, ce n'est pas ici qu'il faut chercher les réponses, intervint Astrolabe.

— Non, il faut que nous sachions ce qui s'est passé par quelque autre voie, approuva Catherine. Edgar, crois-tu que nous pourrions repousser la date de notre mariage après l'Ascension ? Je veux voir Constance, la mère d'Alys, et ce sera plus facile si j'y vais seule.

— Quarante jours de plus ! s'exclama Edgar, oubliant de baisser la voix. Pourquoi pas attendre jusqu'à la Pentecôte, la Saint-Michel ou Noël ? Aurais-tu l'intention d'y renoncer ?

L'espace d'un instant, Catherine fut sidérée par sa réaction. Puis irritée. Enfin elle comprit ce qu'il disait vraiment.

— Alors, pourquoi pas ce soir ? proposa-t-elle. Sur-le-champ ? Nous n'avons besoin que de notre consentement mutuel. Et ce n'est pas là un souci !

— Ma foi, à moins que vous ne trouviez une façon de rentrer à l'infirmerie ce soir, dit Astrolabe, ce serait peut-être la meilleure idée.

— Ah, non ! protesta frère Baudouin. Déjà je ne vois pas d'un bon œil les religieuses prêtes à prononcer leurs vœux quitter le couvent pour se marier, mais si vous devez le faire, vous sortirez par la grande porte avec la bénédiction de l'abbesse et des sœurs ! J'ai les clefs. Je vous ramène ! Ce que vous ferez demain ou à la Saint-Michel ne me regarde pas, mais ce soir, c'est mon affaire.

Il saisit avec rudesse Catherine par le coude et l'entraîna vers la petite porte menant du jardin à l'infirmerie. Il fit jouer la serrure et poussa sans cérémonie la jeune fille à l'intérieur, s'assurant de refermer la porte à double tour derrière elle.

— Assez de sacrilèges pour ce soir ! annonça-t-il quand il fut revenu auprès d'Edgar et d'Astrolabe. Depuis toutes les années que je suis ici, je n'ai jamais vécu pareille soirée.

— Ça vous rappelle le bon vieux temps, n'est-ce pas ? s'enquit Astrolabe.

— Ah, oui, répondit frère Baudouin en souriant. J'aurais pu passer ces avoutres[1] au fil de l'épée aussi aisément que si j'avais tranché du pain. Honteux la façon dont on entraîne les hommes aujourd'hui. Un chevalier qui perd ses moyens sous prétexte qu'un pot lui tombe sur la tête ne fera pas long feu ici-bas !

Edgar ne leur prêtait guère attention. Quarante jours ! Il avait déjà attendu quatre mois. Cela suffisait amplement. Et que Catherine mijotait-elle à propos de la mère de la comtesse ? Avait-elle l'intention de se déguiser en blanchisseuse pour découvrir des secrets entre les draps sales ? Se figurait-elle un instant qu'il la laisserait aller seule dans un endroit risquant d'abriter un meurtrier ?

Edgar s'arrêta. Elle en avait l'intention, naturellement ! Tout à coup, il comprit pourquoi le père de Catherine avait soupiré quand il avait accepté la dot. Edgar avait cru à un soupir de regret... C'était du soulagement !

Edgar sourit malgré lui. La vie avec Catherine promettait d'être réjouissante.

---

1. Bâtards.

8

Le Paraclet, l'aube du dimanche de Pâques,
7 avril 1140

Inde est, quod omnes credimus :
illo quietis tempore,
quo gallus exsultans canit,
Christum redisse ex infernis.

« Ainsi, comme nous le croyons tous, en ce moment tranquille où le coq exulte et chante, le Christ revint des enfers » (Prudence, Cathemerinon*).*

La communauté au grand complet se trouvait sur la colline, hors de l'enceinte du couvent, pour accueillir le Sauveur ressuscité. Le père Guiberc et Abélard conduisaient la procession. Puis venaient les sœurs, l'abbesse Héloïse en tête. Le visage de chacune était illuminé par la chandelle qu'elle tenait à la main. Les minuscules gouttes de lumière vacillante perçaient la brume du petit jour, tels des rayons d'espoir. Sœur Mélisande éleva les mains. Il y eut un long silence ; tout le monde la regardait. Elle fit un signe et toutes les chandelles furent éteintes par le souffle joyeux de l'Alléluia entonné au premier rayon de l'aube.

Bon nombre d'habitants de Saint-Aubin étaient venus assister à cet office pascal, propre au Paraclet. Edgar et Astrolabe les examinèrent attentivement pour s'assurer qu'aucun des hommes de Raynald n'était parmi eux. Mais seuls les gens du cru étaient là : paysans, artisans, chevaliers de modeste extraction avec leurs familles, à peine mieux habillés que ceux qui labouraient les champs.

Catherine était au milieu d'eux, s'associant aux répons des laïcs. Elle les connaissait tous — de Félix, le chevalier nécessiteux qui leur offrait du poisson de son étang de Bossenay, à Gauthier, le batelier qui donnait au couvent de la terre et des dîmes, en passant par Paul et Emmeline, les vignerons, qui avaient amené leurs enfants à demi endormis. La famille réservait chaque année un arpent de vignes pour le vin des religieuses. Même Emma Rebursata était venue, ses cheveux tout raides couverts tant bien que mal. Catherine avait toujours éprouvé une certaine sympathie pour Emma, dont les cheveux étaient si indociles que les enfants l'appelaient Emma Hérisson. Tous ces êtres faisaient partie du Paraclet autant que les religieuses. Ils payaient des dîmes pour aider financièrement le couvent et comptaient sur ce dernier pour obtenir prières et réconfort.

En fin de compte, Catherine ne fut donc pas trop dépaysée de ce côté du chœur. Elle entra dans l'église en compagnie des villageois, par la porte commune, effleurant de la main le bras d'Edgar.

Elle versa des larmes du début à la fin des offices des laudes pascales, sans bruit, comme fond neige au soleil. Quand tout fut terminé, elle pleura son ancienne vie et comprit qu'elle était prête à se réjouir de la nouvelle.

— T'arrivera-t-il la même chose à notre mariage ? s'enquit Edgar lorsqu'ils sortirent.

— Très probablement, avoua Catherine, glissant son mouchoir trempé dans sa manche. Les cérémonies me font toujours pleurer. Mais je me sens merveilleusement bien après.

— Je n'attendrai pas l'Ascension, déclara-t-il.

— Il faut que j'en sache plus sur la comtesse Alys, repartit-elle.

— Nous trouverons bien le moyen d'en apprendre plus ensemble. Autant nous y mettre puisque nous n'avons pas l'intention d'en rester là.

— *Quid* des accusations portées contre maître Abélard ?

Edgar secoua la tête.

— Nous ne pouvons qu'être prêts à le soutenir s'il persévère dans son intention de débattre avec l'abbé Bernard.

— Ensemble ?

— Oui. Douterais-tu de moi ?

Catherine détourna le regard.

— Je crois que tu es sincère en ce moment. Mais j'ai quelques doutes malgré tout. Juridiquement, tu auras le pouvoir de me battre et de m'interdire ce que je désire le plus. D'autres hommes agissent ainsi.

Edgar réfléchit à la question. En théorie, son père avait ce même pouvoir sur lui, ses frères, sa belle-mère. Il n'était jamais venu à l'esprit d'Edgar qu'il aurait plus de chances d'exercer cette prérogative que n'en avait eu son père.

— Sais-tu ce que dit maître Hugues de Saint-Victor ? demanda-t-il.

— Quant aux maris qui battent leur épouse ? Que peut-il en savoir ?

— Il dit qu'Ève fut faite à partir de la côte d'Adam pour être sa compagne sur un pied d'égalité. Si elle avait dû être sa maîtresse, elle eût été faite à partir de la tête ; des pieds, si elle avait dû être son esclave. Il dit aussi que le mariage est un contrat mutuel par lequel nous devenons chacun débiteur de l'autre. Or, Catherine, j'ai fort envie de commencer à payer ma dette.

Catherine craignit de ne pleurer derechef.

— Oh, Edgar ! Quel bonheur de te voir si instruit ! A mon avis, nous devrions nous marier sitôt arrivés à Paris.

— Voilà une disposition dont je saurai m'accommoder, assura-t-il. A peine arrivés.

— Marché conclu.

Le lendemain matin, alors qu'ils s'apprêtaient à partir, sœur Thècle vint à l'infirmerie voir Catherine.

— Il y a un homme au portail, lui annonça-t-elle. Il dit qu'il a besoin de vous voir, vous et maître Abélard, avant votre départ.

— Savez-vous de qui il s'agit ?

— Je ne l'ai jamais vu. Il a l'accent de Paris. Il dit être messager de votre père.

— De Père ?

— Je l'ai prié de patienter dans le vestibule, mais il préfère attendre dehors. Il vous ressemble un peu, ajouta sœur Thècle. N'avez-vous pas de frère ?

— Si, mais il ne ressemble pas...

Catherine se leva. Pas son frère, mais son cousin, son cousin juif. Bien qu'elle l'eût connu toute sa vie, elle n'avait découvert leur parenté que l'automne précédent. Cependant c'était là quelque chose que sœur Thècle ne devait savoir en aucun cas. Son père serait perdu si quiconque à Paris apprenait qu'il était secrètement revenu à la foi de ses parents.

— Je descends tout de suite.

Solomon l'attendait avec Edgar, Astrolabe et maître Abélard près du portail. Ils avaient des mines bien trop sérieuses pour célébrer un mariage.

— *Diex te saut,* dit seulement Catherine à Solomon en guise de salut. Que se passe-t-il ? Mon père va-t-il bien ?

— Il va bien, répondit Solomon. Il m'a envoyé te dire que tu ne dois pas aller à Paris pour le moment. Ta mère est revenue à la maison inopinément.

— Oh, mon Dieu, voilà qui est gênant, observa Catherine, cherchant une solution. Ne pourrais-je séjourner chez Eliazar ?

— Non. Hubert pense que ce serait trop dangereux. Ta sœur s'efforce de surveiller ta mère, mais tu sais qu'elle erre d'église en église. Et si d'aventure elle t'apercevait dans la rue ?

— D'après ce que j'ai appris de l'état de votre mère, intervint Abélard, elle croit dur comme fer que vous êtes montée au Ciel, à Noël dernier, depuis la tour du château de votre frère et demeurez maintenant en compagnie des saints.

Catherine hocha la tête, l'air sombre.

— D'après Agnès, elle m'a construit un sanctuaire là-haut entre le four à pain et les latrines du garde.

— Vous imaginez donc comment elle réagirait si

elle vous rencontrait un soir au beau milieu de la Juiverie, lui rappela Abélard. Voilà comment elle supporte de vous avoir perdue. La joie de vous voir de retour risquerait d'être trop forte pour elle.

— Mais c'est vraiment embarrassant. Et délicat. Que faire ?

— Ton père m'a donné des ordres à cet effet, lui expliqua Solomon. Je dois t'emmener à Troyes.

Catherine le dévisagea, outrée. Elle se tourna vers Edgar. Il regarda par terre, remuant les pieds. Elle tenta de dominer sa colère. Sans succès.

— Si tu m'emmènes à Troyes, ce sera ficelée comme un paquet ! explosa-t-elle. Et tu feras bien de me bâillonner par la même occasion, sinon tu entendras ce que je pense de toi à chaque pas ! Comment mon père ose-t-il m'expédier ainsi comme haridelle au marché !

— Voyons, Catherine..., commença Edgar.

— Et toi, as-tu l'intention de rester les bras croisés ? lui cria-t-elle. On m'emmène les fers aux pieds et mon époux s'en moque comme de colin-tampon ?

— Il ne s'agit pas de cela..., commença Solomon.

— Alors, comment appelles-tu cela, toi qui prétends m'enlever malgré que j'en aie ? hurla-t-elle.

— Catherine ! cria-t-il à son tour. Pourquoi suis-je ici, à ton avis ? Ai-je jamais eu mon mot à dire pour aller où je voulais ou faire ce qui me chantait ? Je cours depuis si longtemps de foire en ville de négoce que je n'ai même pas eu le temps de trouver femme. Je reviens de Mayence : crois-tu que j'étais impatient de repartir sans ôter la poussière de mes vêtements pour venir ici me faire injurier par toi ?

Leurs deux visages furieux se trouvaient nez à nez.

Soudain, les lèvres de Catherine frémirent. Elle se mit à rire.

— Solomon, cela me rappelle notre enfance. Nous ne pouvions jamais jouer sans nous battre. (Elle se reprit rapidement.) Mais je n'irai pas à Troyes malgré tout.

Le portail s'ouvrit et mère Héloïse sortit.

— Je suis si marrie de perdre votre voix pour le chœur, Catherine ! Elle porte si loin !

— Ma Mère, savez-vous ce à quoi l'on veut me forcer ?

Catherine était encore trop indignée pour accepter la réprimande.

— Je gage que tout le monde le sait d'ici à Nogent, répliqua Héloïse. Je ne connais pas tous les détails, mais si vous envisagiez d'obéir à votre père, je vous confierais bien certaines commissions pour moi à Troyes. Pourriez-vous rentrer en discuter ?

— Catherine, je n'avais nullement l'intention de te laisser partir sans moi, déclara Edgar comme ils franchissaient tous le portail.

— Tu aurais pu m'en donner d'emblée l'assurance, marmonna Catherine, honteuse de son éclat.

Elle se retourna pour regarder Solomon. Il avait le visage émacié, les traits tirés. Elle n'aurait pas dû passer sa colère sur lui. C'était aussi stupide que tuer le messager qui apporte de mauvaises nouvelles.

Solomon hésita sur le seuil, haussa les épaules, résigné, puis entra. Héloïse les mena jusqu'à la loge. Abélard occupait le fauteuil réservé aux visiteurs de marque ; les autres étaient assis en rang sur un banc contre le mur. Comme toujours quand elle se tourmentait, l'abbesse faisait les cent pas. Lorsqu'elle s'arrêta, elle continua de tordre fébrilement ses beaux doigts tout en parlant.

— J'ai découvert une énigme dans les chartes, leur déclara-t-elle. J'ai besoin de votre aide pour tirer cela au clair.

Elle se tourna vers maître Pierre.

— Vous connaissez notre situation. Le Paraclet ne vit que de bouts de chandelles. On ne nous fait pas don de vastes terres comme aux moines. On nous offre des œufs, du fromage, le tiers du produit d'un moulin. Ou bien le droit de ramasser bois pour bâtir ou nous chauffer.

— Je croyais que les gens d'ici s'étaient montrés généreux envers vous, repartit Abélard. Etes-vous dans le besoin ? Refusent-ils de vous aider à cause de vos liens avec moi ?

— Bien sûr que non, répondit-elle trop vite. A vrai dire, je suis accoutumée aux dons modestes, qui nous suffisent amplement et témoignent d'un sens tout chrétien du partage. La comtesse Alys nous a fait don d'une petite terre, dans la forêt d'Othe. Nous en avions l'usufruit de son vivant et devions en devenir propriétaires si elle mourait après avoir prononcé ses vœux ici.

Elle marqua une pause.

— Du moins, reprit-elle, c'est ainsi que j'interprète la charte. Le comte Raynald n'est pas d'accord avec moi. Il veut que nous rendions la terre immédiatement. Je ne comprends pas son acharnement. Ce don est de peu de valeur et la terre, dans mon souvenir, est extrêmement rocailleuse. Nous n'en avons rien tiré depuis l'origine, attendu qu'elle est impropre à l'agriculture ou à l'élevage.

— Alors pourquoi le comte Raynald tient-il tant à vous en déposséder ? questionna Astrolabe.

— J'espère que Catherine le découvrira à Troyes. Il doit y avoir là-bas des gens qui savent pourquoi cette terre sans intérêt est si précieuse aux yeux de Raynald. (Héloïse se tourna vers Solomon.) Où sieur Hubert veut-il donc que Catherine séjourne ? A Notre-Dame-aux-Nonnains ?

Solomon était manifestement mal à l'aise. Il n'aimait guère fréquenter les couvents et détestait les faux-semblants. Que lui répondre ?

— Père souhaite que je séjourne dans une famille de sa connaissance, intervint Catherine. Du moins, je le présume. Un autre marchand susceptible de retourner à Paris sous peu.

Héloïse regarda Solomon.

— S'agit-il de coreligionnaires à vous ?

Solomon hocha la tête.

— Et ils accepteraient de l'héberger ?

Il haussa les épaules, opinant derechef.

— Vous n'êtes pas sans le savoir, expliqua Catherine, mon père fait souvent du négoce avec les Juifs. Comme, en raison de leurs lois, ils n'ont pas le droit de se prêter de l'argent entre eux, il sert souvent d'intermédiaire.

— Si la sûreté de Catherine pouvait être assurée, dit lentement Abélard, réfléchissant, elle aurait beaucoup plus de liberté de mouvement qu'en se rendant dans un autre couvent. (Il se tourna vers Catherine.) Vous nous avez fait comprendre que vous ne vouliez pas aller à Troyes. Seriez-vous prête à changer d'avis pour nous ?

Tout au long de la discussion, Edgar était demeuré

assis, les yeux baissés, apparemment perdu dans ses pensées. Il prit alors la main de Catherine.

— Maître Abélard... Père Pierre, dit-il, Catherine et moi ne nous retrouvons que pour être à nouveau séparés. Je n'ai point affaire à Paris, à moins que vous ne me chargiez d'une commission. Si Catherine doit aller à Troyes, je veux l'y accompagner... en tout bien tout honneur.

— Oh, oui ! renchérit Catherine. Ce serait là le parti le plus logique, me semble-t-il. Edgar me serait d'une grande aide, ma Mère. Nous travaillons fort bien ensemble. Maître Abélard, nous disposons des contrats signés, nous avons tout ce qu'il nous faut. Voudriez-vous être témoin de notre union et la bénir, ici et maintenant ?

Elle s'attendait à un chœur de voix désapprobatrices — dans la salle aussi bien que sous son crâne. Aucune ne se manifesta.

Abélard regarda Héloïse. Celle-ci porta ses mains à ses lèvres et le dévisagea pendant un laps de temps qui parut interminable à Catherine. L'abbesse se remémorait-elle son mariage hâtif et secret, ainsi que tout le chagrin qui s'était ensuivi ? Catherine avait entendu l'histoire à maintes reprises. Elle se rappela qu'Héloïse avait hésité, même après la naissance d'Astrolabe. Elle avait tout fait pour ne pas ruiner la carrière de son amant en se mariant. Elle avait clamé et proclamé sa fierté d'être la catin d'Abélard.

Pourrais-je agir pareillement pour Edgar ? se demanda-t-elle. *Quel piètre amour que le mien si j'en étais incapable !*

Et quel piètre amour que le sien s'il te laissait faire...

Ah, oui. Elle avait craint que ses voix ne pussent garder le silence bien longtemps.

Héloïse posa les mains sur sa gorge et ferma les yeux.

— Oui, dit-elle. Cela semble être la meilleure solution.

— Nous devrions partir sur-le-champ si nous voulons être à Troyes avant la tombée de la nuit, leur rappela Solomon.

— Quant à Père et moi, nous envisagions d'atteindre Provins aujourd'hui, ajouta Astrolabe.

— Très bien, conclut Abélard. Retrouvons-nous à la porte de l'église. Catherine, allez chercher vos affaires.

Comme ils partaient, Héloïse posa la main sur le bras de Catherine.

— Restez un moment. Je désire vous parler seule à seule.

Catherine attendit que tout le monde fût parti. Elle sourit nerveusement.

— Vous avez un dernier conseil à me donner ?

Héloïse soupira.

— Non, chère enfant. Je vous ai donné tous les conseils que je pouvais vous donner. Dorénavant, vous devrez découvrir la vie par vous-même. Je vous ai demandé d'attendre parce que j'ai une autre commission à vous confier.

Elle sortit un petit bout de parchemin de sa manche.

— Il y a quelque temps, le couvent a consenti un prêt à Pierre de Baschi, diacre de Saint-Aventin à Troyes. Il ne met aucune diligence à nous rembourser. Je lui ai envoyé des lettres, et j'ai également écrit à des amis à Rome qui pourraient avoir quelque influence sur lui, mais je n'ai pas obtenu la moindre nouvelle. (Elle s'interrompit, apparemment embarrassée.) Il s'agit de vingt marks d'argent... et nous en avons besoin.

— Vingt marks !

La somme semblait énorme à Catherine.

— Catherine, poursuivit Héloïse, demandez à ceux qui vont vous héberger s'ils accepteraient de servir d'intermédiaires pour récupérer auprès de père Pierre la somme qu'il nous doit. Je serai disposée à leur en laisser la moitié pour leur peine.

— Je ne sais trop. Père prête peu d'argent, en dehors de ce que je vous ai expliqué. Mais je demanderai à Solomon.

— Merci. (Héloïse sourit.) Je vous ai retenue trop longtemps. Allez chercher vos affaires. Nous nous dirons adieu une fois que vous serez mariée.

Catherine la serra contre elle et partit en courant.

Fidèle à sa promesse, Catherine pleura pendant les quelques instants qu'il lui fallut pour devenir l'épouse d'Edgar. La cérémonie fut simple, se bornant à l'échange des consentements devant les portes de l'église. Personne n'avait pensé aux alliances. Les témoins furent Héloïse, la prieure Astane, Solomon et Astrolabe, ainsi que les quelques frères convers qui avaient aperçu le petit rassemblement et eu la curiosité d'en connaître la raison.

Lorsque maître Abélard ferma le livre et annonça qu'elle était mariée, Catherine ne sentit pas le plus léger changement en elle. Quelque chose n'aurait-il pas dû se produire ? Une grande révélation ou une impression de vide ? Mère Héloïse l'embrassait sur la joue et lui essuyait les yeux.

— Vous serez toujours la bienvenue ici, si vous avez besoin de nous, chuchota-t-elle. N'ayez pas peur.

Catherine l'étreignit.

— Je n'ai pas peur. Mais je ne ressens rien, me semble-t-il. Pourquoi ?

— Obtenir si soudainement ce que l'on désire de toute son âme peut occasionner une forte commotion. (Héloïse sourit.) Les sentiments reviendront, je vous le garantis...

Du coin de l'œil, Catherine aperçut Paciane. Debout sur le chemin, les bras chargés de petit bois, la sœur converse se détourna dès que Catherine la regarda, mais, dans cette seconde, son expression frappa Catherine comme une gifle. Elle n'y lut aucune pitié, aucune indulgence, aucun amour entre sœurs. Paciane l'avait dévisagée avec un regard de haine assassine.

Catherine frémit. Héloïse suivit son regard.

— Catherine, vous ne devez plus vous soucier de Paciane. Allez à Troyes et apprenez ce que vous pouvez sur cette terre. Et faites pour moi la requête dont je vous ai parlé. Rien d'autre. Comprenez-vous ?

— Oui, ma Mère.

Les hommes étaient partis chercher les chevaux. Solomon était allé à Saint-Aubin acheter une monture commune pour Edgar et Catherine. Héloïse retourna vaquer à ses occupations, laissant Catherine attendre en compagnie de frère Baudouin. Appuyé sur sa binette, celui-ci observait les hommes charger les paquets pour le voyage.

— Ce garçon, là-bas, dit-il avec un geste de la main, vous l'avez appelé Solomon. Il est juif ?

— Oui. C'est le neveu d'un homme qui fait du négoce avec mon père.

— C'est drôle, il ne ressemble pas aux Juifs que j'ai vus en Terre sainte. C'est à nous qu'il ressemble, en vérité.

— En quoi étaient-ils différents ?

— Plus bruns, voyez-vous, avec un regard rusé, répondit Baudouin en se grattant la tête. De fait, les Sarrasins avaient cet air-là, eux aussi. Nous ne parvenions pas à les distinguer les uns des autres. Maintenant que j'y pense, même les chrétiens qui vivaient là-bas étaient bruns et avaient l'œil rusé.

Catherine le dévisagea.

— Alors, comment faisiez-vous pour savoir qui combattre ?

— C'était facile. On tuait à peu près tous ceux qui vivaient là-bas. (Frère Baudouin se remit à bêcher.) Après tout, vu que c'étaient tous des païens et des hérétiques, cela n'avait guère d'importance.

Catherine avait entendu les histoires et les chansons sur la croisade. Elle s'était toujours imaginé, d'une certaine façon, qu'une armée placée sous l'autorité divine savait forcément qui était l'ennemi. Elle regarda de nouveau Solomon. Il aurait sans doute été épargné. Il avait tout d'un Franc.

Frère Baudouin, nostalgique, s'appuya sur sa binette derechef.

— Bien sûr, quand je suis revenu, c'était plus compliqué, reprit-il pensivement. Quand je me battais pour le vieux roi. On se disait que, si l'on était l'assiégeant, tous ceux qui sortaient étaient des ennemis et tous ceux qui vous entouraient des amis. Et si vous étiez à l'intérieur du château, on tuait tous ceux qui tentaient de passer par-dessus les murs ou de creuser un tunnel par-dessous. Mais ce n'était pas toujours le bon critère. Fort contrariant, ça.

Il secoua la tête et se remit à son binage, content de lui.

Catherine le considéra avec étonnement. Maintenant qu'il était *conversus*, Baudouin ne paraissait pas enclin à massacrer des frères chrétiens.

Comme elle méditait la question, la porte de l'église derrière elle s'entrouvrit, une main apparut et lui fit signe. Catherine se glissa rapidement à l'intérieur.

Emilie la serra contre elle.

— *Benedicite*, Catherine, chuchota-t-elle. Sois heureuse dans ta nouvelle vie. Je n'ai pas de cadeau de mariage, vois-tu, mais je peux t'apprendre quelque chose. Constance, la mère d'Alys, est ma cousine issue de germains. Le père de ma mère et la mère de son père étaient frère et sœur.

Catherine digéra l'information.

— Et... ?

— Nous n'en parlons guère. Sa grand-mère était une bâtarde, mais Constance a toujours essayé d'asseoir sa position dans la famille. Si tu as du mal à la rencontrer, sers-toi de mon nom. Elle ne pourra que te recevoir.

— Merci, Emilie. Mais je ne pense pas avoir l'occasion de la rencontrer.

Emilie regarda derrière elle.

— Il faut que je me hâte. Je dois copier un commentaire sur la deuxième Epître aux Romains. Je croyais que tu allais à Troyes.

— J'y vais, mais...

— Constance passe toujours le mois qui suit Pâques

au domicile de feu son mari, à Troyes. C'est près de la porte de Paris, non loin de Saint-Remi. N'importe qui te guidera.

On entendit du bruit dans l'ombre, au fond de l'église côté couvent. Les coups réguliers d'un bâton sur un sol de pierre.

— Sœur Bertrande, soupira Emilie. (Elle serra de nouveau Catherine dans ses bras.) Bonne chance ! Ne m'oublie pas.

— Jamais, promit Catherine. Bonne chance à toi aussi. Prie pour moi.

Emilie disparut dans l'ombre et Catherine regagna le soleil.

Edgar et Solomon attendaient.

— Es-tu prête ? demanda Edgar.

Catherine toucha la peinture écaillée de la porte de l'église. Sœur Bertrande ne punirait peut-être pas Emilie trop sévèrement, espéra-t-elle.

— Oui, répondit-elle.

Solomon la remit d'aplomb après qu'elle eut bondi en selle derrière Edgar. Elle passa les bras autour de sa taille. Ses cheveux clairs dépassaient de son col et chatouillaient le nez de Catherine, mais elle resserra son étreinte.

— Te sens-tu marié ? lui demanda-t-elle.

— Pas encore.

— Moi non plus. Combien de temps faut-il, à ton avis ?

Il se retourna sur la selle et l'embrassa, manquant de peu les faire choir tous deux.

— A mon avis, dix minutes après que nous aurons trouvé un lit, répliqua-t-il.

— Oh !

Solomon chevauchait devant eux, s'efforçant de ne pas écouter. Il prévoyait un trajet fort assommant ce jour-là, sans guère de propos intelligents. Il s'y résigna, espérant seulement que le commerce charnel entre ces deux-là n'allait point être la ruine de têtes assez bien faites. Compte tenu de l'état des affaires à Paris, et des soucis ici, il savait qu'il aurait besoin d'être entouré du plus grand nombre possible d'esprits avisés.

9

Le grenier à foin d'une écurie près de Troyes, très tôt matin, le mardi 9 avril 1140

Ils se coucent ensanble quant nuis fu enserie,
L'une cars conut l'autre. Nature nes oublie ;
L'uns rent l'autre son droit et font lor cortoisie
Qu'amors a estoré entre ami et amie
Quant ont lor volenté et lor joie aconplie
Si n'est mais damoisele, ains est dame joïe.

« Une fois la nuit tombée ils se couchèrent ensemble,
Puis un corps connut l'autre. Nature ne les oublie.
L'un rend à l'autre son droit et ils se prodiguent l'hommage
Que l'amour a créé entre un homme et une femme.
Quand ils ont accompli leur désir et leur joie,
Elle n'est plus fille mais épouse comblée »
(Elioxe *11, 460-465).*

— Pourrais-tu te pousser un peu, Edgar ? J'ai un brin de paille très pointu dans le dos.

Avec obligeance, mais à contrecœur, Edgar se souleva et laissa Catherine ôter le fétu importun.

— Ce n'est pas à proprement parler la nuit de noces que j'avais escomptée, lui confia-t-il. J'avais pensé que nous aurions un lit de plume et des draps de soie.

Catherine lui passa les bras autour du cou.

— Avec toute la famille gloussant à la porte ? J'en ai eu les oreilles suffisamment rebattues pour ne point le regretter ! Une couche de paille est bien plus commode, en fin de compte. Le brouillard était trop épais pour que nous atteignions Troyes hier soir, mais je ne le regrette pas ! A propos, tu n'as plus besoin de rester penché ainsi sur moi.

— Je sais, dit-il en souriant. Je voulais seulement te regarder. Il faisait trop sombre hier soir pour y voir clair.

Il la contempla. Catherine se sentit rougir. Elle fixa les yeux au-dessus de lui, aperçut les pâles rais de lumière qui pénétraient par le toit de chaume. Elle entendait des rats détaler dans la charpente. Une traînée de poussière se répandit sur le dos d'Edgar. Il ne parut pas s'en aviser. Catherine était gênée d'être examinée de si près.

— Cette cicatrice sur le flanc est due à une chute du haut d'un arbre quand j'avais sept ans, expliqua-t-elle en s'efforçant de ne pas croiser le regard d'Edgar. Tout le reste est tel que Dieu m'a faite.

Edgar se rallongea sur elle.

— Je ne constate rien dans son œuvre dont j'aie lieu de me plaindre.

— Attends, relève-toi. Où t'es-tu fait ça ?

Elle désigna la meurtrissure, de la taille du poing, à gauche de sa cage thoracique.

Il avait presque oublié l'agression au couteau, bien que l'endroit fût toujours sensible au toucher et lui fît mal quand il respirait fortement. Du reste, c'était le cas en ce moment.

— Un accident, à Paris, répondit-il. Quelqu'un m'a bousculé. Tu connais les foules de la semaine sainte...

Inutile de l'inquiéter, se dit-il. Il n'était, de toute façon, pas si loin de la vérité.

Elle effleura la meurtrissure, comme pour la faire disparaître. Puis elle l'attira de nouveau contre elle.

— Dorénavant, déclara-t-elle, nous devrons essayer de veiller l'un sur l'autre.

Les lèvres d'Edgar sentirent la cicatrice sur la gorge de Catherine, encore rouge même quatre mois après l'incident. Veiller sur Catherine n'était pas une sinécure. Elle avait déjà souffert pour lui et il avait entamé leur vie commune en la faisant souffrir davantage.

Il resta allongé tranquillement une minute. Les doigts de Catherine se promenaient dans son dos. Puis il roula sur le côté et s'appuya sur un coude.

— Catherine, regrettes-tu ce matin de m'avoir choisi ? Je t'ai fait mal. J'ai essayé de l'éviter, mais en vain. Tu ne peux le nier. J'aurais tellement voulu ne point te blesser.

Elle se pelotonna contre lui, posant l'oreille contre sa poitrine pour entendre les battements rassurants de son cœur. Puis elle lui sourit.

— Peu importe. C'était inévitable. La faute en incombe à Ève, pas à toi. Mais vraiment, ce n'était pas aussi horrible qu'on me l'avait dit. A entendre certaines femmes, on pourrait croire qu'une lente éviscération est préférable à la défloration.

Elle réfléchit un instant, puis l'embrassa sous le menton.

— Je me demande, reprit-elle, si elles ont abordé

la question avec autant de franc désir que moi. Et mère Héloïse m'a assuré que ce serait de mieux en mieux. Elle a beaucoup insisté là-dessus.

— Bénie soit-elle ! s'exclama Edgar avec ferveur. Je ferai mon possible pour lui donner raison.

— Moi aussi, je suis certaine de m'améliorer avec la pratique. Car, après les mille et un conseils qu'on m'avait dispensés, une fois au pied du mur, j'avais l'esprit tellement occupé que je les ai presque tous oubliés. Je suis navrée, je ne voulais pas te décevoir.

— Mais tu ne m'as pas déçu.

Ils restèrent quelques instants allongés en silence, Edgar reprenant cette fois-ci son examen du bout des doigts. Catherine ferma les yeux.

— Edgar, dit-elle. L'hypothèse de mère Héloïse quant aux progrès dus à la pratique n'est peut-être pas vérifiée chaque fois. Si tu veux mon avis, nous devrions la mettre à l'épreuve... sur-le-champ.

Et, lui aussi en quête de connaissance, Edgar ne put qu'accepter de satisfaire la demande.

Solomon avait passé la nuit au pied d'un arbre, roulé dans des couvertures suintantes d'humidité. Cela manquait de commodité, mais il ne tenait guère à partager l'écurie avec Catherine et Edgar. Il se consola en songeant que l'un et l'autre auraient certainement bien du mal à monter en selle aujourd'hui. Cela dit, si le jour se levait jamais ! Le brouillard était toujours aussi impénétrable que la veille au soir.

Solomon détestait le brouillard. Il lui fallait voir la route à des lieues à la ronde. Faire un faux pas et dévaler dans un ravin est vite arrivé en pleine brume. Vos ennemis ont trop beau jeu de se cacher pour vous attaquer ou vous échapper. Le brouillard est pire que l'obscurité, car s'y profilent de vagues formes qui peuvent être aussi bien hommes qu'animaux, voire tenir un peu des deux. Et quand on découvre s'il s'agit d'amis ou d'ennemis, il est trop tard.

Malgré tout, il eût souhaité que Catherine et Edgar oubliassent leur nuit de noces et se rappelassent qu'il était dehors, trempé, transi de froid, et chargé d'une mission.

Catherine et Edgar avaient complètement oublié Solomon et ne pensèrent à quitter leur couche qu'après avoir été réveillés par la question joviale mais grossière du propriétaire de l'écurie. Catherine, gênée, eut un mouvement de recul. Edgar se pencha au bord du grenier et adressa un grand sourire à leur hôte.

— Fort bien, merci, dit-il. Pouvons-nous espérer nous restaurer avant de partir ?

— Votre ami a mangé voilà déjà un moment, répondit l'homme. Il paraît impatient de poursuivre le voyage. Mais je peux vous donner du pain et du fromage à emporter. Et mon épouse prépare un excellent onguent à la graisse d'oie. Nous pouvons vous en bailler un peu, si vous le désirez.

Il gratifia Edgar d'un petit sourire narquois.

— Ma foi, merci, répliqua ce dernier. Nous avons grand besoin de...

Catherine tendit la main et pinça le premier bout de peau qu'elle trouva. Edgar poussa un cri.

— Du pain et du fromage, ce sera parfait, conclut-il. Et pourrions-nous avoir de la bière ?

Solomon s'efforça de ne pas montrer son agacement quand ils partirent enfin, tard dans la matinée. Il restait encore assez de lumière pour les guider le long de la route. Ils dépassaient de temps à autre une charrette chargée de cageots contenant les dernières racines hivernales ; parfois un messager en provenance de Paris les doublait à vive allure, mais durant la plus grande partie du trajet, ils furent tous trois seuls dans le brouillard.

Solomon s'amusa à part soi de voir Catherine s'agiter sur sa selle pour finalement mettre pied à terre peu après leur départ. Il décida alors de lui pardonner de l'avoir fait attendre.

— Nous allons à un train si lent que je préfère marcher, expliqua-t-elle.

Personne ne fit de commentaires.

— Nous devrions obtenir bientôt des renseignements sur la terre dont la comtesse Alys a fait don au Paraclet, reprit-elle après quelques instants de silence. Combien de temps Père veut-il que je reste à Troyes ?

— Il espère pouvoir convaincre ta mère de retourner au plus vite à Vielleteneuse, répondit Solomon. Nous sommes trop peu nombreux chez nous à Paris pour que quelqu'un s'occupe d'elle en permanence.

La conversation retomba de nouveau. Catherine observait Solomon. Quelque chose le préoccupait. Il avait le même regard que le père de Catherine quand il était forcé de vendre à perte.

— Tu nous fais des cachotteries, cousin, déclara-t-elle. Il y a une autre raison pour nous empêcher de retourner à Paris, n'est-ce pas ? Es-tu sûr que mon père n'est point malade ?

— Sûr et certain. Cela n'est pas en rapport avec sa santé, ni avec toi. C'est probablement à cause de ses affaires. Quelque chaland mécontent, un débiteur qui refuse de payer... Ou peut-être seulement un autre chrétien trop zélé.

— De quoi parlez-vous ? intervint Edgar. Vous rendez-vous compte à quel point vous tournez autour du pot ? C'est exaspérant !

— Ton père ne voulait pas t'inquiéter, dit Solomon à Catherine.

Elle était déjà plus qu'inquiète. Elle saisit les rênes du cheval de Solomon et le força à faire halte.

— Par le corps bruni de sainte Marie l'Egyptienne ! s'écria-t-elle. Dis-nous ce qui s'est passé !

Solomon soupira et descendit de selle. Edgar fit de même.

— Vu le brouillard, nous pouvons très bien être à deux pas ou bien à dix lieues des portes de Troyes, dit Edgar. Nous devons tirer la chose au clair avant d'y arriver. Tu n'aurais pas dû en vouloir au brave homme qui nous a laissés utiliser son écurie, Catherine. Non seulement il nous a baillé du pain et du fromage, mais il nous a également offert une outre de bière pour notre mariage. A moins qu'il n'y ait un marécage de part et d'autre de la route, autant nous asseoir, nous restaurer et écouter les explications de Solomon.

— Je pense qu'il devrait s'expliquer avant de manger ou de boire quoi que ce soit, renchérit Catherine.

— Excellente suggestion. Solomon ?

— A votre guise. Je crois distinguer là-bas un arbre et un rocher en contrebas. Attachons nos montures et vous deux pourrez me cogner à loisir la tête contre le roc jusqu'à ce que je me mette à table. L'arrangement vous satisfait-il ?

Il avait la mine si piteuse que Catherine ne s'emporta point, bien qu'elle fût affolée par l'histoire à demi narrée. Elle lui prit la main et scruta le visage si semblable au sien.

— Jusqu'ici ce sont maître Abélard et la menace pesant sur le Paraclet qui nous ont souciés, dit-elle. En outre, chacun de nous deux ne pense plus qu'à l'autre, il est vrai. Mais personne ne nous a laissés soupçonner quelque ennui à Paris.

Solomon se sentait incroyablement las. Il permit à Edgar de saisir les rênes de son cheval lorsque Catherine le conduisit au rocher et le fit asseoir. Il se prit la tête entre les mains, se frottant le cuir chevelu.

— Où que j'aille, les choses vont de travers, déclara-t-il. Le monde semble se transformer sous mes pieds. J'ai le sentiment que, quand le brouillard se dissipera, je serai dans un pays que je ne connaîtrai pas. J'en suis épouvanté.

— Solomon, s'écria Edgar, si vous n'en venez pas au fait, je serais en effet capable de vous cogner la tête contre le rocher.

— La semaine dernière, juste après votre départ, énonça Solomon, on a tenté d'assassiner oncle Eliazar.

— Quoi ?

— Au début nous avons pensé qu'il s'agissait d'un voleur, mais l'homme n'a pas essayé de couper la bourse d'oncle Eliazar. Il l'a tout bonnement poignardé dans la foule avant de disparaître.

Edgar se frotta les côtes. Peut-être y avait-il une secte de tueurs en herbe à Paris.

— Comment va-t-il à présent ? s'enquit Catherine.

— A-t-il vu son agresseur ? questionna Edgar simultanément.

— Il se remet, semble-t-il, répondit Solomon à la question de Catherine. Il a dû se déplacer au moment même où l'homme frappait. La lame lui a transpercé le flanc. Elle a causé une blessure très propre sous les côtes. Quant à l'identité de l'agresseur... La rue était noire de monde. Mais mon oncle l'a entendu marmonner. C'est pourquoi il a soupçonné qu'il s'agissait d'un chrétien cherchant à venger la mise à mort de son Sauveur.

Un frisson zébra la nuque d'Edgar. Et le temps n'y était pour rien !

— Qu'a-t-il dit ?

Solomon se concentra.

— « Celui-ci n'est pas un aversier[1], il peut mourir. » Cela m'a tout l'air de quelque polémique sur la Pâque, vous ne trouvez pas ?

— Pauvre oncle Eliazar ! s'exclama Catherine. Les prêtres qui prêchent de tels sermons sont vraiment inconscients ! Chaque année quelqu'un se croit appelé à massacrer les Juifs.

Edgar ne souffla mot. Le frisson lui gagna l'échine. Il venait de chez Eliazar quand il avait été attaqué. Mais avec ses cheveux blonds et sa peau claire, on ne pouvait l'avoir pris pour un Juif. Certes, lors de ses premières années à Paris, les autres étudiants l'avaient raillé, le traitant de suppôt du Malin, prétendant qu'il avait cheveux et peau décolorés à force de rester penché au-dessus de cuves pleines de poisons et d'élixirs. Mais ils avaient davantage cherché à connaître les ingrédients qu'à le persécuter. Pourtant, l'homme qui avait tenté de le tuer avait certainement été fort surpris lorsque le couteau ne s'était pas enfoncé, et l'avait appelé démon. Pouvait-il s'agir du même individu ? Edgar frissonna.

1. L'Ennemi, le démon.

— Prenez de la bière, dit Solomon en lui tendant l'outre. Ainsi, vous le constatez, c'est sans rapport avec vous, mais raison de plus pour qu'Hubert n'ait pas voulu de vous à Paris. Il tenait à éviter de vous alarmer. Je regrette de vous en avoir parlé, à présent. Si nous nous remettions en route ? La bière se réchauffe, mais j'ai des visions de soupe chaude et de flambée !

Catherine acquiesça et ils repartirent. Cette fois-ci, elle monta derrière Edgar, s'accrochant à lui avec précaution, afin d'éviter de toucher le bleu sur sa poitrine. Le mariage donne-t-il un sixième sens ? se demanda-t-elle, car elle éprouvait un véritable malaise après le récit de Solomon. Elle était horrifiée par l'agression dont Eliazar avait été victime, bien sûr, mais elle était paniquée en pensant à Edgar.

Tu n'as pas lieu de t'inquiéter pour lui. Tu es simplement à bout à cause des récents événements.

Catherine soupira. Elle avait plus ou moins espéré perdre ses voix en même temps que sa virginité !

Il ne m'a pas dit quel genre d'« accident » il avait eu à Paris, s'inquiéta-t-elle. *Il n'a pas soufflé mot quand Solomon nous a raconté l'histoire. Il y a anguille sous roche.*

Il y a une énorme faille dans ta logique, répliquèrent les voix. *Le silence est tout bonnement le fait de ne point parler. Ta conclusion ne repose sur rien, sinon sur une réaction des plus primitives.*

Catherine se trémoussa, mal à l'aise. Elle n'était pas d'humeur à disputer, surtout en position de faiblesse, tant intellectuelle que physique. A côté d'elle, Solomon fredonnait. Elle se pencha à ses risques et périls, pour entendre les paroles.

— « *Ast nos tristificis perturbat potio sucis, cum medus atque Caeres...* »

Elle faillit tomber de saisissement. Edgar tendit le bras pour la redresser.

— Solomon ! Où donc as-tu appris le latin ?

Solomon se mit à rire.

— Je n'ai nul besoin de le comprendre pour chanter en latin. Après chaque strophe, on a droit à une nouvelle tournée. Au bout de quelques tournées, on commence à parler quasi couramment ! Comme nous avons terminé la bière, c'est fort à propos. Voulez-vous vous joindre à moi ?

Et c'est ainsi, en chantant hardiment son envie de boire encore, que le trio atteignit les portes de Troyes.

Un rai de lumière zébrait la page. Héloïse releva les yeux. Le brouillard se dissipait ; non pas son humeur sombre. Apparemment, le printemps s'était installé en Champagne. Elle perçut des rires en provenance du cloître. Sœur Bertrande n'allait sans doute pas tarder à arriver pour rappeler les religieuses aux convenances. Et à juste titre. Pour le moment, cependant, Héloïse les laissait s'ébaudir. Cela apaisait les tourments de son esprit.

« Je ne devrais pas me préoccuper des choses de ce monde », se dit-elle avec fermeté avant de reprendre sa plume.

Pourtant, elle vit seulement l'image de tout ce qu'elle aimait le plus s'éloigner, s'éloigner d'elle une fois encore.

« Mon Dieu, implora-t-elle, je me suis efforcée d'accomplir mon devoir et de vous servir, mais je continue à l'aimer davantage. Pourquoi ne me laissez-vous pas en paix ? »

Il n'y eut pas de réponse. Héloïse avait cessé depuis belle lurette de tenter d'infléchir ses sentiments. Un jour peut-être serait-elle pardonnée, peut-être Dieu transformerait-il son cœur. Voilà ce qu'elle espérait.

Ses pensées se tournèrent vers Catherine. Cette chère enfant, intelligente et gauche. Héloïse nourrissait un faible pour elle. Quel dommage qu'elle eût été déchirée entre la chair et l'esprit, mais peut-être la voie qu'elle avait choisie était-elle la meilleure. Il est vain de mener une vie de piété apparente si l'on guette constamment l'occasion de pécher.

— *Mea culpa*, soupira-t-elle avant de se lever.

Et puis il était bien utile, se dit-elle, que Catherine pût s'occuper des affaires dont elle était incapable de se charger elle-même. Pourvu seulement que le mariage rendît la jeune fille un peu plus prudente. Elle n'avait que trop tendance à se retrouver dans des situations qu'une sage réflexion lui eût évitées.

— Ma Mère !

La voix derrière la porte était celle de sœur Thècle. Héloïse alla lui ouvrir.

La femme d'un certain âge la considéra un moment, soucieuse. Héloïse sourit, sachant que Thècle avait deviné son état d'esprit.

— Vous me connaissez trop, vieille amie, lui dit-elle. Je vais bien, mais je vous dois gratitude pour avoir interrompu le cours de mes pensées.

— Les pensées peuvent devenir des démons si nous restons trop longtemps seuls avec elles. Mais je ne crains point cela chez vous. Non, excusez-moi, je suis là parce que nous avons un visiteur.

Elle marqua une pause théâtrale. Héloïse eut soudain la vision d'un ange au portail, brandissant d'un bras vengeur une épée enflammée.

— Oui ? fit-elle, chassant l'image de son esprit. Et de qui s'agit-il ?

— De cet homme..., répondit Thècle.

— Ah...

Héloïse n'eut pas besoin de plus ample explication. Robert, le prieur de Vauluisant, venu une fois encore se plaindre ou réclamer quelque chose. Fort bien. Elle releva le menton, se redressa. Rien de tel qu'une bonne empoignade pour chasser les idées noires.

Le prieur Robert se leva dès que mère Héloïse et sœur Thècle entrèrent dans le parloir, mais il n'y avait pas le moindre respect dans son attitude.

— Je viens d'apprendre, déclara-t-il sans préambule, que vous avez hébergé ma nièce, la comtesse Alys, pendant plus d'une semaine sans avoir la courtoisie de m'avertir de sa présence parmi vous. Etes-vous courroucée contre nous au point de m'avoir refusé le droit de la voir avant sa mort ?

Les épaules d'Héloïse s'affaissèrent. Elle joignit les paumes et porta les doigts à ses lèvres, de peur de parler avec trop grande hâte. Cette parenté lui était complètement sortie de l'esprit. Le prieur avait toutes les raisons d'être en colère. Mais, comme chez Raynald, seule son ire se manifestait, remarqua-t-elle. Eprouvait-il du chagrin ? Il avait exactement le même comportement quand il venait discuter de ses cochons. Pauvre Alys ! A l'évidence, la présence de Robert avait un autre motif. Lequel ? Elle baissa les mains. Elle devait le forcer à le lui révéler.

— J'implore votre pardon, mon frère, dit-elle. A la

vérité, nous avons été si absorbées par les soins à prodiguer à la comtesse Alys ainsi que par les cérémonies de la semaine sainte que nous n'avons point songé à vous prévenir. Si j'avais su que le seigneur Raynald ne vous avait pas averti lui-même, je vous aurais dépêché l'un de nos frères convers sur-le-champ.

Le prieur eut un reniflement de dédain.

— Raynald a été bien assez occupé à rechercher le meurtrier de son épouse afin de le châtier.

— Certes, observa Héloïse avec un hochement de tête. Voilà sûrement pourquoi il n'est pas revenu voir comment elle se portait ni n'a envoyé quelqu'un quérir de ses nouvelles. Nous nous efforçons de nous garder d'un aussi vil péché que la vengeance. Mieux vaut en laisser la prérogative au Seigneur. Toutefois, nous prions pour que les agresseurs d'Alys soient promptement remis à Sa justice. Comme vous-même et les frères de Vauluisant, j'en suis certaine.

— Cela va sans dire, affirma le prieur, balayant d'un geste les commentaires d'Héloïse.

Elle attendit. Le prieur Robert avait le même âge qu'elle. Ses manières, loin de l'intimider, l'exaspéraient. Elle le regarda sans ciller, ce qui parut l'irriter encore plus.

— L'époux de ma défunte nièce m'a tenu au courant, détrompez-vous, corrigea-t-il. Il m'a informé que, prenant prétexte du décès de l'infortunée sous votre toit, vous tentiez maintenant d'accaparer un don qui ne vous était en aucune façon destiné et qui ne présente pas le moindre intérêt pour vous.

Encore cette histoire de don ! Qu'avait-il de si important ? Pourvu que Catherine réussît à le découvrir promptement, espéra Héloïse. Avancer ses pions dans le noir était jeu épineux.

— J'ai évoqué ce point avec le comte Raynald, répliqua-t-elle. En dépit de vos liens de parenté avec la comtesse, je ne vois pas en quoi l'affaire vous concerne. D'après ce que je comprends, sœur Alys tient la propriété qu'elle nous a léguée de la branche paternelle. Vous êtes le frère de sa mère, que je sache.

— Je ne suis pas uniquement ici en ma qualité d'oncle d'Alys.

Héloïse le croyait volontiers. Elle écarquilla les yeux et pencha la tête, l'invitant à poursuivre.

Son regard inquisiteur parut le déconcerter. Il recula d'un pas, et faillit bousculer sœur Thècle, assise dans un angle de la pièce plongé dans la pénombre. Elle déplaça les pieds, ce qui le fit sursauter.

— *Harou !* s'écria-t-il. Par l'épée de saint Maurice ! Vous m'avez fait peur, femme ! J'avais oublié votre présence.

— Je ne suis pas digne d'être remarquée, bon prieur, rétorqua la sœur tourière. Je ne suis là que parce qu'il serait inconvenant que notre abbesse vous reçût tête à tête.

— Et pourtant je crois savoir que Pierre Abélard vient de séjourner en ces murs.

Le prieur Robert se mordit la langue. Trop tard. Il coula vers Héloïse un regard de biais. Elle serrait les lèvres.

Avant qu'elle ne pût riposter, Thècle répondit :

— Si fait, maître Abélard nous a honorées d'une visite. Il a prononcé le plus beau sermon de Pâques que j'aie jamais entendu et m'a fort civilement mandé des nouvelles de ma santé. Nous avons bien de la chance que l'abbé Pierre, malgré tous ses devoirs et son labeur, trouve encore le temps de se consacrer à ses filles en Jésus-Christ.

Héloïse bénit Thècle de tout son cœur. Elle avait failli se montrer aussi impétueuse que Catherine. Le prieur Robert savait que cette remarque la mettrait en colère. Ils se querellaient depuis trop longtemps. Elle inspira à fond.

— Vous disiez ? s'enquit-elle avec un sourire poli. Votre nièce... ?

— Je disais... (il marqua une pause le temps de se reprendre) que je n'étais pas ici uniquement en ma qualité d'oncle. Cette propriété, sise dans la forêt d'Othe, est contiguë à nos terres. Je le répète, elle ne vous est d'aucune utilité et votre droit à y prétendre est des plus flous. Cependant, dans un esprit de charité et en raison de notre longue association, j'ai été dépêché par mon abbé pour vous faire une proposition.

— Tiens donc ?

Cela devenait de plus en plus intéressant.

— On m'a autorisé à vous proposer ceci : le Paraclet aura droit à la production de nos vignobles de Chablis en échange de la terre inculte dans la forêt d'Othe.

— La production des vignobles ? répéta Héloïse. Vos gens assureront la besogne de bout en bout, s'occuperont de la terre, se chargeront des vendanges et de la vinification, puis nous en remettront les bénéfices ?

— C'est cela.

— Et pour combien de temps ?

Le prieur déglutit.

— En égard à notre grand respect pour votre piété et votre sainteté...

Le prieur semblait attendre une réaction. Héloïse sourit humblement.

— Nous sommes prêts à vous accorder ce droit à perpétuité, conclut-il.

A perpétuité. Héloïse savait que les vignes de Vauluisant étaient à Chablis. Ces vins voyageaient jusqu'à Carcassonne, jusqu'au Danemark. Que recelait donc la forêt d'Othe ? La Vraie Croix ? Héloïse était prête à emprunter une paire de braies[1], à se vêtir en charbonnier pour aller voir par elle-même.

— C'est une offre fort généreuse, dit-elle. Je vais devoir en discuter avec les autres sœurs au chapitre. Nous vous ferons connaître notre décision. Sœur Thècle, peut-être le bon prieur souhaiterait-il dîner avant de repartir ?

— Bien sûr, ma Mère.

Sœur Thècle battit des mains et frère Baudouin apparut dans l'encadrement de la porte.

— Voudriez-vous montrer au prieur Robert où il peut s'apprêter ? Je vais lui faire servir ici à dîner.

Et, avant qu'il ne pût articuler une protestation indistincte, le prieur fut emmené s'apprêter inutilement pour une collation qu'il ne souhaitait nullement.

Héloïse se tourna vers la sœur tourière.

— Merci, Thècle. J'ai failli m'emporter. Le prieur Robert possède le don de m'exaspérer.

Sœur Thècle gloussa.

— Ce n'est rien en comparaison de l'effet que vous produisez sur lui, ma chère abbesse.

---

1. Hauts-de-chausses.

— Qu'entendez-vous par là ?

— Ma pauvre agnelle, fit Thècle en lui tapotant la joue, avez-vous cru qu'en vous coiffant d'une guimpe vous cessiez d'être femme ? Allons, je sais bien que je ne devrais pas vous parler ainsi, mais je vous connais depuis votre enfance. Si vous voulez que je répète cela au chapitre, je le ferai et j'accepterai mon châtiment. Mais vous devez ouvrir les yeux. Cet homme est tellement attiré par vous qu'il en bredouille. Il retourne sans doute à sa cellule s'asseoir sur des pierres froides pour se punir.

— Sottises ! s'exclama Héloïse. J'ai honte de vous.

— Ce n'est pas moi qui nourris ces pensées libidineuses. Certes, j'ai passé ma vie au couvent, ma Mère, mais à mon époque on nous apprenait à reconnaître les signes de la tentation de la chair chez les hommes, ne serait-ce que pour y parer. Vous êtes aujourd'hui aussi belle que jamais et le prieur Robert reste un homme en dépit de ses vœux.

Héloïse connaissait sœur Thècle depuis trop longtemps pour dédaigner son avis. Cette dernière était devenue tourière en partie parce qu'elle avait bon discernement pour juger des individus. Mais Héloïse n'avait pas besoin de complications supplémentaires dans son commerce avec Vauluisant.

— Fort bien, conclut-elle. Je me souviendrai de votre remarque. Pour le moment, il me faut parler avec la prieure Astane de cette « proposition ». Et nous en discuterons au chapitre. Quelqu'un doit savoir pourquoi ce bout de terre boisée suscite pareille convoitise. A croire que l'on nous a fait don du jardin d'Eden !

10

Devant une maison du vieux quartier juif de Troyes, mardi 9 avril 1140, fin d'après-midi

*« Les anciens qui nous ont précédés ont transmis les règles suivantes : chacun paiera selon sa fortune, exception faite des outils, maisons, vignes et champs. En ce qui concerne l'argent des chrétiens qui constitue notre gagne-pain, nous ne devrons payer que sur le capital » (*Règles pour l'impôt à Troyes, *Rashi, réponse 248*).

— Ils ne peuvent pas rester ici, déclara d'un ton ferme Joseph ben Meïr à Solomon. Elle pourrait passer inaperçue à la rigueur ; toutefois, l'homme qui l'accompagne est non seulement chrétien, mais manifestement de nationalité étrangère. Mes affaires sont trop délicates en ce moment pour que l'on me pose des questions sur mes hôtes.

— Nos affaires sont toujours délicates, insista Solomon. La loi de l'hospitalité n'en demeure pas moins de rigueur. C'est votre devoir de nous héberger !

— Vous, et vous seul, rétorqua Joseph. Pas eux. Je n'ai aucun devoir envers des étrangers.

— Combien de muids de vin mon oncle Hubert

vous a-t-il achetés cette année ? Et combien de balles de laine à votre femme ?

— Je pourrais trouver une autre accointance à Paris, soupira Joseph. Pierre de Baschi habite Troyes et ce sale diacre me rendra la vie impossible pour peu qu'on lui en fournisse une raison. Il me doit quarante marks et ne m'a pas même versé les intérêts cette année. Si j'héberge des chrétiens chez moi, il me taxera de prosélytisme et refusera tout net de régler sa dette.

Joseph se frotta le menton sous sa barbe et fixa la table du regard, attendant apparemment quelque marque de commisération. Mais Solomon ne s'intéressait pas à ses tracas pécuniaires. Il en avait assez entendu parler chez lui.

Joseph frappa la table du plat de la main.

— Non, répéta-t-il. L'enjeu ne vaut pas le risque encouru. Je ne recevrai pas ces idolâtres sous mon toit. Emmenez-les chez leurs coreligionnaires.

Solomon se leva. Il ne doutait pas de dénicher un autre point de chute à Troyes, mais là n'était pas la question. Hubert avait rendu trop de services à Joseph ben Meïr pour que celui-ci renâclât à recevoir la fille et le neveu d'Hubert sous prétexte que cela dérangeait ses affaires.

— Parfait. Je vais les emmener ailleurs. Mais j'espère que vous vous souviendrez de cela quand votre diacre décidera de vous rembourser en chauffant ces marks à blanc avant de vous les fourrer dans le *tabahie*, mon frère. Vous regretterez peut-être de ne pas vous être fait des amis chez les idolâtres, ainsi que chez les débiteurs.

Catherine et Edgar attendaient dehors à l'abri de l'auvent. Catherine frissonnait, bien qu'Edgar fût tout près d'elle et lui eût fait enfiler son manteau par-dessus le sien. Elle ne remarquait guère ses attentions. Elle se demandait avec inquiétude comment elle allait s'enquérir de la terre pour mère Héloïse et prouver, en même temps, que le comte Raynald avait battu son épouse à mort. Edgar remuait des pensées plus terre à terre, celles d'un repas chaud et d'un bain de vapeur pris à deux dans une cuve en bois à rideaux. Il embrassa Catherine sur le front, qui d'aventure se trouvait, en cet instant, à portée de sa bouche.

— Je me demande si nous pourrions dégoter une échoppe vendant du savon parfumé, chuchota-t-il.

— A en juger par la puanteur des tanneries, on doit aussi fondre du suif et fabriquer des savons, répondit Catherine. Cela empeste plus encore ici qu'à Paris.

— Je ne sais pourquoi, mais l'idée d'un bain chaud en perd de son attrait.

Il recula d'un pas.

— Un bain chaud ? (Catherine interrompit le fil de ses pensées et revint au présent.) Tu veux dire, pour nous deux ?

— C'est à cela que je pensais, avoua-t-il, dépité.

— Oh, je suis désolée, s'écria-t-elle en souriant. J'avais la tête ailleurs. J'adorerais cela. Je pourrais te laver les cheveux. J'en ai une longue habitude.

Il sourit à son tour. Il se demanda si elle chanterait aussi, mais décida de garder la suggestion pour plus tard.

Ils souriaient encore quand la porte claqua derrière Solomon.

— Avoutre ! marmotta-t-il. Fils de cochons !

— Qu'est-ce qui ne va pas ? questionna Edgar.

— Il refuse de nous héberger. Il a peur des gentils.

— En ce cas, nous allons être contraints de descendre dans une hostellerie, soupira Edgar. Et nous retrouver enfermés dans une salle commune avec une douzaine de personnes. Viens, Catherine.

Ils remontèrent à cheval, enfilèrent la rue étroite, passèrent devant l'église de Saint-Frobert, en direction de la rue de la Cité. Là, soit dans la vieille ville, soit dans la ville neuve, ils trouveraient peut-être une chambre pour la nuit.

— Si nous pouvions loger dans une hostellerie où l'on ne sentît point l'odeur des tanneries, dit Catherine, cela me conviendrait à merveille. Je suis recrue de fatigue.

— N'aurais-tu pas bien dormi la nuit dernière ? s'enquit Solomon d'une voix doucereuse.

Ils se gardèrent de lui répondre. Tous trois s'avisèrent à quel point ils étaient épuisés comme ils franchissaient la porte de la vieille ville et le pont enjambant le lit marécageux de la Seine. Celle-ci avait été détournée pour former un canal autour de la ville neuve. Catherine se rendit compte que la nuit de la veille n'avait pas été sa première nuit blanche de la semaine. Entre les soins prodigués à la comtesse, les obligations de la semaine sainte et les ruffians sous sa fenêtre, elle ne se rappelait pas un seul moment où elle n'eût été exténuée. Pauvre Edgar ! Elle l'avait sans doute désappointé. Il lui faudrait mieux faire la prochaine fois. Si seulement ils dénichaient quelque endroit où se retrouver seuls.

Edgar et Solomon s'entretenaient quant aux meilleures chances de manger chaud et de dormir dans un lit. Aussi ne s'aperçurent-ils pas qu'ils avaient distancé Catherine. Comme à l'accoutumée, celle-ci ne prêtait guère attention à la route sous ses pieds et entendit seulement la chaise à porteurs derrière elle quand le porteur cria pour l'avertir. Saisie, elle sauta sur le bas-côté, trébucha et plongea tête la première dans les herbes humides de la berge.

— Catherine !

Edgar entendit le hurlement et sut, par expérience, que ce n'était pas un cri de peur mais d'agacement. Il ne s'en hâta pas moins de gagner le bord du fleuve, prêt à descendre chercher son épousée. Il avait pourtant été prévenu !

— Ma mie ! lança-t-il. Es-tu blessée ? J'arrive !

— Non, ne bouge pas ! C'est horriblement glissant ici. Je préfère ne pas imaginer sur quoi je suis tombée, mais c'était assez mou pour amortir ma chute. Je vais remonter. Bouche-toi le nez d'une main et aide-moi à grimper de l'autre.

Catherine entama l'ascension. Elle avait perdu son foulard ; ses tresses étaient couvertes de feuilles, de joncs, mais aussi de cet amas de boue et de saletés sur lequel elle avait chu. Edgar ne lui obéit qu'en partie et se pencha, bras tendus, pour l'aider à remonter.

— Prête secours à cet homme, Hugues ! (La voix tranchante et impérieuse retentit tout près de l'oreille d'Edgar et faillit le faire glisser à son tour.) Lupel, cesse de tripoter tes chausses et sors de là cette pauvre demoiselle !

Deux mains saisirent l'un des poignets de Catherine. Edgar empoigna l'autre. Ensemble, l'inconnu et lui la hissèrent au niveau de la rue. Aussitôt, l'inconnu recula, jetant autour de lui des regards éperdus pour éviter de s'essuyer les doigts sur sa tunique de lin bordée de fourrure.

— Voyons, Lupel, ne fais pas tant de manières. Prends mon foulard.

Ils se tournèrent tous vers la chaise à porteurs, maintenant posée sur la route. Son occupante ne semblait pas s'aviser que tous les véhicules devaient la contourner, non sans embarras. Cependant, personne ne paraissait disposé à protester.

— Etes-vous blessée, damoiselle ? demanda la femme.

— Non, madame la comtesse.

Catherine l'avait reconnue d'emblée. Elle était si embarrassée qu'elle éprouvait quelque mal à parler.

— Je suis vraiment désolée, reprit-elle. C'est entièrement ma faute ; je ne regardais pas la route.

Mahaut, comtesse de Champagne et de Blois, épouse du comte Thibault, fille d'Englebert, duc de Carinthie, sœur d'abbés, d'évêques, et maîtresse femme, jaugea Catherine. Quoique crotté, elle nota que le manteau de la jeune femme était de bonne laine, que le bliaut[1] était en lin et de belle facture. Elle vit aussi le délicat dessin sculpté sur la croix en ivoire autour de son cou. Elle dévisagea Catherine, qui soutint son regard. Au milieu du visage brun et maculé de boue, ses yeux bleus brillaient tels des lapis-lazuli. La comtesse plissa les siens.

— Je vous connais, damoiselle, déclara-t-elle. Je suis certaine de vous avoir déjà vue.

— Je m'appelle Catherine, fille d'Hubert Le Vendeur.

1. Robe de dessus.

Catherine essaya, sans succès, de s'essuyer la figure.

Mahaut se mit soudain à rire.

— Bien entendu ! Comment pourrais-je oublier la petite fille qui est venue avec son père à ma foire de Provins, qui a réussi à tomber d'un arbre sur mon fils et sa nourrice, à renverser une cruche de vin en me l'apportant, qui a failli se faire piétiner par une mule qu'avait piquée une abeille ! Tout cela en une journée ! (Elle s'efforçait de réprimer son hilarité, mais le spectacle qu'offrait Catherine était irrésistible.) Ma chère, à l'évidence, vous n'avez décidément pas changé !

Elle finit par recouvrer son sérieux.

— Mais que faites-vous ici ? Votre père m'a demandé, me semble-t-il, d'appuyer votre entrée au Paraclet. Si vous vous êtes enfuie de chez l'abbesse Héloïse, je vous ferai fouetter et renvoyer là-bas incontinent. Et puis, qui sont ces hommes ? ajouta-t-elle, remarquant enfin Edgar et Solomon.

— Voici mon mari, dit Catherine.

Edgar s'inclina.

— Si cela est vrai, vous avez toute ma sympathie, sieur, assura la comtesse. Dans le cas contraire, je vous ferai...

— Cela est vrai, bien sûr ! l'interrompit Catherine. Edgar, montre le contrat à la comtesse.

Edgar se mit à fouiller en hâte dans le sac. La comtesse Mahaut se tourna vers Solomon.

— Et voici votre frère ?

— Non, répondit-il. Je suis son cousin Stéphane, de Rouen.

Il lança un coup d'œil de mise en garde à Catherine, qui pour une fois tint sa langue.

Avec un soupir de soulagement, Edgar trouva le document et le remit à la comtesse. Laquelle l'examina avec attention.

— En français et en latin, déclara-t-elle enfin. Signé par Hubert Le Vendeur. Témoins : Abélard et Héloïse. Même si Pierre Abélard est hérétique, ce dont je doute, ses compétences l'autorisent à célébrer un mariage. Le document paraît officiel. Et il est daté... d'hier ?

Elle les scruta, Catherine tout particulièrement.

— Mariés au couvent, en la seule présence de votre cousin. Fort insolite et précipité, je dirais. Etes-vous grosse ?

— Non, madame la comtesse ! se récria Catherine avec indignation. Non, assurément !

— Alors il doit y avoir anguille sous roche. Je raffole des bonnes histoires. Venez avec moi, vous tous. Lupel, retourne au château et demande qu'on prépare une chambre pour mes hôtes. Et qu'on mettre également de l'eau à chauffer afin qu'ils prennent un bain. Beaucoup d'eau. Fais diligence.

Il n'y avait apparemment aucune raison de discuter. Edgar entraîna Catherine, puis lui et Solomon suivirent la comtesse en tenant les chevaux par la bride.

— La chance nous sourit, dit Catherine. Si la comtesse accepte de nous aider, personne n'osera refuser de nous renseigner.

— Manquer se faire tuer encore une fois, Catherine, je n'appelle pas cela de la chance, tempéra Edgar. En outre, il nous devient tout d'un coup difficile de passer inaperçus, ce qui ne me plaît guère. La ville entière sait à présent que nous sommes là. Et si la comtesse n'approuvait pas nos investigations ?

Il frotta ses côtes endolories. Argent, biens, luttes

intestines engendrées par la convoitise, mort... L'oncle de Catherine agressé à Paris tout comme lui-même l'avait été... L'homme — il s'agissait forcément du même — qui avait tenté de les poignarder, Eliazar et lui, avait-il voulu vraiment leur ôter la vie ? Etonnant que les deux tentatives eussent avorté. Certes, corrigea-t-il, saint Guthlac avait peut-être veillé sur lui. Mais quel saint aurait sauvé un Juif ? De plus, Edgar ne cessait de s'inquiéter de ces rumeurs d'hérésie. En ce moment, à Paris, on prenait parti pour ou contre Abélard. D'après le commentaire de la comtesse, il en allait de même à Troyes. Et combien ici avaient véritablement lu son œuvre ?

Edgar continua de se frotter les côtes distraitement. Il aurait dû suivre Abélard à Paris. Sa place était aux côtés de son maître. Il n'aurait pas dû se trouver mêlé à Dieu sait quel sordide complot de la noblesse champenoise et bourguignonne. Que pesaient leurs luttes terre à terre lorsque la Vérité était menacée ?

Catherine remarqua son geste. Cette meurtrissure devait être plus douloureuse qu'il ne l'avait admis. Elle avançait d'un pas pesant, épuisée, dégoûtante, mortifiée de sa maladresse coutumière, se demandant pourquoi elle avait quitté le couvent.

Tu déraisonnes, Catherine. Cesse de geindre.

C'était vrai. Malgré les incommodités de son état, Catherine sourit. Elle aurait bien pris le bras d'Edgar, mais ne voulait pas salir davantage les vêtements du jeune homme. De l'eau chaude, du savon, des effets secs, des mets délicats, un lit douillet, Edgar. De l'eau chaude, du savon, des effets secs... Telle une litanie, Catherine chantonnait ses *desiderata*. Il n'y avait plus place pour d'autres soucis dans sa cervelle lasse.

Solomon suivait, comme on le lui avait ordonné, espérant qu'on le laisserait se baigner seul. Sa religion sauterait aux yeux dès qu'il laisserait tomber ses braies... Jusque-là il avait eu recours à des explications confuses pour éviter d'être vu nu. Or il mourait d'envie de prendre un bain. A part cela, il refusait de se tourmenter. Il avait compris depuis longtemps que sa vie ne lui appartenait point. Si le Tout-Puissant lui intimait à présent l'ordre de souper avec la comtesse de Champagne, était-ce à lui de protester ?

La comtesse Mahaut était une hôtesse parfaite, et on leur fournit tout ce dont ils avaient besoin. Edgar fut désolé de constater qu'il ne pourrait, parmi tous ces bienfaits, réaliser son rêve de bain de vapeur. Lui et Solomon eurent droit au baquet à rideaux, mais Catherine fut emmenée dans les appartements des femmes. Là, les caméristes de la comtesse chauffèrent l'eau, coiffèrent, tressèrent et enrubannèrent ses cheveux, puis lui firent passer des manches si serrées que le sang ne circulait presque plus dans ses mains.

Catherine se fit l'effet d'un papillon nouvellement éclos avec ses beaux habits d'emprunt. La chainse de lin était jaune vif et le bliaut de soie, par-dessus, était bleu. L'ourlet et le décolleté étaient brodés de feuilles de vigne. Quoique Catherine eût insisté pour que la chainse fût bien lacée sur les côtés afin de dissimuler sa peau, le bliaut n'était guère ajusté, de sorte que l'étoffe jaune se voyait par-dessous. La jeune femme arborait une ceinture de soie bleue d'une teinte plus foncée, ornée de franges d'or aux extrémités, qu'elle trouvait fascinantes.

La comtesse vint l'inspecter. Catherine, nerveuse, se

tenait devant elle, l'esprit partagé — elle était enchantée par la beauté et la douceur des vêtements et honteuse que ces colifichets pussent lui procurer tant de plaisir.

Mahaut pinça les lèvres.

— J'imagine que vous n'avez pas apporté de bijoux du Paraclet ? Non, assurément. Je connais trop bien l'abbesse pour penser qu'elle le permette. J'ai été l'un de ses premiers soutiens, le saviez-vous ?

— Oui, madame la comtesse, dit Catherine. Vous avez été très généreuse pour nous, j'entends, pour elles.

La comtesse se garda de relever.

— Ma foi, j'ai fort envie de vous voir parée comme doit l'être une dame. Il serait plaisant d'éblouir votre tout récent époux. Vos oreilles percées se sont-elles refermées durant le temps passé au couvent ?

Catherine s'en frotta le lobe.

— Je ne le crois pas.

— Dans ce cas, une aiguille chauffée réglera la question. J'ai une jolie paire de boucles en or rehaussées de béryl. Je vous l'offre en guise de cadeau de mariage.

— Merci, madame la comtesse. Vous êtes bien bonne pour moi. Mais je ne puis vous rendre la pareille.

— Ne m'oubliez pas dans vos prières. Et peut-être aurai-je autre chose à vous demander. Vous étiez au Paraclet quand Alys de Tonnerre y est morte, si je ne m'abuse ?

Prise au dépourvu, Catherine laissa tomber le pendant. Avec un soupir, l'une des caméristes s'agenouilla pour le chercher dans la paille.

— J'y étais en effet.

— A-t-elle dit quelque chose avant que de mourir ?

— Seulement qu'elle voulait devenir membre de notre ordre. Elle a reçu le voile *ad succurendum*.

— Je suis heureuse d'entendre qu'elle est morte dans l'état qu'elle désirait le plus. Ainsi donc, nous ne savons toujours pas.

Catherine faillit lui demander quoi, puis remarqua que la caméristе avait interrompu ses recherches et tendait l'oreille.

— Je suis certaine que Notre-Dame intercédera pour elle au Ciel et qu'elle repose maintenant en paix, dit-elle, se ravisant.

— *Deo volente*, dit Mahaut. Pauvre Alys. Nous parlerons d'elle plus tard.

Edgar fut, de fait, ébloui par Catherine quand elle descendit souper dans la salle. Mais elle fut elle-même encore plus surprise par le changement qui s'était opéré en lui.

— Qui êtes-vous ? dit-elle en prenant la main qu'il lui tendait.

On lui avait rasé la barbe, égalisé les cheveux, ce qui modifiait quelque peu son aspect, mais la transformation était plus profonde : ce n'était plus un clerc, mais un noble. Il avait des bottes de cuir noir ; ses bas et ses braies étaient aussi de couleur foncée. Sa chainse était de laine grise, brodée de fleurs rouges au col. Par-dessus, son surcot[1] était de soie rouge, avec des manches gaufrées de frais. Il arborait une chaîne

1. Vêtement porté sur la cotte.

en or autour du cou et le surcot était attaché à l'aide d'une broche en or, dont le motif contourné rappelait celui de la croix de Catherine.

— Votre époux, répondit-il avec un sourire qui fit défaillir Catherine. J'avais emporté ces vêtements pour nos noces, mais je n'ai pas eu le temps de les passer. J'espère que tu ne t'attends pas à me les voir porter tous les jours...

— Je n'oserais plus m'approcher de toi. Il serait impossible d'en ôter les taches d'encre !

Il se pencha à son oreille, comme pour lui chuchoter des mots tendres.

— Catherine. Solomon et moi avons parlé de Gauthier de Grancy avec quelques hommes de la maison. Il était, semble-t-il, aux environs de Tonnerre quand la comtesse a été attaquée. D'autres hommes, hors l'entourage du comte, l'ont vu aussi.

Les lèvres de Catherine frôlèrent la joue d'Edgar.

— Cela ne signifie pas qu'il soit coupable. Il a peut-être voulu lui porter secours.

— Aucun fait ne vient corroborer cette hypothèse, objecta Edgar, déposant un baiser sur le bout de son nez.

— Il suffit, les interrompit Mahaut. Vous ne pouvez vous comporter chez moi comme dans les rues de Paris. Catherine, Gervais va vous conduire à votre place. Vous — comment vous appelez-vous ? —, Edgar, accompagnez Richilde. Richilde, ce jeune homme vient d'épouser la fille d'un de mes vieux amis. Gardez les mains sur la table.

Catherine fut assez soulagée d'entendre cette injonction. Richilde était une blonde radieuse, à la poitrine plate, comme c'était la mode. Etre aimée d'un homme était chose si nouvelle pour la jeune femme qu'elle se jugeait incapable de rivaliser avec semblable créature. Quand elle réfléchissait à la situation, elle s'attendait bien davantage à voir Edgar se lever soudain, annoncer qu'il avait été envoûté par une fée, mais était miraculeusement guéri, puis retourner en Ecosse en toute hâte.

Richilde faisait la moue.

— Et celui-là, est-il marié ? demanda-t-elle, tendant le doigt vers Solomon.

Il lui adressa un clin d'œil.

— Je crois que non, répondit Mahaut. Vous pouvez le placer de l'autre côté, Richilde, mais ma mise en garde est valable pour tous deux.

Ils avaient été placés aux tables basses. La comtesse de Champagne recevait en permanence sur un grand pied. Selon Catherine, il y avait plus de monde dans la salle ce jour-là que le couvent n'en entretenait durant toute l'année. Gervais, le page, avait installé Catherine entre deux hommes sensiblement du même âge qu'elle. Celui sur sa gauche lui jeta un coup d'œil, mais elle ne répondait manifestement pas à ses critères, car il se détourna.

L'homme à sa droite lui sourit.

— Je suis Lisiard. Mon père est prévôt du château Saint-Thierry, et je dois vous avertir que mon oncle, Isembard, est le cuisinier du comte.

— Il ne me viendrait pas à l'idée de dauber sur les mets, le rassura Catherine. Je suis Catherine Le Vendeur, de Paris, et je suis si affamée que je mangerais du gruau sans sel.

— N'ayez crainte. Mon oncle vous servira plat plus

raffiné. Attendez... Le Vendeur. La fille d'Hubert ? Il nous vend du vin.

— Tout le monde connaît-il donc mon père ?

— La plupart des gens dans cette région, à mon avis. (Lisiard s'empara d'une cruche qu'un serviteur passait sur un plateau et versa du vin à Catherine avant de se servir.) Il est rare de rencontrer un marchand honnête, intelligent et chrétien. N'a-t-il pas aussi des liens avec l'abbaye de Saint-Denis ?

Catherine opina. Elle se tordit le cou pour voir ce que devenait Edgar. Il paraissait discuter sérieusement avec cette Richilde. Celle-ci avait glissé une main sous la table, mais Catherine constata avec soulagement que c'était du côté de Solomon.

— Tous ces gens-là mangent-ils ici chaque jour ? demanda-t-elle à Lisiard.

— Oh, non, cela change constamment. Je ne les connais pas tous. La plupart des commensaux habituels sont partis avec le comte Thibault et le roi Louis afin de mater le mouvement communal à Reims. Vous en avez ouï parler, n'est-ce pas ?

Oui, elle en avait entendu parler. Catherine éprouvait de la sympathie pour les bourgeois de Reims, qui, comme beaucoup d'autres ces temps derniers, avaient formé une coalition pour tenter d'arracher aux seigneurs locaux des privilèges et des franchises. Ils obtenaient parfois satisfaction, mais il arrivait aussi que leurs revendications fussent rejetées, ce qui donnait lieu à de sanglantes répressions. Le roi venait d'écraser l'une de ces communes à Poitiers. Toutefois, Catherine estimait que c'était la faute du roi dans le cas de Reims. Si Louis n'avait pas laissé aussi longtemps vacant le siège épiscopal, les Rémois n'auraient pas pris les choses en main. Cependant, elle ne tenait guère à se lancer dans une discussion sur le chapitre. Les gens ont tendance à avoir des opinions bien tranchées et à les exprimer énergiquement.

— Y a-t-il ici des habitants originaires de Tonnerre ? questionna-t-elle.

— Je ne crois pas. (Lisiard regarda d'un bout à l'autre de la table.) Les hommes du comte dînent d'ordinaire avec dame Constance, sa belle-mère. Bien entendu, ils pleurent pour l'heure la mort de son épouse. Il a sans doute voulu qu'ils s'associent à ses prières pour elle.

Catherine se demanda combien de prières le comte Raynald avait autorisées. Là-dessus son attention fut détournée par l'arrivée des plats. Les pages avaient enfin achevé de servir la haute table et apportaient des plateaux de pain et des tranches de viande, ainsi que des saucières. Catherine dut se retenir pour ne pas attaquer sa part à belles dents. Lisiard prit sa viande et laissa le jus goutter sur le pain.

— L'homme, là-bas, poursuivit-il, le dernier à la table de la comtesse, c'est Nocher de Montbard. Il est au service de Gauthier de Grancy.

Il s'interrompit et la regarda.

— Ah bon ? fit-elle en essayant de détacher la viande de l'os sans éclabousser ses vêtements d'emprunt.

— Raynald de Tonnerre affirme que Gauthier de Grancy a tué la comtesse Alys, vous le savez ?

Catherine hocha la tête. Elle prit une serviette pour essuyer le jus qui coulait sur ses mains jusqu'aux poignets.

— Est-ce vrai ?

— Ma foi... (Lisiard baissa la voix et Catherine se pencha pour l'entendre)... j'ai ouï dire que d'aucuns dans l'entourage d'Alys souhaitaient sa mort, d'autant plus qu'elle ne pouvait donner un héritier au comte. Ou peut-être n'était-ce point sa faute. La rumeur veut qu'il n'ait point de bâtards.

— Mais elle...

Catherine s'interrompit. Elle n'avait pas envisagé l'éventualité que l'enfant mort-né d'Alys n'eût pas été de son époux.

— Ce sont là ragots de cuisine, bien entendu. A savoir, les plus dignes de foi ! Vous n'imaginez pas ce que l'on apprend aux cuisines. (Lisiard sourit.) J'ai une bonne amie là-bas, qui me raconte ce genre d'histoires. Elle a une sœur au service de dame Constance, et, à elles deux, elles doivent savoir tout ce qui se passe d'ici à Paris.

— Et elles savent quelque chose sur Gauthier de Grancy ? demanda Catherine, affectant un ton indifférent. Ainsi que sur la comtesse de Tonnerre ?

Lisiard sourit et versa encore du vin. Il en répandit un peu sur la nappe. Catherine pensa qu'il avait dû boire avant de passer à table.

— Gauthier est un brave homme, répondit Lisiard. Il aimait beaucoup Alys. Quant à Raynald, c'est l'autre qu'il voulait, voyez-vous, la demi-sœur d'Alys. Mais Constance s'y est opposée. Du reste, la sœur est morte, voilà des années, des suites d'une fièvre, je crois. Quoi qu'il en soit... (il brandit son morceau de viande, projetant des gouttes de sauce sur le bras de Catherine)... quoi qu'il en soit, Gauthier a beau détester Raynald et se disputer avec lui à propos de cette terre boisée de malheur, il n'aurait jamais fait de mal à une femme.

Catherine était disposée à le croire. Il y avait des règles, somme toute... Mais une parole de Lisiard avait retenu son attention.

— Cette terre boisée ? De quelle forêt parlez-vous ?

Lisiard bâilla.

— Vous savez, à l'ouest d'ici. C'est à n'y rien comprendre... Il n'y a là-bas que des chênes, des voleurs et des loups-garous. Je ne me ferais pas assassin pour la posséder.

Il bâilla derechef, tendit la main vers la cruche, tourna les yeux vers la table haute. Nocher de Montbard le considérait en fronçant les sourcils. Il croisa le regard de Lisiard et lui fit signe de se lever.

Avec un soupir, Lisiard se mit debout, trébucha en enjambant le banc.

— J'ai oublié de préciser que j'étais au service de Nocher, à présent. Comme c'est mon frère aîné qui sera héritier de notre château, je dois tenter de gagner le mien.

Il se pencha.

— Je peux vous en dire beaucoup plus sur Raynald de Tonnerre et sa famille, si vous appréciez vous aussi les commérages. Peut-être viendrez-vous encore vous asseoir à côté de moi demain ?

— Si la comtesse le permet.

Catherine lui sourit, puis ferma les yeux, sentant son haleine chargée. Elle avait déjà enregistré dans sa mémoire ce qu'elle venait d'entendre et il lui tardait de transmettre ces renseignements à Edgar.

Le repas se prolongea. A la fin, on servit des *gastels* et des pommes séchées au miel, ainsi que du vin raisiné. Un homme entra, tenant une vielle, et commença à psalmodier une histoire. Au bout de quelques vers, Catherine reconnut la *Vie de saint Alexis* et cessa d'écouter. N'ayant plus personne à qui parler, elle se mit à jouer avec sa coupe. L'homme sur sa gauche fit l'effort de lui servir du vin ; elle secoua la tête. Elle ne voulait pas trop boire de raisiné, quoiqu'elle le goûtât fort. Si Edgar et elle trouvaient un endroit où dormir ensemble, elle ne tenait pas à sombrer dans le sommeil dès qu'elle s'allongerait.

Elle tourna de nouveau les yeux vers lui. Richilde avait reporté son attention sur Solomon. Edgar regardait dans sa direction. Elle tenta de lui sourire, mais tout d'un coup son épuisement, le vin et son envie d'être avec lui eurent raison d'elle. Elle se mit à pleurer.

Il fut auprès d'elle aussitôt, s'installant à la place libérée par Lisiard.

— Je préférais la grange, renifla-t-elle.

— Moi aussi. Crois-tu que nous nous retrouverons jamais seuls ?

— Oh, j'espère !

Elle lui prit la main.

Même une soirée apparemment interminable prend fin. La comtesse signifia enfin que le repas était terminé. Solomon se leva, puis se dirigea vers Catherine et Edgar, toujours assis.

— Je retourne chez Joseph ben Meïr ce soir, déclara-t-il. Cette femme est beaucoup trop entreprenante. Elle a des frères. Bien charpentés et bien bêtes. Je doute d'avoir l'heur de leur plaire.

— Peux-tu t'en retourner sans danger ? s'enquit Catherine.

— Oui. Vous n'avez guère prêté attention au chemin pour venir. La Juiverie est presque attenante au palais du comte. Et ce n'est pas un hasard.

— Très bien, dit Edgar. Rendez-vous demain sur les marches de Saint-Frobert.

Après le départ de Solomon, Gervais, le page, s'approcha d'eux.

— La comtesse Mahaut m'a demandé de vous conduire à votre lit, annonça-t-il avec un ample geste du bras.

Il avait environ dix ans et était tout plein de son importance.

— A-t-il prononcé le mot « lit » ? demanda Catherine avec espoir.

Il les mena jusqu'à une petite alcôve, masquée par une courtine, entre deux étages. Le garçon essaya de tirer le rideau, mais il n'était pas assez grand. Edgar le fit à sa place.

Un lit avait été installé dans le réduit. Une véritable couche, pourvue d'un matelas recouvert de plusieurs épaisseurs de plumes. Il y avait des couvertures, de doux draps de lin et des traversins enveloppés de fourrure. Catherine se demanda comment le lit avait pu être fait dans cet espace exigu.

— Merci, dit Edgar au garçon avant de le pousser jusqu'à l'escalier et de fermer le rideau hermétiquement en accrochant le bout à un anneau dans le mur.

Il entreprit aussitôt de retirer ses bottes et ses bas. Catherine passa le bliaut par-dessus sa tête et fit sauter les coutures de ses manches pour les enlever.

— Comment remercier la comtesse ? s'exclama-t-elle comme ils finissaient de se dévêtir.

— Nous donnerons son nom à notre première fille,

proposa Edgar en soulevant les couvertures et attirant Catherine au lit.

Quelque temps plus tard, Catherine se réveilla. Après des recherches éperdues autour du lit et en dessous, elle comprit que les domestiques de la comtesse avaient négligé de leur laisser un pot de chambre. Avec un soupir résigné, elle s'enveloppa dans le manteau d'Edgar et partit en quête des latrines.

Elle savait de quel côté du palais était le canal, et c'était sans doute là que se trouverait la garde-robe, mais à quel étage ?

Après avoir gravi et descendu plusieurs escaliers, Catherine dénicha enfin une petite porte dans le mur de pierre, derrière laquelle on entendait de l'eau goutter. Elle l'ouvrit et entra à tâtons.

Il y avait une fenêtre en hauteur et Catherine se guida à la lumière des étoiles. Lorsqu'elle s'assit, elle sentit une goutte lui tomber sur la tête. Elle se frotta les cheveux. C'était humide, froid, visqueux. Elle leva les yeux.

Ceux-ci, maintenant accoutumés à l'obscurité, virent l'éclat d'une masse pâle, suspendue au-dessus d'elle. Puis elle distingua la courbure d'un dos, d'une épaule, d'une autre épaule et, entre elles, avisa un trou béant et sombre, d'où tombaient lentement des gouttes de sang sur son visage renversé.

11

Environ trente secondes plus tard, le temps qu'il fallut à Catherine pour se déplacer

Ille gladius carnalitate spoliat : hic carne. Quis mihi dabit sic spoliari et sic suspendi ?

« Cette épée-là nous débarrasse de la sensualité ; celle-ci nous affranchit de la chair. Qui m'aidera à être ainsi débarrassé, ainsi affranchi ? » (Gilbert de Hoyland, Sermon sur le protomartyr Stéphane*).*

— Edgar, réveille-toi. (Catherine lui laboura doucement les côtes.) Réveille-toi, je t'en prie. Il y a un cadavre dans la garde-robe.

Edgar se retourna vers elle et repoussa sa main.

— C'est à cause de la sauce, marmonna-t-il. Laisse-le tranquille.

— Edgar, écoute-moi. (Catherine enchaîna précipitamment :) Il y a un corps accroché là-bas comme un cerf étripé, et qui se vide dans le canal, mais ce n'est pas un cerf, c'est un homme ! Qui a de la peau, pas de fourrure, pas de tête, rien qu'un trou, et le sang en dégouline, je ne sais pas où est passée la tête. Edgar ? M'écoutes-tu ?

Il était réveillé à présent. Elle tremblait et claquait des dents. Il la prit dans ses bras.

— Doux Jésus, Catherine, tu es glacée ! Laisse-moi te réchauffer.

Elle se dégagea.

— Edgar, nous devons faire quelque chose ! Il y a un cadavre dans la garde-robe !

Il soupira.

— Il y en a un, entendu. Ne pourrions-nous pas l'y laisser jusqu'à demain matin ? Selon toute vraisemblance, il n'a plus besoin de notre aide ce soir.

— Edgar, des assassins rôdent dans ce château. Vas-tu les laisser libres de nous tuer tous ?

Lentement, il passa les jambes hors du lit.

— Aide-moi à trouver mes braies. Et mes bottes. Le sol est aussi froid que la tombe de Lazare.

Elle les lui tendit, puis se chaussa à son tour.

— Que fais-tu ? lui lança-t-il, tout en le sachant fort bien. Recouche-toi et réchauffe-toi.

— Ah, non, fit-elle fermement. Je ne veux pas rester seule tant que je ne saurai pas où est passée la tête de cet homme.

— Fort bien. Où est la garde-robe ? En haut ou en bas ?

— En bas. Une petite porte dans le mur, au deuxième coude de l'escalier.

Il la précéda, s'arrêta pour décrocher une lanterne à huile suspendue à un crochet en fer, au premier coude de l'escalier.

— C'est là, dit-elle. J'ai dû laisser la porte ouverte quand je suis sortie à toutes jambes.

— Naturellement.

Debout sur le pas de la porte, il éclaira le réduit à l'aide de la lanterne. Catherine ferma les yeux.

— Catherine ?

Elle les rouvrit, les dirigea vers le sol, puis vers le plafond. Il n'y avait rien.

— Edgar, déclara-t-elle avec un calme feint, ce n'était pas un cauchemar. Il y avait un cadavre ici voilà à peine dix minutes.

— Je te crois, affirma-t-il au grand soulagement de Catherine. Pour deux raisons. D'abord, c'est à toi qu'arrivent des choses de cet acabit, ensuite, tu as du sang sur le visage.

Il passa les doigts sur sa joue. Ils se tachèrent de rouge.

— Et, poursuivit-il, ce sang est encore plus froid que toi. Ton homme devait être mort depuis plusieurs heures.

— Qu'allons-nous faire ? demanda-t-elle, tâtant ses cheveux collés. Nous ne pouvons quand même pas avertir le guet qu'un cadavre décapité a disparu et se balade dans le palais ainsi que le meurtrier. On se moquerait de nous ou on nous prendrait pour des fous. Oserons-nous réveiller la comtesse ?

Edgar approcha la lanterne du sol et du siège.

— Si jamais il y a eu du sang ici, il a été nettoyé, observa-t-il. La seule preuve est sur ta propre personne. Je ne sais pas. Nous sommes des étrangers ici, bien que la comtesse connaisse ton père. Il n'appartient guère à des hôtes d'annoncer ce genre d'ennuis !

— En effet. Sauf que nous ne pouvons passer le fait sous silence. (Catherine se remettait peu à peu, mais se sentait aussi vidée que le cadavre. Elle frissonna.) Et nous ignorons toujours où se trouve la tête.

Edgar la considéra. Debout devant lui, avec seulement sa chainse et ses souliers, le visage barbouillé de rouge, Catherine paraissait avoir une douzaine d'années. Elle avait de grands yeux apeurés et des boucles lui retombaient sur le front. Elle paraissait désemparée, vulnérable, et il l'aimait tant que c'en était douloureux. Que devaient-ils faire ? Il n'en avait pas la moindre idée. Errer dans le château le reste de la nuit, à demi vêtus, à la recherche de la tête manquante d'un cadavre disparu, causerait forcément un grand embarras, sinon pis. Et, pour être honnête, il ne tenait guère à rencontrer un individu assez fort et impitoyable pour tuer un homme, le décapiter, l'éviscérer et le pendre pour le mettre à sécher. Et pourquoi, se demanda-t-il soudain, le corps avait-il été enlevé ?

— Catherine, quand tu as vu cette... chose, as-tu hurlé ?

Elle secoua la tête.

— J'ai eu trop peur. J'ai peut-être poussé un grognement, ou un hoquet de surprise, mais je n'avais plus de voix.

— Oui, je l'ai remarqué quand tu m'as réveillé. Donc personne n'a dû t'entendre et décider qu'il était trop dangereux de laisser le corps là.

— L'aube est-elle encore loin ?

— Il me faudrait voir les étoiles pour te répondre. Mais tu as raison, voilà peut-être pourquoi il a été décroché. On l'a laissé ici pour qu'il se vide, mais on a été obligé de l'enlever avant que le château ne s'éveille. Tu m'as dit que le sang gouttait lentement.

On a dû l'amener ici juste après que tout le monde fut allé se coucher. Si au moins nous avions la tête...

— Oui, renchérit Catherine. Je ne me recoucherai pas tant que nous n'aurons pas regardé sous le lit.

— Non, je veux dire : nous saurions peut-être alors comment il a été tué, et de qui il s'agit. (Edgar réfléchit.) D'après ce que tu m'as rapporté, à mon avis il a été étranglé, amené ici, puis ligoté et éviscéré. Tout est alors tombé dans le canal et s'est mélangé aux déchets de l'abattoir près des tanneries.

— Oui, au matin personne ne se serait rendu compte de rien, acquiesça Catherine. Mais une tête humaine...

— Oui, ils étaient obligés de la cacher quelque part. (Ils regagnèrent l'escalier.) Il faut d'abord te débarbouiller, puis nous retournerons au lit. Il me paraît inutile de réveiller qui que ce soit, et nous risquerions en fin de compte de faire comprendre aux assassins que leur forfait est découvert. De plus, nous n'avons guère de chances d'être crus. Même si nous n'arrivons pas à dormir, nous pourrons nous tenir au chaud. Dans la matinée, nous solliciterons audience auprès de la comtesse Mahaut.

Ils retrouvèrent la niche où se cachait leur lit. Avant de replacer la lanterne, Edgar regarda sous le lit et même sous les couvertures. Il ramassa alors par terre l'une des manches de Catherine, cracha dessus, lui essuya le visage et les cheveux.

— Edgar, dit-elle comme ils grimpaient dans le lit. (Elle veilla bien à prendre la place près du mur.) La comtesse ne peut pas être mêlée à ceci, n'est-ce pas ? Elle est connue pour sa piété. On dit même que c'est la raison pour laquelle le comte Thibault l'a épousée.

— La comtesse ? (Edgar s'immobilisa, un genou sur le lit, un pied par terre.) Non, bien sûr que non. Elle pourrait éventuellement condamner quelqu'un à mort dans son tribunal, mais elle n'ordonnerait pas un meurtre dans son propre palais ! C'est là l'œuvre de quelqu'un qui a fait justice lui-même.

Ils s'enveloppèrent dans les couvertures, et Catherine s'enroula autour de lui, la tête sur sa poitrine.

— Edgar ?

— Quoi donc ?

— J'ai toujours peur. Et toi ?

Il faillit dire « Non, bien sûr que non », mais c'eût été un mensonge.

— Oui, admit-il. Cette affaire m'épouvante. Mais j'empêcherai quiconque de te faire du mal.

— Je sais, l'assura-t-elle.

Elle garda le silence un moment. Puis elle se mit à murmurer quelque chose d'une voix monocorde. Edgar lui tourna le visage vers le haut pour la comprendre.

— *Ecce enim Deus audivat me, et Dominus susceptor animae meae,* psalmodia-t-elle.

— *Averte mala inimicis meis...*, répondit-il.

Ils achevèrent le psaume ensemble :

— *Quoniam ex omni tribulatione eripuisti me, et super inimicos meos despexit oculus meus.*

— Amen, fit Catherine. Je veillerai sur toi, et tu veilleras sur moi, mais c'est encore mieux si quelqu'un veille sur nous deux.

Et, se serrant l'un contre l'autre pour éviter qu'un souffle malfaisant ne se glisse entre eux, ils dormirent profondément jusqu'au matin.

Ils furent réveillés par les cloches. Troyes bruit partout de cloches, celles de Saint-Frobert, de Saint-Pierre, des abbayes de Saint-Loup et de Notre-Dame-aux-Nonnains, de Saint-Stéphane, Saint-Urbain et Saint-Remi. Catherine se boucha les oreilles. Les cloches étaient aussi sonores qu'à Paris. Elle avait oublié à quel point le son pouvait vriller les tympans, même quand on n'était pas tenu de réciter l'office divin.

Ils ramassèrent leurs beaux atours, vilainement froissés, et enfilèrent des vêtements plus commodes.

— Qu'allons-nous dire à la comtesse ? demanda Catherine comme ils se dirigeaient vers la grande salle.

— Que nous la remercions de son hospitalité.

— C'est tout ?

— Nous pourrions lui demander si quelqu'un a disparu, suggéra-t-il. Mais tout le monde ici semble aller et venir sans protocole.

— Il n'empêche, l'homme était peut-être l'un des domestiques, objecta Catherine. Nous devons avertir la comtesse !

— Oui, mais pas en public. Peux-tu t'arranger pour la voir en particulier, par exemple pour lui rendre ses bijoux ?

— J'essaierai. Bonté divine ! s'exclama-t-elle en voyant l'angle des rayons du soleil par la fenêtre. Il est tard. Solomon doit nous attendre depuis une éternité. Tu devrais aller lui expliquer ce qui s'est passé. Puis reviens me chercher. Nous avons du pain sur la planche.

— Très bien. Mais si tu confies à la comtesse ce que tu as vu cette nuit, prends garde qu'il n'y ait des oreilles qui traînent.

— J'y prendrai garde, ne te tourmente point.

Elle l'embrassa distraitement avant qu'il ne la quitte, l'esprit déjà occupé par l'entretien qui l'attendait.

Cette mort ne te concerne en rien, intervinrent les voix. *Rapporte à la comtesse ce que tu as vu et laisse à sa sagesse le soin de débrouiller l'affaire.*

— Oui, bien sûr, murmura Catherine. Mais n'est-il pas étonnant que le pauvre homme ait été suspendu dans un endroit aussi proche du lieu où je dormais ?

Nullement. Cet endroit était loin de la plupart des dormeurs, protestèrent-elles. *A l'écart.*

Catherine se sentit rougir. La comtesse était une femme très prévenante. Quelle vergogne de la remercier de ses bontés en lui causant pareilles complications !

Catherine parvint en haut de l'escalier menant aux appartements de la comtesse. Elle frappa un coup timide et la porte fut ouverte par l'une des jeunes filles qu'élevait la comtesse à sa charge. Derrière elle, Catherine aperçut Mahaut, assise près de la fenêtre, son métier à broder placé de manière à capter la lumière. Elle leva les yeux en souriant quand Catherine fut introduite.

— Ah, Catherine, dit-elle. Vous arrivez au moment opportun.

Son sourire s'estompa comme elle désignait tristement la personne assise à ses côtés — une femme petite d'une quarantaine d'années, aux rondeurs aguichantes, aux cheveux blonds dont la teinte ne pouvait s'obtenir qu'en usant régulièrement de safran.

— Je vous présente Constance de Quincy. La malheureuse pleure la perte de son enfant unique, chuchota presque Mahaut. Peut-être pourrez-vous lui apporter quelque réconfort, puisque vous étiez au Paraclet quand Alys est morte.

Catherine fit une révérence à la femme, qui lui tendit une main flasque.

Par le voile de sainte Véronique ! Que pouvait-elle dire à la mère d'Alys ? « Pourquoi avez-vous donné votre fille à un monstre cruel comme Raynald ? » L'entrée en matière ne semblait guère heureuse.

On vous a appris les bonnes manières, ma petite. La voix de sœur Bertrande résonnait dans sa tête. *Voulez-vous nous faire honte ?*

— Nous nous sommes occupées d'elle de notre mieux, balbutia Catherine à l'adresse de Constance. Elle est morte en sœur du Paraclet, entourée de notre amour.

Dame Constance pinça les lèvres un instant.

— C'est ce que m'a confié mon gendre, dit-elle. Quelles prières ont été récitées pour elle ?

— Je l'ignore, madame la comtesse. Mais je suis sûre que mère Héloïse fera tout pour elle comme pour l'une d'entre nous.

Constance se tourna vers Mahaut.

— Vous êtes bien bonne, madame, mais cette visite a été éprouvante pour moi, si tôt après la perte de mon enfant. Toutefois, je souhaiterais en entendre davantage sur le Paraclet et le lieu où ma pauvre Alys est enterrée. Peut-être permettrez-vous à cette jeune femme de se rendre chez moi cet après-midi ?

— J'en serais ravie, intervint Catherine.

C'était un coup de chance. A présent, nul besoin de trouver un prétexte pour rendre visite à Constance.

La comtesse Mahaut opina.

— Cependant, ajouta Catherine, avant mon départ,

je souhaiterais m'entretenir avec vous, madame la comtesse. Cette nuit...

— Lorsque vous serez de retour, l'interrompit Mahaut. Constance n'est pas en état de supporter des propos mondains.

— Mais..., essaya Catherine derechef.

Son hôtesse secoua la tête avec résolution.

— Plus tard, ordonna-t-elle.

Catherine comprit qu'il était inutile d'insister. Mais, pourquoi la comtesse ne lui accordait-elle pas un instant ? Mahaut était-elle déjà au courant, pour le cadavre ? Ou estimait-elle que Catherine avait besoin de conseils sur quelque autre chapitre, plus en rapport avec le mariage qu'avec un meurtre ? Elle renonça et suivit Constance dans l'escalier.

Ce fut seulement dans la rue, que Catherine repensa à Edgar. Assurément, réfléchit-elle, la comtesse Mahaut lui expliquerait où elle était allée et il réussirait peut-être à lui faire part de leur macabre découverte. L'occasion de parler d'Alys à Constance était inespérée ; il ne fallait pas la manquer.

Solomon, assis sur les marches de l'église de Saint-Frobert, était à bout de patience. Joseph et son épouse lui avaient fourni le minimum imposé par la loi, en matière d'hospitalité et de renseignements. Tous deux lui avaient laissé entendre que son habitude de frayer avec des chrétiens ne lui attirerait que des ennuis, et il était enclin à leur donner raison. Mais il craignait que leur coutume d'éviter tout contact, sinon commercial, avec ces mêmes chrétiens ne leur causât encore plus de tracas. Son oncle Eliazar lui avait appris que le seul moyen de survivre était de traiter tout le monde avec respect. Même si cela n'avait pas protégé des croisés la mère et les sœurs d'Eliazar, il croyait toujours en ce principe. Au pis, un homme vivant ainsi pouvait faire face à son créateur le cœur pur.

Ce qui ne signifiait pas pour autant que Solomon eût l'intention de faire confiance à n'importe qui.

Pourquoi, au juste, ses oncles avaient-ils tenu à les éloigner de Paris, Catherine et lui ? Ils devaient forcément tremper dans une affaire périlleuse. De quoi pouvait-il s'agir cette fois ? Tous deux l'envoyaient toujours courir la chrétienté afin de récolter des matériaux pour l'église de l'abbé Suger, d'autant plus maintenant que l'abbé n'était plus aussi proche du roi qu'auparavant. Louis était fou de sa reine, Aliénor, laquelle faisait tout son possible pour le soustraire à l'influence de ses amis les moines. Ayant donc moins l'occasion d'être à la Cour, Suger pouvait consacrer plus de temps à son projet de construction. Normalement, cela aurait dû suffire aux affaires d'Hubert et d'Eliazar.

Solomon s'étendit avec précaution sur les marches de pierre. Son dos le faisait souffrir après la nuit passée sur la paillasse qu'on lui avait cédée de mauvaise grâce. Un orteil pointu lui enfonça les côtes. Aussitôt, sa main chercha son couteau.

— Avoi[1] ! Solomon ! Ce n'est que moi.

Il leva les yeux. Edgar, debout devant lui, arborait un grand sourire.

— Et comment s'est passée ta nuit ? s'enquit Solomon avec un regard entendu.

— Comme on peut s'y attendre avec Catherine :

---

1. Eh bien !

elle s'est levée pour aller aux latrines et a découvert... un cadavre !

Edgar s'assit à côté de lui.

— Sans doute la sauce de la viande, observa Solomon. Nous le connaissons ?

— Je n'en ai pas la moindre idée. Il n'avait plus de tête.

— Je vois..., fit Solomon en hochant la sienne. Où est Catherine ?

— Elle est allée en toucher un mot à la comtesse Mahaut.

— Cela devrait prendre quelque temps. Buvons-nous une bière ?

Edgar réfléchit. Catherine ne pouvait être prête avant une heure au moins. Les hommes n'avaient pas le droit d'entrer dans les appartements des femmes, à l'exception du comte Thibault, bien sûr. Ils pouvaient attendre ici ou trouver un étal vendant pain et bière. Son estomac gronda.

— Juste une, dit-il à Solomon.

— Naturellement, acquiesça ce dernier.

Pour une femme si petite, Constance de Quincy en imposait par sa présence. Elle fendait la foule sans se soucier des obstacles. Et, à ses yeux du moins, ils n'existaient pas. Catherine la suivait, admirative. Constance donnait la même impression de dominer le *vulgum pecus* que Raynald de Tonnerre, mais sans cotte de mailles ni épée. Un homme la suivait, un demi-pas derrière elle. Il se pencha pour lui parler, mais elle l'écarta. Au moment où elle se tournait, Catherine vit briller des larmes sur sa joue. L'homme se laissa distancer et se mit à marcher à côté de Catherine.

— La mort d'Alys l'a grandement affectée, lui confia-t-il. D'autant qu'elle n'a pas seulement perdu une enfant, mais un petit-fils ou une petite-fille. Gauthier de Grancy est doublement coupable.

Catherine se demanda pourquoi tout le monde était convaincu de la culpabilité de Gauthier. Pourtant la propre famille d'Alys devait bien savoir comment son mari la traitait.

— Gauthier a-t-il été retrouvé ? questionna-t-elle.

L'homme secoua la tête.

— Il s'est terré quelque part. On ne l'a pas vu depuis l'agression dont Alys a été victime. Raynald le retrouvera. S'il ne réapparaît pas, nous prendrons sa famille en otage. Cela devrait le faire sortir de sa cachette.

— Nous ? Etes-vous l'un des hommes du comte ?

L'homme semblait trop doux pour être un bacelor, un mercenaire. Il avait environ le même âge que Constance, n'était guère plus grand. Il était voûté comme un lettré et commençait à perdre ses cheveux grisonnants. Il venait d'être rasé par un barbier maladroit, car son menton et son cou étaient balafrés. La question de Catherine eut pour effet de le courber encore plus. Il rentra les épaules, telle une tortue se retirant sous sa carapace.

— Ah, non, répondit-il en parlant à la poussière sous ses pas. Je suis... euh... Rupert de Troyes, le mari de Constance.

— Oh, mille pardons, monsieur le comte ! (Catherine lui fit à retardement une petite révérence.) Vous êtes donc le beau-père de la comtesse Alys.

— Ah... oui, répondit-il après un temps de réflexion. Je l'ai élevée comme si c'eût été mon enfant. Constance et moi-même n'avons hélas pas eu d'enfants.

Catherine l'examina plus attentivement. C'était donc là l'homme qu'avait épousé Constance après la mort de Gérard de Quincy. Sœur Biétriz avait trouvé le fait étrange, étant donné qu'il n'avait presque rien apporté dans la corbeille de la mariée. Elle l'avait peut-être épousé par pure affection. Rupert ne paraissait guère susceptible d'inspirer la passion, mais ses manières effacées pouvaient plaire à certaines.

Une fois chez elle, Constance sembla être de nouveau maîtresse d'elle-même. D'une voix calme et assurée, elle commanda des gâteaux et du vin pour tout le monde, puis envoya Catherine, accompagnée d'une domestique, se laver les mains.

Lorsqu'elle revint, Catherine trouva Rupert et Constance assis dans la galerie. Se rappelant qu'elle n'avait pas encore mangé ce matin, Catherine darda un regard d'envie vers les gâteaux, qui étaient presque de la même couleur que les cheveux de Constance. Mais la comtesse était décidée à obtenir des informations avant d'offrir une collation à son invitée.

— Qui a soigné ma fille ? questionna-t-elle avec brusquerie.

Catherine, debout devant elle, eut le sentiment d'être une novice surprise au dortoir avec une couverture supplémentaire.

— Sœur Mélisande est l'infirmière, répondit-elle. Mais nous l'avons toutes veillée. Elle n'est jamais restée seule. Et la communauté entière priait autour d'elle quand elle a enfin rendu l'âme.

Constance se redressa dans son fauteuil.

— *Enfin ?* J'avais cru comprendre qu'elle était à l'article de la mort quand Raynald l'avait déposée au couvent.

Catherine se remémora le pauvre corps martyrisé.

— C'est ce qu'il semblait. Mais sœur Alys était très forte. Elle tenait à survivre pour pouvoir devenir membre de notre communauté.

— Ce n'est pas vrai ! lança Constance, mâchoires serrées. Ou si tel est le cas, c'est uniquement parce qu'elle était terrifiée à l'approche de la mort.

— Oh, non, la rassura Catherine. Quand elle nous a cédé le terrain de la forêt d'Othe, elle a précisé dans la charte qu'elle souhaitait se retirer au Paraclet.

— Elle vous a cédé quoi ? Dans la forêt ? Qui a rédigé cette charte ?

La comtesse semblait stupéfiée par la nouvelle.

— Je... je l'ignore, madame la comtesse. (Catherine recula, ne s'attendant guère à devoir défendre le Paraclet.) Mais je l'ai vue. Le comte Raynald a donné son accord. Le fait apparaît clairement dans la charte et a été attesté devant témoins. Je l'ai lue.

— Ma foi, même si cela est, cela ne change rien. Cette terre fait partie de ma dot. Alys n'avait pas le droit d'en disposer.

Rupert parut surpris.

— Cela date de feu mon premier époux, le père d'Alys, bien entendu, dit Constance, balayant d'un geste son second mari.

Encore cette terre ! Mais qu'avait-elle donc de particulier ? Catherine commençait à croire qu'elle devait abriter des licornes et des griffons, à en juger par l'empressement de ceux qui s'affrontaient pour la posséder.

— Je ne sais rien de tout cela, concéda Catherine. Mais le sort de votre fille m'était devenu très cher. Je partage votre affliction et regrette de ne pas l'avoir connue avant son agression.

Constance toisa Catherine.

— Je doute que vous vous soyez mutuellement appréciées. Alys n'éprouvait pas d'intérêt pour les questions spirituelles.

Une femme qui avait consacré son dernier souffle à prendre le voile et qui n'aurait pas éprouvé d'intérêt pour les questions spirituelles ! Catherine ouvrit la bouche pour réfuter cette assertion.

Ne dis rien, Catherine ! Catherine crut entendre une voix réelle, tant la mise en garde avait fusé vivement. *Elle veut te tirer les vers du nez, mais elle ne t'a absolument rien révélé.*

C'était vrai. Catherine était accoutumée à discuter à partir d'un point donné jusqu'au suivant par étapes successives. Constance avait appris la rhétorique à une autre école.

— Peut-être aurions-nous pu partager quelque autre centre d'intérêt, répondit Catherine, se ravisant.

— C'est peu probable, répéta Constance. Alys s'intéressait aux toilettes, à la danse, à des sujets frivoles. Elle a eu beaucoup de chance de tomber sur un mari qui ait bien voulu lui passer ces fantaisies.

Catherine n'eut pas besoin de ses voix cette fois. Elle comprit le but recherché par la mère d'Alys. Constance tentait de découvrir ce que le couvent savait exactement de la vie d'Alys. Et Paciane ? Constance croyait-elle morte la fille de son premier mari ? Ou savait-elle que Paciane était aussi au Paraclet ?

— Raynald lui avait même offert un singe, ajouta Rupert. Vilaine bête, qui mordait tout le monde et chiait partout.

— Rupert, je vous en prie..., fit Constance avec suavité. C'était ridicule, mais Raynald était si épris d'elle.

Est-ce pour cela qu'il n'est jamais venu la voir ? songea Catherine. *Et pourquoi ne lui as-tu pas rendu visite ? Il n'y a qu'une demi-heure de chevanchée pour se rendre de Quincy au Paraclet.*

— Peut-être, ainsi que vous le dites, convint Catherine, l'imminence de la mort a-t-elle produit en elle une révolution. Nous avons eu le sentiment qu'Alys se souciait fort du salut de son âme et souhaitait faire tout son possible dans les quelques jours qui lui restaient.

— Et elle n'avait pas tort, la... (Constance s'interrompit, horrifiée.) A vrai dire, elle n'a pas mené la vie que j'aurais pu désirer eu égard au soin que j'avais de son âme. Je suis heureuse qu'elle se soit repentie, puis ait eu droit à vos prières et celles des autres sœurs. Mais je suis certaine que vous les avez dispensées sans penser à quelque récompense en ce bas monde. L'abbesse Héloïse serait fâchée de laisser croire qu'elle a cherché son intérêt en recueillant ma fille. Surtout au moment où Pierre Abélard est à nouveau jugé pour hérésie.

— Il ne l'est point ! s'exclama Catherine. Il a seulement sollicité un débat avec l'abbé Bernard. Il apportera à tous la preuve de ses conceptions orthodoxes.

— Sans doute. (Constance haussa les épaules.) Toutefois, vous rappellerez à l'abbesse — je n'en doute pas — que maître Pierre aurait tout intérêt à se dispenser de scandale supplémentaire.

De scandale ! Héloïse était parfaitement au courant de la situation et n'avait nul besoin qu'on la lui rappelle... Catherine comprit soudain que Constance ignorait son départ définitif du couvent. Peut-être était-ce préférable ainsi.

— Je serai ravie de porter à mère Héloïse un message de votre part, quel qu'il soit, déclara-t-elle, affectant le ton docile d'une religieuse. Souhaiteriez-vous lui parler vous-même ? Maintenant que la période de Pâques est achevée, nous allons offrir des funérailles décentes à votre fille.

— Ce sera une bonne chose, intervint Rupert avant que Constance ne pût répondre. Nous serions heureux de faire un don pour le repos de son âme, ainsi que pour nous-mêmes. Voulez-vous un gâteau ?

Catherine sauta presque sur le plateau.

Alors qu'elle prenait la première bouchée, on entendit un grand fracas dans le vestibule et Raynald de Tonnerre fit irruption dans la pièce, sans être annoncé. Il ne jeta pas un coup d'œil à Catherine ni à Rupert, se dirigea à grandes enjambées vers le fauteuil de Constance, la saisit par les épaules, la souleva comme une poupée de chiffon.

— Chienne ! cria-t-il, le visage pratiquement contre le sien. Vous aviez prétendu qu'elle était morte. Vous m'avez menti pour me forcer à prendre votre propre rejeton !

Il se mit à la secouer, tandis que Rupert et Catherine tentaient vainement de lui faire lâcher prise. La tête de Constance, ballottée d'avant en arrière, vint heurter si fort la bouche de Raynald que la lèvre de celui-ci en saigna. Il ne prêtait attention à personne, sous l'empire d'une rage aveugle.

— Raynald ! Je t'ai prévenu !

La voix était ferme et sembla endiguer la fureur de Raynald. Il relâcha Constance, qui vacilla et s'effondra par terre. Catherine, qui tirait jusque-là sans succès sur le bras de Raynald, fut soudain déséquilibrée. Elle recula de quelques pas en trébuchant, s'arrêta, s'appuyant contre le mur. De là, elle put observer à loisir l'homme qui avait suivi Raynald dans la pièce.

Plus grand que ce dernier et plus âgé d'une vingtaine d'années, il lui ressemblait fort. Il avait le même air belliqueux, ou plutôt l'air de quelqu'un qui a l'habitude d'envoyer les autres se battre et s'attend qu'ils préfèrent la mort à la désobéissance.

Seul Rupert ne semblait pas troublé par l'incident. Il remit son épouse debout, ôta un brin de paille de sa robe et s'inclina devant ses invités.

— Comte Guillaume, dit-il. Nous prenions un peu de vin et des gâteaux. Voulez-vous vous joindre à nous ?

— Père, intervint Raynald, elle nous a abusés vous et moi. Je vous affirme que j'ai vu Paciane au Paraclet. Je ne me suis pas trompé.

Guillaume, comte de Nevers, adressa un signe de tête à Rupert et prit un siège.

— Du vin, dit-il.

Rupert claqua des mains. Catherine regarda autour d'elle, mais il n'y avait pas de domestique. Guillaume haussa un sourcil dans sa direction. Il ne l'avait pas regardée à proprement parler, mais l'intention était claire. Catherine s'empara du pichet et essaya de servir sans renverser de liquide. Elle lui tendit la coupe et se retira dans l'angle, ne s'offusquant point, pour une fois, de passer pour quantité négligeable.

Constance remua la tête lentement, frottant son cou endolori.

— Comment osez-vous porter la main sur moi, mesel, lui lança-t-elle, mais l'insulte manquait de mordant. Attendez. Qu'avez-vous dit ? Paciane ? Vous l'avez *vue* ? Vous battez la campagne, assurément. Elle est morte. Elle est morte depuis dix ans.

Raynald faillit la frapper derechef, mais son père l'en empêcha.

— Comment le savez-vous, Constance ? demanda Guillaume. L'avez-vous vue mourir ?

— Non, bien sûr. Elle avait une fièvre tierce. Je ne tenais pas à la contracter moi-même. Je suis allée à Paris avec Alys, afin de la mettre à l'abri. Paciane est morte à Quincy. Elle est enterrée là-bas. Nous faisons célébrer une messe chaque année à l'anniversaire de sa mort. Elle est morte, je vous le répète.

— C'est aussi ce qu'elle m'a dit, voilà moins d'une semaine, répliqua Raynald. Je ne la crois pas non plus.

— Rupert, vous étiez là quand elle est morte, dit Constance, tout en s'assurant qu'elle avait toujours bien la tête sur les épaules. Expliquez à Raynald qu'il divague.

— Paciane a eu une fièvre tierce, énonça Rupert calmement. Elle est morte au milieu de la nuit. Elle a reçu l'extrême-onction. Nous l'avons enterrée deux jours après. Vous avez vu la tombe.

— Non, affirma Raynald, d'un ton cependant moins assuré. J'ai vu Paciane. Elle est au Paraclet.

— Ma foi, Raynald, reprit Rupert, nous avons ici une visiteuse qui est venue du Paraclet nous parler des derniers instants de la pauvre Alys. Peut-être vous convaincra-t-elle que vous faites erreur.

Catherine le regarda, interdite. Soudain, tout le monde la dévisageait, dans l'expectative. Que dire ?

Elle ferma les yeux et regretta amèrement de ne pas être invisible.

12

L'hôtel particulier de Rupert et Constance de Quincy, mercredi 10 avril 1140

« ... c'était une coutume invétérée chez ces gens-là de condamner les autres dans les domaines qu'ils ignoraient, sans discussion ni enquête rationnelle » (Robert de Melun, Sentences*).*

Jamais Catherine n'avait réfléchi aussi vite. Que savaient ces gens-là ? Qui mentait ? Peut-être Paciane n'était-elle pas la sœur d'Alys. Non, c'était sa sœur, à l'évidence. Alys l'avait reconnue, l'avait appelée par son nom. Mais, si Paciane était vraiment de la famille, quelque parent devait être au fait de sa présence au Paraclet. Toutes celles qui voulaient entrer au couvent devaient être parrainées et intronisées. Donc, quelqu'un savait forcément. Mais qui ? Catherine se rappela les chevaliers qui avaient tenté de pénétrer à l'intérieur de la clôture et le regard de haine que lui avait décoché Paciane lors de son départ. Quelqu'un les avait envoyés et Paciane savait de qui il s'agissait. Catherine se jeta à l'eau.

— Il n'y a pas de moniale du nom de Paciane au Paraclet.

C'était littéralement exact. Paciane était sœur converse, pas religieuse.

Raynald fit un pas vers elle.

— Vous mentez !

— Non ! Je suis désobéissante, orgueilleuse et maladroite, mais je ne mens pas ! Vous pouvez demander à l'abbesse Héloïse ou à la prieure Astane. Elles vous diront pareil.

— Là, vous voyez, intervint Constance en s'adressant à lui. Vous vous trompiez. Maintenant j'attends vos excuses. Je suis votre belle-mère, et non quelque vilaine que vous auriez loisir d'insulter à votre guise.

Raynald ne daigna pas se tourner vers elle.

— Votre fille est morte, femme, lâcha-t-il. Vous n'êtes rien pour moi à présent.

Il avait les yeux fixés sur Catherine et elle comprit qu'il se souviendrait d'elle lors de leur prochaine rencontre. Plût au Ciel qu'elle ne fût pas alors seule avec lui..., songea-t-elle.

— Je dois m'en aller, maintenant, chuchota-t-elle. La comtesse Mahaut m'attend.

Raynald hocha la tête, la dévisageant toujours.

— Partez. Je veillerai à ce que vous et votre abbesse soyez punies de vos artifices. Une fois qu'ils apprendront votre perfidie, aucun de vos puissants protecteurs n'osera intercéder en votre faveur, soyez-en certaine !

— Oui, ma fille, allez-vous-en, lui ordonna Guillaume de Nevers en lui faisant signe de sortir. Vous n'avez rien à faire ici.

Constance et Rupert ne soufflèrent mot, laissant les

deux hommes de pouvoir usurper leur rôle de maîtres de maison.

Catherine sortit à reculons de la pièce et s'empressa de quitter la maison. Même si ces individus devaient discuter de sujets touchant de près au Paraclet, elle se sentait incapable de rester une minute de plus. Tandis qu'elle s'escrimait pour ouvrir la porte, elle s'aperçut qu'elle tenait toujours à la main les reliefs écrasés du gâteau qu'on lui avait offert. Les épices dorées avaient taché son bliaut et, très probablement, le surcot de soie de Raynald. Oh, oui, il se souviendrait d'elle assurément s'il la revoyait.

Elle se hâta une fois dans la rue, passa devant Saint-Remi, tourna à droite, là où la venelle suivait le lit marécageux de la Seine jusqu'à la porte de la vieille ville. Le vent charriait la puanteur des tanneries ainsi que des clameurs. Il devait se passer quelque chose sur la place, entre le couvent de Notre-Dame-aux-Nonnains et l'église de Saint-Urbain. Catherine s'arrêta pour écouter comme elle approchait du pont. Peut-être s'agissait-il de quelque prédicateur ambulant, ou d'une troupe d'acrobates. En ce cas, ils n'étaient pas accueillis à bras ouverts. Les voix exprimaient la colère.

Les cris, de plus en plus forts, se rapprochaient. Catherine pressa le pas en direction du pont. De l'autre côté, se dressait le palais du comte. En le franchissant, elle aperçut l'endroit où les ordures du palais se déversaient parmi les herbes boueuses et dans l'eau paresseuse. Se rappelant sa chute le long de la berge la veille, elle remercia le Ciel que le pont fût en amont par rapport à la décharge.

Au moment où elle entrait dans la vieille ville à

l'autre bout du pont, une foule fit irruption de l'étroit passage entre Saint-Urbain et la place, puis s'engouffra dans le Grand Rû jusqu'au canal. L'étal d'un colporteur fut jeté à l'eau avec fracas. Catherine regarda par-dessus son épaule et se mit à courir vers le palais. La vision des visages de ceux qui se précipitaient sur le pont avait suffi à la convaincre qu'il s'agissait non pas d'une foule, mais d'une meute.

La chope de bière fut suivie d'une deuxième, puis d'une troisième. Edgar et Solomon, assis devant une taverne rue de la Cité, buvaient, mâchonnaient du pain noir à la pâte dure et échangeaient des histoires sur leurs voyages.

— Il y a un loch au nord de chez moi... (Edgar s'interrompit pour roter)... où vit un monstre marin aussi long qu'un *meduærn*, plus long, même. On dit que saint Colomba l'a tué jadis, mais ce n'est pas vrai. Il est toujours là. Par une matinée grise et brumeuse, j'ai vu une fois sa tête émerger de l'onde. Il avait un énorme museau *selkie* et un long cou noir de serpent. Vision *seldlic !*

Solomon posa sa bière.

— Je ne comprends pas un traître mot sur deux, lança-t-il à Edgar. C'est déjà épouvantable quand vous pérorez en latin. Au moins ça ressemble à du français correct, mais quand vous prononcez vos mots allemands, on dirait que vous allez vous étouffer avec votre pain !

Edgar se mit à rire.

— Saxons, pas allemands. Désolé. A la vérité, ma famille ne parle même plus saxon correctement. Je l'ai découvert quand je suis retourné en Angleterre. Ils nous reprochent là-bas de le mâtiner de norrois et de gaélique.

— Et dans votre pays, il y a des monstres sous les eaux. Je n'ai pas vu de monstres moi-même, mais j'ai souvent entrevu d'étranges formes ici dans les forêts, trop souvent par temps de brouillard. Je pense parfois que des démons parcourent la terre, et qu'on les voit seulement quand ils sont enveloppés de brume. Il frémit. Je ne supporte plus de traverser des forêts sombres. J'ai seulement envie d'avoir quelques vignes, une chaumière, quelques moutons, une gentille femme aux hanches bien dodues. Je ne veux plus courir les bois.

— Je vous imagine ! repartit Edgar en riant. Solomon *rusticus*. Cela ne se fera pas. Vous n'avez pas l'âme d'un paysan.

Solomon plongea les yeux dans sa bière.

— Peut-être pas. Mais je n'ai pas non plus l'âme d'un savant. Et, dans ma famille, soit l'on étudie soit l'on fait du négoce.

— Vous pourriez vous convertir.

Le visage de Solomon se durcit.

— Non. Cela me serait impossible.

Edgar se garda d'insister. Il finit sa chope et observa le soleil, plissant les yeux.

— Nous devrions nous en retourner au palais. La sexte va sonner bientôt et Catherine va être impatiente de faire sa commission pour l'abbesse.

Solomon se leva, mal assuré sur ses jambes. Il secoua la tête pour s'éclaircir les idées, puis essuya sa chope avec l'ourlet de sa chainse. Edgar fit de même. Lorsqu'ils traversèrent la rue menant au palais, ils entendirent des cris de colère. Les passants se dispersaient, s'écartant du passage de la cohue qui bousculait la garde à l'extrémité du pont. Parmi les habitants apeurés, une femme vêtue d'une robe de religieuse grise, tentait de se frayer un chemin. Elle avait presque atteint la porte du palais quand un homme, portant une grille chargée de saucisses, la heurta. A l'instant où elle tombait, l'une de ses tresses se défit et se prit dans un crochet à saucisse. Elle poussa un cri de douleur. Edgar et Solomon lâchèrent leurs chopes et coururent vers elle.

Edgar la releva et Solomon dégagea la mèche. L'homme les injuria tous trois.

— Catherine ! Que fais-tu ici ? lui demanda Edgar comme ils contournaient l'angle du palais en tirant Catherine. Je te croyais avec la comtesse Mahaut.

Catherine frotta sa tête endolorie.

— Je suis allée interroger la mère d'Alys. Que se passe-t-il ?

La foule avait atteint la porte du palais et tapait dessus.

— Justice ! hurla quelqu'un. Nous tenons un meurtrier et nous réclamons justice !

— Non ! souffla une voix faiblement. Je n'ai tué personne. Mon échoppe ! Ils ont détruit mon échoppe !

— Silence, infidèle ! Menteur !

Solomon dressa la tête. Il entendit le coup à l'instant où l'homme fut frappé. Il se précipita en avant. Edgar l'empoigna.

— Ne bougez pas ! lui lança-t-il. Vous allez vous faire tuer. Allez chercher vos aînés, vos chefs, ou je ne sais qui. Les hommes de la comtesse arrivent. Ils vont restaurer l'ordre. Mais, si cet homme est vraiment accusé de meurtre, il aura besoin de quelqu'un pour le défendre.

Solomon inspira profondément et hocha la tête. Il se fraya un chemin dans la cohue et disparut.

A présent, tout Troyes était là. Tous étaient curieux et avides de distraction. Une femme sortit de la boulangerie au coin de la rue et se planta à côté de Catherine.

— Pourquoi ce raffut ? lui demanda-t-elle en essuyant la farine sur ses mains. J'ai entendu crier au meurtre.

— Je ne sais pas. La foule venait des tanneries. Elle semble avoir capturé un criminel.

— Ah ! La garde a ouvert les portes du palais. Vous êtes plus grande que moi. Vous voyez quelque chose ?

Catherine se dressa sur la pointe des pieds, s'appuyant sur Edgar.

— Oui, la comtesse a envoyé ses hommes. Les chevaliers sont en selle. Cela va faire réfléchir la foule.

Cette dernière recula en effet quand les cavaliers apparurent dans l'encadrement du portail ouvert, sauf deux hommes en tabliers de tanneurs. Chacun tenait le bras d'un troisième homme qu'ils traînèrent jusqu'au chef, Nocher de Montbard.

— C'est Gershom, le boucher juif, déclara l'un d'eux. Il ne se contente plus de vendre sa viande de rebut à des prix exorbitants. Il faut maintenant qu'il massacre un chrétien et le suspende comme du bétail !

Il y eut un mouvement de foule en réaction à cette accusation. Nocher se pencha et dit quelque chose à l'un des autres chevaliers, qui opina. La femme à côté de Catherine poussa un cri d'horreur.

— Quelle abomination ! Nous les laissons déjà

vivre parmi nous, alors qu'ils ont mis à mort Notre-Seigneur ! Faut-il qu'ils nous assassinent aussi ? Tuez-le ! hurla-t-elle. Pendez-le séance tenante !

D'autres hurlements se joignirent aux siens et les chevaliers avancèrent afin d'empêcher la populace de s'emparer du prisonnier et de faire justice elle-même. Ils se servirent de leurs lances pour séparer le boucher à demi évanoui de ses accusateurs et le pousser, presque à quatre pattes, dans la cour du palais.

Catherine tira Edgar par la manche. Il se tourna vers elle. Le visage de la jeune femme était pâle de peur.

— Edgar, penses-tu...

— Oui, répondit-il. A présent la comtesse croira à ton histoire.

— Je n'ai pas eu l'occasion de la lui raconter. Il nous faut entrer. Cet homme ne peut pas être coupable. Il n'aurait pas pu pénétrer dans le palais après la tombée de la nuit.

— Ils ne vont plus nous laisser entrer. Ils veulent éviter tout incident de la part des citadins et nous ne nous distinguons pas d'eux. Aperçois-tu quelqu'un parmi les chevaliers, qui nous connaîtrait ?

— Difficile à dire, avec leurs armures. (Catherine examina attentivement la douzaine d'hommes.) Attends ! Jehan !

Elle se faufila vers le premier rang de la foule.

— Jehan ! cria-t-elle encore. C'est Catherine !

Edgar la suivit, à contrecœur. Lui aussi se souvenait de Jehan. Le chevalier était au service du comte Thibault, mais était aussi parfois à la solde du père de Catherine. Lors de leur dernière rencontre, avant ses fiançailles avec Catherine, Jehan et son compagnon chevalier Sigebert avaient failli l'étrangler dans une ruelle à Paris, lui démettant le bras et lui tranchant presque la gorge. Il n'était pas impatient de renouer connaissance.

Cependant, Catherine se précipita en avant, jouant des coudes, sautant et agitant les mains de temps en temps pour attirer l'attention du chevalier. Edgar lui emboîta les pas, l'air sombre.

— Jehan ! cria Catherine derechef, une fois plus près. Jehan ! Laissez-nous entrer !

Il finit par l'apercevoir. Les autres avaient déjà franchi la porte, emmenant le malheureux boucher et ses deux accusateurs. En entendant son nom, Jehan pivota sur sa selle.

— Dame Catherine ! s'exclama-t-il. Par le pilier de saint Siméon ! Que faites-vous ici ?

— Je ne peux pas vous expliquer pour le moment, répondit Catherine comme ils arrivaient à sa hauteur. Laissez-nous seulement entrer. Nous devons parler à la comtesse Mahaut.

Jehan les considéra du haut de son cheval. Un éclair de colère déforma son visage quand il reconnut Edgar.

— Nous ? répéta-t-il. Pas lui ! Je suis chargé de vous protéger des gens de son espèce.

— Des gens de mon espèce ! (Edgar saisit les rênes.) Etes-vous aussi chargé d'attaquer un homme désarmé dans une ruelle ? Descends de cheval et viens te battre, questre !

— Edgar, pas maintenant ! lui lança Catherine en le retenant. Edgar et moi sommes mariés, Jehan. Vous nous devez protection, si vous êtes toujours l'homme du comte.

Jehan les regarda tous deux. Edgar se sentait nettement à son désavantage, n'ayant ni cheval ni armure.

Son poing le démangeait de décocher un bon coup dans le ventre de ce mesel. Mais Catherine avait raison. Ce n'était pas le moment.

— J'ai ici le contrat de mariage, dit-il doucement, se ravisant. Il porte le sceau d'Hubert. Voulez-vous y jeter un coup d'œil ?

Edgar sourit poliment. Il savait que Jehan ne devait pas être capable de déchiffrer autre chose que les premières lettres de son nom.

Le chevalier, dardant sur eux des regards courroucés, leur laissa franchir la porte de mauvaise grâce. Comme ils passaient, il fit signe au garde de refermer la porte derrière eux. La populace marmonna, mais personne n'osa opposer de résistance.

A l'intérieur de la cour régnait quasiment le même chaos que dans la rue. Les gens du palais, les serviteurs et les invités grouillaient partout, répétant toutes les informations qu'ils pouvaient glaner ou inventer à leur guise. Catherine et Edgar, sans leur prêter attention, se dirigèrent vers la grande salle où la comtesse allait paraître pour juger l'affaire.

La salle était pleine de monde. Les occupants avaient tiré les tables, s'étaient assis ou étaient montés dessus. Il y avait un balcon sur le palier de l'escalier menant aux quartiers des femmes. Là, plusieurs dames étaient assises avec leur ouvrage, attendant le début du spectacle. Catherine, repoussée à coups de coude dans les côtes par ceux qui essayaient de bien voir, regretta un instant de ne pas être le genre de femme à obtenir d'autorité un siège confortable !

Tu trébucherais et renverserais du vin sur la broderie, voilà tout, Catherine !

Elle soupira. Aurait-elle donc éternellement en tête les avis de sœur Bertrande ?

— Les voici qui introduisent le prisonnier et les tanneurs, dit Edgar.

Catherine se tordit le cou pour voir. Gershom, le boucher, sous la garde de deux des chevaliers, avait les bras attachés dans le dos. Les deux tanneurs, à l'autre extrémité de la salle, semblaient éprouver à la fois crainte et colère.

Enfin, la comtesse Mahaut entra, accompagnée de Girelme, sa caméristе, et de Conon, son chapelain. L'une et l'autre se postèrent derrière elle lorsqu'elle prit place à la haute table. Le silence se fit dans la salle.

— En l'absence de mon époux, le comte Thibault, commença-t-elle, il est de mon devoir de veiller à ce que l'ordre soit préservé dans notre ville de Troyes. Je vais à présent entendre les chefs d'accusation contre cet homme.

Jehan s'avança.

— Madame la comtesse, déclara-t-il en s'inclinant, Gershom, le boucher, est accusé de meurtre. Ce sont ces deux hommes qui ont découvert le corps.

Les tanneurs furent conduits devant la haute table. Mahaut les examina, avisant leurs tabliers dégoûtants et leurs mains tachées.

— Donnez vos noms, leur dit-elle. Votre métier et votre état sont évidents.

L'aîné des hommes s'avança.

— Je suis Aymo, Votre Excellence, dit-il en s'inclinant. Voici Heldric, mon apprenti. Je possède la tannerie à l'est de Notre-Dame-aux-Nonnains, sur le Grand Rû.

— Quelqu'un peut-il se porter garant pour cet homme ? demanda la comtesse.

Un homme s'avança.

— Moi, madame la comtesse.

Mahaut hésita, puis Conon se pencha et lui chuchota quelque chose à l'oreille.

— Ah, oui, fit-elle. Vous êtes Pierre de Baschi, diacre de Saint-Aventin ?

— Si fait, répondit le prêtre. Je connais ces deux hommes. Ils m'ont vendu du cuir et du vélin, de bonne qualité et à un prix raisonnable. Je les crois dignes de foi et d'excellente réputation.

Catherine se jucha sur le bord d'un tabouret afin de mieux voir cet homme qui avait emprunté de l'argent à l'abbesse Héloïse et ne l'avait pas encore remboursé. Il portait un habit d'Eglise, mais dépourvu du moindre ascétisme. Son col ainsi que ses gants étaient brodés, et il arborait plusieurs lourdes bagues. Catherine ne se sentit pas encline à lui faire confiance ni à l'admirer. Mais la comtesse hocha la tête, acceptant sa déclaration.

Mahaut se tourna de nouveau vers les tanneurs.

— Et vous accusez de meurtre le boucher Gershom ? *Gershom ?* (Le nom lui dit enfin quelque chose.) Le Juif ? Ses congénères ont-ils été avertis de cette accusation ? Nocher ?

— On a envoyé chercher leurs chefs, répondit Nocher.

— Fort bien, conclut-elle, manifestement mal à l'aise.

Elle fit signe au prisonnier d'avancer.

— Gershom le boucher, déclara-t-elle, je veux m'assurer que les accusations portées contre toi ont quelque fondement. Es-tu convaincu que je vais t'écouter et te juger en toute équité, sur mon honneur de chrétienne ?

— Je n'ai tué personne ! s'écria Gershom en se redressant. Ces idolâtres ont maculé mon échoppe de sang humain ! C'est moi, la victime ! Je n'ai pas peur. Le Très-Haut me protégera, car j'ai honoré la Loi.

Nocher donna à l'homme un coup qui l'envoya à terre.

— Comment oses-tu parler ainsi à la comtesse ? lui cria-t-il.

— Nocher ! dit Mahaut d'une voix calme mais mordante. Je déciderai moi-même si j'ai été insultée ou pas. A présent, Aymo, racontez votre histoire. Et je ne veux pas d'interruptions.

Maintenant qu'il était le point de mire, Aymo parut avoir du mal à débuter.

— Eh bien, ah, ça s'est passé ainsi, Votre Excellence...

Il glissa la main sous son tablier pour se gratter, puis, se rappelant où il était, la retira, horrifié.

— C'est-à-dire, reprit-il, Heldric et moi, ce matin, nous sommes allés chez Gershom, comme toujours, pour voir s'il avait des peaux à nous vendre. Il a dit que non, mais il avait reçu quelques moutons la veille ; alors voulions-nous quelques-uns des morceaux que ses congénères ne pouvaient manger ? Nous lui avons répondu que peu nous importait. Du mouton au printemps, c'est un mets de choix, quelle qu'en soit l'origine !

Il marqua une pause, considérant l'auditoire d'un air furieux, mettant quiconque au défi de l'accuser d'apostasie.

— Certes, nous apprécions tous le mouton au printemps, lui dit Mahaut patiemment. Poursuivez.

Aymo déglutit.

— Ma foi, nous sommes tous entrés dans le magasin, là où Gershom avait accroché la viande. Et là...(il avala de nouveau sa salive, baissa la voix)... il y avait bien les moutons, accrochés en rang d'oignon et, à l'extrémité, quelque chose de plus gros. Nous avons tous regardé. Ma foi, c'était dépecé, bien nettoyé et suspendu dans les règles, mais ce n'était pas un mouton. C'était un homme ! Et un chrétien, par-dessus le marché ! Il était nu, je le voyais. Un pauvre agneau chrétien massacré !

Aymo avait atteint le sommet rhétorique de sa vie avec cette dernière déclaration, et il ne fut plus capable que de geindre de manière incohérente.

— C'est vrai ! s'écria-t-il malgré le tumulte dans la salle. Je le jure sur la peau de saint Barthélemy.

Catherine ne prêta aucune attention aux vociférations que cette révélation produisit. Elle était désormais convaincue ; Edgar et elle devaient s'avancer pour narrer ce qu'ils savaient.

Mahaut frémit et regarda Gershom avec répulsion. Elle attendit que les gardes rétablissent l'ordre.

— Quel odieux forfait ! s'exclama-t-elle. Un homme traité comme une carcasse d'animal ! Que peux-tu dire pour ta défense ?

Le boucher était apeuré, mais toujours en colère. Son indignation était patente.

— Je répète que je coupe la viande selon la Loi ! Cette accusation de meurtre est pure folie ou malveillance ! Vous n'avez pas le droit de me mêler à vos sacrilèges chrétiens ! Quelqu'un a fait ça pour ruiner ma réputation dans la ville. Je suis respecté, j'ai de nombreux chalands, dont votre propre cuisinier, madame la comtesse. Dorénavant, les chrétiens ne vont plus s'approvisionner chez moi, je le sais !

Il désigna ses accusateurs, mais son regard embrassait le reste de la salle.

— Vous m'avez ruiné ! hurla-t-il. Vous voulez un martyr ? Un coupable prêt à répondre de vos crimes odieux ? Prenez-moi, alors. Ma vie ne vaut rien !

Il déchira sa chainse, se laboura le visage de ses ongles, tomba par terre en sanglotant.

La comtesse, troublée, demeura cependant perplexe.

— Ces hommes pleurent sincèrement, me semble-t-il, dit-elle. Le boucher ne nie point qu'un corps a été découvert dans son échoppe. Les tanneurs reconnaissent que c'est là tout ce qu'ils savent. Comme l'homme a été accroché tel un animal, ils en concluent qu'il a été tué pareillement. Pour moi, l'affaire est plus compliquée qu'il ne paraît à première vue. Ce corps de chrétien a-t-il un nom, du reste ?

Aymo pleurant toujours et Gershom sanglotant, Heldric, l'apprenti, fut ravi de répondre :

— Pas de nom, madame la comtesse. Pas de tête !

Cette révélation déclencha des réactions spectaculaires. L'une des dames au balcon se mit à hurler, d'horreur ou de délectation, et, dans un coin obscur, un poète ambulant tenta fiévreusement d'adapter une vieille chanson de geste à l'événement.

Edgar parvint enfin devant la table.

— Madame la comtesse, déclara-t-il en s'inclinant. Ajoutant foi à ce que m'a confié mon épouse, je suis en mesure de compléter les dépositions qui viennent d'être faites. Nous ne pensons pas que le boucher ait pu tuer cet homme. Catherine a découvert le corps avant l'aube ce matin, accroché ici, au palais.

Une autre femme hurla derechef, cette fois avec davantage de sincérité. Le poète récrivit rapidement une strophe dans sa tête.

Mahaut attendit de nouveau le silence.

— Catherine ? répéta-t-elle. Voudriez-vous nous dire comment et où vous avez fait cette découverte ?

Edgar prit Catherine par la main. Il se plaça derrière elle, la protégeant des regards indiscrets. Catherine inspira profondément et conta son histoire.

— Edgar m'a lavé le visage, conclut-elle. Mais j'ai encore du sang séché dans les cheveux. J'ai tenté de vous en parler ce matin.

Mahaut l'écoutait, la mine grave. C'était une chose de juger un crime commis par les habitants de sa ville, une autre, bien différente, de découvrir qu'un crime avait été commis sous son propre toit.

Nocher s'avança.

— Calembredaines ! cracha-t-il. Cette femme est hystérique et a inventé toute cette histoire.

— Dans quel dessein ? objecta Mahaut.

Elle s'abstint de mentionner que Catherine était jusque-là le seul témoin qui n'eût pas fondu en larmes.

— Nous savons qu'Hubert, son père, fait du négoce avec les Juifs, expliqua Nocher. Il a sans doute donné l'ordre à sa fille de les protéger.

Gershom cessa de gémir et observa Catherine avec curiosité. Elle se rapprocha d'Edgar, s'efforçant de se soustraire à cet examen inquisiteur.

Mahaut secoua la tête.

— Cela me paraît improbable. J'ai moi-même fait du négoce avec les Juifs. Comme la plupart d'entre nous à Troyes. Mais alléguer que cet homme a été tué sous mon toit est une grave accusation, et je souhaiterais en avoir la preuve. Vous dites que, quand vous êtes retourné sur les lieux avec votre épouse, le corps avait disparu ?

Edgar hocha la tête malgré qu'il en eût.

— Mais elle a dit qu'elle avait du sang sur le visage et dans les cheveux. Je la crois.

— Il nous faut davantage que votre parole, sieur, repartit Mahaut. Vous n'êtes connu ni de nous ni de personne ici.

Catherine vit qu'Edgar s'offusquait d'être traité comme un moins-que-rien. Elle craignit qu'il ne récitât la liste de tous ses ancêtres en remontant jusqu'à Adam, ce qui n'aurait guère fait avancer les choses. Ils allaient bien parvenir à prouver que le pauvre homme avait été dépecé dans l'enceinte du palais. Elle se tordit les mains, réfléchissant. Le gâteau les avait rendues collantes et elle les essuya sur sa robe. Pourquoi ne pouvait-elle jamais rester propre plus de dix minutes ? Du sang dans les cheveux, du miel sur les doigts... Dieu merci, elle avait eu la possibilité de se laver après être tombée hier dans cette eau stagnante.

Tout d'un coup elle eut une vision nette des tuyaux sortant du mur du palais et de l'eau stagnante en dessous.

— Madame la comtesse, dit-elle, Edgar et moi pensons que le pauvre homme a été accroché dans les latrines afin que ses... euh... entrailles tombent dans le Rû Corde. Mais le niveau de l'eau est bas et la bouche d'égout est éloignée du courant principal. Il reste peut-être quelques traces...

Elle ferma les yeux, empêchant son imagination de vagabonder.

La comtesse demeura imperturbable.

— Nocher, prenez deux hommes et inspectez l'eau autour de la bouche, ordonna-t-elle. Si vous craignez d'abîmer vos bottes, ôtez-les. Et dépêchez-vous. En attendant, ajouta-t-elle, apportez-moi du vin. Puis mettez en perce une barrique de bière dans la cour pour tous ceux qui ont soif.

La salle se vida rapidement. Il ne resta bientôt plus que le boucher, les gardes, la comtesse, ainsi que Catherine et Edgar. Mahaut secoua la tête.

— Je regrette que vous me remerciiez ainsi de mon hospitalité, leur dit-elle.

Catherine s'appuya contre Edgar, qui lui passa le bras autour de la taille.

— Nous sommes vraiment navrés, madame la comtesse, assura-t-il. Nous n'avions nullement l'intention d'apporter le scandale dans votre maison. Mais, si nous avons raison, l'homme qui est devant vous n'a pas commis de meurtre. Vos gardes ne l'auraient jamais laissé entrer hier soir au palais. En votre âme et conscience, vous ne sauriez tolérer pareille injustice.

Mahaut se raidit.

— Je me fie à l'inspiration divine pour prévenir cela, mais je dois avouer que vous et votre épouse me paraissez de bien étranges instruments de la toute-puissance du Seigneur. Quoi qu'il en soit, je ne croyais pas en la culpabilité du boucher.

Gershom releva les yeux, surpris.

— Je crois, poursuivit-elle, que les Juifs sont des infidèles et sont damnés parce qu'ils ne reconnaissent pas Notre-Seigneur. Cependant, je ne les tiens pas pour stupides, dans la plupart des cas. Seul un sot tuerait un homme dans sa propre échoppe, puis montrerait le corps aux premiers venus. Mon raisonnement te surprend-il, boucher Gershom ?

L'homme s'inclina.

— Je vous demande pardon, madame la comtesse. Je ne m'attendais point qu'on me fît justice dans un tribunal chrétien, je l'admets. Suis-je libre de partir ?

— Non. J'ignore toujours quel rôle tu as tenu dans cette affaire. Le corps est-il encore accroché dans ton échoppe ?

Gershom frissonna.

— A moins que la foule ne l'ait emporté...

La comtesse fit signe à un garde.

— Sais-tu où est l'échoppe ? lui demanda-t-elle. (Le garde hocha la tête.) Prends quelques hommes et allez là-bas. Si le corps est dans l'état que l'on m'a décrit, emportez-le à Saint-Loup afin que les moines le préparent à l'inhumation. Peut-être trouveront-ils quelque indice quant à son identité.

Mahaut eut à peine le temps de boire une gorgée de vin qu'un nouveau brouhaha se fit entendre dehors. Ses doigts serrèrent le pied de la coupe, et un peu de liquide se répandit sur la table. En l'observant, Catherine comprit l'effort que faisait la comtesse pour affecter un air impassible.

J'en serais incapable, songea-t-elle avec admiration.

Nocher et ses hommes étaient revenus. Ils pénétrèrent dans le vestibule, suivis d'une foule en émoi. L'un des hommes portait un seau. Il le tenait aussi loin de lui que possible et évitait soigneusement d'en regarder le contenu.

La comtesse vit le seau. Son visage se figea.

— Avez-vous inspecté la mare ? demanda-t-elle à Nocher.

Il avait le visage pâle et la voix mal assurée.

— Oui, madame la comtesse.

Il s'interrompit et regarda Catherine avec une expression qu'elle ne sut déchiffrer.

— Cette femme avait raison, continua-t-il. Les oiseaux et la vermine ont fait leur œuvre, mais il y a des traces de sang sur le mur sous les tuyaux et, dans la mare, nous avons trouvé ceci.

Il fit signe à l'homme qui portait le seau de s'avancer.

— Je vous en prie, Votre Honneur ! implora l'homme.

— Montre à la comtesse, ordonna Nocher.

Suant d'abondance, le serviteur plongea la main dans le seau, en retira une longue corde blanche et visqueuse. Il la laissa retomber, puis, avec un haut-le-cœur, brandit une masse rouge et molle, de la taille de son poing.

— Je me suis suffisamment battu pour le savoir, madame la comtesse, dit Nocher. Ceci est un cœur humain.

Catherine enfouit la tête contre l'épaule d'Edgar. Dans son coin, le poète abandonna son épopée et vomit tranquillement sa bière.

13

La Grande Salle du palais de Troyes, ce soir-là

Cascuns fuit que mielx pour aler a garant,
E li gentis barnages les vas bien encauçant.
Tous tant fierent sour aus a tas demaintenant,
De sanc et de cervelle vont la terre jonçant -
Aval les plains de Rames en vont li rui corant.

« Chacun était impatient de se jeter dans la mêlée,
Et la noblesse se livre au combat avec enthousiasme.
Tous frappent ensemble et en ordre de bataille,
Si bien que la terre se couvre de sang et de cervelle -
*Qui coulent, telle une rivière, à travers les champs de Ramla » (*Chanson de Jérusalem, *11, 9489-9493).*

Catherine et Edgar s'assirent ensemble ce soir-là au souper, car ceux qui eurent assez d'estomac pour venir souper ne respectèrent pas les places assignées. La comtesse Mahaut occupait sa place habituelle, mais même elle avait le visage assez pâle. Lorsque le rôti fut servi, plusieurs convives s'excusèrent brusquement.

— Je ne me sens guère en appétit, chuchota Catherine à Edgar.

— Laisse-moi quand même te rompre un peu de pain.

Catherine en grignota la croûte, inspectant la table d'un bout à l'autre.

— Qui cherches-tu ? lui demanda Edgar.

— Cet homme à côté duquel j'étais assise hier soir : Lisiard. Le neveu du cuisinier. Je t'ai parlé de lui. Il semblait en savoir beaucoup sur la famille d'Alys. Après avoir fait la connaissance de sa mère et de son beau-père ce matin, j'éprouve quelque curiosité à leur égard. Je ne les imaginais pas du tout ainsi. Mais je ne le vois pas ici.

Edgar regarda aussi autour de lui.

— Ma foi, il manque pas mal de monde. Ne m'as-tu pas dit qu'il était au service de Nocher ? Ses hommes doivent être assez occupés ce soir. Malgré la décision de la comtesse au sujet du boucher, les gens évoquent en maugréant le meurtre d'innocents chrétiens.

— En effet, il est peut-être avec les gardes. (Catherine hocha la tête, l'air absent.) Je ne comprends toujours pas pourquoi la comtesse n'a pas relâché le boucher. Il est évident qu'il ne sait rien de ce cadavre.

— A tes yeux, peut-être. A mes yeux aussi, et même à ceux de la comtesse. Mais sans garanties de la part de ses propres congénères, elle n'ose pas le relâcher. Du reste, ne trouves-tu pas étrange l'idée de laisser un cadavre dans un endroit pareil ? Celui-ci ne pouvait qu'être découvert.

— Peut-être le meurtrier pensait-il que le boucher aurait si peur d'être accusé qu'il le cacherait lui-même.

— Possible, admit Edgar. Ou bien le meurtrier en voulait au boucher personnellement. Il se peut que

Gershom sache quelque chose à son insu. En ce cas, la geôle de la comtesse est pour lui l'endroit le plus sûr.

— Oui, je suppose. Mais pourquoi Solomon n'est-il pas revenu ? se tourmenta Catherine. Si les Juifs sont inquiétés, je ne veux pas qu'il soit impliqué. Il devrait être ici et se faire passer pour Stéphane. Tout cela me soucie fort. Où sont-ils tous ?

— Je suis toujours là, lui rappela Edgar.

Catherine cessa de grignoter.

— Et je t'interdis de t'éloigner d'un pouce tant que nous n'aurons pas quitté cet endroit ! J'ai d'horribles frissons chaque fois que je repense à ce seau. Je ne m'apaiserai que lorsqu'on aura retrouvé la tête de ce pauvre homme...

Edgar frissonna lui aussi. Ils se signèrent à la hâte. Lorsque le vin épicé fut servi, tous deux remplirent leur coupe à ras bord.

Dès que Solomon entendit le nom du boucher, il pensa aussitôt à sauver l'homme lui-même, quitte à découvrir ultérieurement de quoi on l'accusait. Mais la mise en garde d'Edgar était plus raisonnable. Les chrétiens de Troyes étaient nettement plus nombreux que les Juifs et tenaient la plupart des fortifications. Si le boucher devait être sauvé, ce serait selon la méthode éprouvée : la persuasion associée aux espèces sonnantes et trébuchantes. Il se dirigea vers la yeshiva[1].

En chemin, il passa devant la maison de Joseph ben

1. Etablissement d'enseignement supérieur où l'on étudie le Talmud.

Meïr. Au même instant, la porte s'ouvrit, et Joseph siffla son nom.

— Que manigancent les idolâtres à présent ? questionna-t-il en saisissant Solomon par le bras. Y a-t-il risque d'émeute ? J'ai trois maisons le long du Rû Corde. Sont-elles en danger ?

Solomon dégagea son bras.

— Je ne sais rien de tes maisons, dit-il. Et je m'en fiche comme de colin-tampon. L'un de nos frères est seul face aux chrétiens et est accusé de meurtre. Je vais de ce pas trouver les parnassim.

— Les anciens se sont rendus à Ramerupt, gémit Joseph. Ils disputaient ferme et sont allés demander l'avis du rabbin Tam.

— N'y a-t-il donc point de tovim dans cette ville pour venir en aide à Gershom ?

Solomon lança un regard furieux à Joseph, qui se garda de relever l'insulte.

— Je te le répète, dit-il. Tous les aînés sont partis. Veux-tu que je me fasse tuer pour un boucher ? J'ai une famille, du bien...

Il recula et claqua la porte. Solomon entendit le bruit du verrou qu'il tirait.

— Je veillerai à ce qu'on te couvre de herem pour ta couardise ! s'écria-t-il.

Mais la porte resta close.

Il n'y avait apparemment plus rien à faire. Solomon reprit son cheval à l'écurie. Avec un peu de chance, il pourrait parvenir à Ramerupt avant la tombée de la nuit et faire revenir les parnassim dans la matinée. Il pria pour que la justice de la comtesse laissât vivre Gershom jusque-là.

Le souper traînait en longueur, la conversation languissait. Le poète, à qui l'on avait demandé un conte enjoué, n'avait rien trouvé de mieux que quelques extraits tirés du *Siège d'Antioche*. Le choix n'était pas heureux, les personnages y pataugeant dans le sang des infidèles. Mais personne ne semblait pressé de quitter la table. L'obscurité s'épaississait ; les torches et les chandelles semblaient davantage projeter des ombres que donner de la lumière. Même Catherine en était réduite aux monosyllabes.

— Je t'aime, dit-elle à Edgar.

Il parut nécessaire de le répéter.

— Je t'aime, répondit-il machinalement.

Ils se prirent la main, burent dans leurs coupes respectives, feignirent un moment de croire qu'ils étaient seuls dans la salle et qu'un meurtre aussi atroce ne s'était pas produit.

Mais l'interlude fut de courte durée. Nocher revint pendant qu'ils s'attardaient encore à déguster des fruits séchés enrobés de miel. Derrière lui, Catherine aperçut Jehan parmi les gardes. Les traits de son visage las étaient couverts de poussière et de sueur.

La comtesse Mahaut se leva à l'arrivée de Nocher et lui fit signe de gagner une alcôve afin qu'il lui fît son rapport. Avisant Catherine, Jehan s'approcha de la table. Elle lui tendit sa coupe et poussa le pain vers lui.

— Que se passe-t-il dehors ? s'enquit-elle. Les rumeurs vont bon train ce soir et jusqu'ici tout ce que j'ai entendu ne me paraît guère digne de foi.

Jehan jeta un coup d'œil à Edgar, qui lui décocha un regard furieux mais tint sa langue. Le chevalier se raidit un instant, puis ses épaules s'affaissèrent. Il prit la coupe et se servit du vin.

— On a découvert qui était l'homme. Son père a fini par identifier le corps. Il avait un grain de beauté dans le dos en forme de canard. C'est drôle, je l'ai connu pendant des années et ne l'avais jamais remarqué. J'ai trouvé étrange qu'il ne se joignît pas à nous ce soir, mais Lisiard filait toujours aux cuisines pour voir sa soignant[1]. Parfois il n'entendait pas la cloche.

Catherine hocha la tête, le cœur en berne. C'était là ce qu'elle avait craint depuis le début, tout en refusant de l'admettre. Peut-être avait-elle noté quelque chose de familier la première fois qu'elle avait vu le corps. Mais Lisiard avait-il été tué parce qu'il lui avait parlé trop librement de Gauthier de Grancy et de la comtesse Alys, ou s'était-il fait d'aussi cruels ennemis pour d'autres raisons ?

— C'était le fils d'un prévôt et le neveu d'un cuisinier, murmura-t-elle. Comme c'est étrange.

Jehan ne parut pas surpris qu'elle connût l'homme.

— Isembard est beaucoup plus riche que le père de Lisiard, observa-t-il. Certaines personnes préfèrent l'or à un métier honnête.

Il vida sa coupe et s'en versa une autre.

— Peut-être Lisiard aurait-il dû être lui aussi cuisinier, ajouta-t-il. Il n'avait pas le cœur à se battre.

Edgar, se rappelant le contenu du seau, voulut oublier que Lisiard n'avait maintenant plus de cœur à rien.

Jehan ne semblait guère troublé par semblables pensées. Il se coupa une tranche de rôti froid, essuya son

1. Concubine.

couteau sur le pain et le remit dans son fourreau. Il arracha la viande à belles dents, tressaillit en mordant sur une dent sensible.

— Quelqu'un a-t-il été accusé ? demanda Catherine.

— Uniquement le boucher, répondit Jehan, la bouche pleine. Mais personne ici ne croit à la culpabilité de Gershom. Après ce que vous avez dit ! (Il s'interrompit, lui jeta un regard rageur.) Le diable vous emporte, Catherine ! Vous semez le malheur sur votre passage ! D'abord Roger, maintenant Lisiard ! Avez-vous l'intention de tuer tous mes amis ? Vous êtes la femme la plus malastrue que j'aie connue.

Edgar s'était levé, oubliant que Jehan pesait deux fois plus que lui et était bien armé. Il se pencha vers l'autre.

— Dis un mot de plus à ma femme sur ce ton, lança-t-il à Jehan, et tu le feras avec la mâchoire brisée ! M'entends-tu ?

Jehan le dévisagea, avant de fixer Catherine. Elle soutint son regard, les yeux étincelants à la lumière des torches. Edgar, immobile, attendait.

Avec un juron, Jehan jeta la viande en travers de la salle. Celle-ci fut happée au vol par l'un des chiens du palais. Le chevalier saisit alors la coupe de Catherine ainsi que la cruche, puis retourna s'asseoir avec les autres chevaliers.

Edgar se rassit, comme soulagé de sortir indemne d'une rencontre avec un dragon. Il se sentait ridiculement content de lui. Il frotta l'épaule que Jehan lui avait tordue lors de leur dernière entrevue.

— Presque à égalité, marmonna-t-il.

Catherine s'essuya les yeux.

— Pauvre homme, dit-elle. C'est ma faute. J'ai tâché de lui faire dire tout ce qu'il savait. Il était d'une telle innocence... Il voulait seulement me raconter des histoires. Rien de plus digne de foi que les ragots de cuisine, m'avait-il dit. Crois-tu qu'on l'ait découpé avec les couteaux de cuisine ?

Edgar lui jeta un coup d'œil acéré. Elle avait une voix douce et distante. Il l'avait entendue parler ainsi une seule fois.

— Catherine, Jehan est un idiot. Lisiard aurait été assassiné, qu'il t'eût parlé ou non. Il savait quelque chose et, comme il était incapable de garder un secret, on ne pouvait lui faire confiance. En revanche, si tu n'avais pas été là, le boucher aurait été tué malgré l'autorité de la comtesse. Tu as donc sauvé la vie d'un homme. Tu n'es pas responsable de la mort de Lisiard ni de quiconque. Comprends-tu ?

Catherine inspira profondément et reprit ses esprits.

— Oui, dit-elle, je comprends. Mais je ne peux m'empêcher de me sentir responsable. Je crois que son assassinat est lié au triste sort d'Alys. Tu ne penses pas ?

— Si. (Edgar répondit avec une telle assurance que Catherine en fut interloquée.) Mais pas seulement parce que tu as posé des questions à son sujet. As-tu remarqué qui a parlé pour les tanneurs ? Le même diacre qui doit vingt marks à Héloïse. Sa présence ne t'a-t-elle pas paru étrange ? Il doit également de l'argent à Joseph ben Meïr. Je me demande s'il fait aussi des affaires avec Raynald de Tonnerre. Cette histoire a plus de ramifications qu'il n'y paraît à première vue, mais d'une certaine façon, tout est lié.

— Pierre de Baschi... Je me demande vraiment

pourquoi mère Héloïse lui a prêté de l'argent. Le couvent n'est pourtant pas riche ! Certains hivers, nous arrivons tout juste à subvenir à nos besoins.

— Il n'appartient manifestement pas à une église ayant adopté les règles de la réforme. Il a sans doute sa propre maison et une concubine. Peut-être amasse-t-il une fortune pour acheter à ses fils une place à la cour du comte.

Catherine était épuisée. Elle avait oublié de diluer le vin. Heureusement que Jehan avait emporté sa coupe, sinon elle aurait été à présent couchée sous la table avec les chiens. Elle essaya de reconstituer les pièces disparates de l'énigme. Alys, Raynald, le Paraclet, Lisiard, Gauthier de Grancy, qui avait apparemment disparu, Constance et son mari, Pierre de Baschi, Paciane. Paciane, si douce, si humble, et qui lui avait offert de la haine en cadeau de mariage. Qui d'autre avait trempé dans cette affaire ? Quel était ce secret si important pour que des gens fussent tués, que Raynald risquât la damnation en tentant de ravir une femme du couvent, qu'un corps d'homme fût traité comme celui d'un animal ?

— Je n'y comprends rien, conclut-elle. Il faut que j'aille me coucher.

Edgar sourit.

— Excellente idée, dit-il. Moi aussi.

En imposant à son cheval un train d'enfer, Solomon parvint à Ramerupt de bonne heure ce soir-là. Il n'eut pas de mal à repérer le domicile du rabbin Jacob Tam. La maison était vaste et entourée de vignobles. Non loin de là se trouvait l'école où venaient étudier les plus grands savants talmudistes de l'Europe du

Nord. Comme dans les écoles de Paris, des hommes de tous les âges et de tous les coins du monde se rendaient à Ramerupt afin d'apprendre auprès de l'homme considéré comme la plus grande autorité vivante sur la Loi.

Jacob ben Meïr ben Samuel, le rabbin Tam, était entièrement de cet avis.

Lorsque Solomon approcha de la demeure, il vit les anciens de Troyes assis en cercle dans la cour, près du pressoir à vin, la mine déconfite. A en juger par leurs visages, leur mission avait échoué.

Solomon s'avança vers l'homme qu'il connaissait.

— Yehiel, commença-t-il, il y a des ennuis en ville. Il faut que vous rentriez tous.

Yehiel se leva, époussetant sa tunique.

— Il y a des ennuis ici aussi, dit-il. Le rabbin ne veut pas modifier la règle concernant le paiement en vin de la part des chrétiens. D'après lui, peu importe que le vin ne soit pas consacré à leurs sacrifices. Ce vin n'est malgré tout pas *halakah*. Son grand-père en a décidé ainsi et cela ne changera point.

Solomon regarda autour de lui les arpents de vignes.

— Peut-être le rabbin Tam a-t-il ses raisons à lui.

Yehiel suivit son regard.

— Certains le disent aussi. Mais pas devant lui. Maintenant, que se passe-t-il ?

— Gershom le boucher a été accusé du meurtre d'un chrétien.

Yehiel pâlit.

— Gershom ? Calembredaines !

Il se tourna vers les autres hommes.

— Cet homme apporte de mauvaises nouvelles,

annonça-t-il. Nous devons retourner à Troyes incontinent.

Solomon expliqua ce qu'il savait.

— Nos familles ! s'exclama un des hommes. Cette accusation est-elle connue à Troyes ?

— Les rues étaient noires de monde quand je suis parti, répondit Solomon.

Nul n'eut besoin d'en entendre davantage. Ils appelèrent leurs domestiques, réclamèrent leurs chevaux et s'en furent.

— A propos, demanda Solomon à Yehiel comme ils se mettaient en route, lequel des débiteurs chrétiens insiste pour payer en vin ?

— Plusieurs, répondit Yehiel. Mais le pire est Pierre, le diacre de Saint-Aventin. Et je me demande s'il n'essayait pas de nous rembourser avec du vin volé à l'église.

— En ce cas, la loi est claire.

— Oui, le vin était donc consacré et nous ne pouvions l'accepter. Voilà peut-être pourquoi les anciens n'ont pas discuté davantage. Vous ne semblez guère surpris. Avez-vous été en affaires avec cet homme, vous aussi ?

— J'ai ouï parler de lui. Il n'a pas bonne réputation non plus parmi ses congénères.

Là-dessus, ils parvinrent à la grand-route, assez plate pour qu'ils pussent chevaucher à vive allure. Les anciens, aiguillonnés par la peur, éperonnèrent leurs montures dans l'obscurité grandissante et Solomon, le souffle court, fut dans l'incapacité de poser des questions.

Les cris se firent entendre quelques heures avant l'aube.

Au début, ceux-ci se mêlèrent, dans l'esprit de Catherine, à son rêve. Elle se voyait perdue à Paris, errant dans les rues à la recherche d'Edgar, ne rencontrant que manteaux vides et étudiants aux visages falots. Puis les manteaux furent endossés par des démons à sabots qui la poursuivirent à travers les ruelles tortueuses de l'île. Elle sentait dans le cou leur souffle brûlant.

Poussant un cri, elle se réveilla.

— Edgar ! s'écria-t-elle. Je te croyais perdu !

Elle tendit la main vers lui, ne sentit que des couvertures. Prise de panique, elle enfila le premier vêtement qui lui tomba sous la main et se hâta de gagner le corridor. C'est alors qu'elle comprit que les cris et le brouhaha provenaient du Rû Corde, de l'autre côté du fleuve. Elle descendit l'escalier quatre à quatre et fit irruption dans la Grande Salle.

Là aussi régnait la confusion. La comtesse Mahaut supervisait l'accumulation de seaux et de couvertures tandis que Nocher jetait des ordres aux chevaliers et aux hommes d'armes.

— Empêchez-les seulement de pénétrer dans l'enceinte du palais, recommanda-t-il. Et méfiez-vous des incendies. La moitié de ces gens sont ivres, les autres à demi fous. Ils sont prêts à brûler n'importe quoi. (Il s'approcha précipitamment de la comtesse.) Nous avons eu un messager de l'évêque Hatto. Il envoie ses gens pour protéger la synagogue et les rues adjacentes, mais il veut savoir si vous accueillerez ici les femmes et les enfants aussi longtemps qu'il craindra pour leur sûreté. La plupart des hommes se sont apparemment volatilisés.

— Oui, bien sûr, acquiesça Mahaut. Ebeline ! Ne mouille pas toutes les couvertures ! Il nous en faut quelques-unes pour nous tenir chaud. Non, vous ne pouvez pas utiliser les salières en guise de seaux ! Vous en avez assez. Allez mouiller les toits, puis recouvrir le poulailler et le pigeonnier de couvertures mouillées.

Elle fit signe à ses gens de sortir. A l'instant où Nocher allait donner l'ordre à ses hommes de faire rentrer les Juifs menacés, elle lui lança :

— Attendez ! Faites-leur bien comprendre qu'ils ne sont pas obligés de venir s'ils n'y tiennent pas. Dites-leur que je veux seulement les mettre à l'abri, non les convertir. Est-ce clair ?

Nocher s'inclina.

— Parfaitement. Gunther ! Jehan ! Vous entendez ? Veillez à ce que vos hommes ne leur fassent pas encore plus peur que la populace.

Catherine se fraya un chemin dans la cohue, cherchant Edgar. Elle heurta Jehan, qui attendait que ses hommes prissent leur équipement.

— Avoi ! fit-il. Regardez où vous...

Il s'interrompit, la reconnaissant. Il l'examina des pieds à la tête, et se mit à sourire. Catherine suivit son regard. Elle ouvrit la bouche, horrifiée.

Elle se tenait au milieu de la Grande Salle du palais de Troyes, vêtue seulement de la chainse d'Edgar. Les manches dépassaient largement le bout de ses doigts, mais l'ourlet était loin d'atteindre ses genoux. Elle sentait ses tresses lui chatouiller les mollets.

— Eh bien ? demanda Jehan, souriant de plus belle.

— Je cherchais mon époux, répondit Catherine, se recroquevillant pour essayer d'échapper aux regards.

— Je l'ai aperçu voilà peu, vêtu de l'autre partie de votre costume, en train d'aider à asperger les dépendances. Vous n'avez donc pas les moyens de vous offrir une tenue chacun ?

Catherine ne se donna point la peine d'expliquer. Elle détala en direction de la cour, bousculant tout le monde avant de se cogner contre Edgar, qui ne portait que ses braies.

— Que se passe-t-il ? cria-t-elle en raison du tumulte.

— Quelqu'un dans une taverne a décrété qu'il y avait un complot pour tuer tous les chrétiens et s'emparer des tanneries. En un rien de temps, une cinquantaine d'hommes ivres ont pris d'assaut les boutiques des Juifs et foncé sur leurs maisons avec des torches et des gourdins. La comtesse a fait fermer la porte de la vieille ville, mais celle-ci n'a pas tenu. Et maintenant, ils envoient des chiffons enflammés par-dessus les murs.

Il s'interrompit et la considéra.

— Pourquoi portes-tu ma chainse ?

— Veux-tu que je te la rende maintenant ? lui demanda-t-elle, contrariée.

— Par le manteau de sainte Mélanie ! Bien sûr que non ! Mais va enfiler quelque chose avant de te faire violenter !

Si le conseil était avisé, Catherine n'avait pas l'intention de remonter jusqu'à leur alcôve pour y chercher ses vêtements. Elle rentra dans la salle et regarda autour d'elle. Dans un coin, elle aperçut le ballot du poète itinérant. Ce dernier n'était pas dans les parages.

Catherine s'approcha et dénicha, comme elle l'espérait, sa paire de braies de rechange. Elle les enfila prestement. Ses hanches étant un peu plus larges que celles du baladin famélique, elle pourrait se passer de ceinture. Satisfaite, elle rejoignit Edgar, qui était de corvée de seaux.

Il haussa les sourcils en l'apercevant.

— Oh, c'est beaucoup mieux ! Tiens, prends ceci.

Elle s'empara du seau plein et le donna à la personne suivante.

— As-tu vu Solomon ? demanda-t-elle. Va-t-il bien ?

— Il n'est pas revenu. Attention !

Du toit, un seau vide tomba tout près de Catherine. Elle le ramassa, le passa, prit un seau plein des mains de la personne à côté d'elle, le passa à Edgar. Et ainsi de suite, machinalement. Elle avait grandi à Paris et connaissait la peur permanente des incendies dans les villes construites principalement en bois. Si l'un de ces chiffons enflammés embrasait un toit, voire une botte de paille, Troyes pouvait être réduite en cendres le lendemain matin. Bien qu'elle commençât à avoir mal aux bras, elle n'en continua pas moins.

Quelques instants plus tard, la porte du palais s'ouvrit et les gardes firent entrer un groupe de femmes et d'enfants apeurés, serrant les maigres biens qu'ils avaient eu le temps d'emporter. Ils se pressaient les uns contre les autres, sans dire un mot, sur la défensive. Nocher leur cria d'entrer dans la salle, mais personne ne bougeait.

— Or çà, qu'y a-t-il ? leur lança-t-il. Vous me

connaissez tous. Nous t'achetons de la laine, Bella. Allez ! Entre !

La femme à qui il s'était adressé s'avança.

— Nous connaissons tout le monde dehors, seigneur, dit-elle. Ils m'achètent de la laine également. Nous prenons notre eau au même puits et nos enfants s'écorchent les genoux en jouant aux mêmes jeux. Et demain, quand ils auront brûlé nos maisons et repris toutes leurs reconnaissances de dettes, ils seront navrés, mais c'est notre faute puisque nous ne croyons pas en votre Dieu. Qu'espérer d'autre ?

— Par l'épée de saint Maurice, marmonna Nocher. Qu'espérez-vous, en effet ? (Puis, plus fort :) Vous êtes sous l'autorité de l'évêque et du comte. Ils ont juré de protéger vos personnes et vos biens. Personne ici ne vous fera de mal. Entrez dans la salle et attendez que nous rétablissions l'ordre.

Bella tint un conciliabule avec les autres. Finalement, avec des haussements d'épaules résignés, ils obtempérèrent. Bella s'attarda pour parler à Nocher en particulier. Mais Catherine était assez proche pour entendre.

— Mon fils et plusieurs autres garçons sont allés à la yeshiva afin de protéger les livres saints, lui dit-elle. Ils combattront quiconque ose s'attaquer à eux. Si l'archevêque et le comte sont incapables de retenir les habitants de cette ville, il y aura du sang chrétien aussi bien que juif répandu ce soir.

Nocher ôta son heaume et s'essuya le front.

— Il n'y aura plus de meurtre, déclara-t-il. Et ceux qui rompront la paix imposée par le comte seront châtiés, quels qu'ils soient.

— Alors dites à l'archevêque de chercher parmi les

siens ceux qui incitent les hommes à la violence ! Le diacre de Saint-Aventin et son acolyte étaient ce soir dans les rues et prêchaient la destruction sainte.

Là-dessus, elle lui tourna le dos et rejoignit les autres dans la salle.

Le corps de Catherine vacillait toujours, même après que quelqu'un eut pris sa place dans la chaîne en l'écartant doucement. Edgar et elle se dirigèrent vers la cuisine, où l'on servait des parts de bouillie d'avoine froide et solidifiée. Ils en mangèrent avec gourmandise, se pourléchant les doigts.

— Edgar, dit Catherine, suçant son pouce graisseux, je viens de songer que nous n'avons pas dormi une nuit entière depuis nos épousailles. J'aurais pu aussi bien rester au Paraclet et prier toute la nuit !

— Et manquer cette récréation ? répliqua-t-il en lui passant le bras autour de la taille.

Elle posa la tête sur son épaule.

— Catherine ? lui demanda-t-il au bout d'un moment. Es-tu endormie ?

— Je pensais, voilà tout.

— A ce que nous devrions faire maintenant ?

— Non, répondit-elle en bâillant. Je me disais que tu avais un nez magnifique. Je raffole de ton nez.

C'était la chose la plus charmante qu'on lui eût jamais dite. Catherine se cala plus commodément au creux de son épaule. Ils s'endormirent, appuyés contre une charrette dans la cour et ne s'éveillèrent que bien après l'aube.

L'évêque Hatto en personne était sorti cette nuit-là. A la tête des chevaliers, il déversa sa colère sur les émeutiers. Soit par crainte d'être excommuniée, soit par peur d'être passée au fil de l'épée, la populace se laissa finalement convaincre de se disperser sans se livrer aux exactions envisagées. Lorsque les *parnassim* arrivèrent le lendemain après-midi, ils trouvèrent leurs épouses à la maison, en train de ranger les objets de valeur, et leurs fils sur la place devant l'église de Saint-Frobert, servant aux chevaliers du comte et à l'archevêque une barrique de leur meilleur vin.

Les anciens approuvèrent cette initiative et répartirent le coût entre les familles. Puis ils choisirent une délégation ayant pour mission de se rendre au tribunal afin de négocier la libération de Gershom, le boucher.

A son réveil, Catherine avait été accueillie par un poète courroucé, exigeant la restitution de ses braies. Une fois la question réglée ainsi que quelques autres, elle s'inquiéta de nouveau de Solomon.

— Il me paraît que nous devrions partir à sa recherche, dit-elle à Edgar.

— Catherine, Solomon est plus à même que nous deux de se défendre. Il l'a prouvé quand il m'a sorti des griffes de ton ami, Jehan, l'hiver dernier.

— N'empêche, il a peut-être besoin d'aide. Et, de toute façon, je souhaiterais découvrir ce qui, ou qui, a encore monté la tête de tout le monde. Les choses me paraissaient calmes en ville une fois la preuve apportée que Lisiard avait été tué dans l'enceinte du palais.

— Tu penses que c'est Pierre de Baschi, ainsi que cette femme l'a dit à Nocher, n'est-ce pas ?

— Oui, pas toi ? Mais je me demande bien quel était son acolyte. Impossible que ce fût Joseph. Crois-tu qu'il pût s'agir de quelque autre membre de l'église de Pierre ?

— Dieu sait pourquoi, j'ai l'impression que l'autre homme n'était pas clerc. Si cette femme le connaissait, peut-être d'autres le connaissent-ils aussi. Pourquoi ne pas aller sur la place près des tanneries afin d'y glaner quelque information ?

Les rues étaient jonchées des débris de la nuit précédente : vaisselle brisée, étals éventrés, flaques de bière couvertes de mouches. En chemin, ils faillirent trébucher contre une charrette à bras débouchant sur la route.

— Regardez où vous allez ! cria Edgar.

Mais au lieu de céder le passage, l'homme qui tirait la charrette fit halte et les observa. Catherine l'examina à son tour, ne découvrant rien de bien intéressant. L'homme était voûté et avait une jambe si torse qu'il semblait marcher sur la cheville. Il n'était pas rasé et avait les cheveux collés.

— Je ne vous connais pas, dit l'homme. Or je connais tout le monde à Troyes. Vous êtes des étrangers. Bien nés, à en juger par votre mise. Vous devez être ceux qui ont mis des bâtons dans les roues des assassins de Lisiard, non ?

Edgar fit négligemment glisser la main sur son couteau, débouclant le fourreau.

— Qu'en savez-vous ? questionna-t-il. Qui êtes-vous ?

L'homme sourit. Les dents qui lui restaient étaient brunes.

— Je m'appelle Lascho, répondit-il en guise d'explication.

Ils attendirent.

— C'est moi qui ramasse les ordures, poursuivit-il. Et j'ai vu les hommes qui ont accroché le pauvre vieux Lisiard dans l'échoppe de Gershom.

14

La Grande Salle du palais, fête de saint Léon,
jeudi 11 avril 1140

ve'ilu shekufin 'oto lehotzi' : mukkah shechin [...] veha-mekametz, vehametzaref nehoshet vehaburesi...

*« Et voici ceux qui sont obligés de libérer leurs épouses : un qui souffre de furoncles [...] le ramasseur de crottes, le fondeur de cuivre, et le tanneur... » (*Mishna Ketubot, *7, 10).*

— Je suis le meilleur ramasseur de crottes de Troyes, madame la comtesse, déclara Lascho. D'un seul coup d'œil, je puis vous dire quel animal les a laissées. Les fientes de cheval et de bétail, je les vends aux fermiers, les crottes de chiens aux tanneurs. Les excréments humains, ce n'est bon à rien. Je me contente de les jeter dans le canal. Mais je range tout ça bien proprement dans ma charrette. Et je ramasse tout. Quand avez-vous marché pour la dernière fois dans des excréments en vous rendant à la messe ?

La comtesse Mahaut considéra l'homme debout devant elle comme s'il eût appartenu à une autre espèce. Il était brun des pieds à la tête ; il avait des touffes de foin dans les cheveux et sur ses vêtements : son état et lui semblaient ne faire qu'un. Pourtant son identité et son honnêteté avaient été attestées par le nombre requis d'habitants de la ville. Son témoignage devait donc être pris en compte.

— Je suis heureuse d'entendre que tu fais si bien ton travail, déclara-t-elle. Je porterai le fait à l'attention du comte Thibault dès son retour. Or çà, l'on me dit que tu as des éléments à me confier concernant le meurtre de ce Lisiard. Qu'en est-il ?

Lascho plissa le front, faisant effort pour formuler sa réponse. On l'avait averti des risques qu'il encourait, ici-bas et dans l'autre monde, à donner de fausses informations.

— Ma foi, pas sur le meurtre lui-même, éluda-t-il. Je n'y ai point assisté. Sinon, je serais allé voir l'archevêque ou le comte Nocher. Mais j'ai aperçu ceux qui l'ont emporté et suspendu comme une pauvre bête. Oui, j'ai vu ça.

Il se tenait au milieu de la salle, partagé entre terreur et bravade. Il n'était jamais entré dans une demeure aussi somptueuse. Depuis la mort de sa mère, on l'avait rarement laissé pénétrer dans une maison. Les tanneurs lui permettaient d'utiliser leurs remises par les nuits froides ou pluvieuses ; autrement, il dormait sous le porche d'une église. Pour manger, il payait quand il pouvait et mendiait lorsqu'il n'avait pas un sou vaillant. Il était de ceux qui passaient totalement inaperçus dans Troyes.

Or il était à présent le point de mire.

— Raconte-nous ce que tu as vu, alors, l'encouragea Mahaut.

Lascho inspira à fond.

— C'était hier matin. L'aube était proche, il ne restait plus que quelques étoiles dans le ciel. Je dormais sous le porche de Saint-Urbain, mais je savais que les chanoines n'allaient pas tarder, et je voulais quitter l'endroit pour éviter qu'ils ne me marchent dessus. (Il marqua une pause.) Ça arrive souvent. Ils ne me voient pas. Alors ils jurent, ce qui les agace encore plus, et me bourrent de coups de pied pour faire bonne mesure. Comme je traversais la ruelle menant à Saint-Jacques, où il fait moins chaud mais où je suis dérangé plus tard, j'ai aperçu deux hommes qui traînaient quelque chose.

— Il faisait encore sombre, intervint la comtesse. Comment as-tu pu distinguer de quoi il s'agissait ?

— Oh, je n'ai pas pu. Mais ça ne me paraissait pas honnête de trimbaler Dieu sait quoi avant le lever du soleil. Alors je me suis caché derrière une rangée de barriques et j'ai ouvert l'œil. Ils sont passés juste sous mon nez et j'ai entendu l'un d'eux dire : « Crénom, il est lourd ! » Et l'autre a répondu : « Ce bougre de bricon passait tout son temps aux cuisines. Nous n'allons jamais pouvoir le suspendre au crochet du boucher. »

Comme tout le monde, Catherine sursauta. Pauvre Lisiard ! Raillé même par ses assassins... Mais, à première vue, Lascho disait la vérité. Il n'aurait pu savoir autrement que Lisiard préférait la bonne chère à la guerre. Car on ne l'aurait laissé s'approcher d'une cuisine et il ne pouvait donc connaître ces commérages.

Mahaut attendit que cesse le tohu-bohu. Elle se pencha alors en avant et demanda tranquillement :

— As-tu reconnu les deux hommes ?

Lascho tripota nerveusement sa barbe. Il mit une minute à essayer d'en dégager sa main, secoua la tête.

— Il faisait trop sombre. L'un était grand et large d'épaules, l'autre beaucoup plus petit. Ils n'ont rien dit d'autre. Je n'ai pas reconnu les voix, j'en suis marri. Aurai-je quand même une miche de pain ?

— Comment ? fit Mahaut, polie, mais perplexe.

— Ces deux-là m'ont dit que, si je venais avec eux et relatais mon histoire, je pourrais avoir une miche entière toute fraîche et une chope de bière.

Il tendit le doigt vers Catherine et Edgar. Ce dernier s'avança.

— En effet, dit-il, je lui ai promis à manger s'il vous faisait part de ce qu'il nous avait raconté. Pardonnez ma présomption, madame la comtesse.

Mahaut hocha la tête et fit un geste à l'adresse de Conon, son chapelain.

— Faites conduire cet homme auprès d'Isembard, ordonna-t-elle. Dites-lui que Lascho nous a été fort utile dans notre enquête pour retrouver les assassins de son neveu. Qu'on lui serve à manger et à boire tout ce qu'il voudra.

Stupéfait de cette largesse, Lascho en eut les larmes aux yeux.

— Merci, madame la comtesse, merci, répéta-t-il. Puisse Notre-Seigneur vous récompenser de votre bonté.

Mahaut sourit comme il sortait.

— Les bénédictions des plus pauvres sont les premières à atteindre les oreilles de Dieu, observa-t-elle. Les congénères du boucher sont-ils là pour témoigner en sa faveur ?

— Oui, madame, dit le chambellan. Ils ont parlé à

Gershom et attendent dehors pour attester de son innocence.

Lorsque entrèrent les parnassim de Troyes, Catherine fut soulagée de voir Solomon parmi eux. Edgar et elle, dont le rôle était terminé, allèrent s'asseoir contre le mur. Catherine fit signe à son cousin de les rejoindre.

Elle se pressa contre lui.

— J'ai eu si peur pour toi hier soir, chuchota-t-elle. Tu aurais dû rester avec nous.

Solomon se dégagea.

— Tu ne cesses d'oublier, Catherine, que je ne suis pas l'un des vôtres. Mon devoir était d'aider mon frère Gershom. Je ne respecte pas la Loi comme les tovim de cette ville, mais je ne suis pas homme à me cacher sous un faux nom pour vous laisser, vous autres chrétiens, tuer l'un des nôtres. Ni homme à me barricader chez moi.

— Certes non ! (Catherine sentit que ses reproches ne s'adressaient pas seulement à elle.) Tu l'as prouvé à maintes reprises. Je ne m'inquiétais que pour toi.

Solomon hocha la tête et lui serra la main.

— C'est généreux de ta part, Catherine, soupira-t-il. Pardonne-moi. Je n'ai pas fermé l'œil de la nuit. Naturellement, les anciens ont refusé de prendre du repos alors que l'un des leurs est en danger. J'ai la gorge asséchée par la poussière de la route et mal au dos à force d'avoir chevauché.

— Il me reste de ce baume à la graisse d'oie, proposa Edgar.

— Gardez-le, dit Solomon en riant. Vous en aurez peut-être encore besoin.

Il se leva.

— Les parnassim veulent faire votre connaissance à tous deux, reprit-il, quand ils auront fini de négocier. Ils souhaitent vous inviter chez le rabbin Samuel cet après-midi.

Catherine s'avisa de son propre épuisement. Quant à ses cheveux, ils n'avaient pas vu de peigne depuis un certain temps. Au Paraclet, en ce même instant, on devait ranger les manuscrits ainsi que le nécessaire à écrire, et se préparer pour la sexte. Elle avait du mal à croire qu'elle était seulement partie quelques jours plus tôt. Elle était dans un autre monde.

Un échange entre Edgar et Solomon lui avait échappé.

— Fort bien, disait Solomon. Je reviendrai vous chercher alors.

Edgar prit Catherine par le bras.

— Il nous faut remercier la comtesse de son hospitalité, lui dit-il. Solomon propose que nous passions la nuit prochaine dans le quartier juif et partions demain en compagnie de négociants en vin.

— Mais *quid* de Lisiard ? s'indigna Catherine. Et puis nous devions nous enquérir de cette terre pour mère Héloïse et...

— Nous pourrons nous en occuper cet après-midi. Les anciens seront peut-être en mesure de nous aider.

Il lui faisait monter l'escalier en toute hâte, presque avec brutalité, lui pinçant le bras.

— Edgar, qu'y a-t-il ? Qu'est-ce qui ne va pas ?

Il ne dit mot avant qu'ils n'eussent regagné leur alcôve. Catherine eut le regret de constater que le lit avait disparu. Leurs effets étaient en pile par terre.

— *Carissima,* dit-il, la serrant contre lui.

Le cœur d'Edgar battait contre sa poitrine. Elle

passa les doigts sur ses côtes. Il était trop maigre ; elle sentait chacune d'elles.

— *Dilectissime,* murmura-t-elle.

Il lui caressa le menton. Maintes fois elle s'était révélée forte, mais à ses yeux, elle paraîtrait toujours fragile. Il releva son visage vers le sien.

— Catherine, nous sommes venus ici parce que ton père voulait te savoir à l'abri. Nous devions poser quelques questions simples, sans bruit, discrètement. Nous avons échoué à tous les points de vue. (Il l'embrassa.) Ma chérie, tu n'es pas quelqu'un de discret !

Catherine repensa au comte Raynald et au père de ce dernier. Elle avait dû en effet leur laisser un souvenir impérissable...

— Es-tu donc en train de me suggérer que nous devrions prendre la fuite ? demanda-t-elle.

— Bien sûr que non. Jamais. Mais nous ne pouvons guère faire plus ici. C'est à Nocher et à la famille de Lisiard de trouver ses assassins. Si, comme nous le croyons, sa mort est liée à celle d'Alys et à l'attribution de son bien, alors tout cela doit être porté à la connaissance de l'abbesse Héloïse dès que possible. N'es-tu pas d'accord ?

— Si..., répondit-elle sans conviction. Mais pourquoi ne resterions-nous pas ici quelques jours de plus pour obtenir les renseignements que nous recherchons.

En guise de réponse, Edgar tendit la main et tira le rideau dissimulant l'alcôve. Au même instant, ils entendirent un froissement d'étoffe et entrevirent une ombre qui se précipitait dans l'escalier en colimaçon. Catherine hocha la tête, écarquillant les yeux.

— Bien entendu, dit-elle. Ceux qui n'ont pas craint de tuer un homme vivant ici, entouré de sa famille et de ses amis, ne se feraient point scrupule d'assassiner deux étrangers esseulés. J'aimerais bien savoir de quoi il retourne.

— Pour le moment, Catherine, je m'en moque. L'abbé Bernard dit qu'un homme curieux est un homme vide. Peut-être pas vide au point de Lisiard, mais je préfère malgré tout vivre dans l'ignorance un peu plus longtemps...

— Jusqu'à quand ? Je ne tiens pas la curiosité pour péché si elle mène à la vérité.

Edgar sourit.

— Moi non plus. Je suis disciple de maître Abélard au même titre que toi. Mais je crois que nous devrions refréner notre soif de connaissance jusqu'à ce que nous soyons loin du palais, à l'abri des regards indiscrets.

Catherine frissonna comme si une main glacée lui eût soudain serré le cou.

— Pourquoi ne pas attendre Solomon dans la cour ? suggéra-t-elle cependant qu'ils rassemblaient leurs affaires. Personne ne viendra nous y espionner à notre insu.

Lorsqu'ils arrivèrent chez le rabbin Samuel, on leur offrit de l'eau pour se laver, puis des gâteaux au miel et du vin contenant des brins de menthe. Une fois qu'ils furent bien installés, les anciens entrèrent et les remercièrent.

— Si vous n'aviez pas parlé en sa faveur, le pauvre Gershom aurait pu être tué avant notre retour, dit Samuel à Catherine. Vous êtes la digne fille d'Hubert, notre frère perdu. *Todah rabah* à vous deux.

— Solomon nous a expliqué que vous étiez venus

ici pour vous renseigner sur une terre sise dans la forêt d'Othe, ajouta l'un des anciens. Nous avons nous-mêmes constaté que l'on s'intéressait à cette contrée depuis quelque temps. Pierre de Baschi et Guillaume, le père de Raynald de Tonnerre, voulaient tous deux savoir si nous avions des nantissements sur des terres de la région et pour combien ils pouvaient nous les racheter.

— Mais Joseph ben Meïr dit que Pierre lui devait de l'argent, objecta Edgar, et nous savons aussi qu'il a emprunté de l'argent aux religieuses du Paraclet. Comment pourrait-il racheter des nantissements alors qu'il croule sous les dettes ?

— Cela, je ne saurais vous l'expliquer, répondit l'ancien. Mais Nicolas de Montièramey, le chapelain de l'évêque Hatto, m'a révélé que certains personnages haut placés étaient disposés à se porter garants pour lui.

— Vraiment ? s'étonna Catherine. Mais pourquoi ne veulent-ils pas avoir affaire à vous directement ?

L'ancien haussa les épaules.

— Beaucoup ne tiennent pas à avouer qu'ils font du négoce avec nous, surtout les gens d'Eglise pour lesquels tout ce qui a relent d'usure sent le soufre. Nous avons toujours admiré l'abbé Suger de Saint-Denis pour ses rapports francs et directs avec les Juifs. La plupart des clercs refusent de risquer leur réputation.

— Et pourtant, ils semblent prêts à risquer le salut de leur âme pour acquérir cette terre, riposta Catherine. Qu'a-t-elle donc de particulier ? Etes-vous déjà allés dans cette forêt ?

Le rabbin Samuel hocha la tête.

— Je l'ai traversée. Ce n'est qu'une forêt. La plus grande partie de l'Othe n'est pas exploitée. Elle est plantée de chênes et de marronniers. Ils pensent peut-être pouvoir tirer bénéfice du bois. Avec le nouvel engouement pour l'art de bâtir, on aura besoin de longs madriers pour les toitures. Suger a dû accomplir un miracle afin de trouver suffisamment de bois pour celle de Saint-Denis.

Solomon se mit à rire.

— Il est allé lui-même le chercher, vous voulez dire ! Son charpentier a essayé de lui faire croire qu'il n'y avait plus d'arbres assez grands et qu'il devait en acheter ailleurs. Il n'imaginait pas que l'abbé retrousserait sa soutane et irait crapahuter lui-même dans la forêt afin de marquer les arbres qui convenaient pour servir de madriers !

Le rabbin Samuel se mit à rire aussi.

— Plus d'un a regretté d'assimiler la taille de l'abbé à sa finesse d'esprit. Plutôt que de prouver au charpentier sa supercherie et faire ainsi naître quelque ressentiment, Suger a simplement proclamé qu'il s'agissait d'un miracle. Les arbres avaient poussé du jour au lendemain en réponse à ses prières.

— Peut-être, dit Catherine. Peut-être Raynald et les autres veulent-ils cette forêt pour en vendre le bois. Henri Sanglier cherche des matériaux pour sa nouvelle cathédrale à Sens, d'après ce que j'ai entendu dire, mais cela ne suffit pas à expliquer pourquoi ils sont prêts à tuer. La plus grande partie du monde est recouverte de forêts.

— Nous ne saurions répondre à cette question, regretta le rabbin Samuel. Et nous ne savons pas pourquoi le pauvre Gershom a été impliqué dans cette affaire entre chrétiens. Il ne prête pas d'argent ; il n'est que boucher.

— Peut-être son échoppe est-elle la première qu'ont trouvée les deux hommes, suggéra Edgar. D'après Lascho, ils chancelaient sous le poids du corps.

— Non, l'échoppe de Gershom n'était pas la plus proche, objecta le rabbin Samuel. Ils ont choisi Gershom pour une autre raison.

— Que se serait-il passé si le corps avait été découvert dans l'une de vos maisons ? demanda Catherine.

Il y eut une brève consultation en hébreu.

— La Loi est assez claire sur ce point, répondit le rabbin. Nous aurions recherché sa famille. Si nous n'avions pas trouvé de parents, nous aurions payé sa sépulture parmi ses congénères.

— Mais y aurait-il eu un tel tollé ?

— Peut-être. Qui sait ? Il n'aurait assurément pas été découvert par des chrétiens. Nous aurions eu le temps d'aller trouver qui de droit. Certes, il eût été aussi difficile de prouver que nous n'étions pour rien dans sa mort. Vous pensez que ses assassins avaient l'intention de fomenter une émeute contre nous ?

— Ma foi, l'idée m'a traversé l'esprit... (Catherine hésita. Maintenant qu'elle y avait pensé, la chose lui paraissait évidente et elle ne voulait pas embarrasser ces érudits. Néanmoins...) Si le but était de trouver des nantissements, une émeute permettant de mettre à sac vos maisons fournissait une excellente occasion de les chercher.

— Mais tous les documents sont en hébreu, fit observer le rabbin.

— Certains chrétiens savent déchiffrer l'hébreu, insista Catherine. Même l'abbesse Héloïse le lit un peu. Elle l'a étudié à Paris quand elle habitait avec son oncle. C'est l'une des raisons pour lesquelles elle a quitté Argenteuil, où elle était pensionnaire. Elle voulait étudier l'hébreu et assister aux cours en même temps. Bien sûr, ajouta-t-elle, essayant d'imaginer Héloïse en ce temps si lointain, elle a alors fait la connaissance de maître Abélard.

Le rabbin Samuel ne s'intéressait pas au passé d'Héloïse, mais fut manifestement étonné d'apprendre qu'Abélard pouvait avoir quelque teinture d'hébreu.

— Pierre de Baschi a bien étudié à Paris et à Melun, où se trouvent des savants hébreux, dit-il. C'est possible. Un certain nombre de chrétiens sont venus chez nous. Je n'aurais jamais pensé que Pierre de Baschi le ferait, mais malgré tout... Il nous a entendus parler de choses diverses. Quand j'y songe... J'ai été un imbécile.

— Pouvez-vous aider les religieuses du Paraclet à recouvrer ce qu'elles ont prêté au diacre Pierre ? demanda Edgar.

— Je l'espère de tout cœur, ne serait-ce que pour vous remercier du service que vous nous avez rendu. Toutefois, il a des amis puissants. Il faut que vous alliez trouver l'un d'eux. Le Paraclet est sous la juridiction de l'archevêque Hatto, n'est-ce pas ?

— Oui.

— Pourquoi ne pas le lui demander ?

— Je ne sais..., admit Catherine. Mère Héloïse ne l'a pas suggéré. Peut-être fait-il aussi partie de ces gens puissants qui cherchent à s'emparer de cette terre.

— Je suis désolé, déclara le rabbin. Je n'ai aucune autorité pour forcer cet homme à nous payer, et encore moins à rembourser votre abbesse. En définitive nous serons peut-être contraints de nous adresser nous-mêmes à l'évêque, ou bien au comte Thibault, pour obtenir quelque intérêt sur ce que nous lui avons prêté.

— J'aimerais au moins connaître le propriétaire de la terre adjacente à celle léguée par Alys au couvent, insista Catherine.

— Joseph, le marchand de vins, aurait pu vous renseigner partiellement. Lui aussi a une hypothèque là-bas. Dans la forêt d'Othe, la terre est divisée entre le comte de Tonnerre, Gauthier de Grancy et le monastère de Vauluisant.

— Ma foi, nous savons que Vauluisant ainsi que Raynald de Tonnerre ont manifesté un certain intérêt, dit Edgar. Et si l'on prouve la culpabilité de Gauthier dans l'agression d'Alys, ses terres pourraient fort bien être confisquées. Si seulement nous pouvions le retrouver !

Le visage du rabbin Samuel s'éclaira.

— Sur ce point au moins, nous pouvons vous aider. Gauthier se cache dans la forêt en compagnie de l'ermite de Lailly.

— Quoi ?

— De qui ?

— Comment le savez-vous ?

Catherine, Edgar et Solomon avaient tous parlé en même temps. Le rabbin parut ravi de l'effet produit.

— Yehiel l'a vu la semaine dernière en rendant visite à Gaufridus, répondit-il. Yehiel, viens ici.

L'ami de Solomon s'avança. Comme il avait une trentaine d'années, le terme d' « ancien » devait être honorifique. Vu sa carrure, il tenait plus du forgeron que de l'érudit, mais Catherine remarqua ses mains, douces et blanches. Seul le majeur de sa main droite arborait un cal. Catherine en avait acquis un semblable à force de tenir une plume.

— Je te l'aurais dit, Solomon, s'excusa Yehiel. Je savais qu'il se cachait de Raynald et de Guillaume. Je ne m'étais pas avisé que vous le recherchiez aussi. Il vit dans une hutte près de la chaumière de l'ermite. Il semblait assez heureux quand je l'ai vu. Il envisageait même de se consacrer à la vie contemplative.

Samuel hocha la tête, satisfait.

— J'aurais dû moi-même songer à vous envoyer là-bas. J'ignore le lien qui peut exister entre nous et l'assassinat du neveu du cuisinier ou de la comtesse de Tonnerre, mais si lien il y a, Gaufridus sera au fait. Il a beau ne pas s'en rendre compte, on lui dit tout ce qui se passe dans la forêt. Si quelqu'un a l'intention de l'abattre pour construire des cathédrales, c'est lui qui vous le dira. Il se plaint assez des dégâts causés par les charbonniers. Oui, c'est l'homme que vous devez voir.

Catherine et Edgar se regardèrent.

— N'y a-t-il personne d'autre ? demanda Edgar, se faisant l'interprète de leur pensée commune. Consulter les ermites ne nous a guère réussi, à Catherine et moi.

Le rabbin se mit à rire.

— Peut-être en ira-t-il encore de même. Cela dépendra de son humeur. Mais si vous voulez élucider ce mystère, vous aurez besoin de son aide.

— Où pouvons-nous le trouver ? s'enquit Edgar.

— Son ermitage est dans la forêt à moins d'une demi-lieue du village de Lailly, répondit Yehiel. Les gens du cru vous l'indiqueront.

— Si vous êtes prêts à vous mettre en chemin

demain matin, ajouta Samuel, des frères en provenance de Lyon se rendent à Sens. Vous pouvez voyager avec eux.

Edgar se tourna vers Catherine.

— Qu'en penses-tu ?

— Nous n'avons pas le choix. Nous avons promis de trouver des réponses. Nous ne pouvons nous abstenir de consulter quelqu'un susceptible de nous les fournir.

— Voilà qui est réglé, alors. (Le rabbin Samuel claqua des mains.) Pour vous remercier de votre aide, Gershom a rôti le premier agneau de printemps. Quant au vin de l'automne dernier, il doit être bon à boire. Ce soir, nous festoyons. Serez-vous des nôtres ?

De l'agneau et du vin nouveau. Catherine en eut l'eau à la bouche.

— Nous en serions honorés, assura Edgar.

Ce soir-là Solomon resta avec eux. Des tables avaient été dressées dans la cour de la maison du rabbin Samuel et tous les Juifs de Troyes étaient là pour la fête. Solomon mangea tellement qu'il faillit exploser. Du moins c'est ce que craignit Catherine.

— Je ne savais point que tu étais un tel glouton, lui lança-t-elle.

— C'est parce que d'ordinaire tu me vois contraint de manger *trafe*, répliqua-t-il. Quel plaisir de manger de nouveau si bonne chère !

Il arracha un autre morceau de pain, imbibé du jus de l'agneau.

— Je n'avais pas pensé à cela, admit Catherine. Je savais que les Juifs refusaient de manger à la table des chrétiens, mais toi, tu ne t'en prives pas. Pourquoi ?

— Je mange ce qu'on me sert, riposta Solomon avec humeur. Te plairait-il de me voir mourir d'inanition ? Seulement, la prudence me dicte parfois de me faire passer pour « Stéphane » et il semblerait alors bizarre que je dédaigne le contenu de mon assiette. Mais pas de porc ! Ça, je ne l'ai jamais fait, quelles que fussent les circonstances. Je ne pourrais pas. Nous ne le digérons pas, c'est un fait avéré.

Catherine pensa à son père, qui avalait à profusion des soupes relevées de porc salé. En hiver, c'était souvent la seule viande disponible. Comment avait-il survécu ? Le baptême, même forcé, changeait-il l'estomac tout comme l'âme ? Il lui faudrait demander son avis à maître Abélard.

Juste avant qu'on ne les conduisît à leur lit, le rabbin Samuel s'approcha de Catherine et d'Edgar.

— Les membres de notre communauté tiennent à vous faire savoir qu'ils ne se désintéressent pas des questions que vous souhaitez résoudre, déclara-t-il tranquillement. Nous vivons parmi vous, parlons la même langue, faisons négoce aux mêmes marchés ; ce qui se passe à la cour de vos rois et dans les abbayes de vos moines nous affecte pareillement. Nous craignons que ces morts et ces rivalités pour la possession d'une terre ne soient que la partie d'un tout. Il nous effraie fort de servir apparemment de boucs émissaires. Nous voulons que vous découvriez les assassins de Lisiard. De toute façon, le pauvre Gershom ne se sentira plus en sûreté dans son échoppe. Le fait d'avoir été traîné dans les rues l'a terriblement marqué. Il a juré de ne plus jamais vendre aux chrétiens, dût-ce sa décision causer sa ruine. Aucun d'entre nous ne respirera en paix tant que les coupables ne seront pas traduits devant le comte et désignés aux habitants de Troyes. Il ne suffit point de clamer notre innocence si le meurtrier court toujours.

— Nous ferons notre possible, promit Edgar. Mais j'ignore notre marge de manœuvre.

Le rabbin Samuel lui sourit.

— Vous êtes assurément un jeune homme captivant. Catherine a grandi à Paris et, avant même d'entendre parler de la famille de son père, elle nous connaissait. Mais à vos yeux, nous devons sembler totalement étrangers. Et pourtant vous partagez notre repas et nous offrez votre aide. Cela me stupéfie.

Edgar haussa les épaules.

— Tout ce qui concerne la France m'est étranger. J'ai été élevé dans la haine des Normands et des Danois, ainsi que de plusieurs familles du voisinage, mais pas des Juifs. Nous réservons notre animosité aux ennemis qui nous entourent. Rien d'étonnant à ce que je n'en aie point pour vous.

Le rabbin secoua la tête.

— Néanmoins je ne vous cache pas ma satisfaction et vous demande d'agréer ma reconnaissance pour votre sollicitude. Bonne nuit.

Après son départ, alors que tous deux étaient couchés, Catherine se tourna vers Edgar.

— Crois-tu vraiment que nous devions perdre notre temps avec cet ermite ? s'inquiéta-t-elle, ses doigts tambourinant sur sa poitrine.

— Je pense que nous devons retrouver Gauthier de Grancy. S'il séjourne avec ce Gaufridus, il ne nous en coûtera guère de lui parler également.

— Je suppose, dit Catherine sans grande conviction. Mais j'ai l'impression que nous nous éloignons des réponses. Je voulais trouver l'occasion de reparler à la mère d'Alys. Elle a été complètement prise de court quand Raynald lui a soutenu que Paciane était toujours vivante. Et j'ai été stupéfaite de l'entendre dire qu'Alys n'avait que des goûts superficiels. Voilà qui est fort étrange dans la bouche d'une mère parlant de son enfant morte, ne trouves-tu point ?

— Mmm ? fit Edgar, à moitié endormi. Oh oui, je suis entièrement d'accord.

Il y eut un instant de silence.

— Catherine ?

— Oui, *carissime* ?

— Si tu veux continuer à promener tes doigts comme tu le fais, te dérangerait-il de le faire plus bas ?

Catherine déplaça la main. Il y eut un autre instant de silence.

— A vrai dire, Edgar, cela me paraît inutile.

Edgar se sentait nettement moins ensommeillé. Il roula vers elle.

— Tu as peut-être raison, chuchota-t-il. Pouvons-nous oublier Alys un moment ?

Catherine s'enroula autour de lui.

— Je n'y vois pas d'inconvénient.

15

La forêt d'Othe, mardi 16 avril 1140

Il a trové l'ermite son cortil encloant,...
« Amis, dist le ermites, qui fu de bone vie
Et de grant carité, 'hui mais n'en irés mie ;
De la moie viande arés une partie »...

« Il trouva l'ermite dans son jardin clos,...
"Ami, dit l'ermite, qui était homme de bonne volonté
et de grande bonté, Vous n'irez pas plus loin
aujourd'hui,
*Vous partagerez mon repas..." » (*Elioxe, *Laisse 56-57).*

Voyager avec un groupe de marchands donna l'impression à Catherine de se retrouver petite fille. Elle avait toujours aimé les rires, les chants et les histoires des hommes au cours du trajet. A cette époque-là, elle riait et chantait avec eux, puis somnolait contre le dos de son père, sans jamais se rendre compte que les hommes chevauchaient avec un œil sur la forêt et une main sur leur couteau.

Aujourd'hui elle somnolait contre l'épaule d'Edgar, savourant la chaleur du soleil sur son dos, négligeant sa joue irritée par le manteau de laine de son époux. En guirlandes dorées, la lumière filtrait de biais à travers les arbres, et la forêt resplendissait de ses jeunes feuilles. Toutes les histoires de monstres ou de hors-la-loi censés hanter les bois pour y traquer faibles et imprudents paraissaient improbables par une journée pareille. Catherine n'avait jamais vu de monstres dans la forêt ; pour autant qu'elle pouvait en juger, on risquait davantage d'en croiser dans les rues des villes et dans les couloirs obscurs des châteaux.

Ils arrivèrent au village de Lailly en début d'après-midi. Comme il n'y avait pas de Juifs pour les héberger pour la nuit, la plupart décidèrent de pousser jusqu'à Sens. Yehiel proposa de rester.

— Je pourrai ainsi vous présenter à Gaufridus, expliqua-t-il. Avec lui, mieux vaut être accompagné de quelqu'un qu'il connaît.

— Comment l'avez-vous rencontré ? s'enquit Edgar. Est-il aussi négociant ?

— Certes non ! Il ne s'intéresse nullement à ces affaires-là. Il ne se salirait point les mains en touchant de l'argent.

— Alors comment avez-vous fait sa connaissance ? répéta Catherine.

— Oh, par l'entremise d'un ami qui me l'a présenté, tout comme je vous conduis à lui aujourd'hui.

Ils le regardèrent avec suspicion. De toute évidence, Yehiel leur cachait quelque chose. Il manquait étouffer de rire.

Solomon avait eu d'abord l'intention de continuer jusqu'à Sens en compagnie des autres, puis de prendre une barge pour retourner à Paris. Il était plus inquiet qu'il ne l'avait avoué de l'agression dont avait été victime Eliazar, et voulait croire que son oncle se remettait. Mais, en observant Yehiel, il décida de rester avec Catherine et Edgar. Yehiel avait une réputation de filou et l'air d'un homme qui prépare une plaisanterie. Solomon se sentit investi du devoir familial d'éviter à Catherine d'en faire les frais.

Le chemin menant du village à la hutte de l'ermite portait la trace de nombreuses allées et venues. Quelqu'un avait même placé une série de rondins en travers d'un passage boueux, prévenance qu'on rencontrait rarement sur les routes entretenues par les seigneurs du cru. En approchant de la hutte, ils entendirent les disputes de chèvres querelleuses.

— Il élève des chèvres ? questionna Catherine.

— Non, c'est sa sœur, répondit Yehiel. Elle habite le village avec sa famille et envoie chaque jour l'un de ses enfants pour désherber le jardin, traire les chèvres et porter son repas à l'ermite.

— Je vois, dit Catherine.

Mais elle était perplexe. La maison ne ressemblait guère à un ermitage traditionnel. Un ermite n'est-il pas censé s'exiler loin de chez lui pour vivre de racines et d'eau de pluie ?

La hutte était grossière mais solide, en pierre et en bois. Elle était entourée d'un jardin, clos de ronces pour tenir les animaux à distance. Le toit était couvert d'« esseules » pour protéger la cabane de la pluie. Dans la porte avait été pratiquée une petite fente en forme de croix. Yehiel frappa.

Ils attendirent.

— Peut-être n'est-il pas là, hasarda Catherine.

— Il est là, dit Yehiel avant de marteler le battant de son poing.

Ils finirent par entendre un raclement : on soulevait la barre. Une voix ensommeillée les accueillit.

— Bénis soient tous ceux qui viennent ici ! Que diable voulez-vous ?

— Gaufridus ! cria Yehiel à travers la porte. C'est Yehiel. Je suis venu vous rendre visite avec des amis qui ont besoin de votre aide.

Ils entendirent marmonner de l'autre côté. Catherine crut comprendre :

— Comment trouver le chemin du Ciel avec toutes ces interruptions !

La porte s'ouvrit enfin. Un homme d'âge incertain les dévisagea. Il était maigre, mais point émacié. Et l'on ne décelait chez lui aucun signe de ce mépris pour le corps qu'affectent certains ermites. Sa tunique, quoique déchirée, était propre, tout comme son visage. *Sa sœur doit veiller à ce qu'il se lave,* approuva Catherine *in petto*.

— *Diex vos saut*, dit Gaufridus avec résignation. Ne t'ai-je point vu récemment, Yehiel ?

— Que le Tout-puissant vous bénisse également, repartit Yehiel. Je suis heureux de vous revoir, moi aussi. Voici des amis : Solomon, de Paris, Catherine, qui a quitté le Paraclet, et Edgar, son mari.

Gaufridus décocha un coup d'œil acéré à Edgar et Catherine, puis tenta de claquer la porte. Yehiel la retint avec son pied.

— J'ai accueilli toutes sortes de gens pour toi, Yehiel, déclara l'ermite. Mais je ne recueillerai pas de religieuse en fuite, m'entends-tu ?

Edgar porta la main vers l'étui en cuir autour de son cou. Pourquoi tout le monde semblait-il douter qu'il fût bien marié à Catherine ?

— J'ai le contrat, commença-t-il. L'abbesse Héloïse...

— Je n'ai pas besoin d'être recueillie ! l'interrompit Catherine. Nous sommes venus quérir votre aide. Il nous faut des renseignements sur le comte Raynald et Gauthier de Grancy. C'est très important.

Par l'entrebâillement de la porte, Gaufridus les regarda chacun tour à tour. Enfin, soupirant, il ouvrit grande la porte.

— Je l'espère, dit-il, résigné. Autant vous laisser entrer.

La pièce contenait une table qui servait de lit, un banc, un tabouret, ainsi que plusieurs paniers et des écuelles en bois. Une lanterne était suspendue à un crochet près de la porte. A côté, un seau. C'était tout. Mais il y avait une fenêtre, masquée d'une toile encrassée, qui laissait passer la lumière, dessinant une myriade de motifs. La pièce ressemblait ainsi à une tapisserie constamment renouvelée.

Catherine trouva l'endroit idéal pour « chercher le chemin du Ciel » ; elle avait toujours peine, cependant, à imaginer Gaufridus en ermite.

— Je ne peux vous offrir que de l'eau, annonça-t-il comme ils entraient. Peut-être aussi une tranche de pain bis et de fromage, me semble-t-il.

Il inspecta le contenu d'un des paniers.

— Oui, du fromage, répéta-t-il. Et des oignons nouveaux.

Il plaça une cruche, le fromage, les oignons verts et un gros morceau de pain sur la table.

— Vous seriez mieux reçus chez les moines, voyez-vous, insinua-t-il.

— C'est un festin, déclara Edgar. Vous nous honorez.

— Epargnez-moi céans votre langage fleuri de courtisan, rétorqua Gaufridus, qui ne parut néanmoins pas insensible au compliment. Eh bien, qu'est-ce qui me vaut votre visite ?

Ils se mirent à parler tous ensemble. L'ermite se boucha les oreilles.

— Chacun son tour, ordonna-t-il. Meurtres, moines, bouchers, chartes et comtes ! Vous me rompez la tête ! En quoi tout cela me concerne-t-il ? Je ne suis qu'un pauvre ermite. Je ne sais rien de ces choses.

— Commence à raconter, Catherine, proposa Solomon. Tout a débuté avec Alys.

Catherine raconta comment Alys avait été amenée au Paraclet pour y mourir, puis expliqua quelles violentes réactions avait provoquées son legs. Elle exposait les soucis que causait l'attribution de celui-ci quand elle avisa un jeune garçon se tenant sur le pas de la porte. Il avait une douzaine d'années et une auréole de cheveux dorés qui semblaient avoir été taillés à coups de faucille.

— Pardonnez-moi, mon oncle, dit le gamin à Gaufridus. Mère souhaite savoir si elle peut avoir de vos radis.

— Oui, prends ce que tu veux.

Gaufridus lui fit signe de partir.

Le garçon ne bougea point.

— Et le père Vincon vous serait reconnaissant de prononcer le sermon à sa place dimanche. Il dit qu'il a mal à la gorge.

— Dis-lui de cesser de jurer autant comme un charretier quand il perd aux dames et conseille-lui de boire une infusion de vin et de grains de poivre.

Il fouilla dans un autre panier et en ressortit un petit sachet de poivre, qu'il tendit au garçon.

— Tu peux lui dire que c'est d'accord. Si le remède est sans effet, je ferai le sermon à sa place.

Le garçon ne bougeait toujours pas.

— Quoi, encore ? aboya Gaufridus.

— Grand-mère a besoin de racines de patience. Elle demande que vous veniez l'aider à en cueillir ce soir.

— Elle peut se passer de moi ! tonna Gaufridus. J'ai assuré à cette femme qu'on pouvait cueillir la plante n'importe quand, à condition de réciter trois Pater et de se signer avant d'arracher la racine. Inutile d'attendre la nouvelle lune. C'est de la superstition ! Elle peut le faire à midi, avec ton aide.

Le gamin ne fit pas mine de partir. Gaufridus soupira.

— Dis-lui que je viendrai dès que j'aurai récité les psaumes du soir.

— Merci, mon oncle.

Le garçon s'inclina et décampa enfin.

Gaufridus reporta son attention sur ses hôtes.

— Alors, où en étions-nous ?

Catherine ne savait plus trop. Ah oui, la terre.

— Cette terre se trouve dans la forêt d'Othe, juste à l'est d'ici. Nous ne comprenons pas pourquoi elle revêt pareille importance. Tous ceux qui s'y intéressent possèdent d'autres biens. Personne ne mourra de faim si elle échoit au Paraclet.

Gaufridus secoua la tête.

— Je ne vois pas l'intérêt que peut présenter cette forêt en particulier. Le bruit court qu'Henri Sanglier veut bâtir l'une de ces « villes neuves » pour y installer des serfs qui ont fui Sens. Il les estime dangereux, par trop enclins à former des communes ou à fomenter des émeutes. Mais ce ne sont que des on-dit, et il les établirait sans doute plus près du fleuve. Il ne m'a pas semblé qu'on coupât des arbres. Certes, ces charbonniers de malheur n'ont jamais été aussi nombreux, c'est incompréhensible. Qui a besoin de tant de charbon de bois ?

— Etes-vous sûr qu'il y en ait plus que d'habitude ? questionna Edgar. Dans toutes les forêts se cachent des gens qui produisent du charbon de bois pour survivre. L'hiver a-t-il été plus rigoureux que d'ordinaire ?

— Non, et nous prenons soin des nôtres à Lailly. Mais là, ce sont des inconnus, et en grand nombre.

— Personne n'a envoyé d'hommes pour les déloger ? demanda Edgar. Mon père les chasserait de ses forêts à la pointe de sa lance.

— Non, les moines leur ont apparemment donné la permission d'exploiter leur terre, tout comme le comte de Tonnerre, soupira Gaufridus. Personne ne nous a rien demandé.

— Nous voilà, semble-t-il, en présence d'un autre mystère en guise de réponses ! déclara Solomon. Ainsi, vous ne voyez pas pourquoi l'on serait prêt à tuer pour cette forêt ?

— Je ne sache rien qui puisse justifier un meurtre. Je ne peux guère vous aider plus. Voulez-vous un autre morceau de fromage ?

Il se leva, entreprit de les entraîner vers la porte. A l'instant où elle se levait, Catherine entendit un gloussement.

Gaufridus l'entendit, lui aussi.

— Annali ! lança-t-il sévèrement. As-tu écouté ?

Ils entendirent alors quelqu'un détaler et d'autres gloussements. L'instant d'après, une petite fille apparaissait dans l'embrasure de la porte. Elle avait environ six ans, de longues jambes maigres et de grands yeux marron. Derrière elle se trouvaient deux autres enfants, un peu plus jeunes.

— Annali ! répéta Gaufridus. Je suis scandalisé par cet écart de conduite !

Les enfants ne semblèrent pas s'alarmer le moins du monde. Ils passèrent devant les visiteurs et firent cercle autour de l'ermite, s'accrochant à sa tunique.

— Une histoire ! piaillèrent-ils. Nous voulons notre histoire !

— Avez-vous nettoyé le pigeonnier ? demanda-t-il.

Ils hochèrent la tête.

— Et rempli l'abreuvoir des chèvres ?

— A ras bord, assurèrent-ils.

— Très bien, concéda-t-il. Je dois d'abord dire adieu à mes hôtes et préparer l'oratoire pour les prières du soir.

Il sortit avec les autres, les trois enfants accrochés à ses jambes.

— L'oratoire est juste là, au bout du chemin, expliqua-t-il. Ce n'est pas un lieu de prières bien vaste, et il n'est point consacré. Bien sûr, Yehiel, tu ne veux pas en profiter ?

Yehiel tendit la main à Gaufridus.

— Non, répondit-il. Mais si quelqu'un pouvait me convaincre, ce serait vous. Nous vous remercions.

— Je n'ai rien fait, dit Gaufridus. Ah, si, au beau milieu de toute cette histoire, n'avez-vous pas mentionné Gauthier de Grancy ?

— Si, répondit Edgar. Nous devons lui parler. Savez-vous où le trouver ?

Gaufridus soupira derechef, profondément ému.

— Je n'aurais rien dû dire, confia-t-il en les regardant tristement. Autant que vous me suiviez. Gauthier vit près de l'oratoire.

Comme ils lui emboîtaient le pas sur le chemin, Catherine se laissa distancer et retint Edgar par le bras.

— Que penses-tu de cet ermite ? chuchota-t-elle.

— Je n'en ai jamais vu de semblable, chuchota-t-il à son tour. J'ai connu des tenanciers de taverne qui avaient plus de moments de solitude que lui. Ma parole, il aurait dû construire son ermitage à un carrefour !

Catherine secoua la tête, éberluée. Elle comprenait maintenant pourquoi Yehiel avait tant tenu à les accompagner. Il devait rire sous cape de leur ahurissement en ce même instant. Bel ermite en vérité ! Elle se demanda ce que saint Antoine et saint Athénase auraient pensé d'un pareil ermitage.

Et pourtant... Elle observa la hutte, les chèvres, le jardin, les enfants. Gaufridus portait le plus petit sur l'épaule à présent. Le soleil était presque couché et ses derniers reflets paraient d'une étrange auréole l'homme et son fardeau.

Celui qui donne ce qu'il a aux pauvres, accueille les voyageurs las, offre réconfort et consolation, tolère les petits enfants, celui-là a déjà trouvé le chemin du Ciel.

Catherine renifla. Ses voix ne lui avaient jamais adressé d'aussi profonds reproches d'une manière si douce.

— Gauthier ! cria Gaufridus lorsqu'ils atteignirent le sommet de la colline.

— Gauthier ! Gauthier ! Gauthier ! piaillèrent les enfants en écho.

— Chut, leur ordonna Gaufridus. Sinon pas d'histoire. Gauthier ! Vous avez de la visite !

L'oratoire n'était qu'un tas de pierres, maladroitement empilées, recouvertes de branches et de peaux. Seule une croix de bois à son faîte le transformait en lieu de culte.

— Ne bougez pas !

La voix, inattendue dans la forêt, les glaça tous. Catherine tournait déjà la tête pour voir qui avait parlé, puis se figea sur place. Le son qu'elle venait d'entendre était incontestablement le cliquetis d'une arbalète que l'on armait.

Gaufridus déposa l'enfant par terre.

— Gauthier, dit-il calmement, je ne vous ai pas trahi. Vous devriez le comprendre. Ceux qui m'accompagnent sont ici pour faire la lumière sur la mort d'Alys de Tonnerre. Ils veulent vous aider. Regardez, voici Yehiel. C'est l'un de mes vieux amis. Vous l'avez déjà rencontré. Posez cet horrible instrument et venez leur parler.

Catherine percevait tous les bruits du soir : le pépiement des oiseaux, le bruissement du vent dans les arbres, le bourdonnement des insectes, le bêlement des chèvres et, enfin, le cliquetis du cran coulissant et du carreau glissant à terre.

Elle se tourna vers Gauthier de Grancy, furieuse d'avoir éprouvé si vive peur. Elle allait lui expliquer sans mâcher ses mots que le pape et le concile du

Latran[1] avaient interdit l'usage de l'arbalète l'année précédente : cette arme était trop dangereuse pour être utilisée contre des chrétiens. Elle ouvrit la bouche et la referma.

Entre les mains de Gauthier de Grancy, une arbalète semblait aussi légère qu'un jouet d'enfant. C'était l'homme le plus massif qu'elle eût jamais vu. Elle-même était grande pour une femme et Edgar mesurait six pieds, mais Gauthier était une montagne, un chêne dans une pommeraie. Il les dominait tous par la taille et était aussi large d'épaules qu'Edgar et Solomon côte à côte. Comment un tel homme pouvait-il avoir peur d'un Raynald de Tonnerre ?

— Je ne suis pour rien dans l'agression dont a été victime Alys ! lança Gauthier au monde entier.

Catherine se boucha les oreilles. Gauthier avait une voix en rapport avec sa taille.

— Nous vous croyons, l'assura Edgar. Mais pourquoi Raynald de Tonnerre essaie-t-il de vous faire passer pour le coupable ?

— C'est un idiot qui se donne des airs, voilà tout. Qui êtes-vous, pour poser ces questions ?

Il fallut un certain temps pour parvenir à des présentations satisfaisantes. Une fois Gauthier convaincu que Catherine et Edgar voulaient l'aider et étaient peut-être en mesure de le faire, il les accueillit tous deux avec chaleur.

— J'ai trop vu ces bois, avoua-t-il. Je n'ai accepté de venir ici que parce que l'évêque Hatto m'a supplié d'éviter une effusion de sang durant le Carême. Je n'ai

1. Deuxieme concile du Latran (avril 1139), présidé par le pape Innocent II, et provoqué par le schisme d'Anaclet II.

trouvé qu'un moyen : devenir moi-même ermite. Mais venez vous asseoir afin que nous parlions de cette affaire à loisir.

Il les entraîna vers ce qui semblait être son ermitage, les faisant passer devant l'oratoire. Solomon s'abstint de les suivre.

— Si vous voulez bien nous excuser, expliqua-t-il, Yehiel et moi n'avons pas grand-chose à ajouter dans cette histoire. Nous retournons au village pour la nuit. La sœur de Gaufridus, Hermogène, nous a proposé un lit et il nous reste les vivres que la mère de Yehiel nous a donnés. Serez-vous prêts à retourner à Paris dans la matinée ?

Edgar et Catherine se regardèrent. S'ils n'étaient pas prêts, il leur faudrait voyager en autre compagnie, ce qui risquait de prendre des jours. Mais si Gauthier les aidait à débrouiller cette affaire ?

— Si nous pouvions le convaincre de nous accompagner, nous n'aurions besoin d'aucune autre protection, suggéra Catherine.

— Oui, et nous ne pouvons faire attendre Solomon, renchérit Edgar. Nous vous retrouverons à Paris, promit-il, pour les calendes de mai au plus tard. Dites à la famille de Catherine que nous irons d'abord chez son oncle et y attendrons des instructions de leur part.

— C'est dans plus de deux semaines ! s'écria Solomon. Vous pourriez être là-bas en quatre jours !

— Il se peut que nous arrivions plus tôt, admit Edgar. Mais je crois que nous aurons besoin de retourner d'abord au Paraclet. Cela dépendra de ce que le seigneur de Grancy va nous révéler.

— Fort bien, acquiesça Solomon. As-tu un message pour ton père, Catherine ?

— Seulement que je suis heureuse. Et que je l'aime.

Les deux hommes s'en furent, se hâtant de descendre le chemin avant d'être surpris par la nuit.

Gaufridus considéra Catherine, Edgar et Gauthier d'un œil sombre.

— J'imagine donc que vous allez passer la nuit ici ?

— Nous avons des couvertures dans nos sacs, répondit Edgar, posant le sien par terre.

Ils avaient laissé leur cheval à Lailly pour la nuit.

— Nous déciderons des dispositions plus tard, trancha Gaufridus. Pour le moment, je dois dire mes prières du soir.

Il disparut dans l'oratoire.

Gauthier de Grancy avait manifesté des signes d'impatience au cours de cet échange. Il se détourna alors et s'enfonça dans la forêt qui s'assombrissait. Catherine et Edgar lui emboîtèrent le pas. Ils se demandèrent s'il existait déjà une sente ou bien si Gauthier en traçait une en marchant. Cependant, tous deux avaient le sentiment qu'ils n'avaient rien à craindre, où qu'il les menât.

Ils parvinrent bientôt en un lieu où les arbres formaient un abri tel que le sol de la forêt était dépouvu de broussailles. Gauthier disparut derrière un rideau de branches. Prenant leur respiration comme pour plonger dans des eaux inconnues, Catherine et Edgar le suivirent.

Ils refirent surface à l'intérieur d'une tente naturelle. Bien que l'obscurité fût à présent quasi complète, ils comprirent au bruit et à l'odeur que Gauthier avait emmené son cheval dans le refuge qu'il s'était imposé.

— Je n'ose pas allumer de feu ici, dit Gauthier d'une voix tonitruante dans cet espace clos. Mais asseyez-vous là où vous êtes. Nous allons partager une cruche de bière.

Catherine et Edgar obtempérèrent. Le sol, constitué de feuilles tombées depuis des siècles, était mou. Ils eurent la place de poser leur sac derrière le dos et d'étendre leurs jambes sans gêner leur hôte.

— Pouvons-nous aussi partager ce que nous savons sur Alys de Tonnerre et Raynald ?

Ils entendirent un soupir, puis un bruit de déglutition quand Gauthier but à la cruche. Qu'il tendit ensuite à Edgar.

— Raynald et moi nous battons depuis des années, des générations à vrai dire, commença Gauthier. Nos terres sont trop proches et nos familles se sont mariées entre elles trop souvent. L'Eglise a raison de proscrire le mariage même entre parents éloignés. Pas de luttes plus âpres qu'entre cousins. Voyez Mathilde d'Anjou et Stéphane de Blois.

Catherine but une gorgée de bière. Celle-ci était surette, sans doute faite à partir de seigle. Puis elle tendit la cruche dans la direction de la voix de Gauthier.

— Vous croyez donc que Raynald vous a accusé d'avoir agressé son épouse parce que vous étiez de vieux ennemis ? questionna-t-elle.

— Je ne sais pas. Cela ne tient pas debout, quand j'y réfléchis. Tous deux, nous avons toujours respecté les règles. Nous ne nous sommes battus qu'entre *serjanz*, nous n'avons jamais massacré de paysans pour le plaisir, n'avons point incendié d'églises ni attaqué de gens sans armes, notamment parmi nos familles.

— Vous ne pensez pas que Raynald ait pu la rouer de coups lui-même ? intervint Edgar. Puis vous accuser pour masquer son forfait, quand il a constaté la gravité des blessures qu'il lui avait infligées ?

— Raynald ? s'exclama Gauthier avec un rire ironique. Il l'a peut-être frappée de temps à autre, mais pas de façon régulière ni pour la punir. Chez lui, la vengeance est un plat qui se mange froid. Et il disposait de cent meilleures façons de lui faire du mal.

Il chuchotait presque, à présent.

— Il ne l'aimait pas, alors ?

Ce n'était pas la question que voulait poser Catherine, mais elle ne voyait pas comment poser celle qui lui tenait à cœur.

— Bien sûr que non ! Pourquoi l'eût-il aimée ? Elle l'irritait. La pauvre Alys ne savait pas comment s'y prendre avec un homme comme Raynald. Elle donnait toujours l'impression d'attendre des coups, devait du reste s'y attendre en permanence. Elle n'avait pas assez de présence pour être comtesse ou s'occuper des terres lorsque Raynald était absent. Mais je ne pense pas qu'il l'ait tuée ni qu'il m'accuse de son propre chef. Quelqu'un a dû lui souffler mon nom.

— Savez-vous qui ? demanda Catherine.

— Non. Mais c'est forcément quelqu'un en qui il avait confiance.

— La mère d'Alys, peut-être ?

Catherine n'avait guère éprouvé de sympathie pour la comtesse Constance. Elle avait tout d'une intrigante.

— J'en doute ! grogna Gauthier. Raynald ne lui fait pas confiance. Il ne lui a jamais pardonné d'avoir emmené Alys à Paris et laissé Paciane mourir de la fièvre. Il était véritablement épris de Paciane. Je crois qu'il l'aurait épousée même sans la terre de son père.

C'est bien la seule fois que ce questre a fait preuve de quelque sentiment humain !

— Il a donc épousé Alys pour la terre dont elle héritait à cause de la mort de sa sœur ? questionna Edgar, soucieux de détourner le sujet du sort de Paciane. Il avait déjà compris qui était cette dernière et ne voulait pas voir Catherine tentée de rompre sa promesse.

— C'est son père, le comte Guillaume, qui a tout manigancé, expliqua Gauthier. Voyons, cela remonte à cinq, six ans ? Ma mère avait essayé de s'entremettre pour me faire épouser Alys, mais Raynald possède Tonnerre et héritera d'Auxerre ainsi que de Nevers si son frère meurt. Quant à moi, j'ai déjà tout ce dont je serai jamais propriétaire ! Je n'avais pas l'ombre d'une chance.

Catherine comprenait, à présent.

— Quand avez-vous vu Alys pour la dernière fois ? lui demanda-t-elle doucement.

Il y eut un long soupir.

— Il y a un an, pendant la semaine sainte, à Troyes. Elle revenait de la messe et s'est arrêtée pour me parler. Elle avait ce sale singe sur le bras.

— N'était-ce point une délicate attention de la part de Raynald de lui avoir offert un animal si coûteux ? hasarda Catherine.

— Il avait appris que la reine en avait un et s'était dit que son épouse aussi devait en posséder un. Elle en avait une peur bleue. L'animal la mordait et lui tirait les cheveux pour la taquiner. Mais elle était faite ainsi. Elle était prête à supporter n'importe quoi pour avoir la paix. Alors elle emmenait partout cette satanée bête. A mon avis, c'était le diable incarné !

— Ainsi donc, vous ne croyez pas... (Catherine hésita)... Vous ne croyez pas qu'elle aurait essayé de fuir son mari, ou de le défier ?

— Jamais, assura Gauthier. Elle savait où était son devoir. Et moi aussi, je le sais. Ne soyez pas surprise. J'ai deviné à votre ton que vous vouliez me poser la question. La réponse est non, l'enfant qu'elle a perdu n'était pas de moi. Il était de Raynald, il n'était de personne d'autre. Alys était une sainte, voyez-vous, pas de celles qui vont prêcher la bonne nouvelle ou combattre les infidèles. Elle était de celles qui souffrent, prient et endurent jusqu'au bout. Elle est au Ciel à présent, n'est-ce pas ?

— Sans doute, dit Catherine. Je sais que nous ne pouvons plus rien pour elle, sinon prier, mais ne voulez-vous pas nous aider à découvrir pourquoi elle a dû mourir ?

— Non. Toutefois, si vous mettez la main sur son assassin, je serai heureux de lui trancher la gorge à votre place.

Il éclusa la cruche.

— Il est tard, annonça-t-il. Je vais dormir. Avez-vous suffisamment de courtepointes ? Les nuits sont encore froides.

— Nous serons à notre aise, l'assura Edgar.

Catherine était sur le point de poser une autre question. Il lui effleura doucement les lèvres de ses doigts.

— Demain matin, chuchota-t-il. Me fais-tu confiance ?

Une seconde d'hésitation, puis elle ferma la bouche et lui baisa les doigts.

— Puisse Notre-Dame vous protéger jusqu'au matin, dit-elle à Gauthier.

— Qu'il en soit de même pour vous, répondit-il.

Froissements d'étoffe. Ils préparaient leurs lits. Puis le silence. Mais les questions fusaient dans la tête de Catherine telles des lucioles.

Si ni Gauthier ni Raynald n'avait tué Alys, quel était donc le coupable ? Et Paciane ? Se remémorant la voix de Raynald quand il l'avait vue au Paraclet, Catherine voulait bien croire que celui-ci l'avait aimée, mais l'avait-elle aimé ? Si tel n'avait pas été le cas, c'était une bonne raison pour feindre d'être morte et fuir au couvent plutôt que de subir un mariage forcé. Mais Constance ne s'était-elle pas opposée à cette union ? Apparemment, elle avait voulu que sa propre fille épousât Raynald. Et pourtant, cette fameuse terre n'était revenue à Alys que grâce à Paciane. En tant qu'aînée, elle était l'héritière de son père. Cela eût été un mobile pour tuer Paciane, pas Alys.

Catherine se redressa. Edgar eut le souffle coupé en sentant l'air froid l'envelopper.

— Edgar, chuchota-t-elle, nous devons retourner au Paraclet dès que possible.

— Je sais, chuchota-t-il à son tour, rabattant sur eux les courtepointes. Maintenant qu'on sait qu'elle est vivante, Paciane court un terrible danger.

Comme elle glissait vers le sommeil, Catherine se rendit compte, avec une certaine irritation, qu'Edgar avait compris la situation avant même qu'ils n'entendissent Gauthier raconter son histoire. Il avait dit à Solomon l'après-midi qu'ils iraient au Paraclet. Elle avait eu l'esprit tellement occupé par l'ermite et son entourage qu'elle n'y avait pas prêté attention.

Elle se demanda si elle allait apprécier d'être mariée à un homme qui analysait les événements plus vite qu'elle. Le ferait-il souvent et avec fatuité ? Elle se dit aussi, se pelotonnant contre lui, que les nuits étaient assurément glaciales.

16

Le Paraclet, commémoration de saint Georges, tueur de dragon et martyr, mardi 23 avril 1140

Ut enim insertum clavum alius expellit, sic cogitatio nova priorem excludit. Cum alias intentus animus priorum memoriam dimittere cogitur aut intermittere.

« Tout comme un clou chasse l'autre, une nouvelle pensée chasse l'ancienne. Lorsque l'esprit est absorbé par d'autres objets, il ne peut que se rappeler moins vivement, voire oublier, les pensées antérieures » (Héloïse à Abélard, Lettre VI*).*

Héloïse était en train de prier. Elle priait le plus clair de la journée, non seulement quand elle récitait l'office, mais encore lorsqu'elle dispensait son savoir aux religieuses, surveillait le travail du couvent ou était en rapport avec le monde extérieur. Surtout dans ce dernier cas. Elle priait pour faire preuve de compassion et de tolérance, pour être débarrassée de l'envie, pour que tous puissent aller et venir comme ils l'entendaient cependant qu'elle demeurait prisonnière de cette cage imposée.

— Ma Mère ? fit une voix douce et inquiète.

— Oui, Astane ? Qu'est-ce ?

Héloïse releva sa tête enfouie entre ses mains. Elle avait les yeux secs. *Un jour,* pensa-t-elle. *Un jour je serai capable de verser les larmes du vrai repentir. Je saurai alors que j'aurai été enfin pardonnée.*

— Avez-vous besoin de quelque chose ? redemanda-t-elle à la prieure.

— Je viens de m'entretenir avec frère Baudouin au sujet de plantations tardives, commença Astane. Cela n'a aucun caractère d'urgence. Il veut essayer une seconde saison de courges. D'après lui, nous pourrons les récolter jusqu'à la fin de l'automne si on les plante à l'abri des pommiers.

— C'est à vous de décider, Astane. Je fais confiance à votre jugement et à celui de frère Baudouin. Y a-t-il autre chose ?

— Il y a eu un messager de la part de la comtesse Constance. Elle voudrait se rendre sur la tombe de sa fille et faire un don pour le repos de son âme.

— Rien de plus naturel. Aura-t-elle une suite nombreuse ?

— Au moins deux femmes de chambre, j'imagine, répondit Astane, comptant sur ses doigts. Quatre à cinq hommes d'armes. Peut-être son chapelain, qui souhaitera sans doute nous dire la messe. J'espère vraiment qu'il n'insistera pas pour faire le sermon. Cet homme ne sait pas construire une phrase en français, encore moins en latin. Son style n'est bon que pour appeler les vaches !

Héloïse dissimula un sourire. Elle partageait entièrement cet avis.

— Charité, humilité, patience, murmura-t-elle.

La prieure rougit.

— Je sais, Héloïse. Mais vous ou moi ferions un meilleur sermon que le père Déol. Vous nous instruisez avec plus de profit au chapitre chaque semaine et ne tirez pas tout votre savoir d'un manuel !

— Merci. Mais s'il propose de faire le sermon, nous accepterons toutes avec humilité et gratitude.

Astane soupira.

— Et nous tenterons de témoigner une gratitude sincère.

— Avec succès, je n'en doute point.

Soudain, on entendit du brouhaha au-dehors, des cris, des hennissements. Astane courut à la fenêtre.

— D'où cela vient-il ? questionna Héloïse.

— Pas de ce côté. Je ne vois rien.

Elles perçurent alors des bruits de pas précipités, des cris de femmes prises de saisissement. On frappa fort à la porte, laquelle fut ouverte sans autre forme de procès. Sœur Thècle apparut sur le seuil.

— Il y a des hommes armés dans le potager ! s'exclama-t-elle. Ils tentent d'enlever l'une des sœurs converses. Frère Baudouin fait de son mieux pour les repousser et j'ai envoyé chercher de l'aide, mais je ne sais pas...

Elle s'interrompit, hors d'haleine.

Héloïse se leva d'un bond, serrant les mâchoires sous l'emprise de la fureur.

— Comment osent-ils commettre un tel forfait ! s'écria-t-elle en prenant la direction du jardin à toutes jambes, suivie de la prieure Astane. Ils vont encourir le courroux du Saint-Esprit, de Notre-Seigneur, ainsi que le mien !

Des trois, se dit Thècle, c'est du dernier qu'ils avaient le plus à craindre.

— Ma Mère ! cria-t-elle. Héloïse ! Arrêtez ! Vous risquez de vous faire tuer !

Comme elles traversaient le champ, elles eurent la vision horrifique de deux cavaliers en cotte de mailles et d'une femme étendue par terre. Frère Baudouin, penché au-dessus d'elle, donnait simultanément des coups de binette à l'un des assaillants. Il y eut un hurlement de douleur et de colère lorsque la binette frappa la jambe du cavalier. Il brandit son épée et entailla profondément l'épaule du vieil homme. Baudouin lâcha la binette et tomba à genoux.

Voyant les religieuses fondre sur lui, le chevalier fit demi-tour et retraversa le jardin à vive allure. Il faillit être jeté à bas de sa monture en franchissant la partie basse de la haie, mais se retrouva en selle sur le chemin menant à la route, talonné par son compagnon. Héloïse, criant d'aller chercher sœur Mélisande et d'apporter des civières, tomba à genoux près de frère Baudouin.

Il s'appuya contre elle une seconde, puis s'affaissa en avant dans la boue. Héloïse se pencha et le retourna avec précaution sur ses genoux. Du sang coulait de la blessure à son cou, se répandant sur les jupes de l'abbesse. Il ouvrit les yeux.

— *Montjoie et Saint Denis,* chuchota-t-il. *Nous prendrons Jérusalem aujourd'hui. J'en vois les portes !*

Sa tête roula sur le côté entre les bras d'Héloïse. La prieure Astane s'agenouilla à côté de la mère abbesse. Elle se signa, murmura une bénédiction, puis tendit la main et ferma doucement les yeux du vieil homme.

— *Requiescat in pace*, dit-elle.

— Amen, répondit Héloïse, pleurant enfin.

Elle s'essuya les yeux du revers de la main et fit glisser à terre le corps du vieillard. Puis elle se tourna vers la femme que Baudouin avait protégée en mourant pour elle. Elle était étendue sur le ventre et le dos de sa tunique était imbibé de sang. Héloïse tâta sa gorge sur le côté.

— Elle est encore en vie ! lança-t-elle aux sœurs converses qui approchaient avec les civières. Hâtez-vous !

Elles la soulevèrent avec le plus de précautions possible. Astane ôta la boue du visage de la femme à l'aide de sa manche.

— C'est Paciane ! dit-elle.

— Je le craignais, observa Héloïse, à présent furieuse contre elle-même. J'aurais dû veiller sur elle davantage. Je me doutais qu'elle courait un danger, mais je n'aurais jamais imaginé qu'on osât ainsi braver Dieu. Un couvent est un havre de paix, à l'abri de la perversité du monde !

Mélisande survint à l'instant où les femmes emportaient la blessée à l'infirmerie. Elle appliqua des linges contre la plaie.

— Tenez-lui le visage baissé, leur enjoignit-elle. A moins que le sang ne la fasse étouffer. Toi ! Comprime la plaie avec ceci. Nous devons enrayer l'hémorragie.

Elle s'arrêta et son regard se dirigea vers le corps du frère convers, puis vers Astane, qui secoua la tête. Mélisande se signa et prit la relève de la femme qui appliquait les linges.

— Vivra-t-elle ? questionna Héloïse.

— Je n'en sais rien, fit Mélisande. Le sang coule, mais ne jaillit pas. Nous avons donc peut-être une chance de la sauver. Je vais mettre en œuvre tout le savoir-faire que m'a accordé le Seigneur.

— Que pouvons-nous faire ? demanda Héloïse.

— Vous le savez, fit Mélisande, relâchant la pression un instant avant de changer de main.

Héloïse et Astane marchaient derrière.

— Prier, dit Héloïse, s'efforçant de parler sans amertume. Supplier, implorer. Dieu sait jusqu'où montent mes prières. Si seulement je pouvais pleurer !

— Vous pleurez, ma Mère, observa Astane avec douceur. Pardonnez ma présomption, mais seul Dieu sait jusqu'où montent nos prières, alors peut-être devrions-nous les réciter de notre mieux dans notre ignorance et espérer qu'elles seront entendues.

Héloïse pressa un peu le pas, dépassant la prieure. Puis elle inspira profondément et se retourna vers Astane, tête basse.

— J'accepte le reproche, déclara-t-elle. Vous avez raison. En matière de foi, vous êtes ma supérieure. Merci.

« Cela dit, ajouta-t-elle, je peux faire davantage. Envoyer un messager sur-le-champ à Anseau de Trainel et à l'évêque Hatto pour les informer de cet outrage. Puis savoir si quiconque a reconnu ces hommes, ces bêtes. Il est inadmissible que le Paraclet soit profané sans avoir droit à la justice.

— Quand bien même personne n'aurait vu leur visage, déclara Astane, l'un d'eux devrait boiter pour un bon moment, après ce coup de binette. Qui sait même s'il ne perdra pas la jambe ! Frère Baudouin voulait peut-être finir ses jours en paix, mais il n'avait rien oublié de l'art de se battre. Je suis fière que nous ayons compté parmi nous un tel défenseur, je dois l'avouer.

— Je ne peux qu'acquiescer, renchérit Héloïse. Je vais prier l'évêque de nous laisser lui choisir une sépulture d'honneur, ainsi que le mérite son haut fait. Eh bien, nous avons du pain sur la planche !

Elles avaient atteint le portail et s'apprêtaient à pénétrer au cloître quand la prieure Astane jeta par hasard un coup d'œil en direction de la route.

— Par sainte Thècle et les ours ! s'exclama-t-elle. Ma Mère, notre Catherine est revenue, et je crois qu'elle nous amène un nouveau défenseur.

Gauthier de Grancy applaudit des deux mains à l'idée d'escorter Catherine et Edgar jusqu'au Paraclet. Gaufridus se montra plus réservé.

— Les hommes de Raynald vous repéreront dès que vous serez sur la grand-route, soutint-il.

— Peu me chaut, rétorqua Gauthier. J'ai seulement promis de ne point verser leur sang durant le Carême. Je suis las de vivre dans les bois, j'ai le dos à la torture à force de dormir sur des feuilles et des racines. Et puis, pour parler sans détour, il me faut de la viande !

— Vous n'en trouverez point chez les religieuses, dit Gaufridus.

— A l'évidence ! Mais je devrais être capable de dégoter quelque chose entre ici et là-bas, sous peine de ne plus oser montrer le bout de mon nez dans mon propre château.

Il tapota son arbalète.

— Cela ne veut pas dire, s'empressa-t-il d'ajouter, que je suis un ingrat. Toutefois un homme de mon gabarit ne peut vivre de légumes verts et de fromage.

Gaufridus balaya d'un geste ses explications. Il disparut dans sa hutte et ferma la porte. Gauthier hocha la tête.

— Nous devrions nous mettre en route, me semble-t-il.

A l'instant même, la porte se rouvrit et Gaufridus sortit avec un paquet enveloppé dans un morceau d'étoffe enduit de cire.

— J'ai pensé que les sœurs seraient peut-être heureuses d'avoir des chandelles, dit-il. Les enfants et moi en faisons.

Il tendit le paquet à Catherine.

— Que le Seigneur vous protège ! A présent, il me faut vraiment reprendre ma vie contemplative !

La porte se referma. Cette fois, ils entendirent tous le bruit de la barre que l'on remettait en place.

— Un ermite bien étrange, fit observer Catherine en glissant les chandelles dans son sac. Mais je l'aime bien.

Solomon avait laissé leur cheval au village auprès d'Hermogène, la sœur de l'ermite, avant que Yehiel et lui ne poursuivissent leur chemin pour Sens. Il avait confirmé qu'il les retrouverait à Paris.

— Et il a ajouté, leur dit la jeune femme, que si vous n'étiez pas là comme promis, il partirait vous chercher.

Ils la remercièrent et s'en furent.

— Notre route nous fait traverser la propriété de Vauluisant, dit Catherine. Aurons-nous le droit de passer ?

Elle s'était adressée à Edgar, avec un signe de tête en direction de Gauthier. Vauluisant semblait avoir pris fait et cause pour Raynald dans cette querelle. Que se passerait-il si un membre du monastère apercevait leur compagnon et prévenait l'abbé ? Comme le frère de Constance était prieur, il pouvait décider de faire appréhender Gauthier.

— Peut-être, suggéra Gauthier, au lieu d'emprunter la route qui passe au nord près de l'abbaye, devrions-nous prendre par l'ouest, suivre le fleuve et tourner au nord à la frontière de la Champagne. Je ne souhaite pas de querelle avec les moines. Je ne leur cherche pas noise et ne veux pas risquer d'offenser ceux dont les prières peuvent un jour m'être utiles.

Ils acquiescèrent.

Le sentier serpentait le long de la Vanne. La rivière avait débordé par endroits sous l'effet des crues printanières, ce qui rendait le chemin périlleux. Ils durent mettre pied à terre et mener les chevaux par la bride pour franchir des mares boueuses. Il était parfois nécessaire d'abandonner la route inondée et de tracer un chemin à travers bois, au-dessus de la fondrière. A la fin de la journée, ils n'avaient parcouru qu'environ quatre lieues.

— N'y a-t-il pas de village à proximité ? demanda Edgar à Gauthier.

— Non. (Gauthier réfléchit un instant.) Non, pas même un monastère. Je pensais que nous aurions avancé plus rapidement.

— Il y a quelqu'un à proximité, dit Catherine. Je sens de la fumée.

Gauthier regarda Edgar.

— Savez-vous utiliser une arbalète ?

— Nous n'avons rien d'aussi récent dans mon pays. Mais je sais utiliser un couteau et je peux monter la garde toute la nuit.

Gauthier avait toujours l'air soucieux.

— Nous devrons tous deux monter la garde, dit-il. Mieux vaut trouver abri dans la forêt et ne point allumer de feu. Ces charbonniers seraient prêts à nous tuer rien que pour nos chevaux. Et moi qui désirais manger de la viande ce soir !

Ils suivirent une piste de cerf à quelque distance de la rivière, puis parvinrent à une clairière. Ils s'arrêtèrent, surpris.

— Que s'est-il passé ici ? demanda Catherine. Je n'ai jamais entendu parler de charbonniers qui abattaient tout un bosquet. Et quel est là-bas ce monticule gris ?

— Un crassier, répliqua Edgar, qui était tout aussi interdit. Et ce tas d'argile semble indiquer les vestiges d'un four. Apparemment, on a fait fondre du fer.

— Pour quelle raison ?

— Je n'en sais rien. Et vous, seigneur Gauthier ?

— Pas la moindre idée, répondit celui-ci.

Il s'approcha du tas d'argile craquelé et y porta la main.

— C'est encore chaud. Voilà d'où venait la fumée que vous avez sentie. Mais le feu a été éteint. L'endroit paraît abandonné. Nous allons passer la nuit ici.

Gauthier, Edgar et Catherine déchargèrent leurs sacs, bouchonnèrent les chevaux et les attachèrent à proximité d'une étendue d'herbe. Puis tous trois s'assirent sur les souches fraîches et essayèrent de comprendre ce qui s'était passé.

— Je n'ai jamais vu de braconniers extraire du fer, déclara Edgar. Est-ce courant en France ?

— Assurément non ! s'exclama Gauthier. La fumée, l'odeur, les semaines de travail pour fabriquer le four et fondre le fer... Impossible de travailler en secret. Sommes-nous toujours sur des terres appartenant aux moines ?

— Je ne sais trop, dit Catherine. Où sommes-nous ?

— La Nosle se jette dans la Vanne à environ deux kilomètres à l'ouest d'ici, répondit Gauthier. Mes terres proprement dites sont de l'autre côté de la forêt.

Catherine réfléchit, essayant de se souvenir des chartes qu'elle avait copiées. Elle savait où les terres du Paraclet touchaient celles des moines. Il y avait même des endroits où une terre donnée au couvent était entièrement entourée par des terres appartenant aux cisterciens. S'ils se trouvaient à l'intersection de la Vanne et de la Nosle, le Paraclet était au nord, Vauluisant à l'ouest, et la forêt d'Aix-en-Othe au sud. Mais la donation en question concernait une terre juste au nord de là, non loin de la ville de Planty.

— Vous savez, déclara-t-elle lentement, à mon avis, nous sommes en bordure de la propriété que nous a léguée Alys.

— Cette terre que tout le monde revendique ? s'enquit Gauthier. Ma foi, elle doit alors receler de l'or. Personne ne se couperait la gorge pour un bout de fer. On extrait le fer dans cette région depuis des siècles. Il faut des jours pour en obtenir quelques livres de ces rochers, d'après ce qu'on m'a dit.

— Et une fois sur deux, c'est de la fonte, ce qui ne présente aucun intérêt, ajouta Edgar.

— Où as-tu lu cela ? l'interrogea Catherine, surprise de la curieuse étendue de ses connaissances.

Edgar haussa les épaules.

— Je l'ai entendu dire. Toutes les choses utiles ne se trouvent pas dans Boèce[1]. Cela dit, je ne vois pas comment on aurait pu faire cela à l'insu des moines.

Catherine examina les vestiges du four.

— Je ne comprends pas le fonctionnement de cet ustensile. A quoi servaient ces morceaux d'argile ?

— Il s'agissait sans doute de la cheminée, expliqua Edgar. Viens ici, je vais te montrer. D'abord, on creuse un trou et on l'entoure de pierres et d'argile. Puis on construit la cheminée à l'aide des mêmes matériaux. Il y avait sans doute un trou au fond de la tuyère, c'est-à-dire du tuyau qui laisse entrer l'air. On fait alors tomber du charbon de bois d'en haut, on l'allume, on en remet, ainsi que le minerai de fer, petit à petit. Il faut être au moins deux : un pour introduire le minerai, et l'autre pour actionner le soufflet avec le pied.

— Je vois, acquiesça Catherine, essayant de se représenter l'opération. Et le soufflet est placé à côté de la... euh... tuyère, pour entretenir le feu. Mais comment obtient-on le métal ?

— On sort la tuyère, avec les cendres et l'argile collées tout autour, puis l'on racle le métal. Enfin, à coups de marteau on évacue les scories. Et on obtient une barre de fer.

— Nous appelons ça un « lopin », précisa Gauthier de façon inattendue.

---

1. Homme politique, philosophe et poète latin (v. 480-524), divulgateur et commentateur des œuvres de Platon et d'Aristote.

— Quel est le mot latin ? demanda Catherine.

— Je n'en sais rien, avoua Edgar.

— Alors comment as-tu appris tout cela ?

— J'ai observé et posé des questions.

— Ah bon.

Catherine en resta là. Il lui paraissait étrange qu'un noble ou un érudit s'intéressât à l'extraction du fer. Vulgaire, en quelque sorte. Et qui pouvait l'avoir renseigné ? Tous les artisans tiennent secrètes les techniques de leur art. Pourtant, quand elle l'avait rencontré, Edgar jouait à merveille le rôle d'apprenti auprès d'un sculpteur.

Il était en train d'examiner le résidu du four à la faveur de la lumière déclinante, manifestement intrigué. Il était pâle à la lueur du crépuscule, tel un esprit lunaire. Il semblait tout aussi lointain. Catherine frissonna : comme elle connaissait peu cet homme à qui elle avait promis sa vie...

— Regardez ! leur lança-t-il. Vous voyez cet endroit tout craquelé ? A mon avis, c'est la première fêlure. Ces gens-là n'ont pas su fabriquer le four correctement. Il a dû se fendre sous l'effet de la chaleur. Voilà pourquoi ils l'ont abandonné.

Satisfait de son explication, il rejoignit Catherine, assise sur la souche.

— Qu'y a-t-il à manger ? demanda-t-il, passant son bras autour de la taille de la jeune femme et fouillant dans le sac de sa main libre.

— Du pain dur, du fromage et des oignons verts.

Elle frotta sa joue contre l'épaule d'Edgar, massive et chaude. Poussa un soupir de soulagement.

Gauthier soupira également.

— Et de l'eau, marmonna-t-il. J'ai connu autrefois

un homme qui est mort d'avoir bu de l'eau. J'ai suffisamment jeûné. Demain nous mangerons !

La matinée du lendemain était grise et pluvieuse. Catherine se réveilla lentement, tâchant de comprendre pourquoi elle avait le visage mouillé et les pieds gelés. Elle enfouit le nez dans le cou d'Edgar. Il poussa un cri sous l'effet de la surprise.

— Catherine, ne fais jamais cela ! s'écria-t-il quand il eut compris de quoi il retournait. J'ai cru que c'était l'un de mes frères qui me réveillait encore une fois avec une grenouille. J'ai failli te donner un coup.

— Sœur Bertrande m'a prévenue que tu finirais par m'en donner. Il me coûterait de voir se réaliser l'une de ses prédictions à mon sujet. Mais j'avais le nez froid.

Edgar regarda autour de lui.

— Catherine, où est Gauthier ? Son cheval a disparu.

— Il ne nous aurait pas abandonnés ici, n'est-ce pas ?

— Bien sûr que non, répondit Edgar d'une voix qui manquait de conviction. Attends, tout va bien. Il a laissé son sac et son arbalète. Il ne serait pas parti sans les emporter.

— Peut-être s'est-il levé de bonne heure pour contempler la nature.

Edgar hocha la tête.

— Sans doute. Je me sens moi aussi d'humeur quelque peu contemplative. Ce doit être les oignons. Mais la plupart des gens n'y vont pas à cheval...

Ils entendirent soudain des craquements dans les

bois et Edgar, instinctivement, empoigna l'arbalète d'une main et poussa Catherine derrière lui de l'autre.

Il venait de s'aviser qu'il ne savait pas charger l'engin quand Gauthier apparut en lisière de la clairière, brandissant joyeusement une couple de lapins.

— Essayons de voir si nous pouvons allumer un feu en dépit de l'humidité, s'écria-t-il. La peste soit des maraudeurs ! Chair fraîche pour le petit déjeuner !

Catherine avait beau être pressée de retrouver le Paraclet, elle n'éleva aucune objection, malgré le temps qu'il fallut pour allumer le feu, rôtir et manger les lapins.

— Si seulement nous savions qui a construit cette forge..., déclara-t-elle en se léchant les doigts. Il me paraît que nous accumulons de plus en plus de questions au lieu de trouver des réponses.

— Vous m'avez trouvé, lui rappela Gauthier.

— C'est vrai. Et vous m'avez au moins convaincue que vous n'aviez pas tué Alys. Mais il y a encore tellement de choses qui restent à moitié expliquées.

Edgar opina.

— Cela a toujours été mon souci avec la théologie, intervint-il. J'aurais été un évêque détestable.

— Qui voulait vous voir devenir évêque ? s'enquit Gauthier, sceptique.

— Je suis le cinquième fils. Mon oncle est évêque et le cousin de ma mère est abbé du monastère familial. C'est moi qui avais fait ce choix. Et puis j'ai rencontré Catherine.

— Et j'en suis si heureuse !

Ils se sourirent, et ni l'un ni l'autre ne remarqua l'expression de profond chagrin qu'arbora le visage de Gauthier de Grancy.

— Alys, chuchota-t-il.

Plus tard dans la matinée, ils atteignirent la grand-route, voie du négoce entre Troyes et Provins. La chaussée était bien entretenue et ils dépassèrent souvent des charrettes ou d'autres voyageurs. Au début, Catherine craignit que quelqu'un ne reconnût Gauthier et ne donnât l'alerte. Mais elle se rendit vite compte que tous ceux qu'ils croisaient étaient seulement occupés de leurs affaires et soucieux d'arriver à bon port. Tout le monde se moquait d'une rivalité entre seigneurs, surtout lorsque l'un de ceux-ci était aussi imposant que Gauthier.

Comme ils approchaient de la bifurcation menant au couvent, ils virent deux cavaliers descendre le chemin à bride abattue. Edgar, qui tenait le cheval, s'écarta d'un bond. Gauthier se dressa à moitié sur ses éperons, arbalète brandie, au moment où les deux hommes passaient devant eux. Mais, après un seul coup d'œil, ils l'évitèrent et poursuivirent leur chemin.

Catherine donna un coup de coude à Edgar et tendit le doigt vers le sol.

— L'un de ces hommes était blessé.

Edgar s'agenouilla et passa les doigts sur la terre mouillée. Ils se teintèrent de rouge. Il renifla.

— Du sang, dit-il. Nous arrivons trop tard.

17

Le Paraclet, fête de saint Marc l'Evangéliste,
jeudi 25 avril 1140

Item placuit, ut si quis suadente diabolo hujus sacrilegii reatum incurrit, quod in clericum vel monachum violentas manus injecerit, anathematis vinculo sujaceat ; et nullus episcoporum illum praesumat absolvere, nisi mortis urgente periculo...

« Si quiconque, à l'instigation du diable, commet le sacrilège de porter la main sur un clerc ou un moine, qu'on jette sur lui l'anathème, et que nul évêque n'ose le lever à moins que le criminel ne soit à l'article de la mort... » (Canon 15, deuxième concile du Latran, 1139).

— Je ne leur ai jamais parlé de toi, Paciane, je le jure ! Je n'ai rien dit.

Paciane l'entendait-elle ? Catherine se le demandait. Et, si tel était le cas, s'en souciait-elle ? Elle était déjà d'une pâleur mortelle, mais Catherine voyait sa poitrine se soulever et s'abaisser lentement. Paciane était toujours vivante.

— La blessure est profonde, mais n'est pas infectée, avait déclaré sœur Thècle. Cependant, la perte de sang a fortement affecté ses humeurs. J'ai cautérisé la plaie et appliqué dessus un cataplasme de blé et de navets. Nous lui frottons les pieds et les mains à l'aide d'un composé d'huiles d'olive et d'amande. Tout cela, étant chaud et humide, peut la rétablir, mais si le déséquilibre est trop prononcé, elle mourra.

Elles se succédaient donc à son chevet, remplaçant le cataplasme lorsqu'il s'asséchait, réchauffant ses pieds et ses mains avec de l'huile. Le père Guiberc oignit la sœur d'huile sainte en présence de la communauté. Sœur Béatrix dit que durant les heures qui suivirent elle vit luire les traces dorées sur la peau blanche de Paciane.

Héloïse était autant affectée de l'insulte essuyée par le couvent que de l'agression contre Paciane et du meurtre de frère Baudouin. Elle était toujours sans nouvelles de l'évêque, mais Anseau, seigneur de Trainel, dont les terres jouxtaient celles du couvent à quatre lieues de là, vint en personne incontinent. Il amena douze hommes de la région, tous armés.

— Savez-vous qui a fait cela ? demanda-t-il. Avez-vous reconnu l'un ou l'autre de ces deux hommes ?

Héloïse secoua la tête.

— Ils étaient à cheval et portaient des casques. De toute façon, j'étais trop loin pour distinguer leurs visages. J'ai ici des visiteurs qui ont croisé les deux hommes sur la route comme ils s'enfuyaient. Ils pourront peut-être nous en dire plus. Voulez-vous que je les appelle ?

Anseau hocha la tête et Héloïse fit signe à sœur Thècle d'introduire Catherine, Edgar et Gauthier de Grancy. En voyant Gauthier, Anseau se leva d'un bond et porta instinctivement la main à son épée, qu'il avait laissée à la porte.

— Ma Mère ! s'exclama-t-il. Savez-vous qui est cet homme ?

— Naturellement.

— Ne faites pas l'âne, Anseau, dit Gauthier d'une voix suave. Vous savez que je n'aurais jamais fait de mal à Alys. Vous ne faites pas plus confiance que moi à Raynald et à sa famille !

— Est-ce pour cela que vous vous êtes caché ? Plus d'un ont vu en vous le coupable lorsque vous vous êtes gardé de réfuter l'accusation de Raynald.

Gauthier se laissa choir sur un banc, qui craqua en signe de protestation.

— Voilà ce qui arrive quand on s'efforce de préserver la paix du Seigneur, marmonna-t-il. Il va falloir maintenant que je me batte avec toux ceux qui m'ont taxé de couardise.

— Je retire mes paroles, se hâta de dire Anseau. Et je serai heureux de proclamer votre piété à qui veut l'entendre. Or çà, d'après l'abbesse, vous et vos compagnons avez vu les hommes qui ont attaqué sœur Paciane ?

— Qui ?

Gauthier se redressa brusquement, ce qui fit plier le banc.

— Je promets de vous expliquer plus tard, seigneur Gauthier, intervint Héloïse. Pour le moment, intéressons-nous à ces hommes qui ne craignent pas le jugement de Dieu. Les avez-vous reconnus ? L'un d'eux était-il Raynald ?

— Non, j'ai le regret de le dire. Je me suis suffisamment battu avec lui pour reconnaître son armure et la façon dont il monte à cheval. Aucun de ces deux hommes n'avait l'habitude de se battre vraiment.

Anseau entendit ce jugement sans broncher, mais Héloïse ne semblait pas convaincue. Les hommes lui avaient paru bel et bien belliqueux.

— Comment pouvez-vous l'affirmer ?

— A la façon dont ils montaient, voyons ! répondit sèchement Gauthier, avant d'ajouter, se rappelant à qui il parlait : Madame l'abbesse. Cela eût sauté aux yeux du seigneur de Trainel, ici présent, s'il les avait vus. Certes, il va de soi que ce genre de chose ne peut faire partie de votre savoir. Ce ne serait point convenable.

— On ne m'a point appris ces choses-là, reconnut Héloïse. Seulement, je demande à être instruite à présent. Nous ne saurions négliger ce qui peut nous aider à démasquer ces deux hommes et à les traduire en justice.

— Bien entendu. (Gauthier ferma les yeux, afin de mieux se rappeler.) Ils tenaient leur écu d'un bras ballant, comme un pèlerin tient sa besace, sans se protéger ; et ni l'un ni l'autre n'aurait eu de main libre pour porter un coup d'épée. Même lorsqu'il bat en retraite, un véritable guerrier ne s'expose jamais ainsi.

— Est-ce tout ? demanda Héloïse.

Gauthier plissa encore un peu plus les paupières.

— Non, répondit-il en rouvrant les yeux. Ils ne serraient pas leur cheval avec les genoux. Leurs jambes battaient les flancs de leur monture. Ridicule. Je serais prêt à parier ma meilleure selle qu'ils n'étaient point accoutumés à dépasser un trot de prêtre. Bien, maintenant, parlez-moi de cette... Paciane. Vous n'aviez pas mentionné ce nom. Il ne s'agit pas de la même femme, n'est-ce pas ?

Catherine alla s'asseoir à côté de Gauthier.

— Ma mère ? dit-elle à Héloïse. Je sais que nous avons promis, mais Paciane risque de mourir parce que quelqu'un ne voulait pas que son secret fût ébruité.

— Vous avez ma permission, acquiesça Héloïse. Je vous libère de votre serment.

— Paciane est la sœur aînée d'Alys, expliqua Catherine à Gauthier. Elle n'a point péri de sa fièvre. Elle est venue ici. J'ignore pourquoi ou comment. Elle voulait faire croire à tous qu'elle était morte. Mais le comte Raynald l'a vue quand il s'est rendu ici à Pâques. Il a compris qu'elle était vivante.

— Par la tombe de saint Genès ! s'exclama Gauthier. Je ne me serais jamais cru capable de prendre ce questre en pitié, mais je le plains sincèrement.

— Il voulait l'épouser, confia Catherine à l'abbesse.

— Je sais, chère Catherine. Elle me l'a dit quand elle est venue me trouver. C'était l'une des raisons pour lesquelles elle ne souhaitait pas qu'on fût au courant de sa présence ici. Elle voulait faire croire au monde qu'elle était morte puisqu'elle désirait être morte pour le monde. Ce souhait m'a paru respectable, jusqu'à maintenant.

— J'en conviens, le temps des secrets est révolu, déclara le seigneur Anseau. Il ne s'agit pas uniquement d'une agression contre un être humain, mais d'une attaque contre Dieu et l'honneur de l'Eglise. Ces hommes doivent être capturés. Vous revient-il autre chose à leur endroit ?

— Celui qui était blessé était chétif, intervint Edgar. Il était maigre et de petite taille. Ses jambes battaient les flancs de sa monture parce que les éperons tombaient trop bas pour ses pieds.

— Fort juste, renchérit Gauthier. Je m'en souviens aussi.

— L'autre était plus grand et large d'épaules, dit lentement Catherine. Il avait des bagues sous ses gants. L'un de ceux-ci était déchiré à la couture. Cela me rappelle quelque chose...

— Les hommes qui ont tué Lisiard, dit Edgar. Tu avais raison, Catherine. Sa mort doit avoir un lien avec cette affaire.

— Pauvre sot. (Catherine se signa.) Il ne m'avait rien dit, et pourtant ils l'ont assassiné. Ces deux hommes ressemblent à ceux qu'a décrits le ramasseur de crottes. Seigneur, ces hommes sont peut-être aussi les ignobles assassins de Lisiard de Troyes, éviscéré voilà quelques jours...

— Pouvez-vous donner des noms à ces monstres ? demanda Anseau.

— Je les reconnaîtrais, affirma Gauthier, si je les voyais à cheval. Mais je crois qu'ils m'étaient inconnus.

— Si Paciane se réveille, pourrait-elle les nommer ?

— Je ne sais, répondit Héloïse. Elle ne les connaissait peut-être pas. Qui plus est, elle a fait vœu de silence. On m'a dit que, quand les deux hommes ont fondu sur elle, elle n'a même pas crié. Si sa conscience lui dicte de ne pas parler, je ne la forcerai pas.

— Même si cela permet à des meurtriers de rester impunis ? objecta Anseau.

— Dans cette vie, oui, rétorqua Héloïse.

Anseau se leva.

— A votre guise, conclut-il. Je vais laisser ici plusieurs de mes hommes au cas où la paix serait encore troublée.

Héloïse se leva pour le raccompagner jusqu'à l'entrée de la loge.

— Merci. Vous avez toujours été notre ami dans les moments difficiles.

— Et je le serai toujours. J'ai le plus grand respect pour vous ainsi que pour maître Abélard. Y a-t-il des nouvelles de Paris ?

— On dit que l'abbé Bernard ne veut pas de joute oratoire avec lui, mais Abélard et ses disciples tiennent à ce que la question soit réglée. Quant aux amis de Bernard, ils l'exhortent à relever ce défi. J'ai aussi entendu dire que l'abbé allait prêcher auprès de ses étudiants plus tard dans le mois.

— Cela débarrassera peut-être Paris de son ramassis de clercs, dit Anseau en riant. Ses prêches seraient capables de convaincre le diable en personne de se faire moine blanc.

Héloïse sourit.

— Oui, je sais. Mais Pierre Abélard n'est pas le diable, quoi qu'en pensent d'aucuns.

— Je serai à Sens pour le soutenir, assura Anseau, si la joute a lieu. En vérité, j'y serai de toute façon. L'archevêque a fait comprendre qu'il comptait sur le concours de tous pour la construction de la cathédrale.

— Je vous suis reconnaissante de votre aide passée et présente.

— Je me fais un point d'honneur de prêter assistance à ceux qui intercèdent en ma faveur par leurs prières. Mes hommes resteront aussi longtemps qu'il le faudra.

Héloïse le remercia derechef. Mais, en regagnant le

cloître, elle avait le cœur troublé. Le monde en était-il arrivé au point qu'il fallût des hommes en armes pour protéger des femmes de Dieu contre d'autres chrétiens ?

Plus tard cet après-midi-là, Catherine cherchait son peigne dans sa besace. Elle en sortit des vêtements, des rubans, des aiguilles, sa cuiller et son couteau. Edgar l'observait avec amusement.

— Je peux te tailler un nouveau peigne, proposa-t-il.

— Il est là-dedans, je le sais ! Je me suis coiffée hier. Je suis certaine de l'avoir remis dans mon sac.

— Ne peux-tu en emprunter un ?

— Je veux le mien !

Edgar recula d'un pas.

— Quelque chose te tourmente-t-il ?

Catherine se balançait sur les talons.

— Bien entendu, lui lança-t-elle sèchement. Partout où je vais, les gens se font poignarder, battre ou égorger. Et je suis incapable de les aider ou d'attraper les coupables. Cela ne te tourmente-t-il donc point ?

— Si, mais...

— Et maintenant, je ne retrouve pas mon peigne ! conclut-elle en se mettant à pleurer.

Un conseil donné par son père revint à l'esprit d'Edgar. Parfois, lui avait-il dit, il est préférable de ne pas parler et de penser avec son cœur. Edgar regarda Catherine en sanglots, assise par terre, ses affaires en pile près d'elle. Elle serrait d'une main la croix qu'il lui avait offerte. Il s'agenouilla à ses côtés et la prit dans ses bras. Elle s'appuya contre lui et, peu à peu, ses pleurs cessèrent.

— Je suis désolée, fit-elle en reniflant. Seulement voilà, cette attaque a eu lieu ici, où rien de malfaisant ne devrait avoir droit de cité. Nous devrions être ici à l'abri des maux du monde. (Elle lui sourit, puis s'essuya les yeux à l'aide de sa manche.) Jusqu'à ce que je te rencontre, c'était ici mon refuge. Crois-tu que Jehan ait raison ? Que je porte malheur aux gens que j'aime ?

— Jehan est un flearde a esul ! riposta Edgar sans hésiter.

— Ce qui veut dire ?

— Ce qui veut dire qu'il ne sait rien.

Edgar se mit à jouer avec les effets empilés et brandit une paire de braies de lin blanc, descendant jusqu'aux genoux et s'attachant avec une cordelette coulissante.

— Pourquoi cela ? As-tu l'intention de porter les braies dans le ménage ?

Elle les lui arracha des mains et les fourra dans le sac en rougissant.

— Oui, à moins que tu ne combles les vœux de mon père. Du moins, cinq jours chaque mois.

Il lui fallut une minute pour comprendre.

— Oh, fit-il enfin. Crois-tu que tu en auras besoin bientôt ?

— Sous peu, à en juger par mes émotions. Mais c'est difficile à dire. Avec le jeûne du Carême et tout ce qui s'est passé au cours des deux dernières semaines, je n'ai plus les mêmes réactions. En temps normal, j'aurais demandé à sœur Mélisande une tisane aux herbes pour aider la nature, mais ce ne serait pas une bonne idée pour le moment. Au cas...

— Au cas où j'aurais comblé les vœux de ton père ? s'enquit-il en souriant.

— Tant de femmes ont du mal à concevoir. Je ne veux point courir ce risque. Les herbes qui purgent sont très puissantes.

Elle allait s'éloigner de lui, mais il l'arrêta, sa main caressant lentement l'arrondi de ses joues et descendant le long de sa gorge.

— Catherine, je sais que cela ne répond pas à la logique, mais soudain j'éprouve l'envie irrépressible de te conduire au lit.

— Maintenant ?

Il hocha la tête.

— Nous sommes au milieu de la journée... (Elle resta totalement immobile un instant. Puis elle l'embrassa.) Tu ferais mieux de mettre la barre à la porte.

Gauthier de Grancy avait eu la permission de rendre visite à Paciane, mais seulement en compagnie de l'abbesse Héloïse. Il s'agenouilla à son chevet et prit sa main inerte dans sa poigne.

— Elle n'a pas tant changé, même en dix ans, dit-il. Cela a dû être horrible pour Raynald de la voir après qu'il eut épousé sa sœur. J'espère qu'elle vivra. Il n'est pas juste que Alys et elle disparaissent toutes deux.

— Elle repose plus paisiblement, à présent, dit Héloïse. Nous commençons à prendre espoir.

Gauthier se leva, secouant la tête.

— Je ne comprends pas pourquoi on l'a attaquée, marmonna-t-il. Ce ne peut être à cause de cette terre. Elle a renoncé aux droits qu'elle possédait dessus lorsqu'elle est entrée au couvent, n'est-ce pas ?

— Bien entendu. Pour ce qui est de son héritage,

c'est comme si elle était morte de la fièvre il y a dix ans.

— Alors pourquoi ne l'ont-ils pas laissée en paix ?

— Je l'ignore. (Son visage arborait une expression aussi triste que celle de Gauthier, mais la colère s'y mêlait de surcroît.) Cela dit, il me semble qu'il est grand temps de le découvrir.

Gauthier sortit afin de s'assurer que les hommes laissés par le seigneur de Trainel étaient bien à leur poste. Il leur recommanda de garder les yeux fixés sur la route et les bois, et non pas sur les fenêtres du dortoir... Puis il commença à effectuer lui-même la tournée des bâtiments et fit plusieurs fois le tour des murs du couvent, réfléchissant. Plus il réfléchissait, plus il marchait vite, et plus il marchait vite, plus la colère montait en lui. Il finit par s'arrêter, puis se dirigea vers l'hostellerie d'un pas décidé.

— Holà ! Vous là-dedans ! lança-t-il en tambourinant au battant. Je ne peux entrer ! La porte est fermée !

Il y eut des bruits de pas précipités à l'intérieur, le choc d'un tabouret renversé, des chuchotis finissant en ris. La barre fut enfin ôtée et le visage d'Edgar apparut. Le jeune homme tenait sa chainse d'une main et ses braies de l'autre.

— Déjà de retour, Gauthier ? dit-il. Comment va sœur Paciane ?

Gauthier regarda derrière lui, aperçut Catherine, dont le bliaut était chiffonné et qui n'avait toujours pas retrouvé son peigne. Il sourit jusqu'aux oreilles.

— Heureux de voir que vous avez appris le jeu *à la françoise*, s'écria-t-il. Bravo, mon garçon !

— Nous avons semblable jeu en Ecosse, répliqua doucement Edgar. Mais nous utilisons d'autres mots.

— J'aimerais certes les apprendre un jour ou l'autre, mais pas pour le moment. Si votre ceinture est attachée, sortez une minute.

Edgar finit de se vêtir et suivit Gauthier dehors, laissant Catherine à ses recherches.

— Je veux comprendre pourquoi ce bout de forêt suscite si grande convoitise, déclara Gauthier à voix basse. Après tout, mon honneur semble dépendre de la découverte de la vérité sur ce chapitre. Je vais y retourner à la première heure demain. Acceptez-vous de m'accompagner ?

— Je le ferais volontiers, mais je doute vous être bien utile si nous nous heurtons aux hommes de Raynald. Je ne sais pas me battre.

— Peu importe, moi je sais, j'en fais mon affaire. En revanche, je ne sais ni lire ni comprendre les choses comme vous. Où avez-vous donc appris le fonctionnement d'une forge ?

Edgar tourna les yeux vers les chevaliers qui montaient la garde autour du couvent.

— Je m'intéresse à la façon dont sont faites les choses, voilà tout. Est-ce important ?

Gauthier secoua la tête.

— Sans doute pas. Il paraît simplement étrange qu'un noble se soucie de semblables détails. Moi, j'ai appris le peu que je sais en regardant pendant qu'on ferrait mon cheval. Voulez-vous m'accompagner ?

— Et Catherine ?

— Nous ne serions partis qu'une semaine, peut-être moins. Laissez-la ici.

Edgar se pencha en arrière pour regarder Gauthier droit dans les yeux.

— Vous ne connaissez pas Catherine depuis longtemps, n'est-ce pas ?

— Je préférerais traverser des forêts infestées de loups, voyez-vous, en traînant viande fraîche accrochée à mes fontes, plutôt que voyager avec une femme ! Sur les grands chemins, avec du monde alentour, il n'y a rien à craindre, mais les sentes forestière sont fréquentée par des ribaux[1]. Vous et moi pourrions les repousser ou leur faire peur, mais nous ne pourrions la protéger en même temps.

Edgar soupira.

— Oui, vous avez raison. Catherine comprendra... Peut-être vais-je vous accompagner.

Là-dessus, redressant les épaules, il retourna à l'hostellerie, évoquant tous les arguments possibles au cas où elle n'entendrait point raison.

Catherine ne leva pas les yeux quand il entra. Elle avait enfin retrouvé son peigne et ses cheveux dénoués tombaient jusqu'au sol, enveloppant son visage tel un nuage nocturne.

— Que désirait Gauthier ? s'enquit-elle.

Il expliqua.

— Tu prendras garde à toi, n'est-ce pas ? s'inquiéta-t-elle, commençant à tresser ses cheveux d'un côté.

Edgar s'approcha et écarta de ses doigts les cheveux non encore tressés.

— Merci, dit-elle. Ils me gênent toujours. Peut-être devrais-je les couper.

1. Vagabonds, soldats pilleurs.

— Pas tant que je vivrai !

Elle sourit.

— Alors je le répète, n'essaie pas de jouer les héros. Laisse cela à Gauthier. Défends-toi s'il le faut, mais je préférerais que tu n'y sois pas contraint.

— Ainsi donc, tu ne rechignes pas à m'attendre ici ? insista-t-il, dubitatif.

— Bien sûr que non ! Gauthier a tout à fait raison. Je ne serais qu'une gêne.

Mais quand cela l'avait-elle dérangée ? se demanda-t-il, tout en jugeant sa question injuste. Elle n'avait jamais cherché à être une gêne et, du moins une fois, lui avait sauvé la vie. Malgré tout, il n'était guère dans ses habitudes d'accepter sans résistance.

Catherine perçut son scepticisme.

— Tu as de la chance que ce soit ma phase de la lune, expliqua-t-elle. Je ne veux pas passer la semaine prochaine à errer dans les bois à dos de cheval, sans savoir si j'aurai assez de linges propres pour la journée. Lorsque tu reviendras, tout devrait être rentré dans l'ordre et nous pourrons retourner à Paris ensemble.

Edgar était fasciné.

— Il ne m'était jamais venu à l'idée que pareille chose pût être un souci.

Catherine se mit à rire.

— Tu m'étonnes ! Ce n'est pas toi qui as ce souci !

Edgar et Gauthier se mirent en route le lendemain matin. Catherine avait obtenu la permission de demeurer au Paraclet jusqu'au retour d'Edgar. Lorsqu'elle le vit en selle, si frêle à côté du seigneur de Grancy à la carrure d'ours, elle fut marrie de le laisser partir.

— Rappelle-toi, lui dit-elle, tu as promis d'être prudent et de ne pas risquer ta vie.

— Je ne pars pas en croisade. Ce ne sera qu'une petite expédition de chasse.

— Veille à ne pas être la proie.

Catherine agita la main jusqu'à ce qu'ils eussent disparu, puis sollicita un entretien de l'abbesse Héloïse.

Après être entrée dans la cellule, elle s'immobilisa un instant, regardant autour d'elle. C'était étrange. D'une certaine façon, les choses lui semblaient différentes. Comment ce changement s'était-il opéré en seulement deux semaines ?

Rien n'a changé, Catherine, dirent ses voix. *C'est toi qui nous regardes différemment à présent.*

Elle hocha tristement la tête. Elle avait arrêté le seul choix possible en conscience, mais savait qu'elle ne ferait plus jamais partie du Paraclet comme elle l'avait envisagé auparavant.

Héloïse s'approcha et lui tapota la joue.

— Ne vous tourmentez point, lui dit-elle. Il sera bientôt de retour.

— Je sais. C'est vous qui me manquiez, ma Mère.

L'abbesse se tourna brusquement et se dirigea vers la fenêtre. Elle inspira à fond.

— Merci, Catherine. Que puis-je pour vous ?

— La comtesse Constance doit venir ici sous peu, n'est-ce pas ?

— Dans un jour ou deux, me semble-t-il. Pourquoi ?

— Edgar et Gauthier vont tâcher de tirer au clair ce mystère. J'étais tout à fait sincère en disant que je ne serais qu'une entrave pour eux. En revanche, je peux découvrir certaines choses, pourvu qu'Edgar ne soit pas avec moi. Seulement voilà, j'ai besoin de votre aide, et de celle de sœur Emilie. Etes-vous prête à m'aider ?

Héloïse s'assit et fit signe à Catherine de l'imiter.

— Mieux vaudrait sans doute que vous me donniez quelques explications, dit-elle. Je ne fais pas de promesse à l'aveuglette.

Le lendemain, dame Constance arriva pour pleurer son enfant unique.

Elle avait voyagé dans sa chaise à porteurs, fixée à deux mules. Elle était entourée de ses hommes d'armes à cheval et de ses suivantes, ainsi que de dames de compagnie. Déol, son chapelain, et son cuisinier étaient avec elle. Elle avait apporté son lit, ses plats, son repose-pieds, ses oreillers, tout cela empilé dans une charrette suivie de trois autres gardes. L'allure étant imposée par la charrette et la chaise à porteurs, le voyage depuis Troyes avait requis non pas deux jours, mais plus d'une semaine.

Constance entendait en outre disposer en totalité de l'hostellerie et de tout autre logis dont elle pouvait avoir besoin. Catherine fut donc encore une fois envoyée dormir sur le sol de l'infirmerie.

Elle-même et sa suite installées, Constance sollicita une audience privée avec l'abbesse. Après quoi, elle souhaita être conduite à la sépulture d'Alys.

De la porte de l'infirmerie donnant sur le jardin, Catherine observa la procession qui se rendait au cimetière. Emilie, derrière son épaule, jeta un coup d'œil.

— Elle aurait quand même pu s'abstenir de se teindre les cheveux pour aller se recueillir sur la tombe de sa fille, chuchota-t-elle.

— Tu diras cinq Pater pour tes pensées malveillantes, la taquina Catherine. Il nous faut croire que ce blond est naturel.

— Même saint Thomas aurait du mal... On n'a jamais vu personne avec des cheveux de cette teinte. C'est inconvenant eu égard à son deuil et... peu seyant de toute façon.

De fait, l'effet était curieux, reconnut Catherine. La comtesse était vêtue de sombre, son bliaut déchiré en plusieurs endroits ; elle ne portait pas de bijoux ; ses cheveux dénoués à la teinte factice étaient en désordre ; elle marchait soutenue par le père Déol. Constance était l'image même du chagrin. Pourquoi Catherine avait-elle l'impression si vive qu'il ne s'agissait que d'une image ?

De leur poste d'observation, elles entendaient ses cris et ses hurlements d'angoisse. Malgré ses doutes, Catherine dut admettre que la douleur de la mère d'Alys paraissait authentique. Mais alors, pourquoi n'était-elle point venue rendre visite à sa fille à l'article de la mort, alors que Quincy était si près ? Pourquoi avait-elle assuré qu'Alys était superficielle et dénuée de piété ? C'était épouvantable de dire cela d'une morte. Et pourquoi avait-elle laissé entendre qu'Alys devait se repentir d'un grave péché ? A en croire Gauthier, Alys n'aurait pas eu le cran de pécher.

Il y avait trop de questions. Et, pour Catherine, il n'existait qu'un moyen d'y trouver réponse. Toutefois, elle n'était pas encore certaine d'en avoir convaincu mère Héloïse.

— Emilie, dit-elle, penses-tu que la comtesse Constance se laissera persuader de m'emmener avec elle à Quincy ?

— T'aiderai-je à la persuader ? Voilà ce que tu veux dire. Oui, aux deux questions. Mais je ne partage pas le sentiment de mère Héloïse. Mieux vaudrait te recommander simplement à dame Constance, sans l'abuser quant à ton statut parmi nous.

— C'est pour garantir ma sûreté. Elle craint que je n'aie besoin de la protection du Paraclet au cas où les choses tourneraient mal.

— Mais tu pourrais aussi causer grand tort au couvent. Procède avec circonspection, je t'en prie.

Catherine sourit tristement.

— C'est sans doute aussi pour cela que l'abbesse veut me faire passer pour membre de la communauté. Le souci que j'aurai de votre réputation saura peut-être m'empêcher d'agir inconsidérément.

Emilie secoua la tête.

— Elle prend un risque énorme.

— Inutile de me le rappeler, soupira Catherine.

En dépit, ou à cause, de son oppressante angoisse, Constance ne resta qu'une nuit au Paraclet. Le lendemain matin, elle eut une entrevue avec Héloïse, la prieure Astane et Emilie. Elle se déclara ravie de prendre Catherine en pension. Celle-ci séjournerait une semaine ou deux chez elle pour apprendre l'art de tenir une maison, puisqu'elle était sur le point d'épouser un seigneur de Ponthieu et avait besoin de conseils que le couvent n'était guère en mesure de lui prodiguer.

— Je serai honorée, déclara la comtesse. Et heureuse de lui transmettre le peu que je sais.

Ainsi, cet après-midi-là, Catherine se joignit pour l'occasion à la suite de dame Constance.

— J'essaierai d'être de retour avant Edgar, confia-t-elle à l'abbesse. Sinon, vous lui expliquerez, n'est-ce pas ?

Héloïse lui décocha un coup d'œil que Catherine ne connaissait que trop.

— Vous serez de retour avant lui.

Catherine baissa la tête.

— Oui, ma Mère.

Après le départ de Catherine, Héloïse retourna vaquer à ses occupations. Elle s'avisa soudain — mais pas avant Vêpres — que Constance n'avait soufflé mot sur la présence de gardes supplémentaires au couvent et n'avait posé aucune question sur Paciane, malgré la scène à laquelle avait assisté Catherine à Troyes. Peut-être le chagrin avait-il chassé toute autre pensée de son esprit.

Peut-être.

Ou peut-être Constance avait-elle toujours su que Paciane était au Paraclet et n'ignorait-elle nullement que cette dernière avait été récemment victime d'une agression. Peut-être croyait-elle que, désormais, sa fille par alliance était enfin bel et bien morte.

Héloïse inclina la tête vers ses mains jointes.

— Pardonnez-moi, Seigneur, murmura-t-elle. Je n'aurais jamais dû laisser partir Catherine. C'est ma propre curiosité que j'ai cherché à satisfaire, pas la sienne. Deux fois, à présent, je l'ai envoyée vers le danger. S'ils lui font du mal, je...

Quoi donc ? Quelle pénitence pouvait-elle s'imposer pour avoir poussé Catherine à se jeter dans la gueule du loup ?

— Je vous laisse juge, Seigneur, poursuivit-elle. Je vous conjure de la protéger.

18

La forêt d'Othe, lundi 29 avril 1140

Ce que n'i est, ce ne pouet on trover.

« On ne peut trouver ce qui n'est point » (vieux proverbe français).

— Gauthier, je sais que vous possédez une parfaite connaissance des forêts, déclara Edgar. Et jusqu'ici je vous ai suivi sans poser de questions. Mais celui qui a tracé ce chemin ne devait pas avoir toute sa tête. Nous venons de parcourir une lieue et sommes revenus sur nos pas une douzaine de fois. Nous devons être quasiment de retour à notre point de départ.

Il donna un grand coup pour écarter une branche basse, fit une grimace en se piquant la main sur des orties. Leur première journée dans la forêt l'avait convaincu que celle-ci n'offrait aucun caractère particulier. Elle était identique à toutes les autres forêts de France, à ceci près qu'on y rencontrait encore plus de buissons épineux et de bourbiers.

Gauthier jura à l'instant où la crinière de son cheval se prit dans un buisson plein de bogues.

— Vous avez raison, dit-il. C'est une trace laissée par un animal, un daim très certainement. Au début, j'ai cru que des hommes l'avaient suivie dernièrement, mais pas jusqu'ici. Peut-être se sont-ils aussi laissé prendre au piège. Il se fait tard. Nous devrions installer notre camp.

— J'entends la rivière. Si l'on essayait de trouver une clairière près de l'eau ?

— Oui, mais pas trop près, cependant. Les insectes commencent à éclore. (Il releva la tête et huma l'air.) Encore ces charbonniers... Je me demande combien ils sont et s'ils sont armés.

— Est-ce sagesse de nous approcher d'eux, alors que nous ne sommes que deux ?

— Non. J'y vais seul. Attendez-moi ici.

Edgar s'emporta.

— Me prenez-vous pour un couard ?

Gauthier parut déconcerté.

— Certes non. Mais vous m'avez posé une question. Or je ne trouve pas avisé d'y aller tous les deux. S'ils sont en bande et armés, il faut que l'un de nous soit prêt à faire diversion.

— J'entends bien. En ce cas, c'est moi qui devrais y aller. Mon aspect risque moins de les effrayer que le vôtre !

Ils disputèrent encore dix minutes avant de convenir finalement qu'Edgar aborderait les charbonniers et que Gauthier resterait caché dans les bois, arbalète bandée.

Ils se laissèrent guider par l'odeur de la fumée, progressant avec prudence. A mesure qu'ils approchaient du campement, ils entendirent aussi des voix. Edgar fit signe à Gauthier de demeurer en retrait alors que lui-même quittait le couvert des arbres.

Deux hommes se tenaient à côté de la fosse à charbon de bois. Un chêne abattu reposait sur le sol, contre lequel était posée une scie. L'un des hommes avait une pioche passée sous la ceinture. Derrière eux, de l'autre côté de la clairière, une femme était assise par terre, un bébé au sein. Elle tournait quelque chose dans un pot ; deux enfants étaient penchés au-dessus, l'air gourmand. Edgar fit un pas en avant. La branche sous ses pieds craqua comme un coup de tonnerre. Tout le monde se figea sur place. L'homme muni de la pioche la dégagea.

— Qui..., commença-t-il, avant d'apercevoir Edgar, avec ses cheveux et sa peau pâles. Que saint Eloi nous vienne en aide ! Qui êtes-vous ?

— Un démon, père ! s'écria l'un des enfants, enfouissant son visage dans les jupes de sa mère.

— Non, répondit Edgar tranquillement, levant les mains, paumes ouvertes. Je suis un homme, un voyageur perdu dans la forêt. Je vous demande seulement l'hospitalité.

— Il ment, intervint l'autre homme. Il a été envoyé pour nous chasser.

— Pourquoi ferais-je cela ? repartit Edgar, avançant encore d'un pas. Ai-je l'air d'un bailli ? Peu m'importent vos agissements en ce lieu. Mon ami et moi voulons seulement de la compagnie pour la nuit. Ces bois sont sombres et inhospitaliers. Nous avons de la viande fraîche, si vous êtes disposés à partager votre feu.

Les deux hommes se consultèrent. Edgar constata que, sous la crasse, tous mouraient de faim. Pioches et scies aux dents cassées n'abattent point de gibier. Les enfants ne portaient que des manteaux déchirés. On voyait leur peau nue en dessous, leurs jambes grêles et torses. Leurs chaussures étaient faites de bouts d'écorce, attachés à l'aide de sarments entortillés. Comment ces gens-là avaient-ils survécu à l'hiver ? Où avaient-ils trouvé la force d'abattre les arbres qu'ils étaient en train de brûler ?

Ce fut la femme qui prit la décision.

— Peu me chaut qu'il soit braconnier ou le diable en personne ! déclara-t-elle. S'il a de la viande, faites-le venir.

— Où est votre ami ? demanda l'homme à la pioche. (Il se tenait toujours prêt à la lancer.) De la viande de quoi ?

— Gauthier ! cria Edgar sans bouger. Nous avons été conviés à souper.

Lorsque Gauthier apparut, la femme se mit à hurler et serra les enfants contre elle. La pioche s'échappa des doigts inertes de l'homme, qui se signa.

— Que saint Salvien nous protège ! s'écria-t-il. Ce sont là des monstres !

Puis il vit ce que portait Gauthier entre les bras.

— Que la Vierge vous bénisse et vous garde en bonne santé, seigneur, reprit-il. Regarde, Ève ! Il a tué un sanglier.

Gauthier se laissa aller en arrière et émit un long rot mélodieux, auquel les autres répondirent par un silence respectueux.

— En cet instant même, je serais prêt à vendre ma tante Matilde aux Sarrasins pour une chope de bière, déclara-t-il. Rien de tel que la cervoise pour faire descendre le marcassin !

— Je suis désolé, gracieux seigneur, s'excusa le charbonnier nerveusement. Nous n'avons que de l'eau. A vrai dire, nous n'avons rien pour vous remercier d'un tel festin. A moins que vous ne vouliez faire la bête à deux dos avec ma femme ?

Gauthier examina la femme. A la crasse s'était ajoutée une couche de graisse de sanglier. Les enfants étaient allongés en tas à ses pieds ; le bébé était en équilibre sur ses genoux.

— Il me déplairait de vous déshonorer pareillement, répondit-il en souriant.

— Vivez-vous dans ces bois depuis longtemps ? s'enquit Edgar.

— Depuis le début du Carême. Mon épouse, mon frère et moi avions une terre près de Tonnerre, mais nous avons été envahis par les seigneurs de Tonnerre et de Grancy durant l'une de leurs querelles.

Gauthier tressaillit. L'homme, le regard perdu dans ses souvenirs, ne s'en aperçut pas.

— Au cours de leurs combats, reprit-il, ils ont mis le feu à la maison et tué les cochons. Leurs chevaux ont piétiné nos champs. Il ne nous est rien resté. J'ai pensé trouver du travail à Sens, mais l'hiver a été rude. Il n'y avait pas d'ouvrage pour un homme sans métier ni parent en ville. La maison du chapitre de Saint-Stéphane nous a nourris un temps, puis les moines de Saint-Pierre-le-Vif, mais il n'y en avait jamais assez. Là-dessus, nous avons entendu dire que nous pouvions vivre dans la forêt, produire du charbon de bois et le vendre à bon prix.

— Et ce n'était pas vrai ? demanda Edgar devant l'évidence de leur pauvreté.

— Oh, si, c'était vrai. Nous en avons produit assez la première semaine pour en remplir deux barriques. Nous les avons portées à la rivière pour attendre l'acheteur, mais les ribaux nous les ont volées. Cela s'est produit deux fois. A présent, nous en produisons juste assez pour nous tenir au chaud. Nous cherchons notre subsistance dans la forêt. L'hiver prochain, nous devrons vivre de la charité des moines encore une fois, ou bien nous mourrons de faim.

L'homme fixa les yeux sur les braises.

— J'ai toujours voulu faire l'aumône, et non point en vivre, avoua-t-il.

Gauthier s'agita. Il ouvrit la bouche pour parler, puis la referma. Il laissa d'abord Edgar achever ses questions.

— Y a-t-il beaucoup de gens comme vous dans la forêt ?

— Trop. Nous pensions pouvoir survivre ici et gagner assez pour reconstruire notre logis. Il y en a d'autres qui se sont laissé leurrer par les mêmes promesses fallacieuses. Toutefois, la plupart sont morts ou ont rejoint les ribaux.

— Mais à qui appartient cette terre ? Personne ne pourchasse donc les braconniers dans la forêt ?

— Je n'ai vu ni chevaliers ni soldats, à part vous. Nous avons entendu dire que cette forêt appartenait à la comtesse de Tonnerre. Maintenant qu'elle est morte, paraît-il, le comte a l'intention de la donner aux moines.

— Quels moines ? intervint Gauthier avec vivacité.

— Des moines blancs, du côté de Lailly.

L'homme commença à étouffer les braises sous de la terre humide, de peur qu'elles ne se consument entièrement. Edgar s'écarta. Le bruit courait donc que Vauluisant serait le nouveau propriétaire de la forêt. Il se demanda d'où provenait cette rumeur. Il avait une dernière question.

— Savez-vous qui achète le charbon de bois et à quoi il sert ?

L'homme secoua la tête.

— J'ai vu l'homme qui procède aux achats, répondit-il. J'ignore pour qui il travaille. Il n'avait pas l'air d'un clerc. La barge était également chargée de pierres rougeâtres. De pierres et de charbon de bois... Je n'y comprends rien.

— Et tout ça est expédié en aval ? demanda Gauthier. Jusqu'où ?

— Dieu seul le sait. J'ai entendu dire une fois que tout était pour le moulin, mais, je vous le demande, vous connaissez des moulins conçus pour moudre des pierres ?

— Je l'ignore, dit Edgar. Cependant, c'est une merveille qu'il me faut voir.

— Bon voyage, alors ! La terre recouvrant les braises reste chaude toute la nuit. Nous avons appris à dormir en cercle tout près. Nous vous montrerons.

— Non.

Gauthier se leva, se dirigea vers sa besace et en sortit son manteau de rechange. C'était de la laine anglaise, doublée de peau de chat. Puis, après un instant d'hésitation, il sortit également son autre tunique et sa chainse.

— Tenez. Couvrez vos enfants et votre femme.

Venez à Grancy. Je veillerai à ce que votre bien vous soit restitué.

Il fourra les vêtements entre les mains de l'homme, puis regagna la lisière de la clairière. Il se laissa choir sous un chêne et s'appuya contre le tronc.

— Dormez, leur lança-t-il. Je vais monter la garde.

Le charbonnier considérait avec stupéfaction le ballot de vêtements.

— Est-il fou ? demanda-t-il.

— Sans nul doute, répondit Edgar. Mais vous pouvez être certain qu'il tiendra parole. C'est aussi le seigneur de Grancy.

Gauthier gardait un silence inhabituel comme ils longeaient le fleuve vers l'aval, le lendemain matin.

— Vous vous êtes montré fort charitable, fit observer Edgar. D'autant qu'une seule de vos tuniques aurait amplement suffi à les abriter tous.

— Ce n'était pas là geste de charité, mais de pénitence, marmonna Gauthier.

— Cela revient au même. César d'Arles dit que faire l'aumône efface le péché, croyance qui trouve un écho chez...

— Je me moque de ce que disent vos prêtres disparus ! brailla Gauthier. Je ne me rappelle même pas pourquoi Raynald et moi nous battions l'année dernière. J'ai toujours nourri les pauvres. Il n'y a pas de miséreux à cause de moi !

— A l'évidence, Gauthier. Voulez-vous revenir et leur donner aussi votre cheval ?

— Vous croyez que je devrais ?

— Saint Gauthier de Grancy ? ironisa Edgar en

riant, avant de s'aviser que l'homme était sérieux. Vous devez faire ce que vous dicte votre conscience.

Ils continuèrent de chevaucher et parvinrent à un quai grossier construit sur une berge du fleuve.

— C'est là qu'ils doivent apporter le charbon de bois, dit Edgar. Mais je pense que nous devrions poursuivre notre chemin afin de découvrir où il est emporté. Je tiens à dénicher ce miraculeux moulin qui change les pierres en farine, puis utilise le charbon de bois pour la transformer en pain. Cela permettrait de nourrir tous les mendiants de la chrétienté !

Gauthier ne releva pas la remarque.

— Que devrions-nous faire, à votre avis ? reprit Edgar. J'ai le sentiment que, si nous apprenions ce que deviennent les matériaux qui sortent de la forêt, nous comprendrions par la même occasion pourquoi tout le monde veut en être propriétaire.

Gauthier redressa la tête, secoua ses cheveux bruns en bataille. Jamais il n'avait autant ressemblé à un ours.

— Quand nous aurons achevé notre mission, déclara-t-il, je retournerai à la forêt pour ramener ces gens chez moi. Sinon, comment être sûr que personne ne leur fera de mal ?

Edgar sourit.

— Gauthier, il me semble que cet ermite vous a converti. Vous allez ensuite métamorphoser votre donjon en léproserie. Est-ce un village, là-bas ?

Tous deux regardèrent le chemin devant eux. Il était devenu plus large et on discernait les traces de coupes récentes. A mesure que les arbres se clairsemaient, ils distinguèrent quelques huttes qui descendaient jusqu'à la berge. Et, à l'endroit où le fleuve était alimenté par un cours d'eau impétueux, une autre bâtisse, plus grande, surplombait l'eau. Celle-ci était dotée d'une cheminée en argile d'où s'échappait une fumée âcre. Le craquement de la roue qui tournait dominait le fracas du torrent bondissant.

— Par toutes les têtes de saint Jean-Baptiste ! s'écria Edgar, avant d'émettre un long sifflement. C'est un moulin !

Pendant ce temps-là, Catherine regrettait pour la centième fois de ne pas avoir accompagné Edgar et Gauthier, ou même d'être restée au Paraclet. Ses prédictions s'étaient vérifiées. Elle était assise dans la salle des femmes à Quincy, souffrant de crampes du nombril aux genoux, se retenant de hurler, cependant que Constance et ses compagnes lui inculquaient l'art de tenir un château.

— Ne laissez jamais d'hommes monter plus haut que le premier étage, surtout si vous avez des tapis, expliquait la comtesse. Ils ne regardent pas où ils marchent quand ils sortent et rapportent à l'intérieur toutes sortes de saletés.

— Bien entendu, vous pouvez insister pour qu'ils ôtent leurs bottes au pied de l'escalier. (Celle qui venait de parler était une parente de Constance, mais Catherine avait déjà oublié son nom et son rang.) La duchesse procède ainsi et cela semble porter ses fruits, sauf avec son mari, naturellement.

— Mais alors ils furètent partout sans bruit, surprennent les servantes au travail..., objecta Constance. Non, ma solution est la meilleure. N'êtes-vous point de mon avis, ma chère ?

— Si, si, tout à fait, acquiesça Catherine d'une petite voix. Pas de bottes dans l'escalier.

— Non, ma chère, corrigea Constance avec une pointe d'impatience. Pas d'hommes plus haut que le premier étage, à moins, s'entend, que vous n'ayez qu'un seul étage. Ainsi, ils ne... Vous sentez-vous bien, Catherine ?

— Euh... non, madame la comtesse. Je suis indisposée. Je boirais volontiers une tisane.

— Naturellement, ma pauvre ! (Constance se pencha en avant et lui tapota la main.) Glacée ! Encore ces mauvais jours, n'est-ce pas ? Vous auriez dû le dire plus tôt. Mon coffret à simples ne me quitte jamais. Samonie ! Allez quérir ma boîte à remèdes.

L'autre femme s'approcha, l'air affairé, tâta le front de Catherine, son abdomen, ses mains.

— Je me fais toujours préparer un bain d'herbes, déclara-t-elle. Et je reste assise dedans jusqu'à ce que la douleur se calme. Le couvent prépare-t-il des sachets d'herbes pour ces jours-là ? J'ai un merveilleux mélange que m'a donné une amie. Elle le tient de l'abbesse de Saint-Disibod. Il est on ne peut plus apaisant. Elle serait ravie d'en envoyer la recette à votre abbesse, j'en suis certaine.

La servante était revenue, mais sans la boîte.

— Je suis désolée, madame, annonça-t-elle. Nous avons dû la laisser à Troyes, ou peut-être au Paraclet. Je ne la vois nulle part.

— Petite oie ! cria Constance. Tu es là pour t'occuper de ce genre de détails. Je devrais te faire fouetter !

— Constance, intervint son amie calmement, je suis sûre que quelqu'un ici possède les simples nécessaires.

Votre cuisinier peut concocter un breuvage de menthe, de valériane, de thym, de nard, d'artémise, de réglisse et de raisins secs. Ces ingrédients ne sont pas difficiles à trouver.

— Oui, cela ira pour cette fois, mais s'il s'agissait d'une maladie plus grave ? repartit Constance. Son incurie pourrait coûter la vie à quelqu'un.

La servante se jeta aux pieds de la comtesse.

— Grâce, madame, supplia-t-elle. Ma négligence me remplit de remords. Je ne peux qu'implorer votre merci !

— Très bien, concéda Constance à contrecœur. Je t'accorde mon pardon. Envoie des messagers sur-le-champ. Je compte sur toi pour que cette boîte soit retrouvée.

A cet instant, une autre servante entra en coup de vent, tenant entre les mains une boîte en bois dont les bords étaient décorés à la feuille d'or. En la voyant, Constance se raidit. Malgré la douleur, Catherine constata qu'elle était furieuse.

— Comment oses-tu toucher à ceci ! lança-t-elle. C'était la boîte à remèdes de ma fille. Elle doit rester consacrée à sa mémoire. Je ne veux voir personne y toucher. Samonie, emporte-la et serre-la dans le coffre avec les effets d'Alys ! (Elle se domina à grand-peine et se tourna de nouveau vers Catherine.) Peut-être devrions-nous vous dresser un lit maintenant plutôt que ce soir, dit-elle en s'efforçant de sourire. Je vais vous faire apporter l'infusion de simples. Reposez-vous cet après-midi. Ne vous sentez pas obligée de vous joindre à nous pour le souper.

Catherine se mit debout et remercia son hôtesse.

Constance se leva également et quitta la chambre avec sa compagne.

Une fois tout préparé, la servante prit Catherine par le bras et la conduisit jusqu'au lit. Quelques minutes plus tard, elle se retrouva avec sa chainse, bien bordée sous les courtepointes, un cataplasme de moutarde et de cresson sur le ventre, une coupe de vin chaud, où infusaient des herbes, entre les mains. A mesure qu'elle la buvait à petites gorgées, elle sentit refluer la douleur et commença de se détendre.

Samonie s'agitait autour d'elle, tripotant les couvertures.

— Je sais ce que vous ressentez, chuchota-t-elle. J'ai ouï dire que vous étiez sur le point de vous marier. A la bonne heure ! L'embarras est moindre une fois que l'on a enfanté.

— Je n'ai jamais entendu dire cela. Comment le savez-vous ?

— Mes enfants vivent avec ma cousine, à Troyes, expliqua Samonie. J'en ai trois.

Catherine ouvrit la bouche pour interroger Samonie sur son mari, puis la referma. La servante était jolie et intelligente, avec des cheveux d'un brun doré, des yeux verts et des fossettes. Pareille femme, dans un donjon plein d'hommes et sans famille pour la protéger, ne garde point sa vertu longtemps.

Samonie vit son regard et sourit.

— Ce sont de beaux enfants, dit-elle. Chacun d'eux ressemble à leur père respectif. Cela vous offusque-t-il ?

— De quel droit m'offusquerais-je ?

— Parfait.

Samonie cessa de s'affairer. Elle regarda autour

d'elle. C'était le milieu de la journée et elles étaient seules dans la salle des femmes. Deux précautions valant mieux qu'une, cependant, elle écarta les rideaux et jeta un coup d'œil derrière les paravents. Puis elle revint près du lit. Catherine se redressa.

— Qu'est-ce qui ne va pas ?

— Beaucoup de choses, répondit Samonie calmement. Est-ce vous qui venez du Paraclet et avez découvert le corps de Lisiard ?

Catherine hocha la tête.

— Ma sœur lui était promise, poursuivit la servante. Du moins c'est ainsi qu'ils voyaient la chose. Ils avaient l'intention de s'enfuir vers le sud. Isembard, son oncle, se déclarait prêt à les aider.

— Je suis navrée.

— Moi aussi, renchérit Samonie, le visage durci. Lisiard était un homme bon, mais il avait la langue bien pendue. Comme ma cousine. Elle adore répéter tous les potins de la Cour. Elle vient seulement de comprendre que mieux vaut ignorer certaines choses. Croyez-vous que Lisiard ait été tué à cause de ce qui est arrivé à Alys ?

— Oui, j'en suis convaincue. Et vous, savez-vous aussi des choses qu'il vaut mieux ignorer ?

— Bien sûr que non ! Mais j'ai des questions qu'il est trop dangereux de poser.

— Peut-être devriez-vous me mettre en garde, afin que je ne m'expose point au péril à mon insu.

Samonie s'assit sur le lit et se pencha tout près de Catherine.

— C'est très sage, dit-elle. Il y a une question que je me pose depuis qu'Alys a été retrouvée : qu'est devenu le singe ?

— Le singe ? répéta Catherine, qui n'y avait même pas songé.

— Il n'est pas à Tonnerre, ni à Troyes, ni ici. J'imagine qu'il n'est pas chez les religieuses. S'est-il échappé ? A-t-il été tué par l'agresseur d'Alys ? L'a-t-elle seulement emmené lorsqu'elle est partie pour Tonnerre ?

— Croyez-vous que ce soit important ?

— Il me paraît étrange que personne n'en ait parlé, ni essayé de le retrouver. A présent, je dois retourner à mon travail. Je monterai tantôt voir comment vous allez.

Pendant un moment, Catherine se contenta de rester allongée sans bouger et de savourer la douceur des courtepointes. Quel délice d'être l'objet de tant de prévenances ! Derrière la fenêtre, des corbeaux croassaient, se battant pour essayer d'attraper quelque chose qui avait été jeté sur le tas de fumier. Oiseaux de malheur aux yeux méchants.

Le singe. Rupert, le beau-père d'Alys, avait dit que le singe était méchant. Gauthier leur avait dit qu'Alys le détestait ; Constance, au contraire, qu'elle en raffolait et lui donnait à manger dans sa propre assiette. Mais ils s'accordaient sur un point : elle l'emmenait partout. Samonie avait raison, le fait était fort singulier. Qu'était devenu l'animal familier d'Alys ? Et combien avait-il coûté à Raynald ? Un animal aussi rare devait valoir une fortune, plus que la plupart des gens de son entourage ne pouvaient payer. Pourquoi personne n'avait-il cherché à le retrouver ?

Le cataplasme avait refroidi. Catherine le retira et le posa par terre à côté du lit. Les herbes avaient produit leur effet et elle se sentait de nouveau presque dans son état normal. Peut-être devait-elle s'habiller et rejoindre les autres dans la grand salle en bas. Le cordon coulissant de ses braies l'irritait. Elle se rappela qu'il était sans doute temps de se changer.

Elle regarda autour d'elle en quête d'un seau où mettre les linges usagés. Dans un coin, elle avisa un grand coffre en bois d'if. Il était muni d'une serrure, mais n'avait pas été bien refermé.

— Je me demande..., dit Catherine en s'en approchant sur la pointe des pieds. Est-ce là que les affaires d'Alys ont été serrées ?

Les gonds avaient été huilés récemment et le couvercle se souleva sans bruit. A l'intérieur se trouvaient bon nombre de pièces de tissu, certaines enveloppant d'autres objets. Catherine en prit une, la défit. Elle découvrit une cassette en ivoire, ornée d'une scène sculptée des noces de Cana. Elle la secoua ; quelque chose tinta à l'intérieur. Elle força le couvercle et découvrit un grand anneau serti de rubis. Trop grand pour la main d'une femme. Il y avait aussi une bourse en soie, contenant une mèche de cheveux bruns, presque aussi foncés que les siens. Catherine devina à qui ils appartenaient. Les cheveux de Raynald étaient brun-roux.

— Pauvre Alys, dit-elle. Pauvre Gauthier.

Avec précaution, elle remit l'écrin en place. La forme à côté était plus volumineuse. L'objet n'était pas bien enveloppé. Catherine ôta le tissu et reconnut la boîte à remèdes d'Alys. A vrai dire, il était bizarre qu'Alys ne l'eût pas emportée quand elle était partie pour Tonnerre. Il s'agissait d'un nécessaire qu'une femme garde toujours à portée de main. Constance avait eu raison de reprocher à Samonie d'avoir égaré la sienne. Elle devait contenir un mélange de simples et d'épices qu'on ne peut préparer qu'une seule fois par an. Les recettes s'en transmettent parfois de génération en génération. La mère de Catherine en avait toujours possédé une. Sa sœur Agnès devait l'utiliser, à présent.

« Il faudrait que je m'en procure une », se dit-elle. Pour Dieu sait quelle raison, cela lui fit penser plus que tout à sa condition de femme mariée, chargée de responsabilités. Elle ouvrit la boîte.

Celle-ci contenait des sachets d'herbes, des bandes de toile, un petit couteau tranchant et quelques pierres lisses. Catherine huma les herbes, essayant de deviner leur usage. La plupart étaient des herbes séchées et des fleurs de jardin : pâquerettes, roses, racines d'iris, camomille, consoude, thym... Il y avait quelques substances plus exotiques telles que poivre, bois de santal, myrrhe, cannelle. Rien de bien particulier, jugea Catherine. Alys avait rassemblé ces ingrédients avec soin. Catherine remit tout en place avec précaution.

Les autres objets n'étaient apparemment que des vêtements, des chaussures, des ceintures, des rubans pour les cheveux. Catherine fouilla à l'intérieur, ayant le sentiment de piller un reliquaire. Au fond du coffre, elle aperçut un petit paquet, un sac en cuir grossièrement cousu. Elle l'ouvrit délicatement.

Une nouvelle bouffée d'herbes odorantes s'en échappa. Le mélange lui était familier : barbotine, rue, hysope, scammonée, dictame, ainsi qu'autre chose, de la bile de taureau, peut-être, ou du nard. C'était ce genre de mixture qui avait été ajouté à son vin, mais en beaucoup plus puissant. Elle avait pour effet de faire venir les menstrues quand elles tardaient. Parmi les herbes, il y avait quelque chose de dur. Catherine le prit. C'était un boudin de tissu bien rembourré, à peu près de la longueur de son majeur, et soigneusement cousu. Le fil n'avait pas été coupé, mais il y avait au contraire un long cordon. Catherine lâcha l'objet, se frottant les doigts avec dégoût. Elle savait ce que c'était : un pessaire, à utiliser si les herbes se révélaient inefficaces.

C'était un mélange dangereux. Une certaine quantité pouvait amener une femme à avorter. Une quantité excessive pouvait également provoquer la mort. La femme cherchant à obtenir la bonne posologie devait être très prudente. Elle devait sans doute commencer par une faible dilution de la formule, puis augmenter la dose lentement jusqu'à obtenir le résultat escompté. Cela pouvait prendre plusieurs jours, mais si elle y prenait garde, personne ne devait s'en apercevoir. Chacun buvait dans sa propre coupe.

Seulement voilà, le singe avait bu dans la coupe d'Alys. Il mangeait bien dans son assiette, et Alys l'emmenait partout. Etait-ce cela qui lui était arrivé ? Avait-il été empoisonné par les herbes que s'administrait Alys ? Et la mort inattendue de son animal de compagnie avait-elle effrayé Alys, la conduisant à utiliser le pessaire à la place ?

— Mais pourquoi ? marmotta Catherine. Pourquoi Alys aurait-elle souhaité se débarrasser d'un enfant qui était de son mari ?

— Que diable faites-vous ?

Catherine lâcha le sac, leva les yeux, horrifiée.

Constance se tenait sur le seuil, ses compagnes juste derrière elle. Leurs visages exprimaient, à des degrés divers, l'indignation et le mépris. Mais c'est celui de

Constance qui terrifia le plus Catherine. Il n'arborait aucune surprise, mais plutôt une sorte de triomphe sinistre.

— Une espionne, en fin de compte, reprit-elle d'un ton froid. Je crois que nous allons devoir découvrir ce qu'elle sait exactement. Ingeltix et Doda, attachez-la au lit. La corde que nous avons utilisée pour Alys est encore sous la table là-bas. Rappelez-vous, ma chère, si vous criez, je serai contrainte de vous tuer.

Elle mettrait sa menace à exécution — Catherine n'en douta pas un instant.

19

Un nouveau village dans la forêt, fête de saint Jacques, frère de Jésus, premier évêque de Jérusalem, mercredi 1er mai 1140

« Jeûner vide l'âme de matière et, ainsi que le corps, la rend limpide et légère pour recevoir la vérité » (Clément d'Alexandrie).

— Il faut que j'entre, afin de voir à quoi sert ce moulin, dit Edgar. J'ai bien une idée, mais qui me paraît invraisemblable. Comment nous y prendre, à votre avis ?

— Nous pourrions demander à ce moine là-bas s'il veut bien nous faire visiter l'endroit, suggéra Gauthier, faisant signe d'approcher à l'homme debout devant l'une des huttes grossières.

Edgar ne trouva pas cela drôle.

— Ne craignez-vous point d'être assailli et livré, enchaîné, à Raynald de Tonnerre ? demanda-t-il.

Gauthier se mit à rire.

— Je ne vois personne ici susceptible de tenter la chose. Je ne suis pas assez dangereux ou malfaisant pour que les moines se sentent obligés de m'attaquer.

Assurément, le moine qui s'approchait d'eux ne manifestait aucun signe d'hostilité.

— Bienvenue ! lança-t-il à Gauthier. En quoi puis-je vous être utile, seigneur ?

— Une chope de cervoise et une bénédiction, voilà tout ce qu'il me faut, répondit Gauthier, mettant pied à terre. Mais mon ami que voici s'intéresse à cette étrange bâtisse au bord du cours d'eau.

Les yeux du moine s'illuminèrent et il regarda Edgar, l'air rayonnant.

— Bien sûr, bien sûr, dit-il. Le moulin n'est pas encore terminé. J'ai toujours un peu de mal à régler l'action du soufflet. Mais je serais fort aise de vous montrer cela.

— Du soufflet ? s'exclama Edgar, enthousiaste. Vous avez doté un moulin à eau d'un soufflet à pompe ? Dans quel dessein ? Montrez-moi.

Il glissa à bas de sa monture et suivit le moine en direction du moulin, plantant là Gauthier sans autre forme de procès.

Avec un haussement d'épaules, le seigneur de Grancy prit les rênes du cheval abandonné et joua les écuyers.

En pénétrant dans le moulin, Edgar inspira profondément. L'air sentait le bois fraîchement coupé, le charbon de bois en combustion, l'odeur piquante du métal et de la chaux.

— Ce n'est qu'un prototype, voyez-vous, expliqua le moine. L'abbé veut la preuve de son bon fonctionnement avant de gaspiller nos fonds pour construire en pierre. A propos, je me nomme frère Ferreolus.

— Et moi Edgar. Cette machine est magnifique,

ajouta-t-il en examinant le dispositif fait de pierre et d'argile. Comment cela fonctionne-t-il ?

— Ma foi, vous savez comment le fer est d'ordinaire séparé de la roche, n'est-ce pas ?

— Assurément. La chaleur du charbon de bois libère le fer emprisonné dans la roche et celui-ci, en fondant, tombe au fond de la forge. La difficulté, c'est de maintenir un courant d'air constant sur les braises afin qu'elles demeurent assez chaudes, mais en évitant une chaleur excessive qui transformerait le fer en une matière plus lourde, inutilisable.

— C'est l'une des difficultés, en effet, acquiesça frère Ferreolus. Cependant, il est également coûteux de payer et de nourrir le nombre d'hommes nécessaire au fonctionnement du soufflet à telle ou telle vitesse. Et comme nous autres, moines blancs, refusons d'embaucher d'autres bras pour effectuer des tâches manuelles à notre place, nous essayons de subvenir nous-mêmes à nos besoins en fer. Vous imaginez aisément à quel point il est difficile de concilier cette exigence avec nos autres devoirs, même avec l'aide des frères convers.

— Pourquoi ne pas vous contenter d'acheter le fer aux forgerons des villages ?

— Quels villages ? Nous construisons nos monastères dans des régions inhabitées. Du moins, nous nous y efforçons. Le siècle a tendance à nous y suivre. Pourtant, subvenir à nos besoins fait partie de notre philosophie et c'est dans ce dessein que j'ai conçu cet appareil.

— Vous ? s'étonna Edgar. Je croyais que votre ordre voyait les nouveautés d'un mauvais œil, et cet appareil est incontestablement nouveau.

— Oh, pas le moins du monde ! Il s'agit là d'un appareillage des plus courants. Je me suis borné à disposer ces outils différemment afin d'en améliorer le fonctionnement. Cela n'a rien de nouveau, ni de frivole.

« Et, ajouta-t-il, comme je l'ai expliqué à l'abbé Norpald, si Notre-Seigneur n'avait pas voulu de cet appareil, Il n'aurait pas fait naître sa représentation dans mon esprit.

— Voilà un argument fort raisonnable, approuva Edgar. Cette œuvre porte la marque de l'inspiration divine.

Il examina le four en pierre et en argile, dont les deux soufflets étaient fixés aux rouages du moulin de façon que l'un s'ouvrait pour faire entrer l'air tandis que l'autre ventilait les braises. C'était élégant, mais la bâtisse en bois n'était pas sans danger. Ils devaient construire en pierre s'ils avaient l'intention de développer ce système. Il remarqua une ouverture au fond pour que le fer fondu s'écoule dans un moule. C'était assez rudimentaire. Il leur fallait aussi une affinerie à proximité. Puis quelque chose lui vint soudain à l'esprit.

— L'abbé Norpald ? dit-il. De Vauluisant ?

— Oui. Le connaissez-vous ?

— J'ai entendu parler de lui. Je n'avais pas compris que cette terre faisait partie de la propriété du monastère.

Ferreolus parut gêné.

— A vrai dire, il y a eu quelques dissensions sur ce point. Mais je suis sûr que ce point litigieux sera bientôt réglé. Voulez-vous voir où je vais mettre le martinet actionné par l'eau ?

Edgar laissa le moine détourner la conversation. La question de la terre pouvait attendre. C'était la beauté de la machine qui retenait toute son attention.

— Vous avez trouvé un moyen pour actionner un martinet à l'aide d'une aube ? s'enquit-il, sceptique. C'est bien plus compliqué qu'un double soufflet.

— Je sais, acquiesça Ferreolus. J'ai un peu de mal avec la came et pour l'équilibre. Mais si je prie assez longtemps, je suis sûr que je trouverai la réponse.

— J'aimerais vraiment voir le résultat.

— J'espère que vous le pourrez, répondit Ferreolus en le ramenant vers la clairière.

Gauthier était assis sous un arbre, une chope et un gros morceau de pain à la main, en train de parler à un autre moine. Il leur adressa un signe joyeux en brandissant sa chope.

— Votre écuyer semble fort avisé quant au fonctionnement d'une forge, lui dit Ferreolus. A-t-il étudié les techniques ?

— Ce n'est pas mon écuyer, marmotta Gauthier en mâchonnant son pain. Il dit qu'il est anglais, mais il vient d'Ecosse. Son père est seigneur et sa grand-tante est sainte. Tout ça, ce sont sans doute des fariboles. Peu m'importe. Je l'aime bien. Voulez-vous manger, Edgar ?

— Je me restaurerais volontiers. Vous devriez voir ce que cet homme a fabriqué, Gauthier. Ils pourraient produire assez de fer en une semaine pour ferrer cent chevaux.

— Ah, ainsi ils ne transforment pas de pierres en farine ! Dommage. Il y a tant de famine en ce bas monde.

Ferreolus parut affligé à cette pensée. Il secoua la tête avec tristesse.

— Cela serait de fait merveilleux, répliqua-t-il. Mais Dieu m'a seulement accordé une illumination, pas un miracle. Je ne m'en jugerais point digne, il est vrai. Permettez-moi de vous servir une chope, je vous en prie.

Il se dirigea vers la barrique pour tirer de la bière. Edgar, en émoi après ce qu'il venait de voir, s'assit à côté de Gauthier.

— Il faut que vous veniez voir ça, lui dit-il. Ce système est tellement supérieur à la vieille méthode ! Ce moine a même pratiqué un trou supplémentaire sur le côté de la forge, ce qui évite d'avoir à se pencher au-dessus de la cheminée pour enfourner le charbon de bois et les pierres.

— Fascinant, commenta Gauthier en bâillant. Mais quel lien avec Alys ?

Edgar réfléchit. Le moulin se trouvait sur la propriété que la comtesse avait léguée au Paraclet. Mais pour le moment, il s'agissait d'une exploitation de petite envergure. Ce n'était pas de l'or qui avait été découvert là. Le fer était nécessaire à n'importe quelle construction, cependant, et une source d'approvisionnement régulière devait être utile. De surcroît, la propriété était commode pour Vauluisant et les moines avaient la réputation de bien payer quand ils guignaient une terre, pour peu qu'ils ne pussent convaincre le propriétaire de la leur céder. Ferreolus avait donné l'impression que Raynald projetait de faire passer la terre du Paraclet à Vauluisant. Les moines lui avaient-ils promis une contrepartie en échange ? Mais pourquoi Raynald avait-il besoin d'argent ? Il avait l'air de ne manquer de rien. Et que valait la terre ? Sans l'efficacité de la forge-moulin, la quantité de fer extraite était négligeable. Voilà pourquoi les grands seigneurs avaient toujours laissé faire les villageois sans s'en soucier.

Edgar but sa bière à petites gorgées, convaincu d'approcher de la vérité. Il évoqua en esprit les différentes étapes du processus. D'abord, on extrait de la terre le minerai de fer. Puis, d'ordinaire, on construit la fonderie à proximité, on prépare le charbon de bois et l'on ajoute de la chaux, si l'on en dispose. Le métal est extrait et porté à l'affinerie, elle aussi généralement dans les parages, afin que le marteau lui donne une forme utilisable, lamelle ou barre.

Qu'apportait donc l'utilisation de la force hydraulique ?

A première vue, la seule différence était qu'on ne pouvait pas fabriquer et détruire la fonderie aussi facilement. Il ne s'agissait plus d'un simple four en argile, mais d'un assemblage compliqué. C'était là un inconvénient. Mais s'il y avait assez de minerai de fer et de bois dans la région pour construire le moulin et obtenir du charbon de bois, il devenait possible de produire en masse du métal de haute qualité avec très peu de bras. Cela ne pouvait que rehausser la valeur vénale de la forêt.

Edgar avait assisté à la reconstruction, en cours, de l'église de l'abbé Suger à Saint-Denis. Il savait la quantité de matériaux nécessaire à une telle entreprise. Du fer, du bois, de la pierre. La plus grande partie de l'église semblait être en pierre, et le souci que la pierre vînt à manquer dans les carrières avoisinantes était permanent. Mais le bois était utilisé encore davantage, servant à une foultitude d'usages : poutres comme celles que l'abbé avait miraculeusement trouvées, cabanes pour les ouvriers, échafaudages, et, naturellement, charbon de bois. Quant à l'archevêque de Sens, il envisageait d'édifier une autre cathédrale pour rivaliser avec Saint-Denis.

Oui, conclut Edgar, la forêt avait peut-être assez de valeur pour que l'on se battît afin d'en devenir propriétaire. Mais jusqu'à *tuer* ? Cela semblait bien excessif. Et pourquoi Alys ? Elle était, certes, propriétaire de la terre, mais son époux aurait eu le dernier mot. Si Raynald avait souhaité trouver un arrangement avec Vauluisant ou s'il avait voulu utiliser la terre à des fins personnelles, il avait mille moyens pour contraindre sa femme à accepter. Il y avait forcément autre chose.

Catherine avait-elle raison ? Raynald avait-il battu Alys parce qu'elle ne voulait pas renoncer au don qu'elle avait accordé aux religieuses ? Il était peut-être allé plus loin que prévu et avait pris peur en se rendant compte de ce qu'il avait fait.

Mais pourquoi la ramener alors chez ces mêmes religieuses pour qu'elle s'y fasse soigner ? Non, il manquait toujours un élément. Cela dit, ils avaient découvert ici tout ce qu'ils pouvaient. Il était temps de retrouver Catherine au Paraclet. Cette pensée le réconforta. Et puis direction Paris, où d'autres nuages semblaient s'amonceler sur la tête de maître Abélard.

Edgar avala la dernière gorgée de sa bière. A côté de lui, Gauthier ronflait paisiblement sous le soleil de l'après-midi. Edgar se laissa aller en arrière contre le vieux marronnier et ferma les yeux. Le clapotis de l'eau contre l'aube était apaisant. Peut-être juste un petit somme. Il se demanda ce que Catherine faisait au même instant. Elle s'occupait sans doute joyeusement des comptes du couvent. Pourvu qu'elle ne se fût pas trop bien habituée à la vie là-bas quand il la retrouverait. Malgré les événements récents, il devinait l'attrait qu'exerçait la vie quiète du couvent.

Sa tête tomba en avant et sa main lâcha la chope vide. Bientôt sa respiration douce et sifflante servit de contrepoint aux ronflements sonores de Gauthier.

Catherine tordit les mains une fois encore, tentant frénétiquement de se libérer des cordes. Elle ne pouvait guère espérer s'enfuir sans être repérée, car on ne la laissait jamais seule, mais être privée de l'usage de ses mains l'avait amenée au bord de l'hystérie. Aussi poursuivait-elle ses efforts.

La visiteuse de Constance, dont elle finit par apprendre le nom, Marcelle — veuve de fraîche date qui faisait la tournée de ses amies moins fortunées —, eut un petit sourire en voyant s'échiner Catherine.

— Si vous ne pouvez supporter de demeurer quelques jours attachée à un lit, déclara-t-elle, narquoise, comment comptez-vous donc survivre quand vous serez attachée des années durant à un homme ?

Catherine ne répondit pas. Elle avait compris dès le premier jour de sa captivité que ni les arguments ni les protestations n'avaient le moindre effet sur ces femmes. A part quelques gifles dans leurs premiers moments de peur et de fureur, elles ne l'avaient pas touchée. Mais leurs histoires incessantes sur l'amère condition d'épouse étaient déjà supplice suffisant. Marcelle poursuivit d'une voix grinçante :

— Que diriez-vous de vous retrouver dans ce lit

chaque nuit en sachant que quelqu'un va venir vous torturer, vous donner des coups, vous mordre, vous baver dessus, sans que vous ayez le moindre espoir de liberté, sans personne pour vous sauver ? Un homme avec son horrible visage rêche, son haleine pestilentielle, des mains comme des planches de bois, qui laissent des échardes dans tout ce qu'elles touchent. (Elle poussa un gémissement.) Ce que nous vous avons fait est roupie de sansonnet en comparaison de ce que vous subiriez une fois mariée. Il serait miséricordieux de vous laisser mourir maintenant.

Catherine gardait les yeux détournés. Si elle feignait de ne pas entendre, peut-être cette horrible femme se tairait-elle.

Mais non.

— Je me rappelle, reprit Marcelle d'un ton plein de ressentiment, quand je regardais mon mari partir pour la chasse — et Dieu seul sait ce qu'il pouvait bien chasser ! Chaque fois j'agitais la main et souriais, priant *in petto* pour qu'il se rompît le cou. (Elle marqua une pause, puis conclut d'une voix plus calme :) Et, un beau jour, mes vœux furent exaucés.

Catherine refusait toujours de la regarder. Elle entendit le heurt de la cruche contre une coupe, le bruit cristallin d'un breuvage versé. Elle tenta de déglutir, mais sa bouche était trop sèche. Elle ne voulut pas répondre à celle qui la tourmentait, ni même lui demander de l'eau. On lui permettait une coupe par jour, mais rien à manger. Pourquoi ? Que lui voulaient-elles ? Elles ne lui avaient posé aucune question, ne lui avaient point demandé ce qu'elle manigançait, qui l'avait envoyée, ou pourquoi elle était là. Elles se contentaient de la retenir captive et s'évertuaient à la rendre folle en lui racontant toutes les horreurs que les hommes leur avaient infligées. Elle y perdait son latin. Pour quelle raison agissaient-elles ainsi ? Avaient-elles l'intention de la convaincre de rester avec elles plutôt que de se marier ? Ou bien de la persuader que tout ce qu'elles faisaient était justifié par les traitements qu'elles avaient subis ? Elles ne pouvaient espérer la garder captive jusqu'à la consommation des siècles. Héloïse savait où elle se trouvait.

— Du moins votre époux était-il jeune et bon à quelque chose. (Constance était revenue ajouter son grain de sel à la litanie de leurs griefs.) Il vous a donné des fils qui doivent s'occuper de vous à présent. Moi, j'ai été vendue à un vieillard qui parvenait tout juste à baver et avait déjà une fille dont il était fou. Il fallait que je nettoie derrière lui, que j'écoute ses radotages sur sa première femme, que je baise ses lèvres molles ! Tout en sachant qu'à sa mort je n'aurais droit qu'à un douaire de misère, une terre qui n'aurait pu nourrir une souris !

Catherine sentait son cœur se soulever.

— Mais vous avez fini par concevoir Alys, lui rappela Marcelle.

— Et ce que j'ai supporté pour cela n'est pas digne d'oreilles chrétiennes, riposta Constance.

Catherine se demanda ce qui pouvait être plus indigne que ce qu'elles lui serinaient depuis ces derniers jours. Toutefois ces femmes ne pouvaient surpasser sa propre mère, avec ses histoires de couches macabres. C'étaient ces récits qui avaient finalement incité Catherine à entrer au couvent. Il avait fallu tout le charisme d'Edgar pour les lui faire oublier. Dans l'immédiat elle espérait seulement que ces harpies la laisseraient vivre assez longtemps pour qu'elle découvrît elle-même si c'était épouvantable à ce point.

Son esprit vagabonda tandis que se prolongeait l'antienne. Comment seraient les enfants qu'elle aurait avec Edgar si jamais elle sortait d'ici ? Auraient-ils l'air de Saxons ? Elle eut la vision d'une ribambelle de nourrissons pâles et blonds aux yeux verts, la regardant tristement, lui reprochant d'être une mère étrangère aux cheveux bruns, l'enfermant dans une maison obscure de douairière sans fenêtres.

Catherine força son esprit à revenir à la réalité. C'était le manque de nourriture. Elle avait du mal à se concentrer l'estomac vide. Les ermites jeûnaient afin de permettre à leur esprit d'accéder à des sphères spirituelles. Mais elle ne voulait pas voir son esprit aller là où son corps ne pouvait le suivre.

Catherine ?

Oh, non. Elle refusait de croire que ces voix eussent un caractère divin. Rien de plus exaspérant.

Reste allongée tranquillement, mon enfant, chuchotèrent-elles. Pourquoi, elle l'ignorait. Personne d'autre ne paraissait les entendre. *Fais-leur croire que tu dors. Et puis écoute. Elles ne boivent pas de l'eau, mais du vin pur.*

Marcelle parlait de nouveau d'une voix trop forte.

— Je ne comprends toujours pas pourquoi vous avez épousé Rupert, disait-elle, après votre premier mari. Il me paraît assez gâteux, et n'a quasiment point de bien à lui.

— Il a son utilité, répliqua Constance.

Catherine entendit de nouveau le heurt du pichet coutre des coupes.

— Alors il doit cacher ça dans ses braies, commenta Marcelle en riant. Le bonhomme ne peut même pas monter à cheval sans tomber quand il inspecte ses champs ! Et il garde le lit à la moindre chute. A mon sens, vous auriez dû prendre Raynald pour vous-même. Vous n'êtes guère plus âgée que lui et, au reste, l'âge ne vous a point encore racornie. Une fois Paciane morte, il n'y avait aucune raison de lui faire attendre Alys.

— Si.

— Ah bon ?

— Vous n'avez nul besoin de tout savoir, répliqua sèchement Constance.

Il y eut un silence.

— J'en sais plus que vous ne croyez, reprit doucement Marcelle. Par exemple, je sais où vous étiez l'après-midi où Alys a été conçue et qui était votre visiteur.

Il y eut un grand fracas à l'instant où la table fut renversée. Le pichet se brisa sur le sol de pierre.

— Cessez vos manigances avec moi, Marcelle ! cria Constance. Vous ne disposez que des soupçons de votre esprit pervers.

Elle fit un effort pour recouvrer sa dignité.

— Manifestement, poursuivit-elle d'un ton plus calme, je vous ai retenue trop longtemps en ma compagnie. Vous devez être fatiguée de notre bavardage. Je suis certaine que vous devez vaquer à vos occupations chez vous.

— Vraiment ? riposta Marcelle avec une assurance feinte. Je vais me retirer sur-le-champ, si tel et votre désir. Je vais peut-être faire halte au Paraclet en chemin et donner aux religieuses des nouvelles de votre invitée.

— A votre aise ! répliqua Constance sans se laisser démonter. J'étais sur le point d'envoyer un messager là-bas. Il faut prévenir les sœurs de son déplorable état de santé. Je crains qu'elle ne souffre d'une fièvre quarte. J'aurais dû les prévenir quand elle est tombée malade, mais le mal est hélas fort contagieux. Nous n'osons pas la renvoyer de peur qu'elle ne contamine les chères sœurs. En vérité, Marcelle, vous me paraissez avoir quelque peu le visage en feu. J'espère que vous ne l'avez pas contractée aussi.

Le silence se fit. Le cœur de Catherine battait si fort qu'elle craignit de manquer quelques mots.

— Je comprends, chère amie, reprit Marcelle à voix basse. Peut-être devrais-je retourner sans tarder sur mes terres pour ne pas risquer d'attraper cette atroce maladie.

— D'autant que vous avez pu constater l'horreur de son état. La pauvre fille délire, jette de folles accusations et nous a forcées à l'attacher pour éviter qu'elle ne se blesse. Espérons que nous pourrons la sauver.

— Je vais prier sans relâche pour sa guérison.

— Comme nous tous, renchérit Constance.

Il y eut des froissements de jupes, puis le silence. Pour la première fois depuis plusieurs jours, Catherine se retrouva seule.

Mais pas longtemps. Elle entendit d'autres pas dans l'escalier. Elle se tourna et ouvrit des yeux apeurés.

C'était Samonie, la servante, qui apportait un broc d'eau.

— On m'a priée de venir vous laver, annonça-t-elle. Et de vous donner des effets propres.

— Pourquoi ? s'étonna Catherine. On me laisse baigner dans mon sang depuis lundi. Constance serait-elle redevenue une hôtesse prévenante ?

Samonie posa le broc et entreprit de libérer Catherine de ses liens.

— Je n'en ai pas la moindre idée, répondit-elle d'une voix lasse. Mais vous devriez vous réjouir de ne plus avoir à rester souillée ainsi.

— Oui, j'imagine. Seulement, je crains qu'on ne me nettoie que pour me mettre dans mon linceul.

— Ah, pourquoi avez-vous commis la sottise de fouiller dans les affaires d'Alys ? se lamenta Samonie. On ne vous a donc rien appris d'utile dans ce couvent ?

— Fouiller dans les affaires des autres n'était pas un sujet abordé au chapitre, répliqua Catherine avec humeur. Pas plus que la façon de s'échapper d'une tour. Pourquoi ne m'aideriez-vous pas à m'enfuir ? Constance s'apprête à annoncer à mère Héloïse que j'ai succombé à la fièvre, vous devez le savoir. Comment compte-t-elle s'y prendre ? Le poison ? Un faux pas dans l'escalier ?

— Et que me fera-t-elle, à votre avis, si je vous prête assistance ? répliqua Samonie en aidant Catherine à retirer ses vêtements dégoûtants. Qui nourrira mes enfants quand je serai morte ? Vous ? Quoi qu'il en soit, ajouta-t-elle avec moins d'emportement, je ne pense pas qu'elle ait encore arrêté sa décision de vous tuer. Mais quand vous retournerez là-bas, émaciée et à peine remise d'une terrible maladie, personne ne croira ce que vous direz d'elle.

— A la vérité, je n'ai rien entendu sur elle de bien compromettant. J'en suis réduite aux conjectures. Mais je suis à présent convaincue que le singe est mort avant

Alys. C'est bien ce que vous cherchiez à savoir, n'est-ce pas ? Il a bu la potion qu'Alys avait préparée pour elle-même. Constance a-t-elle découvert cela ?

— Oui, elle était furieuse. Elle a emmené Alys ici. Si vous vous estimez maltraitée, vous ne pouvez pas imaginer ce qu'ils lui ont fait.

— Constance a assassiné sa propre fille ?

Catherine était prête à croire n'importe quoi sur cette méchante femme, mais la chose semblait exorbitante.

— Non, du moins pas en ces lieux, répliqua Samonie. Alys était vivante quand elle est partie. Apparemment, elle ne souffrait pas de grand-chose, n'ayant que quelques bleus. Constance s'y entend pour faire mal par d'autres moyens. Je n'étais pas là ce dernier jour, mais Alys a sans doute dit à sa mère quelque chose qui l'a effrayée, l'a forcée à suspendre ses mauvais traitements, puis à renvoyer Alys chez son mari.

— Mais quoi ? Savez-vous, en premier lieu, pourquoi Alys a pris cette potion ? Pourquoi ne voulait-elle pas garder l'enfant de Raynald ? Cela l'aurait mise à l'abri.

— Je n'en sais rien. Tenez, enfilez ceci. A mon sens, elle ne haïssait pas Raynald comme Marcelle haïssait son mari, par exemple. Elle redoutait son mépris. Un enfant n'aurait pu que renforcer sa position, de toute façon. Guillaume de Nevers eût été enchanté d'avoir un autre petit-enfant. La famille s'amenuise, du moins la descendance légitime. J'ai entendu dire que Guillaume avait assez de bâtards pour fonder une nouvelle ville. Mais ce n'est peut-être que vantardise d'homme.

Catherine commençait à se désintéresser de l'histoire de la famille. Tout cela ne changeait rien à la donation faite au Paraclet. Même si le nourrisson d'Alys avait survécu, il n'aurait pu hériter d'une terre déjà donnée. Bien entendu, si Raynald avait tué Alys dans un accès de fureur pour s'être débarrassée de son enfant, il avait encore moins de chances de reprendre quoi que ce fût au couvent.

— Samonie, je refuse de rester allongée ici à attendre de savoir si dame Constance a l'intention ou non de m'envoyer de vie à trépas. Je suis affamée, assoiffée, j'ai été insultée et avilie par ces femmes. Si jamais je recouvre la liberté, priez pour que Constance ne me tombe pas sous la main.

La servante s'empara des effets nauséabonds et du broc, dont l'eau avait viré au rose.

— Ma foi, ne me demandez pas de vous aider davantage, déclara-t-elle. Si elles tentent de vous tuer, je ferai mon possible, mais je ne veux pas courir de risques parce que vous êtes simplement maltraitée. A propos, qu'elles n'apprennent pas que vous n'êtes plus vierge.

Catherine leva les yeux, trop abasourdie pour jouer la comédie.

— Comment le savez-vous ?

— Je vous ai dit que ma sœur travaillait aux cuisines du comte de Champagne. Or, là-bas, m'a-t-elle appris, vous avez partagé la couche d'un homme qui se prétendait votre époux. Si Constance le découvre, elle pourra vous menacer de tout révéler et votre vie aura encore moins de valeur à ses yeux.

— Non, elle ne pourra pas, riposta Catherine, caressant la croix talisman que lui avait offerte Edgar. C'est mon époux et, malgré tous les récits malveillants de ces femmes, je remuerai ciel et terre pour le retrouver.

Elle eût été peut-être moins empressée de le rejoindre si elle avait vu le visage d'Edgar le lendemain après-midi quand il arriva au Paraclet pour apprendre qu'elle était partie.

— Nous ne vous attendions pas de retour si tôt, expliqua sœur Thècle au portail. Elle souhaitait rendre visite à la comtesse Constance à Quincy pendant quelques jours. Nous allons la faire quérir sur-le-champ.

— Ce n'est pas si loin, dit Edgar. Je m'en vais de ce pas la chercher moi-même.

La sœur tourière hésita.

— Je ne crois pas que cela soit sage, fit-elle observer en se mordant la lèvre. Nous avons jugé préférable d'user d'un petit subterfuge dans l'intérêt de Catherine. Il serait difficile d'expliquer que vous venez la chercher.

— Vous ne lui avez pas fait reprendre l'habit de religieuse, par hasard ?

Edgar s'efforçait de se dominer. Il eût été impardonnable d'élever la voix. Il s'avisa qu'il éprouvait une colère d'une violence impérieuse. Catherine avait été confiée aux bons soins des nonnes et celles-ci l'avaient laissée partir, peut-être se jeter dans la gueule du loup. C'était inexcusable.

— C'est Catherine qui a eu l'idée de s'introduire chez la comtesse de Quincy, n'est-ce pas ? reprit-il, connaissant déjà la réponse. Elle s'imagine pouvoir les amener à lui raconter tous les secrets de la vie d'Alys.

Elle ne pense jamais aux risques qu'elle court. Je la tuerais, tant je me tourmente !

Il ne se rendit pas compte à quel point il ressemblait, en cet instant, au père de Catherine et à son propre père.

La sœur tourière ne se laissa point impressionner par cette sortie théâtrale.

— Catherine a les pieds sur terre, affirma-t-elle. Elle ne prendra pas de risques inconsidérés.

— A mon sens, vous devriez être fier de Catherine, intervint soudain Gauthier. Si Alys avait eu son courage, elle serait peut-être toujours en vie. Elle aurait dû venir me trouver, malgré ce qu'on lui serinait sur ses devoirs. Lorsqu'elle m'a envoyé un message, il était trop tard.

Edgar soupira et s'assit sur un banc près du portail.

— Je ne veux pas voir Catherine différente de ce qu'elle est, dit-il. Mais j'aimerais la savoir autre part...

— Je suis certaine qu'elle va revenir d'ici un ou deux jours, déclara Thècle. Si vous lui demandez de s'en retourner maintenant, cela risque de compromettre son entreprise.

Edgar et Gauthier discutaient toujours de la question quand un cavalier se présenta au portail.

— J'apporte un message de la part de la comtesse de Quincy pour votre abbesse, annonça-t-il.

— Dites-moi ce dont il s'agit et je le lui ferai transmettre, répondit Thècle.

Il y eut un instant de silence. L'estomac d'Edgar se noua.

— La comtesse vous adresse ses plus sincères excuses, commença l'homme. La jeune invitée qu'elle a ramenée du couvent a été prise d'une fièvre brutale. En proie au délire, elle s'est enfuie du donjon et a disparu dans la forêt. Nous l'avons cherchée toute la journée, mais n'en avons trouvé trace. Ma maîtresse désire savoir si vous accepteriez d'envoyer plusieurs de vos gens participer à la battue.

— Ridicule ! s'exclama Edgar. Je n'en crois pas un mot.

Il se leva, prêt à provoquer le messager, mais Gauthier le retint.

— Attendez, le mit-il en garde. Selon toute apparence, ils veulent qu'on la retrouve dans le même état qu'Alys. Si vous leur lancez un défi maintenant, nous risquons de ne jamais connaître la vérité.

Edgar se figea sur place.

— Vous ne croyez pas qu'ils l'aient déjà tuée, n'est-ce pas ?

Gauthier aurait souhaité prononcer quelques mots de réconfort, mais aucune platitude ne lui vint à l'esprit.

— Je ne sais pas, avoua-t-il. Toutefois, il faut aller voir par nous-mêmes.

— Non, Gauthier. Ils vous connaissent trop. Cette fois, j'irai seul.

20

Le donjon à Quincy, samedi, fête de sainte Monique, veuve et mère, 4 mai 1140

« Inébranlable est celle qui ressemble à fleur au vent : elle se courbe mais ne disparaît point, elle est violentée, mais ne rompt point » (Pierre de Celle, Sur la conscience*).*

Catherine, apathique, avait les yeux rivés au plafond. Le régime, fait d'eau et d'insultes, qu'elle subissait depuis près d'une semaine avait provoqué en elle une lassitude inhabituelle. Elle commençait à se demander s'il y avait un monde en dehors de la chambre dans laquelle elle gisait. Elle était sur le point de croire que cela n'avait pas d'importance, parce qu'elle ne le reverrait jamais plus, de toute façon. Ses doigts rencontrèrent la croix d'ivoire offerte par Edgar. Elle la pressa contre sa joue.

— *Ego dormivi et soporatus sum, et exsurrexi ; quia Dominus suscepit me, non timebo...*, récita-t-elle doucement. « Je me suis allongée, j'ai dormi, je me suis réveillée ; parce que le Seigneur me soutient, je n'aurai pas peur... »

Catherine sourit. C'était étrange, mais ce qu'elle

avait appris de plus utile au cours de ces années au Paraclet, ce n'était pas l'art du questionnement et de l'analyse, bien qu'elle fût contente de s'y être rompue ; c'étaient les heures passées à réciter les psaumes, si bien que, maintenant qu'elle avait davantage besoin de réconfort que de logique, ceux-ci s'offraient à elle comme autant de bienfaits.

Elle savait désormais ce que projetait Constance. Elle était horrifiée de constater que les autres femmes l'approuvaient ou bien la redoutaient trop pour se rebeller. Elles parlaient à présent ouvertement devant Catherine, ne la croyant plus en mesure de les entendre. Son corps serait retrouvé dans la forêt, après qu'elle aurait péri de faim. Elles pleureraient et feraient pénitence pour avoir négligé de s'occuper d'elle. Ou peut-être ne la retrouverait-on jamais et Edgar devrait-il attendre des années avant de pouvoir se remarier. Pauvre Edgar ! Ils auraient pu avoir des enfants tellement dignes d'intérêt.

Catherine ! lui criaient ses voix. *Honte à toi ! T'avons-nous appris à céder ? Songe à tous les saints qui ont jeûné pendant des années et sont restés inébranlables. Qu'est devenue ton opiniâtreté ? Qu'est devenue ta foi ? Qu'est devenu ton entêtement pervers ?*

— Allez-vous-en, murmura-t-elle, agitant la main comme pour chasser des mouches.

Au même instant, une petite étincelle jaillit dans son esprit. Les cordes avaient été rattachées depuis que Samonie lui avait passé des effets propres, mais elles étaient moins serrées que précédemment. Quoiqu'elle eût été incapable d'en défaire les nœuds, ses liens s'étaient distendus. Peut-être, au cours de la nuit, s'ils la laissaient vivre une autre nuit, parviendrait-elle à se libérer et à tromper la vigilance des gardes.

Parfait, ma chérie, l'encouragèrent les voix. *C'est une chose de mourir, notre lot à tous. Mais cela doit s'accomplir à l'heure décidée par Dieu, non par la comtesse.*

Aussi Catherine reprit-elle quelque peu espoir. Passer devant les femmes qui montaient la garde et sortir d'un donjon plein de monde n'était pas un jeu d'enfant, mais elle s'efforça de n'y point penser. Tant pis également si elle était en ce moment trop faible pour soulever la tête sans éprouver une sensation de vertige. Elle tenterait de s'enfuir et, du moins, de mourir en ayant essayé, plutôt que se soumettre au sort qu'on lui réservait.

Elle glissa la croix sous sa chainse. L'ivoire frais se réchauffa au contact de sa peau. Elle était toujours vivante ; elle prit le parti d'espérer.

Héloïse ne fut pas seulement bouleversée par le message émanant de Constance. Elle en fut scandalisée.

— Cette femme doit me juger aussi faible d'esprit qu'elle-même, fulmina-t-elle. *S'est échappée dans les bois !* Se moque-t-elle ? La maison est pleine de gens ! Si elle s'était enfuie, c'est auprès de nous qu'elle aurait cherché refuge.

Gauthier voulut s'emparer de son arbalète, puis se rappela qu'il l'avait laissée à la loge de la sœur tourière. Il semblait décidément lui manquer quelque chose : l'un n'allait pas sans l'autre.

— Je m'en vais trouver Anseau de Trainel, proposa-t-il. A nous deux, nous pourrons rassembler assez d'hommes pour prendre le donjon ou bien, à tout le moins, leur faire peur et les contraindre à délivrer Catherine.

Héloïse le regarda tristement.

— Je ne peux accepter, pas encore, en tout cas. Il y a eu trop de violence jusqu'ici. Alys, Paciane, sans compter ce pauvre frère Baudouin... Je ne veux pas faire courir de risques à Catherine. Il doit bien y avoir moyen de la récupérer sans autre effusion de sang.

— Dieu me pardonne ! J'avais oublié Paciane. Est-elle encore en vie ?

— Oui, *Deo gratias*. Sœur Mélisande croit qu'elle se rétablira.

— A-t-elle désigné ceux qui l'ont attaquée ?

Héloïse secoua la tête.

— Non, elle refuse, mais elle sait de qui il s'agit, j'en suis certaine. Peut-être, pour Catherine, parlera-t-elle.

— Si elle n'a pas voulu parler pour sa propre sœur, pourquoi le ferait-elle pour Catherine ? objecta Gauthier. Paciane se soucie davantage de son maudit vœu de silence que de la vie de ceux qu'elle aime.

— Gauthier, le tança doucement Héloïse, il ne vous appartient point de la juger.

Edgar perdait patience.

— Revenons à nos moutons ! dit-il. Il nous faut retrouver Catherine avant qu'ils ne la tuent.

S'ils ne l'ont déjà fait, ajouta chacun à part soi. Mais personne n'osa le dire à haute voix.

— Ma mère, reprit Edgar, pourriez-vous me prêter l'une de vos mules ? Ou, mieux, un cheval âgé ? Quelque humble bête, digne d'un pauvre marchand vendant une poignée de colifichets.

— La plupart de nos bêtes sont dans cet état, dit Héloïse. Vous pouvez faire votre choix.

— Ils ne laisseront pas un colporteur approcher du quartier des femmes, déclara Gauthier. Et si vous essayez de vous y introduire incognito, ils ne manqueront pas de vous trancher la gorge, sinon pis.

— Je le sais. Je veux seulement me faire une idée de l'endroit, voir si Catherine est bien gardée et combien ils sont. Je partirai demain dès l'aube, puis reviendrai vous rendre compte. Et si je suis découvert, peu importe le reste. Si Catherine est... morte, alors autant l'être aussi.

Il ferma les yeux. En France, on éclatait en sanglots à tout bout de champ, mais son père estimait que c'était un aveu de faiblesse. « Pleure seulement devant Dieu, mon fils, lui avait-il recommandé. Jamais devant de simples hommes. » Edgar déglutit avec difficulté, puis soupira. Il se leva, enfila son manteau.

— Où allez-vous ? lui demanda Gauthier.

— Au bûcher. J'ai besoin de rondins de pin ou d'un autre bois tendre. Puis-je prendre ce dont j'ai besoin ?

— Vous pouvez prendre tout ce que vous voudrez, si cela permet de retrouver Catherine, répondit Héloïse.

Curieux, Gauthier lui emboîta le pas.

— Ce n'est pas suffisant pour construire un engin de siège, fit-il remarquer. Avez-vous l'intention de détruire le donjon en y boutant le feu ?

Edgar était occupé à examiner les bûches, en ôtant l'écorce à l'aide de son couteau, y cherchant trace d'éventuels insectes. Le bois devait être sec, mais pas friable. Le travail serait grossier, il le savait, mais, s'il pouvait travailler toute la nuit, il obtiendrait deux ou trois objets de qualité suffisante.

Il finit par repérer deux bûches à sa convenance. Il les emporta à l'hostellerie et, après s'être assis sur le tabouret devant la porte, commença à les tailler.

Gauthier l'observait, amusé.

— Je vous ai déjà vu faire cela, dit-il. Ce travail du bois, cela vous aide à mieux penser ?

— Non..., répondit Edgar sans lever les yeux. Ma foi, si. Mais ce n'est pour cette raison que je fais ceci. Si je veux me faire passer pour un colporteur, il faut bien que j'aie quelque chose à vendre.

Gauthier s'accroupit pour mieux regarder.

— Je serais étonné que quelques bouts de pin raclé vous aident à entrer au donjon, commença-t-il.

Puis il ouvrit la bouche, éberlué. Le billot entre les mains d'Edgar se transformait peu à peu. Des formes apparaissaient dans la masse — une feuille, un serpent, une tête de cygne. Il se signa aussitôt.

— L'amour opère des miracles, souffla-t-il. Vous ne devriez pas être capable de réaliser ces figurines.

Edgar fronça les sourcils.

— Je sais. On me l'a dit plus d'une fois. Ce travail n'est pas digne d'un descendant des rois d'Angleterre. Mais je ne puis voir un bout de bois, de corne, ou un bloc de pierre sans avoir envie d'en révéler la beauté cachée à l'intérieur. Et j'éprouve les mêmes sentiments devant une machine bien faite, comme cette forge hydraulique. Allez-vous maintenant vous moquer de moi, refuser d'être vu en ma compagnie ?

Gauthier secoua la tête, regardant les doigts d'Edgar se déplacer si prestement, si délicatement sur le pin. Il leva ses énormes mains, ses poignets et ses bras déformés par les muscles acquis au cours d'une vie de batailles. Il eût été aussi embarrassé de sculpter un motif que de tenir une plume.

— Vous êtes un homme singulier, concéda-t-il. Et ce travail d'artisan n'est pas digne d'un seigneur. Mais c'est merveille à coup sûr de vous regarder faire. Je n'ai nulle envie de rire.

— Merci. Or çà, vous plairait-il de ne point occulter la lumière ? J'ai, si j'ose dire, du pin sur la planche.

Le cheval qu'on lui trouva était parfait, ensellé et boiteux. Il avait été donné au couvent par un chevalier qui l'avait fait ployer trop longtemps sous les armures et autres fourniments. La pauvre bête était si patiente et pitoyable que la prieure Astane n'avait pas eu le cœur de refuser le don, bien que l'animal mangeât bien plus qu'il ne rapportait par son labeur.

— Supportera-t-il mon poids ? demanda Edgar.

— Assurément, répondit Gauthier. Mais vous arriverez peut-être là-bas plus vite en le menant par la bride.

Edgar attacha le sac au dos de sa monture. Il était assez léger pour ne pas surcharger l'animal : des vêtements, un manteau chaud, troué ici et là, emprunté à l'un des frères, sa coupe, son bol, sa cuiller, son couteau et les objets qu'il avait fabriqués. Il avait voulu tailler une croix semblable à celle qu'il avait offerte à Catherine, mais comme le temps pressait, il s'était cantonné à des peignes et à deux longues cuillers à touiller. Il ne dépasserait pas les cuisines avec ces babioles, peut-être pas la cour, mais cela suffirait.

— Si vous n'êtes pas de retour ce soir, l'avertit Héloïse, je me rendrai en personne à Quincy et fouillerai tous les coins et recoins, quand bien même Rupert et Constance protesteraient. Nous devons vous récupérer tous les deux.

— Ne vous inquiétez pas, promit Edgar. Je la retrouverai.

Malgré ses craintes quand il se mit en chemin, Edgar ne put s'empêcher de se prendre pour un de ces chevaliers déguisés dont parlaient les trouvères. Qui partent délivrer la princesse enfermée dans la tour. Il n'eut cette impression que jusqu'au premier tournant de la route. Après tout, les chevaliers avaient toujours quelque talisman magique, épée, écu ou cor, pour appeler à l'aide. Distribuant force coups d'épée, ils grimpaient une kyrielle d'escaliers en colimaçon et sautaient avec hardiesse de la fenêtre de la tour, tenant enlacée dans leurs bras la dame de leurs pensées.

Il eût été heureux d'accomplir pareilles prouesses pour Catherine, mais il avait trop les pieds sur terre pour ignorer que de telles aventures survenaient seulement dans les contes narrés à la veillée. Dans la vie réelle, le chevalier délivrait rarement sa dame et finissait embroché avant d'atteindre la tour.

A la vérité, donc, Edgar et le cheval parcoururent à grand-peine les deux lieues jusqu'à Quincy, passant à gué l'Ardusson, avec quelques craintes car elle était grosse à la suite des pluies printanières. Ils parvinrent une heure plus tard au donjon de Rupert et Constance.

A première vue, tout y paraissait normal. Une dizaine de personnes traînaient dans la cour, d'autres allaient et venaient, vaquant à leurs occupations. On ne semblait pas rechercher avec frénésie une femme en proie au délire ; nul ne semblait redouter Dieu sait quelle maladie contagieuse.

« Je n'arrive pas trop tard, se dit-il. Elle est là. Elle est vivante. Par la force des choses. »

Il avisa une servante qui traversait le cour, munie d'un panier de maslin, mélange de blé et de seigle pour les oies. Edgar s'approcha d'elle.

— *Diex te saut*, la salua-t-il. Y aurait-il ici quelqu'un qui veuille un joli peigne neuf, ou une belle cuiller, avec un manche lisse et poli ?

La femme s'arrêta. Edgar montra l'un de ses peignes. Elle le saisit de sa main libre et le retourna.

— De la belle ouvrage, commenta-t-elle. Et je n'ai jamais vu semblable motif. Attends ici que j'aie donné à manger aux oies et je m'en vais y jeter un coup d'œil. Enfin, si ton prix n'est point excessif.

— Un demi-sou de Provins. (Puis, la voyant hésiter :) Ou bien un repas chaud, ou encore de l'avoine pour mon cheval.

La servante largua la haridelle et se mit à rire.

— Est-il besoin de lui donner de l'avoine ? Mais nous en causerons à loisir plus tard.

Elle regarda derrière l'épaule d'Edgar. Il se retourna. D'autres femmes emportaient des paniers de linge à la rivière.

— Tu pourrais leur montrer tes marchandises, suggéra-t-elle. Quand elles auront fini d'étendre la lessive.

Edgar suivit les femmes jusqu'à la berge. Elles y rincèrent les vêtements imbibés de savon, puis les étalèrent sur l'herbe afin de les faire sécher. Il rongea son frein, observant la scène d'un œil distrait. Soudain il remarqua une paire de braies courtes de couleur grise, que l'on dépliait. Juste à côté il y avait une chainse de fine laine, avec une grande tache brune à demi ôtée, et enfin un bliaut monastique gris. Il avança d'un pas mal assuré pour aller voir de plus près.

— J'arrive trop tard, chuchota-t-il. Ils l'ont tuée.

On lui tapa sur l'épaule. Il fit volte-face, prêt à frapper de toutes ses forces.

Une femme le dévisageait. Une jolie blonde à fossettes et aux yeux tristes.

— Que cherchez-vous ici ? lui demanda-t-elle.

D'un geste apathique, Edgar lui tendit un peigne. La femme l'examina.

— Beau motif, dit-elle. Et original. Je ne l'ai vu qu'une seule fois. Une invitée de la maîtresse de céans porte une croix avec semblables feuilles et oiseaux entrelacés. Combien ?

— Comment ? fit Edgar.

Il passait si brusquement du désespoir à l'espoir que ses pensées s'embrouillaient.

— Combien pour ce peigne dont le motif rappelle celui de la croix de notre invitée ? énonça la femme très lentement. Composez votre visage et, pour l'amour de Dieu, ne me serrez pas dans vos bras ! Vous êtes son mari, n'est-ce pas ? Ma sœur m'a dit que c'était l'homme le plus pâle qu'elle eût jamais vu.

— Tout le monde ici dit cela. Est-elle vivante ?

Samonie se mordit la lèvre.

— A peine. Constance l'affame. Si vous avez une idée, je suis prête à vous aider.

— Si je reviens plus tard dans la journée, me laisserez-vous entrer et me donnerez-vous un lit pour la nuit ?

— Oui, mais on ne vous permettra pas de vous approcher d'elle.

Edgar le savait bien. Il devait y avoir un moyen. Il

jeta des regards éperdus autour de lui. A l'aide de pierres, deux femmes plaquaient au sol des draps pour les empêcher de s'envoler. Une idée lui vint à l'esprit. Ce n'était certes pas un déguisement digne d'un chevalier, mais, au fond, il n'était que sculpteur sur bois et philosophe.

— Pouvez-vous laisser les draps en pile quelque part près de l'escalier ce soir ? demanda-t-il.

Samonie eut l'air interloquée.

— Je peux m'arranger. On les entrepose d'ordinaire dans la lingerie avant de les porter à l'essorage, mais je trouverai bien un prétexte.

— Merci. Maintenant, combien de gens dorment dans la chambre où Catherine est retenue prisonnière ?

— Dame Constance est en haut pour le moment, car son mari est alité à la suite de son accident. (Samonie compta sur ses doigts.) Moi, deux autres servantes. Mais je crois que l'une d'elles a prévu un rendez-vous pour ce soir. Nous n'avons guère eu de visites depuis la mort de la fille de Constance.

— Bien. Je serai de retour avant le coucher du soleil. Tenez, prenez le peigne en guise de cadeau.

Edgar saisit les rênes de son cheval, qui, fort docilement, l'avait suivi jusqu'à la rivière. Il eût été agréable de sauter en selle et de partir au galop, mais Edgar dut éviter le linge flottant au vent, repasser la rivière à gué et quasiment traîner la pauvre bête jusqu'au Paraclet.

Pour le coup il serra sœur Thècle dans ses bras et la fit tournoyer jusqu'à ce que la vieille femme le giflât en lui ordonnant de cesser ses sottises.

— Elle est vivante ! cria-t-il.

— *Deo gratias,* murmura Thècle. Où est-elle ?

— Toujours au donjon. Et elle est très faible, je le crains. J'ai songé à un stratagème pour la libérer ce soir. L'une des sœurs converses accepterait-elle de me prêter des vêtements ?

Il s'expliqua. Thècle hocha la tête lentement.

— Cela pourrait réussir, dit-elle. Frottez-vous le visage avec de la terre ou, encore mieux, avec des cendres, pour avoir l'air plus âgé. Et il vous faudra marcher courbé en deux. Vous êtes trop grand. Dans l'obscurité, on croira vos cheveux grisonnants. Toutefois, quel prétexte pourrez-vous invoquer pour vous promener ainsi après la tombée du jour ?

— J'espère monter après l'allumage des torches, mais avant que tout le monde ne se retire pour la nuit et que les portes ne soient verrouillées. Les blanchisseuses sont toutes des femmes du village. Rien d'étonnant à ce que l'une d'elles s'en aille chargée d'un ballot.

— Nous devons en discuter avec l'abbesse, conclut Thècle. Peut-être vaudrait-il mieux que l'une d'entre nous y aille. Je pourrais passer pour une vieille gâteuse bien plus aisément que vous.

— Ma sœur ! s'écria Edgar, offusqué. Jamais je ne laisserai l'une d'entre vous prendre un tel risque !

Thècle le toisa.

— Jeune homme, finit-elle par répondre, vous n'avez point votre mot à dire.

Cependant Héloïse tint à dire le sien.

— Voilà une offre généreuse, sœur Thècle, déclara-t-elle. Mais il appartient à Edgar d'y aller. Si nous arrivons à lui apprendre à marcher humblement et à s'envelopper comme il convient dans son châle, il saura sans doute tromper la vigilance des gardes. Certes, vous y réussiriez plus aisément que lui, mais ne pourriez emporter notre Catherine ni la défendre. Si besoin est. Et puis, ajouta-t-elle d'un ton empli d'affection, nous ne pouvons pas nous passer de vous.

— Vous croyez donc au succès de mon plan ? demanda Edgar.

— Je crois que voilà bien la plus grande sottise dont j'aie jamais ouï parler ! intervint Gauthier. Se travestir en femme ! Comment même envisager idée pareille ?

— Hugues de Crécy ne s'est-il pas déguisé en catin pour rentrer dans son château assiégé ? se défendit Edgar.

— Oui, mais il... (Gauthier aperçut l'expression amusée de l'abbesse et se mit à rougir.) Je vous narrerai l'histoire une autre fois, promit-il à Edgar. Je retire mon objection.

— En ce cas, si vous le voulez bien, dit Edgar à Héloïse, montrez-moi comment draper ce ravissant fichu de veuve.

Catherine avait décidé de feindre d'aller plus mal afin d'abuser Constance et de lui faire relâcher sa surveillance. Las... son état était en réalité moins bon qu'elle ne le croyait. Le jeûne du Carême, les rigueurs du voyage à Sens, le séjour dans la forêt, la perte normale de sang, tout cela, ajouté à une semaine où elle n'avait eu droit qu'à une coupe d'eau par jour, avait presque épuisé ses ultimes réserves. Elle n'eut guère à forcer son talent pour chantonner des psaumes et divaguer. Lui trottait en tête une berceuse qu'elle n'avait pas entendue depuis la prime enfance de sa sœur Agnès. Cela remontait à si longtemps, à l'époque où sa mère avait encore conscience du monde et de la présence de sa fille. Elle se rappelait parfaitement l'air, mais pas les paroles.

— La, la, la, la, la, fredonnait-elle, à demi endormie.

Elle fut brutalement tirée de sa torpeur par une violente gifle.

— Cessez cet horrible bruit, sale jael !

Constance était debout à côté d'elle, prête à frapper derechef. Catherine roula des yeux égarés.

— Je chantais cette chanson à Alys, reprit Constance d'une voix plus naturelle. Je ne tolérerai pas qu'on se moque d'elle !

Catherine sentait sur la joue la marque de ses doigts. Pourquoi une berceuse l'avait-elle mise dans un tel état ? Cette femme avait battu, tourmenté sa fille, l'avait contrainte à se marier contre son gré, l'avait peut-être tuée. Qu'importait une berceuse ?

Néanmoins, Catherine se tut.

C'était la tombée du jour. La lumière déclinait. « A moins que je ne devienne aveugle, se dit Catherine. Cela arrive, paraît-il, aux gens qui meurent de faim. »

Elle fut rassurée quand Samonie entra, munie d'une lampe à huile.

— Il y avait ici tout à l'heure un colporteur, laissa-t-elle échapper distraitement. Il m'a donné un peigne. Voulez-vous le voir ?

— Je n'y tiens guère, répliqua Catherine, pensant à la dernière fois qu'elle avait tressé ses cheveux, aidée par Edgar pour éviter qu'ils ne s'emmêlent.

— C'était un individu d'aspect bien insolite, poursuivit Samonie. On eût cru qu'il était tombé dans un pot de lessive et en était ressorti blanchi !

Catherine tourna la tête et tendit la main vers la servante pour s'emparer du peigne.

— Ne me faites pas miroiter de faux espoirs, Samonie. L'espoir peut briser le cœur.

— Je ne sais s'il y a beaucoup d'espoir, répondit doucement Samonie, regardant par-dessus son épaule pour vérifier qu'on ne les écoutait pas. Son stratagème est pour le moins risqué. Mais je m'efforcerais de rester éveillée ce soir si j'étais vous... Madame ! s'exclama-t-elle, glissant précipitamment le peigne sous la tête de Catherine et se tournant vers sa maîtresse. Dois-je vous aider à préparer le dîner ?

Constance entra en trombe, l'air anormalement pâle et fatiguée elle aussi. Elle jeta des ordres à Samonie et aux autres servantes, critiquant leurs moindres faits et gestes.

— Je me demande pourquoi je me tue à la tâche, se lamenta-t-elle. Rupert passe son temps au lit, se plaignant de souffrir le martyre. A vrai dire, il n'a qu'insignifiantes égratignures. Nous ne recevons que des visiteurs épouvantables comme Marcelle. Cela fait des mois que nous n'avons pas eu de divertissement digne de ce nom. Dès que cette affaire sera terminée (elle fit un signe de tête vers Catherine), je jure que je vais passer un mois à Paris. Je veux voir ce que porte la reine, connaître les derniers potins et parler avec des gens qui ne bavent pas.

« Allons, laisse-moi tranquille ! lança-t-elle en repoussant la servante qui essayait d'ajuster ses robes. Es-tu sûre de ne pas avoir reçu de nouvelles de Raynald ou de son père ?

— Sûre et certaine, madame, répondit Samonie. Nous n'avons vu personne.

— Questres ! marmonna Constance. Ils s'imaginent que j'ignore ce qu'ils manigancent. Eh bien, dépêche-toi ! Voulez-vous manger, oui ou non ?

Elle ressortit en coup de vent, poussant les servantes devant elle.

Catherine tâta le peigne sous sa joue. Elle se tortilla pour pouvoir le voir, suivant le motif des yeux : oiseaux, feuilles, entrelacement de sarments et, oui, ici dans un coin... Ou bien était-ce le jeu de son imagination ? Non, elle voulut y croire. Les sarments formaient deux lettres, un C et un E.

Il ne l'avait pas crue perdue ni morte. Il lui avait pardonné d'avoir quitté le couvent où, selon lui, elle ne courait aucun danger. Il n'allait pas la laisser mourir abandonnée dans cette tour. Mais comment pourrait-il monter ici ? Il n'y avait aucun accès sûr. Elle devait tenter l'impossible. Elle se remit à tirer sur les cordes qui la ligotaient.

Les heures passèrent. Les voix venant d'en bas étaient plus rauques à présent. Quelqu'un avait dû exiger qu'on mette en perce un nouveau tonneau de vin. Cela pouvait aider Edgar ou bien, au contraire, rendre les choses plus difficiles : si on le trouvait dans les étages et qu'un garde ivre l'interpellât ? Il faisait presque nuit noire. Une étoile scintillait par l'étroite fenêtre. Personne alentour. Elle devait essayer. Elle devenait folle à l'idée de le savoir si près.

Elle glissa les mains sous les cordes et s'efforça de sortir du lit. En vain. Elle fut prise d'un vertige, si bien qu'elle ne put se mettre debout. Elle se rassit lourdement.

Sœur Bertrande a toujours dit que tu manquais de persévérance, la tourmentèrent ses voix.

Catherine serra les dents et se mit à ramper en direction de l'escalier. Les joncs craquèrent sous ses mains et ses genoux. Elle avait la tête baissée. Elle n'entendit pas qu'on entrait, ne s'avisa de rien avant de buter contre des jupes.

Elle leva les yeux. Une haute silhouette sombre, encapuchonnée, la dominait. Laquelle tenait un gros ballot de linge. Catherine s'affaissa sur les coudes. La forme se pencha. Elle entrevit un visage noirci. La Mort était venue la prendre.

— Catherine.

Etrange. La Mort lui parlait par la voix d'Edgar. Peut-être n'était-ce point si effrayant, en fin de compte.

— Catherine, reprit la voix, je vais t'envelopper dans cette couverture et te descendre dans mes bras. Ne gigote pas.

Il était moins facile que prévu de donner à une femme l'apparence d'un sac de linge. Edgar jeta la couverture sur son épousée et essaya de la hisser sur son épaule. Mais, baissant les yeux, il vit dépasser les pieds de la jeune femme. Il s'efforça de les recouvrir, sentit alors le bras de Catherine pendre mollement dans son dos. Il tira un angle de la couverture et les pieds réapparurent. Edgar soupira. Rien à faire. Il devait aller le plus vite possible et prier pour qu'ils ne rencontrent personne.

Il entama la descente de l'escalier.

Ils atteignirent la Grande Salle. Edgar aperçut le couloir menant à la cour. La porte n'avait pas encore été barricadée pour la nuit. Il s'empressa de sortir, descendit les premières marches de l'escalier extérieur.

— Toi ! cria quelqu'un. Que tiens-tu là ? Halte ! Arrête-toi !

La voix venait de derrière lui, mais il perçut au même instant du mouvement en contrebas. La distance entre le pied de l'escalier et le portail semblait longue de plusieurs lieues. Un homme monta les degrés en courant et lui barra le chemin.

— Voleuse ! Pose ça tout de suite ! ordonna-t-il.

Catherine fut réveillée par le bruit et l'agitation. Encore dans un état de confusion mentale, elle voulut se retourner.

— Catherine ! Ne bouge pas ! hurla Edgar.

Mais c'était trop tard. Le pied de Catherine avait heurté la poitrine de l'homme, qui tomba à la renverse dans le tas de fumier près du donjon.

Edgar continua de descendre, prêt à recevoir le coup qu'allait lui assener le garde derrière eux. Mais il entendit un cri de colère et d'atroce douleur. Au moment où il atteignait la dernière marche, il entendit des bruits de pieds chaussés de pantoufles.

— Allons, dit Samonie, tendant la main vers Catherine. Tournez-la, nous allons la soutenir à nous deux.

— Qu'est-il arrivé au garde ? souffla Edgar en obtempérant.

— Un coup de tisonnier brûlant, bien placé, répondit Samonie dans un souffle. Hâtez-vous !

Tous deux la saisirent par la taille et passèrent les bras autour de ses épaules. Soutenant ainsi Catherine, Edgar et Samonie franchirent le portail à demi ouvert. Derrière eux, ils entendirent cris et bruits d'armes : l'alerte était donnée au donjon. Une fois dehors, Edgar reprit Catherine dans les bras et s'engagea sur la route, chancelant quelque peu sous le poids de la jeune femme. Samonie suivait. Le portail grinça, puis s'ouvrit à grand fracas. Un flot d'hommes en armes s'en échappa. Edgar continuait d'avancer, conscient qu'il ne pourrait leur échapper. Il ne gaspilla pas son énergie à regarder derrière lui.

Le tumulte s'apaisa d'un coup quand les hommes se trouvèrent face à une apparition impressionnante : un géant revêtu d'une armure de pied en cap, arbalète dans une main, épée dans l'autre. Il avait surgi de la nuit, les jambes enveloppées par la brume de la rivière. Un second Goliath venu les défier.

Aucun des hommes n'avait pensé à emporter une fronde.

Les gardes, sans cottes de mailles, seulement armés de lances et d'épées — lesquelles n'avaient rien de magique —, battirent lentement en retraite, repassant le portail. L'instant d'après, la barre retombait avec un bruit sourd rassurant. Le bois et le fer les protégeaient du monstre.

Le géant recula peu à peu vers la rivière, puis se fondit dans l'obscurité.

Lorsque Catherine revint à elle, la première chose qu'elle entendit fut un rire de gorge tout près d'elle. Elle leva la tête et contempla le démon ténébreux de Quincy. Qui lui souriait.

Gauthier de Grancy était venu délivrer la princesse.

21

Le Paraclet, de très bonne heure, dimanche 5 mai 1140

*« Une mère qui tue son enfant avant le quarantième jour fera pénitence durant un an. Si elle le tue après les premiers mouvements du fœtus, elle fera pénitence en tant que meurtrière. Mais la différence est grande entre une pauvre femme qui agit ainsi parce qu'elle ne pourrait subvenir aux besoins de son enfant et une catin qui cherche à dissimuler sa perversité » (VIII*e *siècle,* Pénitentiel*).*

Sœur Thècle fut tirée d'un sommeil honnête par de violents coups frappés au portail. Après avoir jeté à la hâte un fichu sur sa tête, elle se pencha par la fenêtre pour demander qui osait troubler la paix du couvent à pareille heure.

— Ouvrez vite, ma sœur ! cria Gauthier, croyant chuchoter. Nous ramenons Catherine. Elle a besoin de vous.

Quelques instants plus tard, Catherine se retrouva bien bordée dans un lit de l'hostellerie. Sœur Mélisande lui administrait un bouillon chaud aussi vite qu'elle pouvait l'avaler.

— Assez, balbutia enfin la jeune femme. Je vais

mieux à présent. Seule ma main gauche est ankylosée. Je ne puis la remuer.

— Oh, je suis désolé, ma chérie ! s'exclama Edgar en lui lâchant les doigts.

— Héloïse va venir vous parler, dit Mélisande. Si vous en avez la force.

— Oui, bien entendu.

Catherine essaya de s'asseoir, mais la pièce se mit à danser autour d'elle et elle laissa retomber sa tête sur l'oreiller.

Héloïse entra. Elle arborait une expression chaleureuse pour accueillir Catherine, mais, dès qu'elle l'aperçut, c'est une fureur aussitôt dominée qui se lut sur son visage. Elle garda le silence un moment, se contentant de regarder Catherine d'un œil terrible. Celle-ci esquissa un sourire qui se voulait rassurant.

— Je vais bien, ma Mère, dit-elle. J'ai manqué de jugement, je le crains.

Héloïse se pencha et l'embrassa sur le front. Quand elle se redressa, elle avait recouvré son sang-froid.

— Vous savoir de retour saine et sauve est suffisant. Peut-être ne devions-nous point connaître les secrets de la maison de Quincy.

— Mais j'ai malgré tout appris quelque chose. (Catherine tenta de se lever derechef.) Oh, je déteste avoir ainsi la tête qui tourne ! Alys n'a pas fait de fausse couche à la suite des coups qu'elle a reçus. Elle a avorté délibérément.

— En êtes-vous certaine ?

— Je peux le confirmer, intervint une voix douce.

Héloïse se retourna et remarqua pour la première fois la femme qui se tenait silencieuse en dehors du cercle lumineux projeté par la lampe.

— Qui êtes-vous ? s'étonna-t-elle. Que savez-vous de cette affaire ?

— Je suis... J'étais la servante de dame Constance, madame l'abbesse, répondit Samonie. J'étais là quand la comtesse Alys a fait sa fausse couche. C'est moi qui ai épongé le sang, trouvé le pessaire et le sachet d'herbes. C'est moi qui les ai cachés, ajouta-t-elle à l'adresse de Catherine.

— Savez-vous pourquoi elle a fait cela ? demanda Héloïse.

Samonie secoua la tête.

— L'enfant bougeait-il ?

Samonie secoua la tête avec encore plus de conviction.

— Oh, non, bien sûr que non, affirma-t-elle. Alys n'aurait jamais rien fait si l'enfant avait commencé à bouger, en aucun cas. Il était bien trop tôt pour cela, j'en suis certaine. On ne voyait pas du tout qu'elle était grosse.

Héloïse hocha la tête, rassurée. En arriver à agir ainsi restait chose terrible, mais du moins n'était point péché mortel.

— Catherine, dit-elle doucement, croyez-vous qu'Alys soit morte parce que quelqu'un aurait eu vent de cet acte ?

— C'est possible, je le crains, admit Catherine.

Derrière elle, Gauthier grogna. Il frappa le mur de son poing.

— Le fils de cochon ! Faire ça et m'accuser. Ce ne peut être que l'enfant de Raynald. Elle n'aurait jamais tué le mien.

Il s'effondra sur un banc et se prit la tête entre les mains.

Catherine attendit que ses pleurs se calment. Elle leva les yeux vers Edgar et lui reprit la main.

— Et Paciane a été attaquée, je le crains, non seulement parce que quelqu'un a découvert qu'elle était toujours vivante, mais aussi parce qu'elle sait qui a assassiné Alys et pourquoi.

Héloïse garda le silence un moment. A la lumière de la lampe, Catherine remarqua soudain les rides cernant les yeux et la bouche de l'abbesse. Creusées par l'anxiété et le poids des responsabilités. Catherine se sentit coupable tout d'un coup. Héloïse avait déjà tant de soucis et elle lui en avait causé d'autres. Belle récompense pour tout ce que lui avait apporté le Paraclet.

Finalement, Héloïse se redressa en soupirant.

— Je parlerai à Paciane dans la matinée. Aucun secret n'est assez ténébreux pour justifier qu'on meure ou qu'on laisse les autres mourir dans l'espoir de le préserver. Dans l'immédiat, sœur Thècle, pouvez-vous trouver de la place pour coucher tout le monde ?

— Bien entendu, ma Mère, l'assura Thècle. Retournez dormir. Tout ira bien.

Héloïse se mit presque à rire en imaginant cette éventualité. Mais elle repartit vers sa cellule. Une fois à la porte, elle s'arrêta et regarda Samonie.

— Vous vous êtes échappée de chez la comtesse de Quincy ? lui demanda-t-elle. Etes-vous serve ?

— Non, répondit Samonie, indignée. Je suis née libre, comme mon père et le sien.

— Bien, très bien. En ce cas, aucune crainte qu'elle n'exige votre retour. Sœur Thècle, si quiconque désire entrer au couvent cette nuit, pour quelque raison que ce soit, appelez-moi incontinent, mais n'ouvrez pas la porte.

Elle sortit. Samonie s'assit sur le banc à côté de Gauthier qui avait quelque peu repris ses esprits.

— Je n'y serais pas retournée, de toute façon, marmotta-t-elle.

Pendant ce temps, sœur Mélisande n'avait cessé d'observer Catherine.

— A mon sens, vous devriez tous aller vous coucher, enjoignit-elle à Gauthier, Samonie et Edgar. Oui, même vous, jeune homme. Catherine a besoin de repos, à présent, non du genre de sollicitude que vous pourriez lui prodiguer. Je lui administrerai du bouillon chaque fois qu'elle se réveillera. Vous la verrez dans la matinée.

Sœur Thècle conduisit Edgar et Gauthier dans l'autre chambre d'hôtes. Gauthier lui promit assistance au cas où si des visiteurs indésirables venus de Quincy chercheraient à forcer l'entrée. Thècle emmena Samonie dans sa chambre au-dessus du portail.

— Qu'allez-vous faire maintenant ? lui demanda-t-elle.

Samonie haussa les épaules, trop lasse pour penser.

— Il faut bien que je nourrisse mes enfants d'une façon ou d'une autre, répondit-elle d'une voix morne. Autant faire le pied de grue devant le moulin pour les hommes qui apportent leur grain.

Si elle avait cru offusquer la vieille femme, elle en fut pour ses frais.

— Ne comptez pas sur ces gueux pour vous payer en suffisance, rétorqua la sœur. Rien à voir avec les jeunes seigneurs, qui vous donneront une broche que vous pourrez revendre.

Pour le coup, ce fut Samonie qui fut choquée.

— Qu'en savez-vous ? Que faisiez-vous avant de venir ici ?

— J'ai été élevée au couvent, ma petite, répondit Thècle en souriant. Mes parents m'ont confiée à Argenteuil quand j'avais huit ans. Mais j'ai entendu tant d'histoires tristes... Assez pour remercier mes parents de m'avoir vouée à Dieu. (Elle tapota Samonie sur l'épaule.) Allons, reprit-elle. Nous sommes au beau milieu du Grand Silence, et ce n'est guère le moment de remuer de tels soucis. Dites vos prières, mon enfant. Une solution s'offrira à vous.

Samonie était trop épuisée pour discuter. Elle obtempéra et s'endormit alors qu'elle récitait un Notre Père.

Dans la salle en dessous, Gauthier était également endormi. Ses ronflements résonnaient dans toute la bâtisse. Mais Edgar demeurait éveillé. Les cloches de la vigile étouffèrent le bruit de forge sortant de la poitrine de Gauthier. Il commençait à comprendre quel tourment ce peut être de tenir plus à la vie d'un autre être qu'à la sienne propre. Lorsqu'il avait cru Catherine morte, il avait éprouvé la perte de tout espoir, de toute raison. C'était quelque chose que détestait et redoutait son esprit rationnel. Que s'était-il infligé ? Comment des humains pouvaient-ils survivre à pareille douleur ?

Les cloches cessèrent de sonner et la mélopée des chants s'entendit dans la chapelle. Edgar se répéta que Catherine allait bien, qu'elle était profondément endormie dans la pièce d'à côté. Inutile de répondre ce soir à toutes ces questions. Poussant un long soupir, il ferma les yeux, tira la couverture sur sa tête et s'endormit.

Le lendemain, Héloïse se rendit auprès de Paciane. La sœur converse se portait mieux à présent. Elle avait le droit de quitter le lit pour de courts moments. Quand elle vit l'abbesse, Paciane fit comprendre, par signes, qu'elle désirait retourner au travail.

— Pas encore, dit Héloïse. Sœur Mélisande vous préviendra quand il en sera temps.

Elle fit signe à Paciane de s'asseoir et vint se placer debout à côté d'elle. Lisant la détermination dans les yeux d'Héloïse, Paciane serra les mâchoires et posa ses mains bien jointes sur les genoux.

— Paciane, reprit Héloïse, il y a de nombreuses formes de silence. Il y a le calme que nous entretenons afin de mieux entendre le message de Notre-Seigneur. Il y a le silence de la bienséance, afin de ne point déranger les autres. Il y a le silence de l'expiation, qui nous contraint constamment à reconnaître nos péchés.

Paciane baissa la tête. Ses mains se desserrèrent.

— Mais il y a aussi le silence de la peur, poursuivit-elle d'une voix plus dure. Et du lâche égoïsme. Ce silence-là n'a rien de vertueux. Vous êtes venue chez nous en quête de protection. Nous vous l'avons offerte. Lorsque vous m'avez parlé de votre triste sort et de votre peur, je ne vous ai rien demandé de plus. Mais, à cause de vous, cet asile de paix qu'est notre couvent a été violé et, en essayant de découvrir la raison de l'agression dont vous avez été victime, Catherine a mis sa vie en péril.

Paciane leva les yeux derechef. Ses doigts s'agitaient follement.

— Oui, je sais que vous ne lui avez rien demandé. Mais elle a pour vous et les autres femmes de notre communauté assez d'affection pour chercher à connaître la vérité. Elle avait également de l'affection pour votre sœur. Apparemment plus que vous n'en avez éprouvé quand vous vous êtes enfuie en l'abandonnant à son sort.

L'expression de Paciane en cet instant glaça Héloïse. Elle souriait. Héloïse n'avait jamais vu, en dehors d'un miroir, de sourire plus froid, plus amer, plus désespéré. Les mains de la femme se mirent à trembler quand elle expliqua par signes :

« Je ne pensais pas qu'ils la forceraient à l'épouser. J'ai été stupide. Maintenant il est trop tard. Si vous le souhaitez, je partirai. Mais je n'en dirai pas plus. »

Héloïse la dévisagea un long moment.

— Quand vous serez rétablie, nous déciderons au chapitre si vous pouvez continuer à rester ici. Vous me décevez beaucoup.

Elle quitta la pièce. Paciane resta assise sur son lit, les yeux rivés sur ses doigts, jusqu'à ce que sœur Mélisande vînt changer son pansement.

Héloïse retourna à l'hostellerie et fut soulagée de voir Catherine enfin assise dans son lit. Elle avait repris quelques couleurs.

— Paciane refuse son aide ?

— Aucune de mes paroles ne la fera changer d'avis, soupira Héloïse. Pas de message de Quincy ?

— Nous n'avons pas eu d'autres visiteurs hier soir, intervint Thècle.

— Il est fort étrange qu'ils n'aient pas tenté de

reprendre Catherine, ni qu'ils n'aient même donné la moindre explication sur cette détention abusive. Peut-être pourrais-je envoyer là-bas un messager pour protester contre le traitement qu'a subi Catherine.

Héloïse s'assit sur le lit et posa la main sur la joue de Catherine. La jeune femme sentit s'évanouir les malheurs de la dernière semaine. Elle était chez elle.

— Ma Mère, je pense que nous devrions attendre, dit-elle. Je soupçonne que Constance doit en référer à quelqu'un d'autre avant d'agir. Elle craint peut-être de dire à cette personne que je me suis échappée.

— Peut-être. (Héloïse réfléchit.) Mais je vais sans doute envoyer une plainte officielle à leur seigneur. Ne dépendent-ils pas de Guillaume de Nevers ?

— Je le crois, bien que Quincy fasse partie de Nogent, répondit Gauthier.

— Ma Mère, interrompit Edgar, j'ai été si préoccupé par Catherine que j'ai oublié de vous parler de quelque chose. Gauthier et moi-même avons découvert, me semble-t-il, la raison pour laquelle tant de gens veulent la propriété dont Alys a fait don au couvent.

— Peu m'importe maintenant à vrai dire, repartit Héloïse. Que Raynald ou Vauluisant la prenne. Cette terre ne justifie la mort de qui que ce soit. Nous pourrons nous en passer.

— Mais moi, intervint Catherine, la chose m'intéresse encore. Qu'avez-vous appris ?

Edgar leur parla de la stupéfiante invention d'un four et d'une forge hydrauliques. Il décrivit le procédé avec des détails attendris, sans omettre le problème que Ferreolus, le moine, devait encore résoudre.

— Cela dit, quand il aura réussi à maîtriser la

vitesse du marteau, conclut Edgar, ils seront alors en mesure de produire une grande quantité de fer et d'acier de haute qualité avec fort peu de main-d'œuvre.

— Mais pourquoi leur faut-il cette partie de forêt en particulier ? s'étonna Héloïse, intriguée malgré elle.

— Elle possède d'importantes réserves de minerai et de bois pour produire du charbon de bois, expliqua Edgar. Il y a même des carrières de chaux. Et elle n'est loin ni du monastère ni de la Vanne. C'est un emplacement idéal.

— Toutefois, cela n'explique toujours pas pourquoi un noble tel que Raynald s'y intéresse, objecta Catherine. Et, comme nous l'avons dit, il aurait pu forcer Alys à donner la terre à n'importe qui, s'il avait voulu.

— Peut-être, dit Edgar. Avec toutes les constructions en cours, le fer de haute qualité doit atteindre un bon prix. Mais tu as raison, il doit y avoir autre chose. Il nous manque encore un élément.

Catherine s'appuya sur son épaule, repassant dans son esprit tous ceux qu'ils possédaient déjà, s'efforçant de former un tout cohérent.

— Edgar, dit-elle enfin, quand tu étais à Quincy, as-tu vu par hasard Rupert, le mari de Constance ?

— Rupert ? (Edgar réfléchit.) Je ne sais pas. J'ignore même si je l'ai déjà vu.

— Il a gardé le lit tout le temps où j'ai été retenue là-bas. Il avait eu un accident. L'amie de Constance a raillé cette dernière en lui disant qu'elle avait épousé un homme qui ne savait même pas tenir sur un cheval.

— Croyez-vous que cet accident soit dû à la blessure infligée par la binette de frère Baudouin ?

demanda Héloïse. Mais c'est invraisemblable. Rupert était le seul à savoir depuis le début que Paciane était là.

— Quoi ?

— C'est lui qui, en sa qualité de beau-père, a donné son autorisation pour son admission, expliqua Héloïse. Je ne pouvais la laisser entrer sans le consentement de son tuteur légal.

— Mais je suis sûre que Constance l'ignorait, fit observer Catherine. Pourquoi lui a-t-il dit que Paciane était morte ?

— Pour mettre Paciane à l'abri de Constance, peut-être ? avança Edgar. Ou pour être sûr que sa propriété reviendrait à Alys sans conteste ? Il s'est peut-être dit qu'il tiendrait plus facilement Alys sous sa coupe que Paciane. Mais s'il savait depuis le début qu'elle était là, pourquoi lui faire du mal maintenant ?

Ils gardèrent tous le silence, incapables de répondre. Enfin, Héloïse se leva.

— D'une façon ou d'une autre, déclara-t-elle, nous devons découvrir cet élément manquant. Trois personnes ont été tuées. Je ne crois pas que ce soit à cause d'un bout de forêt, malgré toute sa valeur. Cela cache un secret plus profond. Lorsque nous le connaîtrons, tout s'éclaircira.

Gauthier était entré cependant qu'elle parlait.

— Je suis prêt à retourner à Quincy et à les forcer à me le révéler..., proposa-t-il. J'aurais grand plaisir à réduire le donjon en poussière !

— Je ne saurais le tolérer, l'admonesta Héloïse. Et, par ailleurs, je ne pense pas que cela serait très utile. Le fait que personne n'ait protesté contre l'enlèvement d'une invitée montre bien qu'ils sont coupables jusqu'au cou et craignent peut-être ce que nous risquons de savoir.

— Edgar et moi ne voulons pas abandonner, dit Catherine. Où aller maintenant ?

— D'abord à Paris, décréta Edgar. Il est certainement inutile de retourner à Troyes, et nous avons découvert tout ce que nous pouvions dans la forêt. Je veux retrouver Astrolabe, voir si la santé de maître Abélard s'est améliorée. Je veux retrouver Solomon, être sûr qu'Eliazar va mieux et savoir si son agression a un quelconque rapport avec toute cette affaire.

— Moi aussi, renchérit Catherine.

— Et, ajouta Edgar, je veux rendre visite à ton père et lui fournir l'occasion de se moquer de moi, qui n'ai point écouté ses mises en garde sur le mariage.

— D'accord, répliqua froidement Catherine, à condition que tu me donnes un jour la chance de laisser tes parents faire de même.

Edgar en fut abasourdi.

— Mais ils vivent en Ecosse ! objecta-t-il. Personne ne veut aller en Ecosse ! Pourquoi crois-tu que le roi David ne cesse d'envahir l'Angleterre ?

— Je ne prétends pas y aller sur-le-champ. Un jour, voilà tout.

Edgar rangea l'idée au fond de son esprit, espérant qu'elle n'en délogerait pas.

— Je suis d'accord, acquiesça Héloïse. Allez à Paris. Dès que Catherine aura recouvré assez de forces. (Elle s'interrompit.) Si vous le pouvez, reprit-elle, donnez-moi de vos nouvelles. Maître Abélard est décidé à affronter l'abbé Bernard au cours d'une joute oratoire à Sens. S'il en est ainsi, je vous serais reconnaissante de l'accompagner et de me rapporter tout... tout ce qui se passera.

— Bien entendu, promit Edgar. Gauthier ? Nous accompagnerez-vous ?

— Je n'ai rien à faire de Paris ni de joutes oratoires, repartit ce dernier. Je retourne chez moi afin de voir si l'on s'occupe bien de mes terres et de mes chevaux. Je vais ramener cette famille de charbonniers, puis m'assurer qu'on leur redonne un toit et un bout de terre. Enfin je laisserai Raynald de Tonnerre me retrouver.

— Gauthier, le mit en garde Héloïse. Que faites-vous de la Paix de Dieu ?

— Pâques est derrière nous, riposta Gauthier sans ambages. J'ai fait tout ce qu'on pouvait demander à un chevalier chrétien. Mon devoir sur cette terre est de faire régner paix et justice. Passer une lance à travers les boyaux de Raynald de Tonnerre me paraît le meilleur moyen d'y parvenir.

— Il ne s'agit plus là de justice, Gauthier, dit Héloïse en lui décochant un regard sévère, mais de vengeance. Et la vengeance est du ressort de Dieu.

Gauthier ne se laissa pas démonter.

— Très juste, mais il n'y a rien dans la Bible qui m'empêche de me faire l'instrument de Dieu. Merci de votre hospitalité. Lorsque je serai de retour chez moi, je vous enverrai une douzaine de poules pondeuses en guise de remerciement.

Pour prévenir tout autre commentaire, il s'empara de son sac, de son arbalète, s'inclina et sortit.

— Et maintenant, ma Mère, auriez-vous quelque sage conseil à me donner ?

Héloïse n'avait pas oublié Samonie, mais elle

n'avait pas eu le temps de chercher solution à ses soucis.

— Vous êtes la bienvenue ici aussi longtemps que vous le souhaiterez, dit-elle à la servante. Vous pouvez même devenir *conversa*.

Samonie se mit à rire.

— Non, merci. Les robes de bure m'irritent la peau. De toute façon, j'ai trois enfants et je souhaite avant tout les retrouver.

— Venez avec nous à Paris, lui proposa Catherine. Mon père y connaît beaucoup de monde, davantage qu'à Troyes. Vous m'avez sauvé la vie, malgré les conséquences. Je vous trouverai un honnête moyen de gagner votre vie et d'élever vos enfants, je le promets.

— J'ai peur de m'éloigner encore davantage de chez moi, mais je suis bien forcée de vous croire, répliqua Samonie. Je viendrai. Si l'abbesse envoie sous peu un message à la comtesse Mahaut, je lui serais reconnaissante d'en tenir un aussi pour ma sœur aux cuisines, afin de lui faire savoir où je suis.

Elle ne semblait ressentir ni gratitude ni espoir, mais Catherine en fut d'autant plus convaincue que Samonie méritait d'être aidée.

Quatre jours plus tard, la barge qu'ils avaient prise à Nogent arriva place de Grève, le quai de déchargement sur la rive droite de la Seine, en amont des ponts et péages de la ville de Paris proprement dite. Catherine était encore un peu fragile, mais le voyage fluvial et plusieurs bons repas l'avaient presque totalement rétablie. Edgar se sentait soulagé. Il semblait décidément prendre l'habitude de rendre Catherine à sa famille en triste état. La dernière fois, elle avait eu la gorge quasiment tranchée. Cette fois-ci, Catherine ressemblait simplement à un spectre aux yeux bleus. Il lui sourit.

Elle lui sourit à son tour, se demandant ce que dirait son père quand il aurait appris ce qu'elle avait fait. Avait-il pris le temps de leur faire préparer une chambre au-dessus du bureau des comptes ? Elle l'espérait. Elle n'avait pas évoqué le sujet avec Edgar, mais ils n'avaient pas partagé de vrai lit depuis Troyes et elle, du moins, était impatiente d'en retrouver un.

Samonie, assise, les observait avec une tristesse qui confinait au ressentiment. Savaient-ils de quelle fortune rare ils jouissaient ? Elle regarda la rive gauche, où les maisons n'étaient pas aussi serrées. Ils avaient dépassé l'abbaye de Saint-Victor un peu plus tôt, avec son village attenant, ainsi que les champs de blé et de vignes s'étendant tout autour. Cela la dépaysait moins que Paris, cité beaucoup plus grande que Troyes, et qui dépassait ses vieilles fortifications pour se répandre hardiment de par la campagne. De nouveaux visages, de nouvelles coutumes, des accents inconnus, des hommes qui la trouveraient jolie et séduisante pour une nuit ou deux, puis se rappelleraient qu'ils avaient autre chose à faire. Samonie regrettait d'avoir accepté de s'éloigner autant de sa famille.

Catherine apercevait le toit de la maison de son père de l'autre côté de la place de Grève. C'était une étroite bâtisse de deux étages, entourée d'un mur, disposant d'une cour avec un petit jardin sur l'arrière. Un cours d'eau traversait la propriété et se jetait dans la Seine, leur procurant de l'eau fraîche pour se laver. Catherine ne s'était jamais rendu compte à quel point elle aimait cette demeure. Elle se demanda si son père la laisserait utiliser le baquet à courtines. Elle avait promis à Edgar de lui laver les cheveux.

— Catherine, attends ici avec Samonie, lui enjoignit Edgar. Je vais voir s'il n'y a rien à craindre et si tu peux aller à la maison.

Les deux femmes s'assirent sur des barriques qui venaient d'être déchargées. Samonie regarda nerveusement autour d'elle.

— Qu'y a-t-il à craindre ? questionna-t-elle.

— Ce n'est pas ce que vous croyez, soupira Catherine. C'est une très longue histoire, mais ma mère a l'esprit un peu... dérangé. Elle me croit en compagnie des saints. Son esprit serait en péril si elle me voyait vivante.

— Elle vous croit morte ? Ne pouvez-vous simplement lui expliquer qu'il s'agit d'une erreur ?

Catherine rougit, tant elle était embarrassée.

— Cela serait difficile, soupira-t-elle derechef. Mère croit que je suis montée au Ciel. Elle m'a construit un sanctuaire.

— Mais c'est un blasphème ! s'exclama Samonie, horrifiée.

— Non, fit tristement Catherine. C'est de la folie.

Elle se leva et marcha le long de la berge. L'air était imprégné de la suave fragrance des fleurs. Les arbres fruitiers — cerisiers, pommiers et amandiers — étaient en fleurs. Ces arbres avaient été plantés par les marchands et les négociants au milieu des longues pelouses qui descendaient de leurs maisons jusqu'à la berge. Catherine respira les senteurs de son enfance, celle de l'eau saumâtre, légèrement poissonneuse, celle des fleurs, celle du feu de bois et du porc grillé dehors sur une broche. Elle entendit les cris des colporteurs, le chant lent et digne du marchand de vins. Quand l'homme s'approcha, elle comprit qu'il s'agissait d'un des commis de son père.

— Sachez tous qu'Hubert Le Vendeur a mis en perce une nouvelle barrique de vin de Bourgogne ! tonna la voix de l'homme parmi les bruits ambiants de l'après-midi. Qui voudra goûter ce bon vin, fait par les moines de Cîteaux en personne, devra se rendre ce soir au Canard aux Ailes Bleues !

La mélopée reprit comme l'homme passait devant elle. Elle ne le connaissait pas. Son père avait embauché un certain nombre de nouveaux commis pendant qu'elle était au couvent. Son commerce semblait prospérer d'année en année. Elle se demanda combien de barriques il avait achetées aux moines et si elles étaient de Vougeot, l'un de leurs meilleurs prieurés de production. Oh, comme il était bon d'être de retour chez soi !

— Catherine, baisse-toi !

Edgar la saisit par le coude et la tira.

— Qu'y a-t-il ? souffla-t-elle en s'asseyant avec un bruit d'éponge. Edgar, tu m'as encore fait tomber dans la boue !

— C'est ta mère, chuchota-t-il. Ton père m'a mis en garde. Elle revient de Saint-Gervais. Là-bas, tu vois ? Elle vient de quitter la rue Mariroi et est en train de traverser la place.

— Où ? (Catherine essaya de scruter le petit espace que lui octroyait Edgar entre les caisses derrière lesquelles ils étaient cachés). Non, impossible. Oh, Mère !

Elle n'avait pas l'air folle. Ses effets, ses cheveux n'étaient pas en désordre. Elle ne hurlait pas, n'écumait pas. Mais Catherine discerna le changement.

Madeleine était toute de mauve vêtue, telle une veuve, un long voile enroulé autour du visage, flottant derrière elle comme elle traversait la Grève, encombrée de gens, de charrettes, d'étals. Elle ne semblait pas les voir. A trois reprises, elle s'arrêta, suivant quelque inspiration intérieure, et tomba à genoux pour prier. Chaque fois, sa suivante attendait quelques instants, puis l'aidait doucement à se relever. Personne ne lui prêtait attention. Chacun se livrait à ses dévotions à sa manière. Il eût été malséant de s'étonner.

Catherine se détourna, la gorge nouée de honte et de culpabilité. Edgar regarda un moment les bateaux descendre le fleuve, puis lui passa le bras autour des épaules.

— Ton père suggère que nous allions chez ton oncle Eliazar, dit-il. Il essaiera de te rendre visite ce soir.

Edgar s'interrompit. Ecoutait-elle ?

— Il veut tant te voir, poursuivit-il.

— Oui. (Catherine s'efforça de nettoyer son manteau.) Je me demande si tante Johannah fait de la soupe ce soir.

Edgar savait qu'il était préférable de cesser la conversation tant que Catherine n'aurait pas repris ses esprits. Il alla chercher Samonie, prit leurs sacs, et ils longèrent la berge, passant devant les jardins clos, jusqu'au Grand-Pont. Sous le pont, ils entendirent le grincement ininterrompu des moulins. Une fois de l'autre côté, ils se dirigèrent vers la Juiverie.

— Mais j'y pense, fit soudain Catherine. Nous sommes vendredi après-midi. Il faut nous dépêcher.

— Oh, c'est exact, renchérit Edgar en pressant le

pas. Je suis surpris qu'Hubert ne s'en soit pas souvenu.

— Qu'y a-t-il ? questionna Samonie.

Edgar hésita avant de lui répondre :

— La famille dans laquelle nous allons est juive. Leur sabbat débute le vendredi.

— Est-ce tout ? s'étonna Samonie. Ils ont bien le temps de préparer la soupe et les haricots au four, puis d'allumer les chandelles. Pourquoi vous tourmenter ? Croyez-vous qu'ils feront du poulet à l'orge ?

Edgar et Catherine s'arrêtèrent si brusquement que Samonie se cogna contre eux.

— Que savez-vous de cela ? lui lança Catherine.

Samonie roula les yeux, exaspérée.

— Ma famille est de Troyes, leur rappela-t-elle. Mon grand-père s'occupait des vignes pour le rabbin Solomon en personne. Mon frère fait la même chose pour son petit-fils, le rabbin Jacob. Voilà cent ans ou plus, le jour de marché est passé de samedi à dimanche après-midi pour permettre à tous les artisans et négociants de se retrouver, notamment aux marchands de vins, tanneurs et fabricants de toile. Le sabbat, je connais.

Elle les devança d'un pas furieux, marmonnant :

— Tous pareils ! Ils s'imaginent que le monde commence et finit à Paris, et que nous autres ne sommes que des manants incultes !

Edgar la suivit à distance. Il jeta un coup d'œil à Catherine, qui essayait de ne pas rire.

— Il me paraît que nous avons été remis à notre place, dit-elle en gloussant.

— Je déteste passer pour un sot, se récria Edgar.

Catherine lui tapota le bras.

— Point de souci, mon chéri. Dieu aime aussi les sots.

Ils arrivèrent bien à temps chez Johannah et Eliazar. Johannah était toujours à la cuisine, surveillant les préparatifs. L'une des servantes sortait les candélabres en argent récemment astiqués. Solomon les reçut, lorgnant Samonie d'un œil curieux et approbateur.

— Si vous voulez rester dîner, leur déclara-t-il, il vous faudra écouter toutes les prières.

— Y a-t-il du poulet à l'orge ?

— A la sauce au safran.

— Nous serions honorés, décida Edgar. Pouvons-nous voir Eliazar ? Est-il en état de recevoir des visites ?

— Il voudra vous voir tous deux, affirma Solomon, les yeux toujours fixés sur Samonie.

— Je préférerais attendre à la cuisine, dit cette dernière en jetant un regard courroucé à Solomon.

Catherine la présenta. Plus respectueusement, Solomon demanda à l'une des servantes de l'emmener auprès de Johannah.

— Mon oncle vous dira qu'il va bien, leur expliqua Solomon en les conduisant à la chambre d'Eliazar. On ne l'a, dit-il, agressé que pour le détrousser. Seulement voilà, sa bourse n'a pas été coupée. Ne le croyez pas quand il vous assurera qu'il va bien. Il a perdu presque tout son sang et failli mourir. Il se rétablit, mais lentement. Si nous le fatiguons, vous pourrez dire adieu à la sauce au safran. Tante Johannah ne nous servira que les abats du poulet à l'eau claire.

Catherine éprouva un haut-le-cœur. L'évocation d'abats lui fit repenser au contenu du seau à Troyes.

Il frappa doucement à la porte.

— Entrez, entrez ! leur lança Eliazar. Pas de manières, mon neveu, je ne suis pas à l'article de la mort. Catherine ! Je suis heureux de vous revoir ! Ainsi, vous avez convaincu ces nonnes de la laisser partir. Bravo, mon garçon ! Maintenant, donnez-moi des nouvelles. Quelle est donc cette histoire de chrétiens qui essaient d'impliquer les frères de Troyes dans une affaire de meurtre ?

Il n'avait pas l'air d'un homme qui a tout juste échappé à la mort. Il était plus maigre que dans le souvenir de Catherine, mais son teint était sain. Elle n'était pas étonnée qu'il eût déjà eu vent du meurtre de Lisiard. Les marchands avec lesquels ils avaient voyagé avaient dû ébruiter l'histoire à Paris quelques jours plus tôt.

Edgar lui fit part de ce qu'ils savaient.

— Je ne crois pas que cela soit lié à l'agression dont vous avez été victime, conclut-il.

— Bien sûr que non, acquiesça Eliazar. Il ne s'agissait que d'un aliéné chassant les démons sous forme humaine.

— Oui, dit Edgar. Solomon nous en a parlé. Catherine, n'as-tu point envie de saluer ta tante ?

— Si tu veux me voir sortir afin que tu leur expliques d'où vient ce bleu, la réponse est non.

— Autant tout nous raconter, l'encouragea Solomon. Vous voyez bien qu'elle ne délogera pas d'ici.

Edgar leur narra brièvement comment un homme avait tenté de le poignarder et comment son or avait fait dévier la lame.

— Je venais de quitter votre demeure, dit-il au

terme de son récit. J'ai pensé qu'il devait y avoir un lien.

Il évita le regard réprobateur de Catherine.

Eliazar se caressa la barbe, la mine pensive.

— Ce pourrait être le même homme, admit-il. Mais pourquoi ? Personne ne pourrait vous confondre avec l'un d'entre nous.

— Mon oncle, intervint Catherine, vous et Père, êtes-vous de nouveau en affaires avec l'abbé Suger ?

— De nouveau ? Toujours ! (Eliazar leva les bras au ciel.) Cet homme est un tourbillon. Son église se construit à une vitesse inimaginable. A ma connaissance, il a fait venir des artisans de Rome, d'Espagne et même de Constantinople. Mais nous sommes discrets, et n'agissons point clandestinement. Nous ne faisons rien de mal. Certains nous en voudront toujours. D'aucuns s'amusent à nous créer des ennuis. Prenez l'exemple de Troyes. Je suis sincèrement navré que vous ayez fait les frais de ces malveillances.

Une servante apparut à la porte, portant un plateau de plats couverts.

— Le soleil est presque couché, annonça-t-elle. La maîtresse souhaiterait vous voir prendre part avec elle aux prières du sabbat. Elle vous recommande également de ne point fatiguer le maître.

— Le maître ! répéta Eliazar en riant. Pas dans cette maison. Allez, va dire à Johannah que je prendrai mon dîner et dormirai comme un enfant sage.

— Apparemment, il n'y a pas de lien entre cette agression et ce qui s'est passé à Troyes, commenta Catherine comme ils descendaient.

— Sans doute pas, acquiesça Edgar. Mais il est bien

étrange qu'il se produise tant de choses quand nous sommes dans les parages.

Ils entrèrent dans la salle à manger au moment même où l'on allumait les chandelles. Johannah, mains sur les yeux, récitait la bénédiction. Catherine en profita pour regarder autour d'elle. Debout à l'autre bout de la table, l'observant avec un regard humide, se tenait son père.

Sans se soucier des convenances, elle courut à lui. Il la serra comme s'il eût craint qu'elle ne s'échappât.

— Tu es si maigre, mon enfant, murmura-t-il. Tu n'as que la peau sur les os. Qu'avez-vous fait à ma fille ? demanda-t-il à Edgar avec hargne.

— Il m'a sauvé la vie, Père, le défendit Catherine, et il m'aime.

— J'entends.

Hubert la lâcha et pria Johannah de lui pardonner cette interruption.

Une fois les prières terminées, tous s'attablèrent et Hubert poursuivit :

— Je crois comprendre que vous vous retrouvez encore une fois mêlés aux affaires du Paraclet.

— Tout a commencé là-bas, expliqua Catherine. Mais cela dépasse de loin le Paraclet.

— Ma foi, vous devriez sans doute en rester là, dit Hubert. Votre maître Abélard a déjà assez d'ennuis pour éviter que le scandale du couvent ne l'éclabousse.

— Que s'est-il passé ? s'enquit Edgar. L'archevêque de Sens a-t-il interdit la joute oratoire ?

— Bien pis. Il l'autorise et l'abbé Bernard s'est finalement laissé convaincre d'y participer. Tout Paris prend parti pour l'un ou l'autre. Et Abélard n'a guère de chances d'être soutenu haut et fort par ce fauteur de troubles italien, Arnaldo.

Catherine eut un moment de découragement. Arnaud de Brescia avait été chassé de Rome quelques mois plus tôt à cause de ses prédications. Il encourageait les communes et les guildes à défier le pouvoir. Un allié bien encombrant... Même ceux qui étaient bien disposés à l'égard d'Abélard, comme le comte Thibault, risquaient de lui retirer leur soutien s'ils devaient protéger Arnaldo par la même occasion.

Edgar partageait cet avis.

— A l'aube, chuchota-t-il à Catherine comme on servait la soupe, nous irons à Sainte-Geneviève. Si nous ne pouvons pas aider l'abbesse Héloïse à démasquer l'assassin d'Alys, nous pouvons à tout le moins tenir notre promesse de soutenir maître Abélard.

Catherine sortit sa cuiller.

— J'espère seulement que nous aurons plus de succès de ce côté-là, dit-elle.

Mais elle doutait de plus en plus de leurs chances de réussite d'un côté comme de l'autre.

22

Paris, Sainte-Geneviève, samedi 11 mai 1140

Utique par est sine derogatione personae sententiam impugnare, nihilque turpius quam cum sententia displicet aut opinio, rodere nomen auctoris.

« Il est inconvenant de calomnier quelqu'un si l'on ne partage pas son point de vue ; rien n'est plus méprisable que de salir le nom d'un auteur sous prétexte que ses idées ne nous agréent point » (Jean de Salisbury, Metalogicus*).*

Tout Paris semblait choisir son camp dans la joute oratoire qui se préparait. Catherine et Edgar eurent la conviction, en surprenant les propos des étudiants dans la rue, que la plupart de ceux de Sainte-Geneviève avaient franchement pris parti pour Abélard.

— Ces manants d'archevêques ne peuvent suivre un raisonnement à moins qu'il ne les conduise au bordel ! railla un garçon, bien qu'il semblât en prendre lui-même le chemin...

— Avez-vous jamais entendu des sermons aussi simplistes que ceux de l'abbé Bernard ? s'exclama un autre en riant. Rien que des exhortations tirées des évangélistes et des psaumes, pour nous inciter à renoncer à nos vies dévoyées ! Comme si j'avais assez d'argent pour mener une vie dévoyée ! Pas un mot pour nous aider à mieux comprendre la Parole de Dieu. Non, rien sinon « repentez-vous, pleurez et croyez ».

— Voilà ce qu'il devrait dire à ces maudits évêques, marmotta le premier.

Le second garçon marqua une pause.

— Ma foi, pour être honnête, je dirais qu'il l'a fait.

Les garçons s'éloignèrent. Catherine et Edgar se hâtèrent en direction du logement d'Abélard, près de l'abbaye.

Ils se frayèrent un chemin à travers la foule. D'autres pédagogues donnaient des leçons dans toutes les matières, de la grammaire élémentaire à l'astronomie. Leurs cris créaient une cacophonie presque aussi épouvantable que le vacarme des colporteurs et des animaux.

C'était encore pis chez Abélard. Des hommes d'âges et d'habits divers, agglutinés autour d'une table, parlaient tous en même temps. Catherine en reconnut quelques-uns. Elle avisa John, le grand Anglais sérieux dont elle avait fait la connaissance l'automne précédent. Elle apprit qu'il était allé étudier à Chartres, mais peut-être était-il revenu à Paris lorsque maître Gilbert de la Porrée s'était démis de ses fonctions de chancelier et était venu enseigner à Paris. Oui, Gilbert était également dans la salle, assis en face d'Abélard. Il tapait sur la table, regrettant que ce ne fût la tête d'Abélard.

— Je n'ai jamais dit que vous étiez hérétique, Pierre, insistait-il. Vous êtes un âne bâté qui ne veut point admettre que j'ai raison. Mais vous n'êtes pas hérétique.

Abélard avait meilleure mine qu'au cours des mois écoulés. Sa peau n'était plus marbrée de plaques rouges et ses yeux brillèrent lorsqu'il reprit la discussion. Gilbert et lui disputaient de leur sujet favori, la différence entre *deus* et *divinitas*. Catherine savait qu'elle aurait dû se passionner pour la nature de la Trinité, mais, pour l'heure, elle ne s'intéressait qu'à la nature de l'assassin de trois personnes. Qu'avait-il gagné à ces meurtres ? Ou bien quel ténébreux secret avait-il cherché à dissimuler ? Aux yeux de Catherine, celui-ci était plus insondable que la composition de l'univers.

Elle balaya la pièce du regard autour d'elle. Il y en avait d'autres qu'elle ne connaissait pas, dont un garçon d'environ seize ans, qui était manifestement l'un des disciples inconditionnels d'Abélard. Il s'était assis aussi près de son maître qu'il l'avait osé, et buvait ses paroles. Elle repéra dans un coin un inconnu d'une quarantaine d'années, d'une maigreur ascétique, portant la soutane d'un prêtre, d'un humble prêtre, se dit-elle, venant d'une pauvre paroisse de campagne. Comment avait-il échoué ici ? Ses cheveux bruns étaient striés de gris et ses prunelles marron semblèrent rire d'elle quand il aperçut ses yeux posés sur lui. Il se leva et s'inclina devant elle. Astrolabe, assis près de son père, remarqua le manège et s'approcha pour les présenter.

— Catherine, Edgar, dit-il, voici le chanoine Arnaldo, ancien prieur des Augustins à Brescia. Maître Arnaldo, Edgar et son épouse sont des étudiants de mon père. Catherine a également été élève de ma mère.

— Quel honneur, madame ! fit l'homme en souriant. (Son latin coulait comme de la musique.) Je crains de rester coi en présence d'aussi érudite personne.

Ce fut Catherine, en fait, qui se mordit la langue. Etait-ce là le réformateur, l'agitateur, qui venait d'être chassé d'Italie par le pape Innocent ? L'homme paraissait aussi doux qu'un chaton nouveau-né.

— Bienvenue à Paris, chanoine Arnaldo, dit Edgar. Etes-vous venu prêcher ?

L'homme sourit.

— J'avais envisagé d'enseigner un moment. Certains considèrent l'enseignement comme une forme de prédication. Je voulais également voir mon vieux maître. Apparemment, il a eu lui aussi son lot de tracasseries de la part des autorités. Je n'ai hélas guère arrangé les choses.

— L'abbé Bernard savait déjà que vous et mon père étiez amis, affirma Astrolabe. Le fait qu'il vous ait vu ici la semaine dernière n'aura guère d'incidence.

— L'abbé Bernard était à Paris ? s'étonna Catherine. Je ne réussis jamais à le rencontrer. Je n'étais pas encore au Paraclet quand il a rendu visite aux sœurs et j'ai très peu bougé depuis lors.

— Alors vous devez venir à Sens, déclara Arnaldo. Vous aurez l'occasion de le voir, puisque le bon abbé n'est pas parvenu à convaincre Abélard d'annuler leur débat.

— L'abbé Bernard et maître Abélard se sont rencontrés ! s'exclama Edgar avec stupéfaction. J'aurais aimé surprendre leur conversation.

Astrolabe rit avec tristesse.

— J'ai bien peur que presque tout Paris ait entendu

la version de mon père. Je ne l'ai pas vu aussi courroucé depuis longtemps. Il est d'autant plus décidé à réfuter les arguments de Bernard en public.

— Qu'a dit ce dernier à votre père ?

— L'abbé a expliqué, répondit Astrolabe, de façon douce, bienveillante, paternelle, que Père avait fait un certain nombre d'erreurs dans son étude de la théologie. L'abbé a proposé de lui enseigner les interprétations orthodoxes et l'a assuré que, s'il renonçait à son enseignement hérétique et se repentait, tout serait pardonné.

— Non !

Catherine et Edgar furent stupéfaits. Catherine secoua la tête.

— Je suis surprise que la réaction de maître Abélard ne se soit point entendue jusqu'à Rome ! s'écria-t-elle. Qu'un homme de dix ans son cadet, du même rang dans la société et l'Eglise, bien moins érudit que lui, se montre aussi condescendant...

Catherine s'interrompit. Elle ne pouvait trouver exemple de pareille avanie.

— C'est à croire que l'abbé voulait un débat public, fit observer Edgar. Un tel paternalisme ne pouvait qu'irriter maître Abélard davantage.

— A mon sens, intervint Arnaldo, l'abbé Bernard a été étonné de la réaction d'Abélard. Il est habitué à ce qu'on l'écoute et lui obéisse, si bien qu'il ne comprend pas les divergences d'opinion, qu'il juge hérétiques.

— C'est ce que je n'entends point, dit Astrolabe en se frottant le front comme s'il en eût souffert. Bernard reconnaît qu'il ne comprend goutte à la subtilité de nombreuses propositions de Père. Il n'est pas habitué à ce genre de dispute. Il sait que ce serait un débat inégal. Je suis sûr qu'il est seulement d'accord parce que ses amis l'ont convaincu que Père a tort et que lui seul peut lui apporter la contradiction.

— Mais comment ? questionna Edgar.

— Je me demande, répondit Arnaldo, s'il n'a pas l'intention de se lever et de laisser Dieu parler par sa bouche.

— Cela me paraît hérétique, répliqua Edgar.

— Du moins, assez prétentieux, corrigea Catherine.

— Ce débat aura lieu le jour suivant l'octave de la Pentecôte ? interrogea Edgar.

— Oui, en même temps que la présentation des reliques, répondit Astrolabe. Le bruit court que l'archevêque a reçu la relique d'un autre saint et compte la présenter à cette occasion, mais j'ignore de quel saint il s'agit et d'où provient cette relique.

— Si elle est anonyme, ce n'est peut-être rien de bien extraordinaire, avança Edgar. Le doigt ou la dent de quelque saint du cru, afin de susciter la curiosité et d'attirer d'autres dons.

— Personnellement, j'espère qu'il s'agit de quelque don d'importance, dit Astrolabe. Je serais étonné que l'on vienne à Sens dans l'espoir d'être guéri par les reliques de saint Séverin et le peu qu'ils possèdent de saint Stéphane.

Catherine ne partageait pas cet avis.

— Je crois que c'est précisément la raison pour laquelle la plupart des gens seront là. J'ai peur que le débat entre maître Abélard et l'abbé Bernard ne soit qu'un divertissement supplémentaire.

— Tu ne crois pas que l'on écoutera le maître sérieusement ? demanda Edgar.

— Comment serait-ce possible ? Si quelqu'un de plus expérimenté, Guillaume de Saint-Thierry par exemple, devait l'affronter, le résultat serait sans doute plus fructueux.

— Guillaume est devenu moine blanc à Signy et ne se déplace plus, dit Astrolabe. Qui plus est, il craindrait, à mon sens, que Père ne le piège dans les rets de sa rhétorique.

— Mais ils se serviraient du moins du même langage et des mêmes règles, repartit Catherine. Un débat entre maître Abélard et l'abbé Bernard est aussi absurde que si j'affrontais la comtesse Constance en une joute oratoire. Leurs pensées ne peuvent se rencontrer.

La salle commençait à présent de se vider. Le chanoine Gilbert se leva, suivi de John.

— Pierre, implorait Gilbert, c'est insensé ! Vous ne pouvez avoir de dispute théologique avec quelqu'un qui se contente de sourire, vous pardonne votre témérité ou vous dit de cesser d'analyser les mots et cherche réponse dans les fleurs ou les rochers.

Abélard se leva aussi.

— Je dois réfuter ces calomnies, répliqua-t-il. Mon travail est destiné à instruire et à éclairer, à conduire de jeunes esprits vers la sagesse par le questionnement. Je ne peux tolérer l'anéantissement de tous mes efforts. Je dois me battre.

— Je vous souhaite bonne chance, Pierre, soupira le chanoine. Mais je crains que vous ne vous attiriez d'autres tracas en voulant forcer les choses.

— Vous l'avez déjà dit, répondit Abélard. Serez-vous là quand même ?

— Assurément. Je ne tiens pas à manquer cela. Si

vous voulez, vous pourrez fourbir vos arguments avec moi. Lundi après-midi, à ma *schola* ?

— Entendu.

Ils se serrèrent la main, et Gilbert s'en fut, accompagné de John et de deux autres de ses étudiants.

Abélard s'avisa enfin de la présence de Catherine et d'Edgar. Il les étreignit.

— Voyons, vous voici mariés depuis un mois maintenant. Commencez-vous déjà à regretter d'avoir renoncé à la vie contemplative, Edgar ?

— Nullement, Maître. Cela dit, notre lune de miel n'a rien eu d'ordinaire.

Abélard recouvra son sérieux.

— Héloïse m'a mandé par lettre la mort de frère Baudouin. Quel acte horrible ! Ces assassins n'ont montré nulle crainte de Dieu ni des hommes. Les a-t-on démasqués ?

— Nous le pensons, répondit Catherine. Mais nous n'avons encore aucune preuve et les hommes que nous soupçonnons ont de puissants appuis.

— Voilà qui est toujours dangereux, admit Abélard. Mais que cela ne vous empêche point de rechercher la vérité.

— Cela au moins, nous l'avons appris de vous, l'assura Edgar avec chaleur.

Abélard eut tout d'un coup l'air épuisé. Il était blanc comme un linge. Il chancela, apparemment pris de vertige, et se rassit. Astrolabe s'agenouilla à côté du banc.

— Je vais vous apporter du vin, Père. Ainsi que votre médecine.

— Non, je n'ai besoin de rien, grommela Abélard. Cette décoction est inopérante de toute façon. Elle est sans doute constituée de foie de chat et de fiente de pigeon ! Elle en a le goût, assurément. Je ne suis que fatigué. Essayer de faire entendre raison à une tête de mule comme Gilbert, c'est épuisant.

— Certes, acquiesça Astrolabe sans paraître convaincu. Nous allons vous laisser vous reposer. Berengar ?

Le garçon qu'avait tantôt remarqué Catherine se leva aussitôt, tel un chiot entraîné à filer chercher ce qu'on lui demandait. Catherine s'attendit presque à l'entendre japper d'excitation.

— En quoi puis-je être utile ? s'enquit-il avec empressement.

— Venez avec nous et laissez mon père dormir, lui enjoignit Astrolabe. Si vous voulez, vous pourrez aller chez le boulanger, puis acheter du vin et faire quelques autres emplettes.

— Tout ce que vous voudrez !

A voir l'expression de Berengar, il eût été prêt à traverser des rivières de feu pour rapporter à son maître des pâtés aux saucisses.

Astrolabe lui donna de la monnaie et le garçon partit comme une flèche en direction des échoppes. Catherine, Edgar, Astrolabe et Arnaldo se retrouvèrent seuls. L'Italien se leva pour prendre congé.

— Mon appui risque de n'être guère utile, Maître, dit-il à Abélard. Mais, si vous le souhaitez, moi aussi je serai à Sens.

— Y êtes-vous décidé, vieil ami ? lui demanda Abélard. Pour le moment vous n'êtes accusé que de sédition. Voulez-vous ajouter l'hérésie aux flèches que vos ennemis vous décochent ?

Arnaldo haussa les épaules.

— Comme vous, Maître, je suis protégé par l'armure de la vérité.

— Puisse-t-elle nous protéger tous deux !

Ils laissèrent Abélard allongé sur son lit, un bras sur les yeux. Astrolabe referma doucement la porte.

— Je ne sais si cette affaire le tue ou le maintient en vie, dit-il à Catherine et à Edgar tandis qu'ils revenaient vers l'île. Je crois qu'il fait des cauchemars à cause de ce concile de Soissons où on l'avait forcé à brûler ses œuvres et à réciter le Credo en public. Jamais plus il ne se laissera humilier ainsi.

— Ce concile a eu lieu l'année de ma naissance, dit Catherine. Pourquoi s'acharnent-ils contre lui depuis si longtemps ? Tous ces écrits tendent à défendre l'orthodoxie, pas à la réfuter. Les moines de Saint-Gildas ont cherché à l'empoisonner pour le récompenser de ses tentatives de réforme. On s'attendrait plutôt à des éloges, non à des critiques.

Le ciel de la journée printanière se couvrait, le vent se levait. Il pleuvrait d'ici la tombée de la nuit. Edgar releva le capuchon de son manteau. Il comprit qu'il n'était pas fait pour mener la vie d'un *gyrovagus*, errant de lieu en lieu. Il voulait sa table, son feu, son lit. Abélard n'avait jamais vraiment connu tout cela. Edgar regretta de ne pas avoir le courage que montrait son maître. Il parvenait à la triste conclusion qu'il n'était pas un brillant philosophe, mais un homme beaucoup plus ordinaire. Il passa un bras autour des épaules de Catherine pour l'aider à éviter les obstacles du chemin. Elle ne regardait jamais où elle posait le pied. Son esprit était toujours ailleurs. Serait-elle heureuse avec un homme ordinaire ?

Catherine s'affaissa contre lui en trébuchant sur une brique tombée d'un mur. Elle lui sourit avec gratitude.

Elle tenta ensuite de faire attention, mais ses pensées ne cessaient d'emprunter d'autres rues, notamment les rues tortueuses de Troyes. Un homme frêle et un autre, plus robuste, transportant un corps. Un homme frêle et un autre, plus robuste, agressant Paciane. Rupert, qui se courbait en deux, détournait les yeux quand on lui parlait, et laissait à d'autres de soin de commander chez lui, pouvait-il avoir assez de courage pour assassiner ? commettre un meurtre ? Qu'y gagnait-il ? Ou bien, qu'avait-il à perdre ?

Elle trébucha de nouveau. Pauvre Edgar ! Que devait-il penser d'elle ? Elle était malhabile, toujours tachée de boue, d'encre, ou pis encore, elle l'entraînait dans des situations où ils risquaient leur vie. A coup sûr, ce n'était pas là le genre d'existence que sa famille avait envisagé pour lui. Pourrait-il être heureux avec une empotée pareille ?

— Astrolabe, où allons-nous ? demanda Edgar, alors qu'ils s'engageaient sur le Petit-Pont.

— Je vais à l'école de la cathédrale afin de parler à un autre vieil élève de Père, qui est sur le point de retourner à la curie romaine. Je veux m'assurer qu'il est toujours prêt à nous apporter son soutien. Mon père a été profondément blessé de la façon dont des amis de toujours et certains étudiants lui ont tourné le dos. Et vous, où allez-vous ?

— Je crois que nous allons retourner au domicile d'Eliazar. Leur sabbat s'achèvera après le coucher du soleil. Les marchands entendent tous les commérages. Peut-être pourra-t-il nous donner les informations qui nous manquent pour prouver la culpabilité de Rupert de Quincy dans ces meurtres.

Catherine serra le bras d'Edgar. Ainsi, il avait roulé les mêmes pensées qu'elle durant tout ce temps. Et l'avait aussi empêchée de tomber à l'eau par distraction. Comment pouvait-elle donc le récompenser ?

— Edgar, lui dit-elle, savais-tu qu'Eliazar a également un baquet couvert dans son jardin, ainsi qu'un four à charbon de bois à côté pour chauffer l'eau ? Au couvent, le samedi était toujours le jour où l'on se lavait les cheveux.

— Vraiment ? fit-il, pressant le pas. Ma foi, bonne chance, Astrolabe. Nous viendrons lundi écouter disputer maître Abélard et le chanoine Gilbert.

Astrolabe leur dit au revoir et se dirigea vers le sud de l'île, qui abritait l'école de la cathédrale. Catherine et Edgar poursuivirent leur chemin vers la Juiverie. Edgar avait autant de mal que Catherine à regarder où il marchait. Son imagination semblait tout d'un coup avoir pris le pas sur son sens commun. De la vapeur, du savon, un baquet à courtines... Enfin ! Il imaginait les tresses dénouées de Catherine. En quoi méritait-il pareil contentement ?

En rien.

Lorsqu'ils arrivèrent à la maison, Hubert les attendait. Il les salua rapidement, puis en vint aussitôt au fait.

— La comtesse Mahaut souhaite vous voir tous deux, leur annonça-t-il.

— La comtesse ? s'étonna Catherine. Mais elle est à Troyes, non ?

— Le comte Thibault lui a mandé que lui et le roi Louis reviennent de Reims et qu'il souhaite la rencontrer ici. La comtesse semble aussi très au fait de vos agissements. Bien plus, dois-je dire, que je ne le suis.

Il leur lança un regard furieux et Edgar sentit son bain s'évaporer sous la chaleur de sa colère.

— L'abbé Suger a donné à la comtesse la maison que l'abbaye met à sa disposition quand il se rend à Paris, poursuivit Hubert. Elle voudrait vous rencontrer en privé avant le dîner.

— Mais je n'ai rien de convenable à porter... gémit Catherine, prouvant par là qu'elle n'était pas si différente de Constance.

— Samonie et moi, nous te trouverons quelque chose, promit Johannah. J'ai découvert qu'elle savait broder à merveille. Elle saura sans doute te coudre une paire de manches.

— Je serai là aussi, ajouta Hubert. La comtesse a eu la bonté de nous inviter à dîner. Agnès s'en fait une joie.

— Agnès ? s'exclama Catherine. Comme je suis heureuse ! Je me demandais si je parviendrais à la voir. Elle m'a tant manqué.

— Je vais aussi, reprit tristement Hubert, pouvoir solliciter de la comtesse son intercession auprès de l'abbesse de Tart, afin que ta mère puisse y être admise. Elle a été trop longtemps à la charge de ta sœur.

— Tart ? Mère acceptera-t-elle ?

— Je le crois. Elle n'est pas... Enfin, elle sera plus heureuse là-bas. Les femmes s'occuperont d'elle et la laisseront prier tout son soûl. Et je ne peux plus imposer cette sujétion à Agnès ni à l'épouse de ton frère. Elles ont leurs propres soucis.

— Père, êtes-vous sûr ?

— Oui. Nous en avons tous discuté. C'est aussi dans ton intérêt. Rappelle-toi : tant qu'elle restera ici, tu ne pourras venir à la maison.

Catherine ne fit guère attention aux vêtements qu'on lui cousit ce soir-là. Johannah n'avait pas d'enfants et fut enchantée d'avoir enfin l'occasion de prêter ses vieilles parures.

— Jaune, je crois, dit Johannah. Et rouge. Tu as trop longtemps porté des couleurs ternes, Catherine. N'êtes-vous point de cet avis, Samonie ?

— Si, répondit celle-ci d'un ton assuré. Si vous devez dîner avec la comtesse, il faut que l'on vous remarque.

— Je me suis fait suffisamment remarquer la dernière fois... repartit Catherine en frissonnant. Je suis surprise qu'elle tienne à me revoir.

— Ne bouge pas, lui enjoignit Johannah, ou nous allons te piquer. Ainsi, ta sœur sera là. Te ressemble-t-elle ?

— J'oublie, vous ne l'avez jamais vue ! Non. Nous sommes le jour et la nuit. Elle ressemble davantage à Samonie. Jolie, petite, bien plus blonde que moi. Le portrait de notre mère.

Pauvre Mère ! Catherine se tut de nouveau. C'était Agnès qui s'était occupée de Madeleine, et qui, en outre, avait assumé les fonctions de maîtresse de maison. Elle allait sur ses dix-sept ans. Elle devait être impatiente de tenir sa propre maison. Elle repensa à Paciane et à Alys. Que serait-il arrivé si Paciane était restée et avait épousé Raynald, comme il l'avait souhaité ? Alys serait-elle vivante ? Que serait-il arrivé si Catherine était restée au Paraclet ainsi que Madeleine l'avait souhaité ? Sa mère tiendrait-elle encore sa maison et Agnès serait-elle installée dans son propre foyer ?

Spéculations oiseuses, Catherine, l'interrompirent ses voix. *Ce qui importe, c'est l'avenir.*

— Voilà. (Johannah, agenouillée pour ajuster la longueur du bliaut, se releva.) Tu es magnifique, ma chérie. Il me semble avoir un serre-tête en or pour tenir le voile. Il t'irritera un peu le front, mais fera à la perfection ressortir ton teint.

En bas, Hubert attendait impatiemment qu'elles fussent prêtes. Edgar avait remis ses braies noires et sa chainse rouge. Il n'avait pas eu l'occasion de se raser, mais s'était lavé le visage et peigné les cheveux. Avec sa chaîne en or et ses bottes noires, il avait de nouveau l'allure d'un courtisan. Hubert haussa les sourcils en signe d'approbation. Le changement dans la mise de Catherine le laissa sans voix.

— Que pensez-vous de votre fille ? lui demanda Johannah.

Les yeux d'Hubert s'embuèrent.

— Tu ressembles trait pour trait à ta grand-mère. Je ne sais plus bel éloge. Maintenant, voyons si nous parviendrons chez la comtesse sans tomber dans une flaque...

— L'entreprise risque d'être malaisée, observa Edgar. Il commence à pleuvoir.

Ils s'enveloppèrent avec soin dans d'épais manteaux de laine. Catherine monta devant Edgar en amazone. Ils repassèrent sur la rive droite. Autour d'eux, ils avisèrent d'autres cavaliers, semblablement emmitouflés. En approchant de la demeure, Catherine remarqua une silhouette qui lui parut familière. Elle donna un coup de coude à Edgar.

— L'homme, là-bas, qui arrive au portail ? Tu le vois ?

Edgar hocha la tête.

— Oui, mais je ne le connais pas.

— En es-tu certain ?

L'homme était toujours encapuchonné. Un serviteur avait pris les rênes du cheval et un autre se tenait prêt à aider le cavalier qui mit pied à terre avec précaution, l'air de souffrir à chaque mouvement. Il s'appuya lourdement sur le serviteur ; ce dernier lui donna une canne. Manifestement, chaque pas lui était douloureux. Il traînait la jambe droite en marchant.

— Pauvre estropié, commenta Edgar. Non, je ne le reconnais pas.

— Il ne mérite pas ta pitié, repartit Catherine. Il n'était pas estropié la dernière fois que je l'ai vu, mais une profonde entaille due à un coup de binette doit mettre longtemps à se refermer. Edgar, je suis sûre qu'il s'agit de Rupert de Quincy.

— Rupert ? Que fait-il ici ? (Edgar scruta en vain la pluie et l'obscurité grandissante.) Crois-tu que Constance l'accompagne ?

— Elle a essayé de m'assassiner, lança Catherine, accablée à l'idée de la revoir. Comment oserait-elle se montrer ?

— Mystère. Toutefois, je crois que nous sommes sur le point de l'apprendre.

Ils entrèrent dans la cour. Un palefrenier était chargé de conduire les chevaux des invités à l'écurie. Edgar mit pied à terre et aida Catherine à descendre. Hubert les attendait dans le vestibule.

— Avez-vous vu l'homme qui vient d'entrer ? lui demanda Catherine.

— L'homme qui boitait ? Oui. Il me dit quelque chose, mais je ne parviens pas à mettre un nom sur son visage. Est-ce l'un de vos amis ?

Un cri ne laissa pas à Catherine le loisir de s'expliquer.

— Est-ce toi, Catherine ? lui lança Agnès, incrédule. Pas une seule tache d'encre ? Je ne t'ai jamais vue vêtue ainsi !

Catherine, soulagée, lui adressa un sourire radieux. Agnès était aussi belle que jamais. Elle n'avait pas l'air écrasée sous le poids du devoir ni, Dieu merci, rongée par le ressentiment. Catherine serra sa sœur contre elle, pensant encore une fois à Alys.

— Oh, Agnès, je suis si heureuse de te savoir à l'abri !

Agnès l'étreignit à son tour.

— Quelle drôle de remarque ! Pourquoi ne serais-je pas à l'abri ?

— Peu importe. (Catherine se tourna vers Edgar.) Tu n'as jamais vraiment fait la connaissance de ma sœur. Agnès, je te présente Edgar. Nous sommes mariés, à présent.

— Je l'ai appris. Au couvent. Tu n'as même pas eu d'épousailles dans les règles ! Mais je suis contente que tu sois de retour. J'espère te voir dorénavant davantage à la maison. Tu m'as manqué.

Agnès sourit à Edgar.

— Je crois me souvenir de vous, dit-elle. Vous avez bien meilleure allure, dépoussiéré !

— Merci.

— Nous avons rendez-vous avec la comtesse avant le dîner, dit Catherine. Sais-tu où ?

— Bien sûr, je vais vous conduire. Père, venez-vous également ?

— Oui. D'après ce qu'a laissé entendre la comtesse Mahaut, je devrai peut-être servir de garant à Edgar.

— Me servir de garant ? Mais pourquoi ?

La main d'Edgar chercha machinalement son poignard. Il se rappela soudain qu'il était en terre étrangère, sans parent pour le défendre.

— Voilà pourquoi l'on vous a prié de venir, lui dit Hubert. Des charges pèsent contre vous. Gauthier de Grancy et vous-même auriez enlevé deux femmes du donjon de Rupert de Quincy.

Ils étaient parvenus à la porte de la chambre de la comtesse. Un garde se tenait à l'extérieur, attendant qu'ils donnent leurs noms. Catherine ne lui prêta pas la moindre attention.

— Vous ne parlez pas sérieusement, Père ! s'exclama-t-elle. Comment Rupert et Constance pourraient-ils avoir l'audace de porter une telle accusation ? Ils doivent savoir que je vais révéler la vérité à la comtesse.

Edgar tapota la poignée de son poignard.

— Voilà qui est fort astucieux : accuser d'emblée ceux qui risquent de vous mettre en cause. Cela va semer le trouble dans les esprits. Et si tu dis vraiment à la comtesse que je t'ai délivrée ? Tu ne serais pas la première femme à défendre son séducteur. Je me demande comment ils me connaissent. Gauthier pourrait avoir été reconnu, mais je leur suis étranger. Et qui leur a appris que Catherine était votre fille ? Héloïse ne leur a communiqué que son prénom.

— La comtesse Mahaut sait qui nous sommes, intervint Catherine. Mais elle ne l'a jamais laissé entendre à Constance, du moins en ma présence.

Une autre idée lui traversa l'esprit.

— Père, vous ne vous inquiétez pas outre mesure, n'est-ce pas ? Vous savez que la comtesse n'ajoute pas foi à cette accusation. Pourquoi les laisse-t-elle la proférer ?

— Je ne peux parler pour elle, répondit Hubert. Je sais seulement ce dont m'a fait part son messager. Pourquoi ne le lui demandes-tu pas toi-même ?

— Fort bien. (Tout d'un coup, Catherine se sentit sur des charbons ardents. Elle rajusta son serre-tête, lissa ses jupes.) Garde, je vous prie d'annoncer Hubert Le Vendeur et sa famille.

La porte s'ouvrit et ils furent introduits. La comtesse Mahaut était assise en compagnie de ses conseillers, Girelme et le père Conon, à une longue table. Tout au fond de la salle se tenait la comtesse de Quincy, avec, à ses côtés, Rupert, dont la jambe blessée reposait sur une escabelle garnie d'un coussin.

— Sieur Hubert ! s'exclama la comtesse. Quel plaisir de vous revoir. Merci d'être venu.

Hubert fit une profonde révérence.

— Je suis toujours à votre service, madame la comtesse, et à celui de votre mari. Vous vous souvenez de mes filles, Catherine et Agnès ?

Toutes deux plongèrent jusqu'au sol. Catherine vacilla un peu, mais Agnès la remit d'aplomb.

— Et je crois que vous avez fait la connaissance de mon gendre, Edgar, poursuivit Hubert.

Celui-ci s'inclina, mais à peine.

Du coin de l'œil, Catherine vit sursauter Constance. Ainsi donc, ils ne savaient pas tout.

Mahaut les gratifia tous d'un hochement de tête. Elle jeta un coup d'œil à Girelme. Le chambellan se leva, un parchemin à la main.

— La comtesse souhaite vous informer qu'elle a reçu une lettre de l'abbesse du Paraclet, annonça-t-il. Par icelle l'abbesse se plaint du traitement subi par sa protégée, Catherine Le Vendeur, entre les mains de Constance de Quincy. La lettre précise que Catherine ne doit son salut qu'à Gauthier de Grancy et Edgar de Wedderlie.

— Pure invention ! cria Constance. Ou bien la bonne abbesse a été abusée par des mensonges. Des ruffians se sont introduits chez nous, et cette chère Catherine, que la fièvre faisait toujours délirer, ainsi que ma servante, ont été traîtreusement enlevées. Mon époux a été grièvement blessé lorsqu'il a tenté de leur porter secours, comme vous pouvez le constater.

— Catherine ?

— Je n'étais pas malade, madame la comtesse, affirma Catherine, mais au bord de l'inanition. Dame Constance m'a invitée chez elle, puis m'a retenue prisonnière dans les appartements des femmes. Sans l'aide de la servante et le courage de mon époux, j'aurais pu mourir.

— J'entends, dit Mahaut. Cependant, si vous étiez aussi malade qu'ils le prétendent, vos souvenirs sont peut-être inexacts.

— Mais je ne l'étais pas !

Catherine ne comprenait pas ce qui se passait.

Constance s'approcha de la table.

— Vous voyez bien, chère comtesse, que l'on ne

peut ajouter foi à ses dires. Dans son délire, elle a imaginé beaucoup de choses. Je comprends à présent qu'il s'agit d'un simple malentendu. Bien que ma famille ait déjà souffert des actes de Gauthier de Grancy et que nous ayons l'intention de continuer à le rechercher, je serais disposée à régler ce différend en renonçant à porter plainte. Si vous vouliez bien nous autoriser à nous entretenir en privé, nous pourrions parvenir à un accord, dont vous aviseriez l'abbesse Héloïse.

Hubert se mordit les lèvres. Cela ressemblait fort à de l'extorsion de fonds. Il craignit que Constance et Rupert n'eussent appris davantage sur lui que son nom.

— Madame la comtesse, intervint-il, en gage de paix, je suis prêt à accepter. Toutefois, puis-je vous demander pour Agnès la permission de sortir ? Cette question ne la concerne nullement.

Agnès se tourna vers la table.

— Madame la comtesse, je vous en prie, laissez-moi rester. Il s'agit de ma famille. Cette affaire me concerne de plein droit.

Elle se dirigea vers son père et s'agenouilla devant lui.

— Je vous ai toujours obéi, Père. Je n'ai jamais remis vos décisions en cause. Mais je suis grande, à présent, et je suis légitimement fondée à connaître la vérité sur nous. Vous faites confiance à Catherine. Vous détenez un secret qui a contraint Mère à se réfugier auprès des saints. C'est pour cela qu'elle pleure tout le temps. Devrais-je pleurer, moi aussi ? Accordez-moi au moins le droit de décider.

Hubert la prit dans ses bras.

— Pardonne-moi, chuchota-t-il d'une voix pleine

d'appréhension. Je te permets de rester. Je prie seulement pour que tu comprennes.

La comtesse Mahaut se leva.

— Je vous octroie quelques minutes pour que vous parveniez à un accord à l'amiable. Mais, je vous avertis, mes gardes seront à la porte.

Précédée de son chapelain et de son chambellan, la comtesse sortit. Parvenue au seuil de la salle, elle se retourna. Son expression sévère en disait long.

Hubert se tourna vers Constance, qui s'avança, laissant son mari dans l'ombre.

Elle lui rit au nez.

— Nous savons qui vous êtes vraiment, Hubert. Et nous comptons le révéler à la comtesse. Elle saura ainsi le peu de crédit que l'on peut accorder à votre parole et à celle de votre famille. Vous êtes né à Rouen et vous êtes le fils d'un Juif. Un chrétien charitable, pris de pitié, vous a fait baptiser et vous a enseigné la Vraie Foi. Mais nous savons également que vous avez craché sur vos bienfaiteurs et êtes retourné à votre ancienne foi comme un chien à ses déjections !

— Non ! s'écria Agnès. C'est un horrible mensonge ! Dites-le-lui, Père. Rien ne l'autorise à nous diffamer ainsi !

23

Quelques secondes plus tard, personne n'a bougé

« Qu'y a-t-il de plus déraisonnable que de transcender la raison, au nom de la raison ? » (Bernard de Clairvaux, Lettre CXC*).*

Hubert secoua la tête.

— Plus tard, mon enfant.

Agnès, sans ajouter mot, prit la main de Catherine et la serra si fort que ses ongles s'enfoncèrent dans la paume.

Si Constance s'était attendue à une réaction de peur ou de colère de la part d'Hubert, elle en fut pour ses frais. Il se contenta de l'observer.

— Eh bien, l'incita-t-elle, n'avez-vous rien à répondre ?

— De ma naissance et de mon baptême, dit enfin Hubert, vous pouvez avoir la preuve. Mais vous ne trouverez personne qui soit enclin à nier ma qualité de bon chrétien. Bien entendu, pour mon négoce, je préférerais que mon ascendance ne soit point connue, mais ce n'est pas si grave. Toutefois, je ne pense pas que vous ayez l'intention de dévoiler mon passé. Si vous désiriez épargner à la comtesse toute contamination au contact d'un apostat, vous le lui auriez dit d'emblée. Que voulez-vous ?

Constance releva le menton.

— Nous voulons seulement vous donner l'occasion de vous confesser en privé, de vous repentir de votre perversité et de revenir à la Vraie Foi.

Catherine ouvrit la bouche. Elle avait aussi quelques suggestions à l'adresse de Constance. Hubert la devança.

— J'entends, dit-il d'une voix toujours égale. Je suis étonné de votre longanimité. Mais vous désirez sûrement autre chose. Notre silence, peut-être, contre le vôtre ?

Constance sourit. Puis la voix de Rupert s'éleva de l'ombre.

— Qu'aurions-nous à craindre de votre part ? A propos de quoi voulez-vous garder le silence ? Nous nous sommes déjà expliqués sur la fièvre dont votre fille a été victime alors qu'elle était sous notre toit. Son délire a dû abuser cette sotte de servante ; celle-ci a alors prétendu qu'elle était séquestrée. Si son époux s'était tout bonnement présenté à nous afin de repartir avec elle, au lieu de pénétrer déguisé sous notre toit pour l'enlever, le malentendu aurait été dissipé.

Edgar se représenta soudain Catherine rampant désespérément par terre dans la chambre du donjon. Il porta derechef la main à son poignard.

— Pour ce que vous avez fait à ma fille, reprit Hubert, d'une voix où perçait pour la première fois la colère, vous paierez, soit ici soit plus tard. Mais je me soucie davantage de ce que vous avez fait à deux hommes innocents et, pis encore, à votre propre fille.

— Ce n'est pas vrai ! s'écria Constance sèchement. Elle était vivante quand elle nous a quittés. C'est Gauthier de Grancy qui l'a tuée.

— Constance ! l'avertit Rupert d'une voix tranchante comme l'acier. (Puis, s'adressant à Hubert :) Nous avons la preuve de votre perfidie, Hubert de Rouen. Ce ne sont là que spéculations et hypothèses sans fondement.

Edgar eut envie de tirer l'homme de son fauteuil et de le traîner en pleine lumière. Mais, à l'instar d'Hubert, il comprenait que céder à la colère reviendrait à s'avouer vaincu. Il gagna la lisière de l'ombre et s'adressa à Rupert.

— Gauthier de Grancy est prêt à vous affronter, vous et Raynald de Tonnerre, à huis ouvert, afin de proclamer son innocence de la mort de votre belle-fille. Aurez-vous le courage de lui apporter un démenti ?

Rupert montra sa jambe blessée.

— Je ne suis guère en état d'affronter Gauthier en combat singulier, mais Raynald se fera un plaisir d'accepter. Je suis prêt à jurer par tout ce que vous voudrez, devant qui vous voudrez, que je n'ai pas tué Alys.

— Et les accusations portées contre mon beau-père ? continua Edgar. Etes-vous prêt à montrer vos preuves ?

Rupert sourit.

— Je vais peut-être attendre avant de les rendre publiques. Il se peut que sieur Hubert soit resté fidèle à la Vraie Foi, après tout. Autant lui laisser le temps de prouver ses convictions.

Edgar retourna se placer à côté d'Hubert.

— Les coutumes sont différentes ici, en France, observa-t-il d'un ton détaché. Dans mon pays, si un homme proférait semblables accusations mensongères à l'encontre de mon père, il avalerait sa langue dans son potage le lendemain.

— Fascinant ! s'exclama Rupert. Il m'intéresserait de poursuivre la comparaison entre nos deux pays au cours du souper.

Il tendit la main vers sa béquille.

— La comtesse Mahaut sera heureuse d'apprendre que nous sommes parvenus à un accord. Quant à Gauthier, s'il ose montrer le bout de son nez, nous le rencontrerons à Sens. Raynald et son père ont l'intention d'assister à l'exposition des reliques. Nous quittons Paris le lendemain de la Pentecôte. Constance, aidez-moi.

Constance se hâta de lui obéir. Jusqu'à cet instant, Catherine n'avait pas senti la pression des doigts de sa sœur. Elle eut soudain mal. Elle dégagea sa main, l'examina.

Elle avait trois fines griffures à la paume, là où Agnès avait planté les ongles. Catherine les lui montra. Agnès regarda sans voir.

— Ce n'est pas vrai, n'est-ce pas ? demanda cette dernière. Tu ne m'aurais pas caché cela ?

Catherine détourna les yeux.

— Je ne l'ai appris que l'année dernière, se justifia-t-elle. Ce n'était pas à moi de t'en aviser.

Agnès croisa les bras.

— Je ne peux rester ici. Je vais être malade.

Elle se rua hors de la pièce, passa devant les gardes

et dévala l'escalier, manquant heurter le chevalier Jehan, qui tendit la main pour l'arrêter.

— Agnès ! Que se passe-t-il ? cria-t-il dans son dos.

Il aperçut Catherine en haut de l'escalier.

— Qu'avez-vous fait cette fois-ci, lisse ? lui lança-t-il avec humeur. Faut-il vous craindre sans cesse ?

Catherine, sans lui prêter la moindre attention, descendit l'escalier en toute hâte à la suite d'Agnès, talonnée par Hubert et Edgar.

Jehan les regarda, puis reprit son ascension. Il atteignit la salle du conseil à l'instant même où Rupert et Constance la quittaient.

— La comtesse Mahaut m'envoie vous dire que le souper est servi, annonça le chevalier, honteux d'avoir été chargé d'une commission aussi servile. Elle espère que vous pourrez tous vous joindre à elle.

Rupert le remercia en s'inclinant avec flagornerie.

— Nous lui sommes reconnaissants de tant d'égards et vous remercions des vôtres, déclara-t-il. Mon épouse et moi-même serons heureux de souper en sa compagnie. Mais je crains que sieur Hubert et sa famille n'aient soudain été victimes d'une indisposition. Nous informerons la comtesse qu'ils ne pourront être des nôtres.

Le seigneur Rupert parlait avec bienveillance et humilité. Toutefois, pour quelque obscure raison, Jehan sentit un frisson lui parcourir l'échine et eut brusquement envie de faire le signe de croix, afin de se protéger de ce pauvre boiteux.

Agnès passa en courant devant les gardes et les autres invités, traversa la cour et sortit dans la rue inondée de pluie. Catherine courut derrière elle et la rattrapa au coin de la rue. Appuyée contre le mur de pierre, sa sœur était en train de vomir. Catherine écarta le voile de son visage.

— Je t'en prie, Agnès, tu ne dois pas réagir ainsi ! Cela ne change rien à ce que tu es, ni à ce qu'est Père.

— Comment peux-tu dire cela ? (Agnès se mit à pleurer. Elle toussa, fut prise d'un nouveau haut-le-cœur.) Cela change tout, au contraire. Pas étonnant que Mère se sente tenue de faire à ce point pénitence. Comment peut-elle supporter cela ?

Catherine saisit sa sœur par les épaules.

— Agnès, dit-elle avec une colère froide, Père est chrétien comme il peut l'être ; toi, tu l'es autant que tu veux l'être. Tu n'es porteuse d'aucune maladie. Ses parents n'étaient pas lépreux, c'étaient des Juifs. Et sais-tu comment sa mère, *notre grand-mère*, est morte ? Elle a été assassinée par de nobles croisés qui ne pouvaient attendre d'arriver en Terre sainte pour tuer des infidèles.

Agnès repoussa Catherine. Elle s'essuya la bouche sur la manche de son bliaut.

— Je ne veux pas t'écouter ! Tes belles paroles font toujours prendre le soleil pour le clair de lune et le faux pour le vrai. Si Père n'éprouve aucune honte de sa naissance, alors pourquoi l'a-t-il gardée secrète ?

— Je l'ai fait pour toi, Agnès. (Hubert était allé lui chercher son manteau, dont il l'enveloppa. Puis il la serra contre lui.) J'ai gardé le silence pour toi, Catherine, Guillaume, vos enfants et les leurs, afin qu'ils ne vivent point dans l'opprobre en terre chrétienne. Mais je ne pouvais non plus abandonner mes frères. J'ai essayé de me partager entre ces deux mondes. Je suis désolé, Agnès. Je voulais vous protéger.

Agnès demeurait crispée entre les bras de son père.

— Je ne veux pas être protégée par des mensonges, Père. Ramenez-moi à la maison.

Elle se dégagea et s'éloigna en direction de l'écurie. Hubert la suivit des yeux, impuissant.

— Peut-être suis-je maudit, soupira-t-il. Edgar, Catherine est trempée. Voudriez-vous la ramener chez Eliazar ? Je viendrai dès que possible. Demain ou après-demain, quand Agnès ira mieux.

Il n'attendit pas de réponse.

Catherine restait debout sous la pluie, les boucles de ses cheveux plaquées contre les joues.

— Je ne sais pas comment l'aider, dit-elle à Edgar. Pour moi, ç'a été différent. Père m'emmenait voyager avec lui. Solomon et moi jouions ensemble, même si j'ignorais que nous étions cousins. Mère insistait toujours pour qu'Agnès restât avec elle. Elle n'a jamais fréquenté de Juifs. Même quand j'étais au Paraclet, je n'entendais pas de sermons sur ceux qui ont crucifié Notre-Seigneur, je n'entendais parler que de la gloire de la Résurrection. Abélard et Héloïse ont un grand respect pour les Juifs. Héloïse m'enseignait des rudiments d'hébreu. J'étais mieux armée pour accepter cette révélation. Agnès, elle, n'y était pas préparée.

— Moi non plus je n'étais pas préparé, dit Edgar. Mais je me suis habitué à la chose. J'apprécie Solomon, ta tante et ton oncle. Agnès y viendra, elle aussi, si elle se laisse convaincre. Viens, Catherine, avant que tu ne gèles de froid.

Ils parvinrent à la Juiverie, dégoulinant d'eau, le cœur en berne. Johannah s'agita autour d'eux, allant chercher des vêtements secs et des boissons chaudes, tout en soupirant comme on lui racontait ce qui s'était passé.

— La pauvre enfant ! s'exclama-t-elle une fois que tout le monde fut installé. J'espère qu'Hubert pourra la réconforter. Si seulement je le pouvais !

— Elle a besoin de vous, à présent, acquiesça Catherine. J'aimerais seulement savoir comment Rupert et Constance ont découvert la vérité sur Père.

— Ils vivent à Troyes une partie de l'année, n'est-ce pas ? demanda Johannah. Les frères de là-bas connaissent tous Hubert, mais je ne vois pas qui aurait pu le trahir.

— Moi, si, intervint Solomon, qui les avait entendus revenir et était descendu de la chambre d'Eliazar. Joseph ben Meïr. Il prétend ne pas vouloir frayer avec les chrétiens, mais c'est davantage par peur que par piété. Pour peu qu'on le paie suffisamment ou qu'on le menace assez, il serait prêt à nous trahir tous.

— Mais serait-il allé trouver Rupert de son propre chef pour lui dire ce qu'il savait ? objecta Edgar, peu convaincu.

Solomon fronça les sourcils.

— Je ne pense pas. C'eût été courir un trop gros risque.

Catherine leva les yeux de sa coupe de vin fumante.

— C'est le diacre, déclara-t-elle.

— Quel diacre ? s'étonna Johannah.

— Pierre de Baschi. Je ne peux en apporter la preuve, mais je suis sûre que c'est lui qui a parlé à Rupert. C'est, à l'évidence, un homme dénué de principes. Il a emprunté de l'argent à Héloïse et ne l'a pas remboursé. Il en a emprunté à Joseph. Il faisait partie de la populace qui a capturé le boucher et a soutenu ses accusateurs. Sa mise, bien trop luxueuse pour un diacre, ne s'accorde pas avec sa condition. C'est un fouille-au-pot. Il est grand et large d'épaules. Il a sans doute assez de force physique pour suspendre un cadavre comme il accrocherait un mouton abattu.

— Pourquoi aurait-il tué Lisiard ? objecta Solomon. Pourquoi s'en serait-il pris à Paciane ? Tout ce que nous savons de lui pour le moment, c'est qu'il est assez vénal pour voler des religieuses.

Catherine ne sut que répondre, mais elle était convaincue d'avoir raison. D'une certaine façon, Pierre de Baschi lui rappelait Rupert. Tous deux se montraient serviles pour pouvoir rôder en coulisse, armés d'un couteau.

La coupe faillit lui tomber des mains. Johannah la lui prit et la posa sur la table.

— Vous ne pourrez rien faire ce soir, leur dit-elle. Vous êtes fatigués et tristes. Dès le coucher du soleil, j'ai fait préparer votre chambre. Ce n'est qu'un réduit. Vous devrez le partager avec des boîtes d'épices et des rouleaux de soie, mais il est au calme.

Elle embrassa Catherine et tapota la joue d'Edgar.

— Puisse l'Esprit-Saint vous protéger pour la nuit !

Les senteurs mêlées de la myrrhe, du bois de santal et d'une douzaine d'autres épices parfumaient la pièce.

— J'ai l'impression d'être dans un reliquaire, dit Catherine en se glissant dans le lit de plume.

Edgar souffla la chandelle et se coucha à côté d'elle.

— J'espère que cela ne va pas t'inciter à prier toute la nuit.

Catherine se retourna vers lui. Elle savait exactement où sa joue allait se nicher contre la clavicule d'Edgar. Le menton de ce dernier allait se poser sur le sommet de son crâne et il allait lui passer le bras dans le dos. Elle avait déjà gravé en elle le souvenir de la courbe de sa colonne vertébrale, de la douceur de sa peau. C'était étrange que quelque chose d'aussi nouveau lui fût devenu indispensable. Elle tordit la tête pour lui embrasser le dessous du menton. Il baissa la sienne pour lui baiser la bouche.

— Qu'as-tu dit ? lui demanda-t-il un instant plus tard.

— J'ai dit, répondit-elle en lui passant les mains dans le dos, que nous pourrons prier demain matin.

Catherine fut réveillée le lendemain matin par les cloches de l'île : Saint-Etienne, Sainte-Marie-Notre-Dame et Saint-Denis-du-Pas. Toutes l'appelaient à la messe. Elle s'étira, roula sur le côté, passa le bras sur le ventre d'Edgar. Il ouvrit un œil, puis le referma.

— Qu'est-ce qui ne va pas ? s'enquit Catherine. *Defututus es ?*

Edgar ouvrit tout grands les yeux, arquant les sourcils.

— Catherine ! Je suis offusqué !

Elle fit un grand sourire.

— Que j'aie lu Catulle ?

— Je veux croire que tu n'as point appris cela au Paraclet ! Mais non, je suis indigné que tu me supposes épuisé après une nuit !

— Une nuit agitée.

— Oh, j'entends. (Il attrapa l'une de ses tresses et s'en servit pour la chatouiller.) Ainsi donc, c'est toi qui es *defututa*.

— Nullement.

Etrange. Elle avait eu des tresses toute sa vie et n'avait jamais songé à jouer ainsi avec.

— Prouve-le.

Elle saisit sa tresse, l'enroula autour du cou d'Edgar, puis attira son visage vers le sien.

— *Libenter,* lui dit-elle. Aussi souvent que tu voudras.

Les cloches avaient cessé de sonner. Ils entendirent des cliquetis et des coups sourds dans toute la demeure : la maisonnée était debout et au travail. Catherine n'avait aucune envie de se lever. Elle ne s'était jamais sentie aussi sereine de sa vie. Mais, malgré qu'elle en eût, elle ne pouvait s'empêcher de repenser à la soirée de la veille et à Agnès.

— Père aurait dû nous parler, marmotta-t-elle. Garder enfouis de tels secrets ne peut qu'aggraver les choses quand ils sont découverts.

— Mmm, fit Edgar.

— Il aurait fallu parler à Agnès de nos grands-parents. Beaucoup de convertis sont de bons chrétiens, voire des prêtres. Cela n'aurait pas changé grand-chose. Et maintenant la voilà profondément blessée. Elle se sent trahie.

— Elle l'a été, dit Edgar, bien réveillé à présent. Quoi de pis que de cacher à quelqu'un la vérité sur ses ancêtres ? N'as-tu pas éprouvé la même chose quand tu l'as apprise ?

Catherine s'interrogea sur ses sentiments.

— Je crois que, d'une certaine façon, je l'ai toujours sue. Solomon et moi nous ressemblons tant. Au début, ce fut troublant. Je ne savais plus qui j'étais. Mais j'ai compris pourquoi Père nous avait caché cela. Et le jour où je l'ai appris, tu étais avec moi.

— Cela a-t-il changé quelque chose ?

— Oui.

Edgar aurait eu tant de choses à dire qu'il garda le silence.

— Nous nous retrouvons confrontés aux mêmes questions, reprit-il enfin. Nous présumons que tout a commencé avec Alys, parce que tu es intervenue à ce moment-là. Et si sa mort n'était que l'aboutissement d'une histoire beaucoup plus ancienne ?

Catherine réfléchit, reclassant les faits dans son esprit.

— Des secrets ? dit-elle. Cela semble logique. Constance et Rupert paraissaient certains que Père eût fait n'importe quoi pour empêcher la divulgation de son secret. Peut-être ont-ils pensé qu'il réagirait comme eux le feraient.

— Ou comme eux l'ont fait, corrigea Edgar.

— Constance a pris peur et tenté de me tuer quand j'ai découvert les objets utilisés par Alys pour avorter. D'après tout le monde, Alys était docile et obéissante. On l'a battue afin d'obtenir sa soumission. Pourquoi aurait-elle pris un tel risque dans le but de se débarrasser d'un enfant qui était probablement de son mari ?

— Peut-être n'était-il pas de lui. Peut-être a-t-elle été séduite, voire violée.

— Mais Raynald n'avait pas de raison de le penser, sauf s'il avait été absent au moment de la conception. Or personne n'a évoqué cette éventualité. Elle aurait pu faire passer l'enfant pour le sien.

— Cela s'est déjà vu, assurément.

— Cela expliquerait la fureur de Rupert et de Constance. Alys tenait la propriété de son père. Si elle n'avait pas d'enfants, celle-ci revenait à Raynald. Ils n'avaient pas leur mot à dire.

— Mais pourquoi l'auraient-ils tuée ? Je conçois qu'ils aient voulu écarter Paciane, surtout s'ils pensent tirer profit de cette terre. Il y a de quoi devenir riche pour peu que cette nouvelle méthode de production de fer soit viable. Et Paciane avait plus de droits légitimes dessus qu'Alys. Quant à Lisiard, j'imagine qu'il a tout bonnement exhumé quelque ragot embarrassant, et que Rupert a estimé devoir lui clouer le bec. C'est l'horreur rituelle de ce crime que je ne comprends pas. Et que gagnent Constance et Rupert avec la mort d'Alys ? Enfin, je ne vois pas ce que Pierre, le diacre, vient faire dans cette histoire.

Le soleil illuminait à présent le lit. Catherine rejeta la courtepointe et tendit la main vers sa chainse.

— Tu as raison, dit-elle. Alys n'est pas le point de départ, mais le pivot de toute cette affaire. J'en suis certaine.

— Nous levons-nous ? demanda Edgar tristement.

— Pas question que l'on nous accuse du péché de *luxuria* ! Nous avons beaucoup à faire. Il n'y a pas que le mystère d'Alys, le don au Paraclet et Agnès. Il y a aussi les accusations portées contre maître Abélard. Nous avons promis à mère Héloïse de le soutenir.

De mauvaise grâce, Edgar sortit du lit et enfila sa chainse. Il ramassa par terre ses braies.

— Ce sont là de bonnes raisons, admit-il. Mais je ne me lève que pour une seule.

— Laquelle ?

Son estomac se mit à gargouiller, répondant à sa place.

— Je meurs de faim.

Hubert fit une visite ce soir-là. Il s'effondra dans le fauteuil que lui offrit Johannah et prit la chope sans la remercier. Il la vida avant de parler.

— Agnès ne veut pas m'écouter, déclara-t-il. Elle a passé toute la journée dans les églises avec Madeleine. Je ne sais plus que faire.

— Acceptera-t-elle de me voir ? demanda Catherine.

— Je l'ignore. (Hubert se reversa du vin.) Pas encore, je le crains. Elle est en colère et ne sait plus où elle en est. Je ne l'ai jamais vue ainsi. Elle d'ordinaire si tranquille...

Catherine tiqua. Hubert s'en aperçut et lui prit la main.

— Je n'ai jamais voulu te voir différente, Catherine, l'assura-t-il. Je souhaiterais seulement que tu sois plus prudente.

Il soupira.

— Elle regrette que je sois son père, m'a-t-elle dit. A mon avis, elle serait soulagée que je ne le sois pas.

— Elle ne le pense pas sérieusement, Père. (Catherine s'agenouilla près de son fauteuil.) Elle est courroucée, voilà tout. Elle vous aime. Elle serait accablée si elle ne voyait pas en vous son véritable...

Catherine s'interrompit, sous le coup d'une illumination subite.

— C'est cela, dit-elle. J'ai été stupide.

— De quoi parles-tu ? lui demanda Hubert.

Catherine se leva.

— Edgar, nous devons faire porter un message à Gauthier pour nous assurer de sa présence à la présentation des reliques à Sens. Je crois savoir pourquoi Paciane est venue au Paraclet et pourquoi Alys a risqué sa vie pour ne pas garder l'enfant de Raynald. C'est d'une telle simplicité ! N'importe quelle fille de cuisine aurait compris cela depuis belle lurette en collant son oreille à la porte.

— Catherine, te voici repartie à divaguer.

— Oui, Père, je sais. (Elle l'embrassa.) Je dois voir Samonie sur-le-champ. Si Rupert a tué Lisiard et tenté de tuer Paciane à cause de ce qu'ils savaient, sa vie est peut-être également en danger. Parfois, les commérages ne sont pas aussi innocents qu'il y paraît.

Samonie fut surprise par la question de Catherine.

— C'est possible, répondit-elle. Je n'y ai jamais pensé. En effet, le seigneur Rupert était son clerc à l'époque où est mort le seigneur de Quincy. Je n'ai jamais compris pourquoi dame Constance l'avait épousé. Un homme au statut subalterne, sans terres ni avenir. Cela se comprend maintenant.

— Lisiard aurait-il pu être au courant ?

Samonie haussa les épaules.

— Qui sait ? Il adorait prêter l'oreille aux potins, mais je ne pense pas qu'il en ait tiré des conclusions. S'il avait découvert quelque chose d'aussi dangereux, même lui aurait eu assez de bon sens pour garder le silence. A moins que... (Elle porta la main à la bouche.) Oh, le pauvre sot !

— A moins que quoi ?

— Lisiard voulait s'enfuir avec ma sœur, expliqua Samonie. Ils n'avaient pas le sou. Il aurait pu commettre la sottise de vouloir monnayer son silence ou ce qu'il avait appris. Quoi qu'il en soit, sa mort a dû mettre en garde quiconque aurait eu l'idée d'agir pareillement. Ma sœur par exemple.

— Accepteriez-vous de rester ici jusqu'à la fin du concile ? lui demanda Catherine. Ensuite, je pense que la comtesse Mahaut vous trouvera une place à Troyes, afin que vous puissiez vivre avec vos enfants. J'espère qu'à ce moment-là ni vous ni votre sœur ne serez plus en danger.

Samonie hocha la tête.

— A condition que dame Johannah le veuille bien, je serais heureuse de rester ici. C'est pour les enfants que je m'inquiète. Si Rupert et Constance ne mettent pas la main sur moi, j'ai peur qu'ils ne s'en prennent à eux.

Catherine n'y avait pas pensé. Le seigneur et la dame de Quincy étaient fort capables d'une telle infamie.

— Ils n'en auront pas le temps, décréta-t-elle. L'exposition des reliques aura lieu dans moins de deux semaines. Faisant partie de la suite de la comtesse, ils seront tenus d'être présents, surtout quand arrivera le comte Thibault. Et après, si tout va bien, ils ne seront plus jamais en mesure de nuire à qui que ce soit.

Catherine alla retrouver Edgar.

— Quelqu'un peut-il aller quérir Gauthier à Grancy ? demanda-t-elle.

— Ton père envoie Solomon.

— Parfait, Gauthier le connaît déjà. Pauvre Solomon ! Décidément, c'est le factotum de tout le monde !

— La course en vaut la peine.

— Oui. Sans Gauthier pour forcer les uns et les autres à se rassembler, je ne vois pas comment nous pourrons amener Constance à admettre la vérité.

Edgar la prit par le bras.

— Es-tu sûre que ce soit la vérité ?

— Oui. Cela expliquerait tout. L'unique chose qui me chagrine, c'est que la seule personne la plus répréhensible soit celle qui sera la moins susceptible de souffrir.

24

La ville de Sens, fête de sainte Pétronille, vierge et martyre, vendredi 31 mai 1140

Tu es diaboli janua ; tu es divinae legis prima desertrix, tu es quae eum persuasisti, quem diabolus aggredi non valuit.

« [Femme,] tu es la porte du diable, tu es la première à t'être affranchie de la loi divine, tu es celle qui a entraîné Adam, que le diable n'avait pas réussi à vaincre » (Tertullien).

O nimis infide ! Cur sic mentire super me ? Exemplaris Adam qui culpam vertit in Evam !

« O traître perfide ! Pourquoi mens-tu à mon sujet ? Tu es semblable à Adam, qui a rejeté la faute sur Ève ! » (Poème de Ruodlieb, *partie VIII, 11, 35-36).*

— C'est ici la folie, en vérité ! répéta Astrolabe. On ne peut trouver un seul lit dans toute la ville. Les évêques, les nobles, le roi, la reine et leur suite ont tout pris. Père, le chanoine Arnaldo et maître Gilbert séjournent chez les chanoines de la cathédrale. Avec l'aide des étudiants j'ai dressé des tentes près du fleuve et nous avons même eu du mal à trouver de la place ! La ville grouille de marchands, de ménestrels, de mendiants, d'ours dansants, de catins et de colporteurs. C'est pire que les foires de Lendit !

Edgar donna à Astrolabe une tape amicale dans le dos et tous deux s'assirent dans la cour de la cathédrale, observant la foule disparate venue assister à la présentation des reliques.

— Il paraît, d'après ce qu'a confié l'abbé Bernard aux évêques, que les théories de Père quant à la Trinité et à la nature du péché seraient discutées à tous les coins de rue, poursuivit Astrolabe. Mais j'avoue n'avoir rien entendu de tel. A mon sens, tout le monde se moque de ses théories comme de colin-tampon, si tant est que les gens aient assez d'esprit pour les comprendre...

— Vous êtes injuste, dit Edgar en riant. Voyons, je suis sûr que cet homme et cette femme là-bas discutent en ce moment pour savoir si Platon a conçu le Saint-Esprit comme *anima mundi*.

— En effet, renchérit Astrolabe. C'est certainement ce qu'il cherche sous ses jupes. Avec des gens aussi sérieux parmi l'auditoire de lundi, il ne s'agira pas d'un débat, mais d'une débâcle...

En regardant la foule dévote et dissolue — en fait, tout le monde semblait être un peu les deux à la fois —, Edgar fut enclin à partager l'avis d'Astrolabe. Ces gens-là n'avaient pas la moindre idée de ce qu'était la dialectique et y resteraient de toute façon hermétiques. En revanche, les exhortations limpides de l'abbé Bernard, jouant sur le registre de l'émotion, avaient le pouvoir de convertir n'importe qui, de ce mendiant cul-de-jatte, se traînant dans sa carriole, au roi en personne. Edgar avait entendu dire que la reine Aliénor n'était pas encore sous le charme de l'abbé, mais elle faisait assurément partie des rares exceptions.

Edgar essaya de se concentrer sur cette joute oratoire. C'était là, après tout, le plus gros souci. L'affaire avec le Paraclet, l'attribution d'un bout de forêt et la raison pour laquelle trois personnes étaient mortes, tout cela n'avait guère d'importance par rapport aux problèmes éternels de la foi, de la raison et de la vérité.

Mais, en réalité, Edgar était beaucoup plus préoccupé par la rencontre avec le comte Thibault, prévue le samedi matin. Gauthier de Grancy était arrivé la veille au soir avec ses hommes, tous armés jusqu'aux dents et prêts à défendre son innocence. Raynald était déjà à Sens avec son père, qui, en tant que comte de Nevers, devait assister au concile. Thibault avait harcelé les deux hommes pour qu'ils acceptent de faire juger leurs différends par son tribunal comitial. Bien entendu, si l'affaire n'était pas réglée à leur satisfaction, ils se réservaient le droit de dévaster leurs terres respectives jusqu'à ce que leur soif de vengeance fût assouvie.

— Ne vous inquiétez pas outre mesure, Astrolabe, dit enfin Edgar, repensant à Abélard. Le maître a parlé dans des circonstances pires. Il disputait déjà avant que nous ne fussions nés. Il sait sermonner les esprits forts mieux que quiconque. Je l'ai vu à l'œuvre.

Astrolabe ramassa une poignée de cailloux et se mit à les jeter vers une auge pleine d'eau à proximité. Ils rebondirent dessus avec un claquement sec, puis retombèrent, sans laisser de trace. Il les lança l'un après l'autre jusqu'au dernier. Il se leva alors, époussetant sa tunique.

— Mon père était ainsi, dit Astrolabe d'un ton las. Rien de ce qu'on lui faisait ne pouvait l'arrêter ni le changer. Même l'émasculation ne l'a point transformé. C'est Mère qui en a le plus souffert, me semble-t-il. Mais on l'a bombardé de pierres toute sa vie. J'ai l'impression qu'il est fêlé de partout. Les rougeurs de son épiderme trahissent ce qui se passe en lui. S'il est encore touché, ne serait-ce que par un caillou, il serait capable de se briser.

Edgar ne put trouver de mots de consolation. Il craignit que ce ne fût vrai. Lorsqu'il était à Paris, Abélard avait paru de nouveau lui-même. Il avait eu une discussion animée avec maître Gilbert, répondu aux questions des étudiants dans la foule avec enthousiasme et esprit. Mais l'atmosphère de Sens, le temps, chaud et humide à présent, semblaient l'avoir vidé de son énergie. Ses rougeurs avaient réapparu et la chaleur de sa robe de laine aggravait la situation. La perspective de défendre ses écrits devant un auditoire indifférent l'attirait peut-être moins que lorsqu'il en avait conçu l'idée.

— Ma foi, Catherine et moi serons là, dit Edgar en se levant également. Ainsi que les étudiants, maître Gilbert et le chanoine Arnaldo. Et il a d'autres amis. Le comte Thibault, par exemple, a fait des dons généreux au Paraclet.

— Le comte a également donné des terres pour agrandir Clairvaux, objecta Astrolabe. Beaucoup sont bien disposés envers Père, mais ils respectent aussi l'abbé, et d'aucuns, je crois, redoutent même d'être blâmés s'ils s'opposent à lui. Bernard a droit à plus de confiance et d'honneurs que le pape.

Il inspira profondément.

— Bah ! reprit-il. Les dés sont jetés. Et vous avez vos propres soucis. Voulez-vous souper demain avec moi en compagnie de Catherine ? Je veux savoir comment tout cela va se terminer. Peu me chaut le don fait au Paraclet. Ce qui m'importe, c'est éviter que le couvent de ma mère ne soit violé. Pourrez-vous le faire comprendre à Rupert de Quincy ?

— Nous essaierons, en tout cas, l'assura Edgar.

Catherine et lui avaient trouvé à se loger chez l'une des familles juives de Sens. La communauté entière avait eu vent des menaces pesant contre Hubert et de l'agression dont avait été victime Eliazar. Tous étaient prêts à défendre les leurs.

Ils partageaient la chambre avec leur hôte et sa famille, mais Edgar n'eût pas songé à se plaindre, sachant que beaucoup s'entassaient à trois ou quatre par lit à l'auberge. Toutefois, bien qu'il tentât de ne pas y prêter attention, il ne se sentait pas à sa place parmi ces gens-là, encore moins qu'au milieu d'autres Français. Peut-être parce que Catherine semblait se trouver parfaitement à l'aise avec eux.

Lorsqu'il arriva, les femmes étaient en train de rire des tentatives de Catherine pour prononcer l'hébreu.

— Essayez plus au fond de la gorge, la taquinait Sarah, leur hôtesse. Imaginez que vous étouffez et crachez le mot.

Catherine secoua la tête.

— Je n'ai pas envie de l'éparpiller partout ! Edgar ! Je suis heureuse que tu sois de retour. Nous préparons le sabbat. As-tu vu maître Abélard ?

— Non, il se repose. (Edgar l'embrassa chastement, sentant sur lui tous les regards féminins.) Astrolabe voudrait que nous soupions avec lui demain.

— Si nous survivons à la matinée, dit Catherine d'un ton léger, mais l'œil inquiet. J'espère ne pas avoir commis une terrible erreur dans mes déductions.

— Inutile d'évoquer cette éventualité pour le moment, lui conseilla Edgar. Tes explications m'ont paru sans failles.

— Seulement voilà, nous ne sommes pas à l'école, raisonna Catherine. La vie d'êtres humains est en jeu.

— Si nous ne parlons pas, frère Baudouin, Lisiard et Alys seront morts pour rien. Leurs assassins auront tout loisir de profiter de leurs crimes. Peut-être paieront-ils en enfer, mais, comme je n'ai pas l'intention d'y être pour le voir, l'idée ne m'apaise guère.

— Moi non plus. Tu as raison. Merci de m'avoir rappelé tout cela.

— Je te promets de n'y manquer jamais. Maintenant, à toi de me remettre en mémoire tous les rituels qui accompagnent ici les repas. Je ne m'en souviens jamais.

Après avoir discuté de la question séparément, à la fois avec Hubert et Constance, et s'être entretenue par lettre avec Héloïse, la comtesse Mahaut avait convaincu le comte que moins de gens assisteraient à la rencontre, mieux ce serait. La justice était le but suprême, mais devait être dispensée sans scandale inutile. Aussi la rencontre eut-elle lieu dans une demeure privée, donnée par l'archevêque. Gauthier et Raynald avaient laissé leurs hommes à l'extérieur, avec ordre formel de ne pas causer de troubles. Raynald était accompagné de Guillaume, son père. Rupert et Constance arrivèrent. Rupert dut être porté dans l'escalier, pestant contre les hommes qui heurtaient sa jambe. Constance était vêtue très simplement, de couleurs sombres, comme pour rappeler au comte qu'elle était la mère de la victime, non l'une des accusées.

Catherine et Edgar portaient de nouveaux effets, qui avaient été confectionnés pour eux à Paris. Catherine était en vert et or, avec pour seuls bijoux la croix d'ivoire et les boucles d'oreilles en or en forme de cloches. Edgar s'arrangea pour avoir vaguement l'air d'un clerc, mais bien né. Sa chaîne en or brillait avec éclat sur sa tunique bleue.

Catherine fit halte au pied de l'escalier.

— Tu as dit à mon père que tu étudierais le droit, rappela-t-elle à Edgar. Te crois-tu prêt à attaquer ?

— Honnêtement, j'ai seulement dit cela pour qu'il me permît de t'épouser. (Edgar leva les yeux vers l'escalier avec appréhension.) Je ne crois pas être doué pour les plaidoiries.

— Mais tu le feras pour Alys et les autres ?

— Je le ferai, répondit-il, avant tout pour toi.

Ils montèrent les premières marches.

Ils étaient presque en haut quand ils entendirent quelqu'un les rejoindre à pas précipités.

— Edgar ! (Astrolabe montait l'escalier quatre à quatre, agitant une lettre.) Tenez ! C'est Mère qui l'a envoyée. J'ignore si cela vous sera utile.

— De quoi s'agit-il ? demanda Edgar en prenant la missive. « Mon fils bien-aimé, toi et ton père êtes... »

— Non, ce passage, l'interrompit Astrolabe en tendant le doigt, qui concerne Pierre le diacre.

Edgar lut le passage indiqué.

— « Je viens de recevoir une lettre de l'évêque Hatto, m'informant que le pape Innocent, dans sa grande bonté, toujours attentif aux besoins des plus humbles de ses ouailles, a ordonné au diacre Pierre de rembourser au Paraclet les vingt marks d'argent empruntés par lui. Je crois que le Saint-Père a donné d'autres instructions à l'évêque, relatives aux tractations financières du diacre... »

— Cela vous sera-t-il utile ? s'enquit Astrolabe.

— Le cas échéant. Puis-je garder ceci jusqu'à ce soir ?

— Naturellement ! Que tous les saints vous accompagnent !

— Merci.

Edgar glissa la feuille dans sa manche et, prenant Catherine par la main, entra dans la salle.

Le comte Thibault, qui venait tout juste de démanteler la commune de Reims, était assis sur une estrade surélevée. Il n'avait pas besoin de conseillers. Depuis le départ d'André de Baudement, il se passait même de sénéchal. Il avait dépassé la cinquantaine à présent et gouvernait, depuis l'enfance, un territoire plus grand que ceux des rois d'Angleterre et de France réunis. Il avait tant de terres qu'il avait autorisé son jeune frère, Stéphane, à monter sur le trône d'Angleterre, bien qu'il eût pu y prétendre. Tristement célèbre pour son tempérament violent et rapace, il s'était un peu assagi ces dernières années à la suite de la perte brutale de cinq membres de sa famille dans le naufrage du *White Ship* et sous l'influence d'une épouse pieuse.

Il intimidait toujours Catherine. Edgar et elle se dirigèrent rapidement vers un banc contre le mur. Elle s'assit bien droit, les mains jointes sur les genoux, puis examina les uns et les autres.

Raynald et son père étaient d'un côté. Guillaume de Nevers jetait de temps en temps des coups d'œil à Constance et à Rupert, assis derrière eux, prêts à témoigner. De l'autre côté de la salle, près de l'endroit où Catherine et Edgar avaient été placés, Gauthier de Grancy se tenait debout, seul, plein d'assurance. Quoiqu'il ne fût point armé, il paraissait très à l'aise, et même d'humeur paisible. Il sentit le regard de Catherine sur lui, se tourna vers elle et lui adressa un sourire rassurant.

Le comte ouvrit la séance, balayant d'un geste tout protocole.

— Nous sommes rassemblés aujourd'hui pour rechercher la vérité, commença-t-il. Des actes odieux ont été commis, le premier étant l'agression qui a coûté la vie à Alys, l'épouse de Raynald, comte de Tonnerre. Gauthier a été accusé de ce crime et devra en répondre.

Gauthier ne souffla mot. Il se borna à hocher la tête.

— On m'a convaincu que cette agression avait un lien avec deux autres agressions, poursuivit Thibault, qui se sont soldées par des meurtres, mais, pis, qui ont violé le sanctuaire d'une maison de Dieu et celui de ma propre demeure. Gauthier de Grancy a accusé Rupert de Quincy et une autre personne, anonyme, d'être les auteurs de ces forfaits.

La canne de Rupert frappa le sol, mais il s'abstint de tout commentaire.

— Enfin, reprit Thibault, Gauthier a également été accusé de complicité dans l'enlèvement d'une femme qui avait été invitée à Quincy. Je crois savoir que les intéressés ont réglé la question entre eux, mais l'on m'a prié d'insister sur la nature violente du seigneur de Grancy.

« Ce qui est vraiment stupide, ajouta-t-il, vu que je connais Gauthier depuis toujours, comme vous tous. D'autre part, nous n'avons pas de clercs ici aujourd'hui. Je ne vous demande pas de serments d'innocence, pas d'épreuve au fer rouge, pas de combat singulier. Je veux savoir ce qui s'est passé, puis je tordrai de mes mains le cou à l'homme qui a osé utiliser mes latrines comme abattoir. Est-ce compris ?

Son ton était resté le même, mais Catherine tressaillit. Le vieux Thibault n'était pas tout à fait dompté. Elle se demanda de nouveau si cette entrevue était souhaitable, même si la comtesse Mahaut semblait y voir le meilleur moyen de faire toute la lumière sur l'affaire.

Premier plaignant, Raynald commença de narrer comment Alys avait été découverte dans les bois près de Tonnerre, battue et laissée pour morte.

— Où étaient ses gardes ? questionna Thibault. Elle n'avait certainement pas quitté Quincy seule.

Raynald, d'un geste théâtral, désigna Gauthier.

— On les a retrouvés non loin de là, répondit-il. Deux avaient été tués à coups d'arbalète. Les deux autres étaient grièvement blessés. Tous deux sont morts depuis. Ils ont déclaré que l'assaillant était un géant, seul. Ils l'ont pris pour un démon.

Tous les regards convergèrent vers Gauthier. Nul besoin d'un gros effort d'imagination.

— Il est bien connu que Gauthier souhaitait épouser Alys, poursuivit Raynald. Je soutiens qu'il a tenté de l'enlever et que, comme elle résistait, il l'a tuée. Il a prétendu ne pas être aux environs de Quincy, mais je peux produire des témoins qui l'ont vu dans les parages. Monsieur le comte, je réclame justice pour cette atrocité. Je veux qu'il soit pendu comme un vulgaire assassin.

Dans son coin, Constance se mit à sangloter bruyamment.

Thibault se tourna vers le seigneur de Grancy.

— Gauthier, comment répondrez-vous à cette accusation ?

— Je suis innocent, déclara Gauthier. Je n'aurais jamais touché à un cheveu d'Alys.

Il se mordit la lèvre, regardant Catherine et Edgar d'un air coupable.

— J'étais aux environs de Tonnerre ce jour-là, admit-il. Alys m'avait mandé qu'elle avait besoin de mon aide, sans préciser pourquoi. J'ai accouru, mais je suis arrivé trop tard. J'aurais dû en parler plus tôt ; seulement, je craignais que personne ne me crût. Peu m'importait, dès lors qu'elle était morte. Je ne suis pour rien dans sa mort ni dans la mort de qui que ce soit. Pourquoi tuerais-je en catimini ? Je me rendais au Paraclet en compagnie d'Edgar et de son épouse quand le couvent a été attaqué. Tous deux sont ici à présent et je suis prêt à jurer. J'ai vu les deux agresseurs et les reconnaîtrais, si je les voyais à cheval. L'un d'eux a été blessé à la cuisse droite, comme Rupert de Quincy.

Tout le monde regarda ce dernier.

— Je me suis blessé par accident près de chez moi, se défendit-il, l'air plus perdu et frêle que jamais. Je ne suis point le genre d'homme à lever la main sur quiconque.

Thibault fit signe à Edgar d'avancer.

— Jeune homme, dit-il, je crois savoir que vous représentez le Paraclet.

— Oui, monsieur le comte, répondit Edgar. Comme le Paraclet n'a pas d'*avocatus* officiel, l'abbesse Héloïse m'a demandé de parler au nom du couvent. L'abbesse est préoccupée, non seulement par les agressions dont ont été victimes la comtesse Alys et la sœur converse Paciane...

— Elle est morte, vous dis-je ! hoqueta Constance. Pourquoi reparler de cela ? Rupert, vous m'avez juré qu'elle était morte !

— Silence ! ordonna Thibault.

— Se pose également la question épineuse d'un don fait par la comtesse au couvent. Bien que son époux y eût consenti, on ne sait plus aujourd'hui qui a légitimement droit à cette terre. Raynald y prétend au titre de veuf. Dame Constance dit que la terre faisait partie de sa dot venant de son premier mari. La valeur de cette propriété pourrait sans doute être considérable, mais je suis revenu sur ce que j'avais cru initialement et ne pense plus qu'elle ait pu être le mobile du meurtre.

Catherine était, pour le moment, si impressionnée par l'éloquence d'Edgar que l'orgueil lui fit oublier ses craintes. Thibault, toutefois, n'éprouvait pas cette partialité conjugale.

— Alors, pourquoi en parler ? demanda-t-il.

Edgar déglutit. Il s'apprêtait à lâcher le coup de tonnerre... et espérait qu'il n'en ferait pas les frais.

— Après une enquête approfondie, dit-il prudemment, nous sommes parvenus à la conclusion que la comtesse de Tonnerre n'avait pas droit à la propriété en question, ne pouvait ni la garder, ni la céder. Elle tenait cette terre, paraît-il, de son père, Gérard de Quincy.

— Si c'est pour dire que la terre aurait dû revenir à Paciane, cela ne vous mènera nulle part, intervint le comte Guillaume. Que Paciane ait succombé à une fièvre ou soit entrée au couvent ne change rien. Elle a de toute façon renoncé à toute prétention sur son héritage.

— Je le sais, monsieur le comte. (Edgar se demanda si l'on pouvait deviner à quel rythme battait son cœur.) Nous affirmons qu'Alys, comtesse de Tonnerre, n'avait aucun droit à cette propriété parce qu'elle n'était pas la fille de Gérard de Quincy.

Constance se dressa, furieuse.

— Comment osez-vous ! hurla-t-elle. Je ferai rôtir votre tête dans ma cheminée pour avoir proféré une telle infamie !

— Asseyez-vous, Constance, ordonna Thibault. Voilà une accusation odieuse, jeune homme. Et, me semble-t-il, presque impossible à prouver.

Soudain Catherine se rappela que le comte Thibault avait hérité de son oncle le pays de Champagne en des circonstances tout à fait similaires. La jeune épousée du comte Hugues lui avait donné un fils alors que plusieurs médecins l'avaient jugé stérile. Hugues n'avait pas cru sa femme — celle-ci ayant invoqué un miracle —, d'autant plus qu'il était à la croisade au moment de la conception... Il l'avait répudiée. L'enfant avait été désavoué. Mais d'aucuns prétendaient toujours — certes, pas en présence de Thibault — que le garçon était le vrai comte. Catherine espéra que le souvenir de cette histoire inciterait le comte à en écouter davantage.

— Pouvez-vous étayer votre accusation ? questionna Thibault.

C'était là que la terre menaçait de s'entrouvrir sous leurs pieds. Edgar tenta de se rappeler qui était le patron des avocats. Il en fut incapable et adressa une brève supplication à la Vierge pour qu'elle le protégeât et guidât ses pas.

— Tout tend à prouver que les meurtres ont été commis à seule fin de dissimuler la véritable ascendance de la comtesse Alys, déclara-t-il, s'efforçant d'être un orateur aussi assuré que maître Abélard. Je sollicite pour mon épouse la permission de parler, car c'est elle qui a découvert ce qui s'est vraiment passé.

Thibault regarda Catherine, qui s'était levée, rougissante. La comtesse Mahaut s'approcha de son mari et lui murmura quelque chose à l'oreille. Thibault pinça les lèvres, puis hocha la tête.

— Comment vous appelez-vous ? lui demanda-t-il.

— Catherine Le Vendeur, répondit-elle. Fille d'Hubert Le Vendeur et de Madeleine de Boisvert, de Paris.

— Oh, la petite d'Hubert, dit-il à la surprise de Catherine. Je croyais que vous étiez au Paraclet.

— J'y étais, mais je l'ai quitté pour me marier. Je n'ai jamais prononcé mes vœux. Toutefois, j'étais présente la nuit où la comtesse Alys a été amenée au couvent et je connais la sœur converse Paciane depuis plusieurs années. C'est également moi, ajouta-t-elle en jetant un coup d'œil inquiet à Rupert, qui ai découvert le corps dans vos latrines.

Thibault haussa les sourcils.

— Malheureuse coïncidence ? demanda-t-il.

Catherine pencha la tête.

— Non, monsieur le comte. Lisiard a été assassiné, je le crains, en raison de ce qu'il savait sur la famille de Quincy. Il avait commencé de m'en parler le soir de sa mort. Je crois que ses bavardages ont poussé certains à le faire taire définitivement.

— J'attends toujours une preuve, dit Thibault.

— Avec votre indulgence, monsieur le comte, je crois utile d'expliquer comment j'ai découvert tout cela.

— Je ne vous l'ai point interdit, repartit Thibault avec impatience.

— En effet, monsieur le comte.

Catherine chercha la main d'Edgar, mais il s'était effacé afin de la laisser témoigner. Elle joignit alors les paumes, presque en un geste de supplication.

— Lorsque j'étais à Troyes, plusieurs éléments m'ont étonnée quant à la famille de la comtesse Alys, commença-t-elle. Sa mort ne paraissait pas causer beaucoup d'affliction. D'autre part, il ne semblait pas y avoir d'unanimité sur sa personnalité, à part le fait qu'elle était de tempérament craintif. J'ai assisté, par malchance, à un affrontement entre le comte Raynald et dame Constance. Leurs propos m'ont convaincue qu'Alys avait été battue par un membre de sa propre famille, et non par quelque agresseur inconnu.

— Mensonges ! cria Raynald. Cette jouvencelle ne cherche qu'à faire bien voir sa famille à vos yeux !

— Je me demande bien comment, observa Thibault. Poursuivez.

— J'ai fait part à mère Héloïse de mes soupçons et elle s'est arrangée pour que je sois reçue à Quincy. (Catherine remarqua que Constance se redressait en entendant mentionner l'abbesse.) Lors de mon séjour là-bas, j'ai découvert la preuve que la fausse couche d'Alys n'était point la conséquence de l'agression, mais le résultat d'un geste délibéré de sa part avant qu'elle ne quittât Quincy.

Elle évoqua les herbes, le singe et le pessaire.

Raynald serra les dents et les poings. Il se tourna vers Constance.

— Vous deviez la surveiller, grommela-t-il. Rien de tout cela ne serait arrivé si vous aviez fait votre devoir.

Thibault se pencha en avant, fasciné.

— Elle a avorté toute seule ? questionna-t-il. De qui était l'enfant ?

— C'est le point qui m'a troublée, admit Catherine. Tout le monde pensait qu'il était forcément de son mari.

— Oh. (Thibault se rejeta en arrière, déçu.) A mon tour d'être perplexe. Pourquoi se serait-elle débarrassée d'un héritier légitime ?

Catherine prit son courage à deux mains.

— J'ai longtemps réfléchi. Alys ne voulait pas épouser Raynald. Il a fallu les sévices de sa mère pour l'y contraindre. Mais une fois mariée, elle semble s'être résignée à son sort. Et, malgré sa haine pour son mari, avoir un enfant en pleine santé ne pouvait qu'améliorer sa position. D'autre part, elle était très dévote. C'était son plus grand désir de devenir religieuse au Paraclet. Je sais qu'elle a avorté avant les premiers mouvements du fœtus, ce qui rend le péché moins grave, mais je n'arrivais toujours pas à croire qu'elle eût pu commettre un tel acte par simple égoïsme.

Elle regarda autour d'elle, pour s'assurer que Gauthier était prêt à la protéger.

— La seule raison que je pus déduire de ce que je savais, et encore n'y ai-je pas cru avant de voir la comtesse Constance à Paris... (Catherine regarda alors Constance. Avec un frisson de satisfaction horrifiée, elle s'aperçut que toutes ses spéculations étaient justes. Constance la fixait avec des yeux haineux, terrifiés. Catherine marqua une pause, s'efforçant de poursuivre d'une voix égale :) ... La seule raison, c'était qu'Alys avait compris ceci : garder l'enfant serait un plus grand péché que le tuer.

Raynald se leva d'un bond.

— Je refuse d'écouter ces élucubrations ! cria-t-il. Cette femme divague ! Elle invente des mensonges par pure perversité.

— Raynald, intervint Thibault, c'est à moi de décider si elle ment. Une fois qu'elle aura fini, vous pourrez réfuter ses dires. Avez-vous terminé, Catherine ?

— Presque. (Catherine ne pouvait s'empêcher de trembler, à présent.) Au début j'ai cru que la mère et le parâtre d'Alys l'avaient battue quand ils avaient découvert ce qu'elle avait fait. C'était bien le cas. Mais la servante jure qu'Alys était vivante lorsqu'elle est partie pour Tonnerre. Cela ne laissait qu'une possibilité.

Elle se tourna vers Raynald.

— Alys est revenue à Tonnerre et vous a dit qu'elle ne pouvait plus vivre avec vous, reprit doucement Catherine. Je pense qu'elle voulait revenir au Paraclet. Vos gardes n'avaient pas pour mission de la protéger, mais de la rattraper. Et quand vous l'avez retrouvée, puis qu'elle a résisté, vous l'avez battue comme plâtre.

Elle tenta de retenir ses larmes. En vain. Elle devait achever.

— Lorsque vous avez compris ce que vous aviez fait, vous avez dû vous débarrasser également des gardes. Pourquoi ? Pourquoi ne pas l'avoir laissée partir ? La propriété qu'elle vous apportait n'avait aucune valeur.

Raynald esquissa un pas vers elle.

— Vous brûlerez au fond de l'enfer pour vos odieux mensonges ! commença-t-il.

Soudain, Constance se leva et se précipita sur lui. Raynald fut pris par surprise quand ses ongles lui griffèrent le visage. Il réussit à la repousser. Elle tomba contre Catherine, qui la saisit par les bras.

— Tu as tué mon enfant ! hurla-t-elle à Raynald. Brute arrogante ! Monstre sans cœur ! Elle n'était pas assez bien pour toi, pas assez bien née ! Tu ne l'as épousée que pour favoriser tes manigances, parce que Guillaume te le demandait. Tu ne la voulais pas plus qu'elle ne voulait de toi, et pourtant tu la haïssais de ne pas avoir respecté ton rang élevé. Tu te raillais d'elle et de moi. Elle était tout ce que j'avais, infâme pourceau ! J'ai tout fait pour elle.

Guillaume, qui avait gardé le silence jusque-là, se leva brusquement, se dirigea vers Constance à grandes enjambées et la gifla.

— Le chagrin la rend hystérique, lança-t-il d'un ton glacial. Elle est prête à dire n'importe quoi. J'en ai assez. Je ne laisserai pas ma famille vilipendée par des gens de condition inférieure.

Constance releva la tête et lui cracha à la figure.

— Inférieure ! (Elle put à peine articuler le mot, tant elle étouffait de rage.) C'est toi qui as eu l'idée de ce mariage. Tu as ri quand j'ai protesté. Comment imaginais-tu leurs enfants ? Des moulages de cire de ta propre personne ?

Guillaume leva la main derechef. Catherine tenta d'éloigner Constance.

Gauthier n'avait pas son arbalète, mais il n'en eut pas besoin. Il attrapa le comte Guillaume par les épaules et le souleva du sol.

Raynald s'avança lentement. Il regarda son père, qui était suspendu en l'air, éperdu de rage impuissante. Pour la première fois, Catherine vit le comte de Tonnerre balancer.

— Que dit-elle, Père ? lui demanda-t-il. Que m'avez-vous fait ?

Catherine redressa Constance, lui serrant les bras comme dans un étau.

— Dis-le-lui ! ordonna-t-elle. L'heure n'est plus aux mensonges !

Constance les dévisageait tous d'un air furieux, notamment Raynald. Seules les mains de Catherine la retenaient de se jeter sur lui.

— Tu es fier, imbu de toi-même, reprit-elle. (Elle essaya de rire, mais s'étrangla.) L'intrigant parfait, qui sait comploter pour son profit personnel. Eh bien, tu n'arrives pas à la cheville de ton père !

Elle cracha derechef.

— J'ai épousé un vieillard qui allait mourir sans rien me laisser. Il me fallait un enfant. Tu ne me trouvais pas folle à l'époque, Guillaume. Tu te montrais si compréhensif, si serviable...

La lueur de doute dans l'œil de Raynald céda la place à l'horreur.

— Père ? fit-il d'une voix trémulante. Elle ne veut pas dire que...

— Ne l'écoute pas ! implora Guillaume.

Mais Constance poursuivit et personne ne chercha à l'arrêter.

— Tout juste, imbécile bouffi d'orgueil ! cria-t-elle. Alys est la fille de Guillaume, ta sœur ! Et il le savait ! Tu as épousé ta propre sœur, puis tu l'as tuée ! Puisses-tu être maudit pour le restant de tes jours !

Constance s'affaissa ; Catherine la lâcha. Elle avait résolu le problème par la logique, étape par étape, et elle ne s'était pas trompée. Mais elle ne tirait aucune vanité de cette victoire. Elle se sentait nauséeuse.

Gauthier reposa Guillaume sur le sol. Il s'écarta du comte, s'essuyant les mains comme s'il avait touché un lépreux. Raynald se tenait immobile, tétanisé d'horreur. Lentement il se tourna vers son père. Il lut la vérité sur le visage de Guillaume.

— Je ne voulais pas la tuer, dit Raynald d'une voix atone. Elle ne cessait de gémir, répétant que nous étions d'horribles pécheurs et qu'elle ne voulait plus vivre avec moi, mais sans avancer de raison. J'ai cru que c'était seulement du dépit. J'ai pensé qu'elle avait tué l'enfant pour me tourmenter parce qu'elle savait à quel point je désirais un fils.

Il fit face à son père, les yeux morts.

— Que m'avez-vous fait ? chuchota-t-il. Comment pourrai-je jamais expier ?

Le comte Thibault sortit enfin de sa stupeur.

— Comte Guillaume, déclara-t-il, vous et votre fils devez abandonner toute prétention aux biens ayant appartenu à Alys de Quincy et, bien entendu, toute charge contre Gauthier de Grancy. Je prends sous ma tutelle tout ce qui serait revenu à Alys, jusqu'à ce qu'on puisse en disposer comme il convient.

Constance de Quincy, je vous ordonne de renoncer à tous les biens que vous avez reçus de feu votre mari, dont vos douaires. Je vous chasse de toute terre sous ma juridiction. Peu m'importe où vous irez. Quant à vous, Rupert de Quincy, je vais vous faire pendre.

L'idée semblait lui plaire énormément.

Rupert se mit debout à grand-peine, outragé.

— Vous ne pouvez prouver que j'aie commis le moindre forfait ! cria-t-il. Raynald a battu à mort ma belle-fille. Constance s'est rendue coupable d'adultère et a permis un mariage incestueux. Je n'ai rien fait ! Mais comme je ne suis pas bien né, vous croyez pouvoir me faire payer leurs actes.

— Tu n'as rien fait ! lança Constance d'une voix enrouée tant elle avait hurlé. C'est toi qui as tout manigancé. Tu m'as forcée à t'épouser pour prix de ton silence. Pourtant c'est toi qui t'es entendu avec Guillaume afin qu'Alys épousât Raynald, malgré mes protestations. Tu m'as fait vivre vingt ans d'enfer avec tes habitudes inqualifiables et tes accointances détestables. Pendre ! Tu devrais être écorché vif avec des pinces chauffées au rouge ! Tu devrais être déchiré par des chiens enragés. Tu devrais...

— Assez, Constance, l'interrompit le comte Thibault. La pendaison suffira. Et ne vous inquiétez pas. J'ai déjà amplement de quoi la justifier. Nous avons la preuve qu'il a assassiné Lisiard. Il a été aperçu et son acolyte a avoué. Je ne saurai tolérer de meurtre sous mon toit.

« Peut-être, poursuivit-il, en se frottant le menton l'air pensif, peut-être devrais-je l'éviscérer d'abord.

Rupert s'évanouit.

25

Sens, une auberge près de la cathédrale, ce même soir

Attendite ergo ne lucem sensuum vestrorum propriae sententiae amor obnubilet [...] Quid plane refert [...] si vario tramite ad eandem regionem, [...] si multicipli itinere ad eandem quae sursum est Iherusalem pervenitur, quae est mater nostra ?

« Veillez à ce que l'amour de votre propre opinion n'obscurcisse la lumière de la raison [...] Quelle importance [...] si par des chemins divers conduisant à la même région, [...] si par des routes menant au même but, nous continuons chacun à monter vers Jérusalem, notre mère à tous ? » (Pierre le Vénérable, abbé de Cluny, Lettre 111, *à Bernard de Clairvaux).*

— Ne versez pas tant d'eau dans votre vin, Catherine, suggéra Astrolabe. Vous tremblez encore.

Catherine posa le pichet d'eau.

— Je sais que j'ai fait mon devoir, dit-elle. La vérité devait éclater. Rupert aurait continué à faire disparaître tous ceux qui le menaçaient. Raynald serait devenu riche en monnayant la terre d'Alys auprès des moines. Il aurait même été honoré pour sa générosité, ce qui me fait enrager encore plus.

— Mais... ? l'encouragea Astrolabe.

— Vous le savez très bien. Toute cette laideur. Je me sens plus sale que quand je suis tombée dans le canal. J'ai même la nausée en repensant à l'expression de Raynald lorsqu'il a pris conscience de ce qu'il avait fait. Je ne me serais jamais crue capable de le prendre en pitié.

— Je n'éprouve point de pitié pour lui, dit Edgar. Et Gauthier non plus, assurément. Seule l'autorité du comte l'a empêché de le massacrer sur place.

— La rivalité va donc se poursuivre ?

— Je l'ignore, répondit Edgar. Raynald ne semble plus avoir de cœur à la chose.

— Et l'on ne peut rien contre le comte Guillaume, dit Catherine en versant une coupe à Edgar. C'est une affaire de famille. Il est noble. Il n'a tué personne. Mais le roturier Rupert se balancera au bout d'une corde en place publique.

— J'en doute, commenta Edgar. N'avez-vous rien senti en passant près de lui ? Sa jambe est gangrenée. Il va dépérir lentement, comme Alys, avant qu'on ne puisse le pendre. C'est dans l'ordre des choses, à mon sens.

— Saurons-nous jamais jusqu'où il a tendu ses rets ? se demanda Catherine à haute voix.

— Je n'ose l'imaginer, renchérit Astrolabe. Au moins les ennemis de Père le frappent-ils en public, en plein jour. A propos, les renseignement sur Pierre de Baschi vous ont-ils été utiles ?

— Ils n'ont pas été nécessaires, répondit Edgar en lui rendant la missive. Le comte semblait au fait de nombre des agissements de Rupert. L'évêque Hatto lui a envoyé un message en même temps qu'il écrivait à Héloïse. Si Pierre doit rembourser tous ceux à qui il a emprunté, sans pouvoir saigner les victimes de Rupert, il devrait être suffisamment mortifié.

— Pas assez si c'est lui qui a assassiné Lisiard, dit Catherine. Et au cas où sa culpabilité serait établie, il invoquera la protection de l'Eglise.

— Je ne crois pas que l'évêque Hatto lui épargnera le châtiment, intervint Astrolabe. Je voudrais seulement savoir pourquoi ils ont cherché à faire accuser le boucher.

— La question inquiète également mon père, dit Catherine. Selon lui, il pourrait s'agir d'une conspiration pour impliquer les Juifs dans ces affaires d'extorsion de fonds. Il craint même qu'il n'y ait un lien avec l'agression contre Eliazar.

— Je vous arrête ! la mit en garde Astrolabe. Vous allez pouvoir donner la main à Père. Chaque fois qu'il entend parler d'une réunion d'évêques, il s'imagine aussitôt qu'ils ont l'intention de le dénoncer !

— Mais, Astrolabe, fit observer Edgar, il a eu plusieurs fois raison.

Il frotta avec précaution ses côtes endolories. Malheureusement, maintenant il ne saurait sans doute jamais pourquoi lui et l'oncle de Catherine avaient reçu un coup de poignard. Il soupira. L'ignorance était probablement une autre façon pour Dieu de le préserver de l'arrogance.

Ses pensées furent interrompues par l'arrivée d'un bol de ragoût de poisson. Ils passèrent les instants suivants à en garnir l'intérieur du pain et à le manger en évitant les fines arêtes. Catherine fut surprise de son solide appétit. D'une certaine façon, il lui sembla inconvenant de se gaver de nourriture alors qu'ils venaient de briser la vie de trois personnes.

D'individus qui avaient passé des années à briser la vie d'autres êtres, lui rappelèrent ses voix. Etrange comme elles s'étaient assagies, ces derniers temps. Peut-être était-ce dû au fait que Catherine ne côtoyait plus sœur Bertrande. Ce qui lui fit repenser à l'affaire.

— A votre avis, demanda-t-elle, que va devenir la terre donnée par Alys au couvent ? Le comte Thibault ne va pas la garder, n'est-ce pas ?

— Bien sûr que non, répondit Edgar. A mon sens, cette donation va être honorée, même si la terre n'appartenait pas légalement à Alys. Mais j'espère que l'abbesse Héloïse et l'abbé Norpald vont pouvoir parvenir à un accord sur cette question. Je serais attristé que frère Ferreolus soit contraint de démonter cette étonnante forge hydraulique.

— Edgar, observa Catherine, à ma connaissance jamais rien ne t'a intéressé autant. Tu devrais voir ton visage quand tu décris cette forge.

Edgar haussa les épaules.

— J'en apprécie l'ingéniosité. Elle est belle, à sa manière, aussi belle que les sculptures de Garnulf.

Catherine se pencha en avant et essuya la sauce sur le menton d'Edgar. Sa croix d'ivoire se balança au-dessus du pain, puis revint heurter sa poitrine. Elle la prit dans sa paume, en suivant des doigts le motif complexe.

— Tu as fabriqué ceci, n'est-ce pas ? lui dit-elle d'un ton accusateur.

Edgar examina une arête.

— Je fais ça pour m'occuper les mains, voilà tout, marmotta-t-il. Cela m'aide à penser.

Catherine examina la croix.

— A quoi pensais-tu quand tu as sculpté ceci ?

Il leva les yeux et lui adressa un grand sourire.

— A toi, bien sûr. Qu'est-ce que tu t'imagines ?

— J'imagine que tu ferais un bien piètre avocat, repartit-elle, mais un merveilleux artisan.

Soudain Astrolabe se sentit vraiment de trop.

— Je ne peux pas gagner mon pain ainsi, dit Edgar. Ni en construisant des machines. J'aurais dû naître avec un autre état. C'est impossible...

Catherine hocha la tête.

— C'est vrai. Mais, Edgar, toi et moi sommes ensemble et cela aussi était impossible.

Astrolabe commençait à s'ennuyer quelque peu. Il termina son ragoût et posa le pain sur le plateau destiné aux mendiants.

— Je vais aller voir si Père a besoin de quelque chose, annonça-t-il.

Catherine et Edgar, l'air coupables, cessèrent de se regarder.

— Je suis désolé, dit Edgar. Il est encore tôt. Ne partez pas, je vous en prie.

— Je ne vous en veux pas, répliqua Astrolabe. Mais vous êtes tous deux plus fatigués que vous ne le croyez. Or il vous faudra arriver à la cathédrale de bonne heure demain matin si vous voulez entrer pour la messe.

— Vont-ils porter les reliques en procession d'un bout à l'autre de la ville ou bien les exposer dans la cathédrale ? demanda Catherine. J'éprouve quelque curiosité quant à cette nouvelle acquisition. Il me semble étrange que le nom du saint n'ait pas été proclamé bien à l'avance.

— N'est-ce pas ? (Astrolabe ne s'en souciait guère. Il se préoccupait davantage de ce qui devait suivre.) Ma foi, Henri Sanglier n'a jamais été un archevêque conventionnel. L'abbé Bernard a failli le faire excommunier voilà quelques années. Pour répondre à votre question, je crois que les reliques seront exposées devant l'autel afin de permettre aux fidèles de passer devant et de les contempler à distance respectueuse.

— Peut-être ne pourrons-nous vous retrouver dans la foule, lui dit Edgar. Donnons-nous rendez-vous ici demain soir, voulez-vous ? A moins que vous ne préfériez rester en compagnie des étudiants ou souper avec maître Abélard et les chanoines.

— Rendez-vous ici, acquiesça Astrolabe. La passion des étudiants pour la polémique permanente me fatigue et Père est bien entouré. Il vous arrive à l'occasion de bêler d'amour l'un devant l'autre, ce qui est embarrassant, mais dans l'ensemble j'apprécie votre compagnie.

— Merci, Astrolabe. Nous aussi, nous vous apprécions.

Comme ils se levaient pour partir, Catherine lui déposa un léger baiser sur la joue. Edgar fit de même.

— Paix à vous, Astrolabe, dit-il.

— Paix à vous deux, répondit-il. (Et pourtant ils savaient tous à quel point c'était là un vain espoir...) Bonne nuit.

Le dimanche, octave de la Pentecôte, la journée était radieuse. Un soleil estival brillait dans un ciel d'azur. Les environs de la cathédrale étaient déjà noirs de monde quand Catherine et Edgar arrivèrent sur les lieux, peu après l'aube.

— Nous ne retrouverons personne dans cette cohue, se plaignit Catherine, bousculée par les épaules et les coudes des pèlerins qui essayaient d'être au premier rang pour la présentation des reliques. Certes, j'ai besoin, tout spécialement en ce jour, du réconfort que peut m'apporter la messe, Edgar, mais je ne veux pas être écrasée parmi tous ces gens. Regarde, même les pauvres estropiés, qui sont venus pour être guéris, sont repoussés.

Edgar lui agrippa le bras pour éviter qu'ils ne fussent séparés par la foule. Ils eurent l'impression d'être aspirés vers la cathédrale. Edgar résista au flot et ils tentèrent de ressortir.

— Il y a d'autres églises dans Sens, lui dit-il. J'imagine qu'elles sont presque vides aujourd'hui. Ton hostie doit-elle être consacrée par l'évêque de Chartres pour que le sacrement soit valable ?

— Bien sûr que non. (Catherine saisit la tunique de son époux, évitant ainsi d'être entraînée.) Mais je tiens à revenir cet après-midi afin de voir les reliques.

— Cela ne sera pas mieux, cria Edgar par-dessus son épaule.

— Je sais. Mais j'ai entendu quelqu'un dire que la nouvelle relique avait été obtenue par l'entremise d'un négociant de Troyes...

Edgar s'arrêta brusquement. Catherine se cogna contre lui.

— Tu ne crois pas..., commença-t-il.

— Je veux seulement y être, conclut Catherine.

Ils dénichèrent une petite église tranquille dans le sud de la ville, à proximité du fleuve. Ils ne purent découvrir à qui elle était consacrée. Elle était fort ancienne, percée de minuscules vitraux en hauteur. D'une muraille, Catherine vit saillir la tête en pierre de quelque dieu romain, indiquant l'origine du matériau de construction. Le prêtre n'avait qu'un enfant de chœur, et l'assemblée des fidèles ne comprenait que quelques vieilles femmes et enfants. Le sermon fut lu dans un livre. Le prêtre avait du mal à déchiffrer certains mots. Il faisait frais ; le calme régnait. Seule une intense curiosité poussa Catherine à retourner à la cathédrale.

— Es-tu sûre de vouloir y aller, Catherine ? demanda Edgar. Tu m'as l'air pâlichonne.

— Je vais bien. J'ai un peu mal au dos, voilà tout. Je suis de nouveau dans mes mauvais jours. Il va falloir que je me fasse bientôt une nouvelle paire de braies. J'ai laissé la vieille à Quincy.

— Très bien. Nous allons plonger dans la mer de pèlerins. Surtout ne me lâche pas, dit Edgar comme ils fendaient la foule.

Le *vulgum pecus* était parqué derrière la balustrade de l'autel. Les évêques et les nobles s'étaient disputé l'honneur de sortir les reliques. Le roi Louis, pieds nus, tenait un angle du reliquaire de saint Séverin et le comte Thibault un autre bout. Les longs cheveux blonds du roi ne cessaient de s'accrocher à la feuille d'or et aux bijoux qui incrustaient le reliquaire. Ils le posèrent délicatement et rejoignirent leurs épouses assises d'un côté de l'autel. Les évêques et les abbés avaient déjà apporté les reliques d'autres saints, qu'ils avaient disposées devant l'autel. Enfin l'archevêque Henri apparut, portant un coffret en bois, orné d'un filigrane d'argent. Il le posa avec révérence sur la table, l'inclinant de façon à ouvrir le couvercle pour permettre aux fidèles de bien voir.

— La ville de Sens et la cathédrale Saint-Etienne ont été remplies de joie à la pensée que de nombreux saints aient choisi de nous bénir de leur présence et de leur protection, déclara l'archevêque. Nous avons été dernièrement honorés par l'acquisition d'une ancienne et sainte relique, celle d'une victime de la persécution de Dioclétien. Ce saint, avant de gagner sa couronne de martyr, fut mis au cachot sans eau ni nourriture et forcé de s'étendre nu sur du verre brisé.

— Et moi qui croyais avoir souffert, chuchota Catherine à Edgar, debout derrière elle.

— Mais tu as souffert, dit Edgar.

Il l'entoura de ses bras et posa le menton sur le dessus de son crâne. Elle était partagée entre le désir d'être protégée et celui de se hausser sur la pointe des pieds pour mieux voir.

L'archevêque Henri fit signe à un diacre, debout près du coffret, la main sur la serrure.

— Il convient de dévoiler cette relique aujourd'hui, poursuivit-il. Nous commémorerons la fête de ce saint demain à la grand-messe.

Catherine essayait de se rappeler quel saint l'on fêtait le 2 juin et qui l'on avait contraint à s'étendre sur du verre brisé. Elle avait l'impression de se retrouver à l'école. L'archevêque parlait toujours.

— Puissions-nous tous être inspirés par l'exemple de ce prêtre courageux, décapité pour sa foi, dont les restes miraculeusement préservés sont venus sanctifier la ville de Sens : saint Marcellin.

Le couvercle s'ouvrit. Partout dans la cathédrale, les gens tombèrent à genoux en signe de dévotion.

Lorsque le groupe devant Catherine s'agenouilla, Catherine se pencha en avant et vit la relique du saint romain.

La tête était bien conservée. La barbe et les cheveux bruns avaient encore l'air soyeux. La peau était brunie, telle une peau vieillie par les ans, mais toujours intacte comme on pouvait l'attendre d'un saint.

« Je ne vais pas hurler, se dit-elle. Il a l'air fort paisible là. Et, après tout, ce fut d'une certaine façon un martyr. »

— Nous avions raison, dit Edgar. Pouvons-nous partir, à présent ?

Catherine hocha la tête. Devant eux, elle entendit un homme portant une tenue de diacre dire à un autre :

— Mais je croyais que saint Marcellin était dans une abbaye en Allemagne...

— Un faux, répondit l'autre. Ces Germains sont vraiment crédules.

Elle ne put s'empêcher de jeter encore un coup d'œil à la tête dans le reliquaire. Pourvu que Rupert vécût assez longtemps pour expier un tel blasphème par pendaison. Pauvre Lisiard ! Elle trouva insupportable de le voir là.

Alors qu'ils allaient partir, Catherine avisa le comte Thibault. Celui-ci regardait la foule, pas la relique. La comtesse Mahaut avait posé la main sur son épaule. Elle seule retenait le comte d'éclater de rire, Catherine en eut la certitude.

— Il savait, dit-elle. Même avant de venir ici, Edgar. Il savait ce qu'était cette relique !

— Chut ! la mit en garde Edgar. Pas ici.

Catherine se tut jusqu'à ce qu'ils eussent perdu de

vue la cathédrale, dans une ruelle étroite de la Juiverie.

— Comment ont-ils pu faire une chose pareille ? souffla-t-elle. C'est le diacre Pierre qui a manigancé la vente, n'est-ce pas ? Les reliques, ça ne s'achète pas. Quelle inconvenance... Aucun saint ne le permettrait. Je me demande combien a payé l'archevêque.

— Vingt marks d'argent, peut-être.

Catherine se sentit soudain les jambes flageolantes. Elle se laissa choir sur un montoir devant une auberge.

— Nous ne pouvons laisser le peuple vénérer la tête d'un petit chevalier de Troyes qui aimait les ragots et la bonne chère, dit-elle. Je croyais que le comte Thibault s'était réformé.

Edgar lui tapota la tête.

— Ma foi, la chose est drolatique par certains côtés, observa-t-il.

Catherine leva vers lui des yeux furieux.

— Ne t'inquiète pas, reprit-il. La comtesse Mahaut regardait son époux tout comme tu me regardes à présent. A mon avis, dans quelques jours, Thibault dira à Henri en privé qu'il a été dupé et, lors de la prochaine exposition de reliques, la tête de saint Marcellin n'apparaîtra point.

Catherine soupira.

— Ma foi, je présume que c'est préférable. Il doit s'agir du crime dont le comte Thibault savait pouvoir accuser Rupert. C'est un tort, certes, mais je dormirai vraiment mieux maintenant que je sais où se trouve cette tête.

Edgar se mit à rire et, une seconde après, Catherine l'imita.

Astrolabe les attendait à l'auberge. Il avait réussi à leur garder un bout de table.

— L'exposition des reliques vous a-t-elle plu ? s'enquit-il innocemment.

Catherine faillit s'étrangler. Astrolabe la considéra, inquiet.

— J'ai avalé de travers, expliqua-t-elle. Nous ne sommes pas restés longtemps. Il faisait trop chaud. Y a-t-il eu des guérisons ?

— Pas à ma connaissance. Mais il y a eu un certain nombre de dons pour la nouvelle cathédrale. J'ai moi-même glissé une pièce, après avoir été coincé contre un mur pendant une heure.

— Votre père y était-il ? demanda Edgar.

— Il a voulu aider à porter les reliques, pour prouver son orthodoxie. Il en a le droit. Mais nous l'avons convaincu qu'il avait intérêt à se reposer. Sa maladie empire.

— Astrolabe. (Catherine posa la main sur la sienne.) Préféreriez-vous être auprès de lui en ce moment ?

— Nous en avons déjà parlé hier soir, répondit-il en souriant. Père déteste que je m'occupe de lui à ce point. Il aimerait mieux être en compagnie de gens qui le croient invincible. Ce soir, c'est certainement préférable. Il n'a que faire de mes doutes.

— Croyez-vous qu'il sera en mesure d'affronter l'abbé demain matin ? s'enquit Catherine.

Astrolabe haussa les épaules.

— Il le fera, de toute façon. Il a l'impression d'être un martyr, tout comme un chrétien au temps de Dioclétien. Il a été appelé à prêcher la vérité et est prêt à affronter la mort si besoin.

Il prit une bouchée.

— Croyez-vous que ce soit le même ragoût qu'hier soir ? demanda-t-il, soupçonneux.

— Astrolabe ! Je suis si content de vous trouver !

La cruche d'eau trembla comme le nouveau venu heurtait la table, pantelant. Il parut familier à Catherine. Ah, oui, Berengar, le jeune disciple d'Abélard, de Poitiers. Il ne perdit pas de temps en salutations.

— Ils tiennent une réunion secrète ce soir, en ce moment même ! annonça-t-il.

— Qui donc ?

Catherine eut une vision de Rupert et du diacre Pierre complotant avec des mignons sans visage pour se venger d'elle.

— Les évêques, qui d'autre ? répondit Berengar. Cet abbé flatulent essaie de leur faire jurer de trancher en sa faveur demain.

— Berengar ! Ce n'est pas une façon de parler de lui, le tança Astrolabe. Surtout en public. Or çà, comment le savez-vous ?

— Ils sont tous ensemble, au palais de l'archevêque, à se goberger. (Berengar renifla.) La cave à vin d'Henri sera vide d'ici à minuit !

— Ils dînent ensemble, c'est naturel, dit Astrolabe. Ils se rencontrent rarement et ont bien des sujets de discussion. Je suis sûr qu'ils sont ravis de causer en partageant un repas.

Berengar se versa une coupe de vin.

— Comment pouvez-vous être aussi confiant ? Bernard a admis qu'il n'était pas rompu à la dispute dialectique. D'après ce qu'il laisse entendre, il craint qu'Abélard ne l'emporte sur lui par une subtile rhétorique et que les gens simples qui l'écoutent ne se mettent à douter. Mais c'est lui qui est incapable de suivre un syllogisme, voilà ce qu'il veut dire ! Il va agiter le risque d'hérésie et de révolte jusqu'à ce que les évêques acceptent de se lier à ses quatre volontés.

Catherine estima que Berengar grossissait le danger. Elle ne pouvait s'imaginer quiconque intimidant Geoffroy de Chartres, qui n'était pas seulement évêque, mais également le légat du pape. Et les évêques étaient des hommes de conscience, même ceux réellement fidèles à l'abbé cistercien, comme Hugues d'Auxerre, qui avait été l'un des moines à accompagner Bernard à Cîteaux. Catherine évoqua en esprit la carrière des autres hommes.

Mais, à la réflexion, peut-être n'était-ce pas si stupide.

Astrolabe semblait d'accord. Il se leva, prit sa cuillère et sa chope.

— Je retourne à mes soucis, annonça-t-il. Je vous verrai demain matin.

Catherine et Edgar finirent le ragoût. Il avait effectivement le même goût que la veille au soir. Le cuisinier s'était contenté d'ajouter de l'eau et des herbes. Lorsqu'ils partirent, Catherine avait une drôle de sensation à l'estomac.

— Edgar, dit-elle, crois-tu que je sois malastrue ?

— Qu'est-ce qui te faire croire cela ? Bien sûr que non. Si je te croyais maudite, je ne marcherais pas à tes côtés.

— Oui, mais quand j'étais au Paraclet et que j'avais l'intention d'y rester, rien ne se passait jamais, s'inquiéta-t-elle. A présent, j'ai l'impression que nous tombons de Charybde en Scylla.

— Catherine, si tu commences à raisonner ainsi, tu

finiras comme ta mère, rétorqua Edgar avec sévérité. Les catastrophes abondent en ce monde. Nous n'en sommes point la cause. Quoi qu'il en soit, as-tu jamais pensé que Dieu nous avait envoyés ici-bas afin de redresser les choses ?

Catherine garda le silence un moment.

— Non, jamais, admit-elle. Crois-tu que ce soit la raison pour laquelle nous nous retrouvons toujours en pleine confusion ?

— Je l'ignore. Mais, à mon avis, puisque nous y sommes, autant essayer d'y remédier.

Le lendemain matin, la grand-messe fut la plus longue à laquelle Catherine eût jamais assisté.

Elle eut du mal à supporter de rester debout d'un bout à l'autre de l'office. Elle avait affreusement mal dans le bas des reins et des élancements dans les jambes, comme si elle eût couru depuis des lieues.

Je souffre toujours de l'épreuve que j'ai subie à Quincy, pensa-t-elle. *Ou bien je dois m'attendre à une terrible purgation.*

Enfin, l'archevêque se détourna de l'autel pour donner le baiser de paix à son diacre, qui le donna à son sous-diacre, lequel le donna à son subordonné. Henri se tourna vers la foule, puis vers le roi, et donna la bénédiction finale. Le dernier évangile fut lu.

— *Ite, missa est,* psalmodia-t-il.

Mais personne ne bougea. Tout le monde semblait retenir son souffle. Même les chandelles restaient immobiles.

Puis il y eut un léger mouvement parmi les moines en bure blanche debout près du retable. Un homme se détacha du groupe.

Catherine s'était attendue qu'il fût plus grand, au moins aussi grand que maître Abélard. Et plus jeune. Or il faisait beaucoup plus âgé que ses cinquante ans. Il était fin comme un roseau, et sa tonsure était aussi grise que sa bure. Lentement, l'abbé Bernard monta en chaire.

Une silhouette en bure noire se détacha du groupe de l'autre côté de l'autel. Sa tonsure n'était pas aussi large et ses cheveux gris étaient toujours striés de noir. Héloïse, elle, avait été sensible au vieillissement brutal, mais de sa place Catherine n'apercevait que le nez aquilin, le dos droit. En s'approchant, Abélard s'arrêta pour chuchoter quelque chose à maître Gilbert, lequel sursauta, l'air pris en faute. Puis, debout devant l'assemblée, apparemment calme, il attendit la première salve de Bernard.

L'abbé brandit une liasse de papiers à bout de bras, reculant pour accommoder. Il se racla la gorge et commença.

— *Caput primum : Impia Abelardi de sancta Trinitate dogmata recenset, et explodit...*

Abélard ouvrit la bouche pour réfuter l'accusation selon laquelle il se méprenait sur la nature de la Trinité, mais Bernard n'avait pas terminé.

— *Caput secundum : in Trinitate non esse admittendam ullam disparitatem, sed ominimodum aequalitatem.*

Catherine eut envie de lui crier : « Attendez, laissez Abélard s'expliquer. Vous ne comprenez pas ! Ce n'est pas ce qu'il a dit. Vous ne donnez que des citations tronquées, des arguments incomplets. » Or l'abbé n'attendait pas.

— *Absurdum dogma Abelardi... dicit Abelardus... Arguit Abelardum.*

Sa voix mélodieuse poursuivait. La plupart des fidèles n'avaient aucune idée de la nature des accusations. Un homme non loin de Catherine, appuyé contre le mur, ronflait.

Mais Abélard, lui, comprenait chaque mot. Pis, il s'avisa qu'une fois encore il avait été jugé et condamné sans avoir eu la possibilité de défendre ses convictions ou ses méthodes. La décision avait déjà été prise. Il n'aurait pas droit à une écoute impartiale en ce jour.

Il se dirigea à grandes enjambées vers la chaire. L'abbé leva les yeux. Tout le monde se figea, dans l'expectative.

Abélard s'arrêta brusquement. Il porta la main à la poitrine comme pour parer un coup. Il baissa les yeux, le souffle court, puis secoua la tête comme pour s'éclaircir les idées. Enfin il se redressa et se campa fièrement devant la chaire, tel l'aristocrate qu'il était de naissance.

— Je ne répondrai point à ces accusations toutes faites. Vous n'avez pas qualité pour me juger de cette manière. Je vais plaider ma cause devant le pape en personne !

Là-dessus, il tourna les talons et traversa d'un pas solennel le transept ouest, suivi de ses partisans ahuris.

La cathédrale demeura une bonne minute en état de choc. Puis, comme si rien ne s'était passé, l'abbé Bernard continua de lire la liste des charges et demanda aux évêques de décider si Abélard devait être condamné pour les idées qui venaient d'être énoncées.

Un à un, les évêques opinèrent.

Catherine et Edgar n'en crurent pas leurs yeux. Personne ne prendrait-il la parole en faveur d'Abélard ? Et quelle différence cette condamnation ferait-elle si Abélard plaidait sa cause à Rome ?

Dès qu'il put en saisir l'occasion, le roi Louis se leva, éberlué, et, donnant le bras à la reine Aliénor, quitta la cathédrale, suivi de sa cour. Thibault et Mahaut les accompagnèrent, l'air tout aussi perplexes. Les évêques se levèrent à leur tour et prirent le chemin de la maison chapitrale.

Catherine et Edgar se retrouvèrent dehors en plein soleil, se demandant ce qui venait de se passer. Ils n'étaient pas les seuls. Tout le monde avait jugé le spectacle décevant. Mais les avis semblaient partagés quant à son interprétation.

— Est-il hérétique ou pas ? s'étonna une femme. J'étais prête à lui jeter des œufs à la figure s'il l'avait été.

— Pourquoi Bernard ne l'a-t-il pas laissé parler ? geignit quelqu'un d'autre.

— Pourquoi n'ont-ils pas causé français, comme des gens ordinaires ? se plaignit une autre voix. J'aurais deviné l'hérésie s'ils s'étaient servis de mots que je puisse comprendre.

Pour la plupart des gens, mieux valait trancher la question assis à table, une chope à la main. Peu à peu, la foule se dispersa. Elle gagna les places où ils trouvèrent tonnelets mis en perce et ménestrels ambulants. Edgar et Catherine s'assirent sur le bord du bac à eau, hésitant quant à la marche à suivre.

— Mère Héloïse nous a priés de rester avec lui, finit par proposer Catherine. Nous devrions aller le retrouver.

— Mais que lui dire quand nous le verrons ?

— Peut-être notre présence suffira-t-elle.

Lorsqu'ils entrèrent dans la maison où résidait Abélard, ils se trouvèrent emportés dans un tourbillon dont l'accusé lui-même était le centre paisible. Il était assis près de la fenêtre, les yeux clos. Berengar, hystérique, hurlait à un cercle de fidèles qu'il s'agissait d'un complot et que le pape le ferait payer à ces évêques : chacun d'eux serait contraint de renoncer à son évêché ; quant à Bernard, aucune humiliation ne serait assez profonde pour lui.

Le chanoine Arnaldo était assis en compagnie de maître Gilbert. Edgar s'approcha de lui et s'inclina.

— Je vous ai vu partir, dit-il au chanoine. Peut-être n'avez-vous pas entendu que le concile vous a également condamné aujourd'hui, bien que je ne puisse comprendre pourquoi.

— Pour noircir encore davantage ce pauvre maître Abélard, répondit Arnaldo avec un petit rire. Ne vous tracassez pas, mon garçon. C'est pour moi un honneur d'être condamné par semblables évêques, avec leurs beaux bijoux et leurs fourrures.

Astrolabe était assis à côté d'Abélard. Lorsqu'il aperçut Catherine et Edgar, il s'approcha d'eux et les ramena jusqu'au portique. Il avait les yeux rouges et pleura sans retenue.

— Il a deviné que tout se passerait comme précédemment. Il m'a confié avoir eu l'impression qu'un rideau noir tombait autour de lui. Son esprit s'est entièrement vidé. Il a alors été terrifié à l'idée que ses paroles fussent réfutées derechef par ceux qui ont le pouvoir de les ensevelir et les faire oublier.

Astrolabe serra les mâchoires, en proie à la fureur.

— Je prie seulement, reprit-il, pour que cet homme n'ait pas conscience de ce qu'il fait. Pourquoi ne voit-il pas que la foi de Père est aussi profonde et orthodoxe que la sienne ?

Ils ne purent lui apporter de réponse.

— Que va faire le maître à présent ? s'enquit Edgar.

— Ce qu'il a dit. Il va se rendre à Rome et plaider sa cause devant le pape. Il a des amis à la curie qui ont lu son œuvre avec plus de soin que l'abbé de Clairvaux. J'ai l'intention de l'accompagner.

Astrolabe savait que son père ne survivrait probablement pas au voyage, Catherine le lut sur son visage.

— Et votre mère ? demanda-t-elle.

Astrolabe la regarda, l'air implorant.

— Je reviendrai. Elle pensera que ma présence auprès de lui est préférable.

La lèvre de Catherine trembla.

— Pourquoi ne pas le ramener au Paraclet ? le supplia-t-elle. Elles veilleront sur lui là-bas.

— C'est la dernière chose qu'il veuille, Catherine. Il doit livrer combat, sinon il mourra. Mais vous pouvez y aller, vous et Edgar. Il veut écrire à Héloïse, pour lui expliquer. Portez-lui nos lettres. Narrez-lui tout ce qui s'est passé. Transmettez-lui notre amour.

Ils acquiescèrent, à contrecœur. Apparemment, ils n'avaient plus rien à faire ici. Astrolabe s'apprêta à retourner à l'intérieur.

— Attendez, l'arrêta Edgar. Avant que maître Abélard n'affronte le concile, il a dit quelque chose à maître Gilbert. L'avez-vous entendu ?

— Oui, répondit Astrolabe. Et j'espère que Gilbert de la Porrée y a pris garde. Père lui a dit : *« Nam tua res agitur paries cum proximus ardet. »*

— « C'est aussi ton affaire quand la maison de ton voisin est en feu », traduisit Catherine. Horace.

Ils s'éloignèrent. La clarté de l'après-midi leur fit mal aux yeux.

— Que faire à présent ? demanda Edgar à Catherine.

— Aller où l'on a besoin de nous.

EPILOGUE

Le Paraclet, fête de la nativité de saint Jean-Baptiste, 24 juin 1140

Soror mea Heloissa quondam mihi in saeculo chara ; nunc in Christo carissima, odiosum me mundo reddidit logica [...] Quia ut mihi videtur, opinione potius traducuntur ad judicium, quam experientiae magistratu [...] Si irruat turbo, non quatior ; si venti perflent, non moveor. Fundatus enim sum supra firmam petram.

« Ma sœur, Héloïse, jadis chère à mon cœur dans le monde, à présent encore plus chère en Christ. La logique m'a fait haïr du monde [...] Mais il me semble qu'ils sont parvenus à ce jugement par la conjecture, pas en soupesant les preuves [...] Bien que la tempête fasse rage, je ne bouge point, bien que les vents soufflent, je ne plie point, car je suis accroché à un rocher inébranlable » (Abélard à Héloïse, Profession de foi, *la dernière lettre).*

Héloïse prit la lettre qu'ils lui remirent et se rendit dans sa cellule pour la lire seule. Inutile de pleurer, se dit-elle. Elle devait trouver du réconfort dans le fait que sa première pensée avait été pour elle, car il savait à quel point elle s'inquiéterait. Le message d'Astrolabe était plus bref, pas aussi policé, maculé de pleurs. Elle attacha celui-ci soigneusement sous sa manche. Elle lissa la lettre d'Abélard et la laissa sur l'écritoire. Elle veillerait à ce que l'on en fît copie. Ainsi, au cas où les choses tourneraient mal à Rome, les générations ultérieures seraient convaincues de l'orthodoxie des convictions d'Abélard.

Sœur Thècle conduisit le couple à l'hostellerie. Elle serra Catherine contre elle et décocha un regard sévère à Edgar.

— Vous occupez-vous bien d'elle, jeune homme ?

— Il prend bien soin de moi, lui assura Catherine.

— Du moins je m'y efforce, ajouta Edgar.

Il était intimement persuadé que la moitié du ciel aurait dû veiller sur Catherine.

— Comment va Paciane ? demanda Catherine. Puis-je la voir ?

Le visage de Thècle se fit grave.

— Son corps a guéri, mais point son esprit. Lorsqu'elle a appris que les coupables de la mort d'Alys seraient châtiés, cela n'a fait qu'aggraver son chagrin. Mère Héloïse et sœur Mélisande ont passé de nombreuses heures avec elle, mais rien ne l'apaise. Elle s'est abandonnée au péché du désespoir. Je demanderai à sœur Mélisande, mais je ne sais pas si elle voudra vous voir.

— Croyez-vous qu'on m'autorisera à passer quelques instants avec Emilie ?

— Peut-être, répondit sœur Thècle en souriant. En présence de sœur Bertrande, bien entendu. Allons, pourquoi n'iriez-vous pas faire une belle promenade ? La journée est splendide. L'abbesse souhaite vous voir tous deux, je le sais, quand ses occupations le lui permettront. Avant vêpres, j'en suis sûre.

Catherine et Edgar suivirent son conseil et descendirent la colline en direction de la ville de Saint-Aubin.

— Il me semble toujours vaguement immoral d'être hors du couvent, observa Catherine. Je n'y pense pas quand je suis au loin, mais lorsque je le vois, je ne peux m'empêcher de croire que ma place est derrière ces murs.

— Des regrets ?

— Non. Mère Héloïse avait raison. Mieux vaut suivre son cœur. Les prières qui manquent de sincérité ne montent pas jusqu'au ciel. Lorsque je suis avec toi, ma gratitude est authentique. Dieu a été bien bon de me permettre de te rencontrer.

Ils passèrent devant le jardin de l'infirmerie en revenant et aperçurent une silhouette solitaire en train d'enlever des mauvaises herbes. Elle les arrachait avec violence, ainsi que les mottes de terre collées aux racines, puis les jetait sur une pile avec une force furieuse. Catherine l'observa, partagée entre la pitié et la peur.

— Edgar, dit-elle. Attends-moi ici. Je dois essayer de lui parler.

Paciane garda les yeux baissés quand Catherine approcha, même quand une motte de terre ricocha contre son soulier. Elle poursuivit sa tâche, l'air buté et concentré.

— Paciane...

La sœur converse frémit, mais ne fit pas d'autre réponse.

— Paciane ! répéta Catherine. Cessez donc. Vous devez me regarder.

Les mains crasseuses se détendirent et Paciane se

redressa. Elle dévisagea Catherine. Elle avait le visage émacié et les yeux vides. Catherine recula d'un pas.

— Je vous pardonne, chuchota cette dernière. Vous avez cru que le silence était la seule façon de protéger le secret. Vous ne pouviez savoir que cela aurait des conséquences aussi horribles. Ne pouvez-vous vous pardonner ?

Paciane resta immobile un long moment. Puis elle secoua la tête une seule fois, brusquement, et se pencha derechef vers son ouvrage.

Bouleversée, Catherine regagna à pas lents le chemin où Edgar attendait.

Lorsqu'ils furent de retour, sœur Thècle les informa qu'Héloïse disposait de quelques instants et souhaitait les voir.

Héloïse se leva à leur entrée et les serra tous deux contre elle. Elle leur posa d'abord des questions sur le concile et son issue, quoiqu'elle en eût déjà entendu parler par d'autres sources.

— Je prierai pour l'abbé de Clairvaux, dit-elle. Pour que sa dévotion se tempère de charité et d'indulgence. Maintenant, l'évêque Hatto et la comtesse Mahaut m'ont tous deux appris que nous pouvions garder la donation octroyée par Alys. Voilà une nouvelle bienvenue, certes, mais je déplore profondément la façon dont nous héritons de ce don. Il est étrange, Catherine, que vous ayez eu raison depuis le début au sujet de Raynald.

— Je n'avais pas raison, ma Mère, corrigea Catherine. Je me suis totalement fourvoyée. Je pensais qu'il n'avait ni cœur ni âme. Or, à présent, je crois même que c'est le seul qui éprouve du remords pour ces crimes. Il a fait la paix avec Gauthier et distribué des aumônes au nom d'Alys. Il a décidé de faire un pèlerinage d'expiation. Croyez-vous que cela aiderait Paciane de le savoir ?

— J'ignore ce qui peut aider Paciane, soupira Héloïse. D'une certaine façon, c'est elle la plus coupable. Elle avait découvert que Guillaume était le père d'Alys. Elle savait ce que faisait Rupert. Mais elle a fui tout cela. Lorsque Rupert a menacé de la tuer, elle l'a supplié de la laisser venir ici. Elle aurait pu révéler à Raynald la vérité de la naissance d'Alys ; il l'aurait crue. Il n'aurait alors jamais épousé Alys. Mais Paciane était lâche. Elle a abandonné sa sœur à son sort. Un mot l'aurait sauvée. Maintenant elle s'imagine que seuls le silence et la mortification la rachèteront. Je ne peux pas la convaincre de son erreur.

Catherine n'avait jamais entendu l'abbesse parler aussi durement. Sa colère était patente, malgré ses efforts pour la contenir.

— Paciane savait donc qu'Alys et elle n'étaient pas vraiment sœurs, dit-elle.

Héloïse se leva.

— Elles étaient sœurs, assurément ! Tout autant que vous et Agnès, ou vous et Emilie. Nous sommes toutes sœurs. S'il doit vous rester au moins une chose de vos années passées ici, c'est bien celle-là.

Elle s'interrompit, confuse, puis sourit.

— Mais je n'ai nul besoin de vous le rappeler. Tous deux avez fait preuve de sincère amitié ainsi que de loyauté envers moi et les miens. Je suis très fière de vous, et reconnaissante. Vous avez passé les premières semaines de votre mariage à nous aider. Il est temps que vous repreniez le fil de votre vie commune. Qu'allez-vous faire à présent ?

— Retourner à Paris, répondit Edgar. La sœur de Catherine a ramené leur mère à Vielleteneuse. Hubert veut que nous vivions chez lui. Il a besoin de l'aide de Catherine pour ses comptes. Je ne sais pas encore à quoi je serai utile.

— Je pensais que vous poursuivriez vos études. Il y a beaucoup de bons professeurs à Paris à présent.

— Oui, bien sûr, concéda Edgar sans conviction. J'ai dit à Hubert que j'étudierais le droit. Je ne peux le décevoir.

Catherine gardait le silence, ce qui était inhabituel chez elle. Soudain elle se leva d'un bond et sortit de la pièce en courant. Edgar s'excusa et s'élança à sa suite.

Catherine, penchée au-dessus d'un seau à linge, vomissait.

— Qu'ai-je donc ? gémit-elle. La cuisine du couvent ne m'a jamais produit cet effet-là.

Héloïse les avait suivis dehors.

— Catherine, lui dit-elle, je soupçonne que vous n'avez pas consacré exclusivement les dernières semaines aux affaires du couvent. Avez-vous eu mal au dos et aux jambes ? Avez-vous été fatiguée, irritable ?

— De ce dernier point je puis attester, confirma Edgar. Quelque chose ne va pas ?

— Si Catherine était encore au couvent, ce serait le cas. Une autre question : quand vous êtes-vous servie pour la dernière fois de vos braies ?

— Il y a six ou sept semaines. Mère, croyez-vous...

— Tout semble indiquer cette déduction logique. Edgar, si vous souhaitez demander quelque chose d'important à votre beau-père, il me paraît que vous devriez en profiter. Il ne vous refusera sans doute rien quand vous lui direz qu'il est sur le point d'avoir un nouveau petit-fils.

NOTE SUR LES SOURCES

Bien entendu, *La Porte du diable* est une œuvre de fiction. Catherine, Edgar et leurs familles sont purement imaginaires. Mais l'époque à laquelle ils vivent ne l'est pas. J'ai fait de mon mieux pour la rendre avec le plus de précision. Cela ne s'applique pas seulement aux costumes et aux coutumes, mais également aux attitudes et aux croyances.

L'histoire est tissée autour d'événements authentiques. Le concile de Sens a vraiment eu lieu, sans doute à la date que j'ai indiquée. Cette rencontre, si cruciale dans la vie de Pierre Abélard, n'est pas bien comprise. Qui y assista, pourquoi Henri Sanglier exposait les reliques (sans doute afin de réunir des fonds pour la cathédrale, dont la construction débuta l'été suivant), ou même quelle fut la formulation exacte de la liste des accusations lue par Bernard ? J'ai trouvé fort peu d'avis concordants sur toutes ces questions. Je me suis efforcée au mieux de recréer l'événement selon les témoignages existants.

Bien des personnages secondaires du livre ont aussi réellement existé. Cependant, j'ai imaginé leurs personnalités à partir d'informations peu nombreuses ou inexistantes. Guillaume de Nevers et son fils, Raynald, n'ont été accusés que de soustraire des dîmes aux moines de Vézelay. Je n'ai pas la preuve que Raynald ait même été marié. Et tout ce que je sais de Pierre de Baschi, c'est qu'il avait emprunté de l'argent à Héloïse et que le pape l'avait forcé à le rembourser. Que tous ceux qui rédigent des études sur ces personnages me pardonnent.

Je m'intéresse tout particulièrement à la diversité de la société médiévale. Il existe un certain nombre de livres et d'articles excellents, aujourd'hui disponibles, sur la vie des Juifs en Europe, sur les femmes, à la fois au couvent et hors du couvent, sur les pauvres, sur la vie monastique en général, et sur beaucoup d'autres aspects jusqu'ici négligés de la vie médiévale. J'ai établi une bibliographie partielle, que je suis prête à communiquer à toute personne intéressée. Adressez-moi seulement (aux bons soins de l'éditeur) une enveloppe à votre nom.

Mon œuvre a pour but premier de divertir. Mais j'aime aussi sincèrement cette époque et ces gens. Mes recherches se poursuivent. Si quiconque ayant étudié spécialement tel ou tel aspect de la société du XIIe siècle que j'ai eu l'occasion d'aborder voulait se mettre en rapport avec moi, j'en serais heureuse. Veuillez citer vos sources afin que je puisse aussi les consulter.

J'ai ajouté cette note à la fin de ce livre parce qu'un certain nombre de lecteurs m'ont posé des questions sur mes recherches. Cependant, il ne s'agit pas d'un manuel scolaire, mais d'un roman. Je souhaite avant tout que mes lecteurs prennent simplement plaisir à cette histoire. C'est pour cela que je l'ai écrite.

Avec mes remerciements,

Sharan.

Composition réalisée par JOUVE

Imprimé en France sur Presse Offset par

BRODARD & TAUPIN

GROUPE CPI

La Flèche (Sarthe).
N° d'imprimeur : 29480 – Dépôt légal Éditeur : 58321-05/2005
Édition 01
LIBRAIRIE GÉNÉRALE FRANÇAISE – 31, rue de Fleurus – 75278 Paris cedex 06.

ISBN : 2 - 253 - 09069 - 7 30/1755/5